WOLKENDÄMMERUNG

J. DIBBERN

WOLKENDÄMMERUNG

ROMAN

ink rebels

Redaktion: INK REBELS
Lektorat: Jennifer Benkau
Korrektorat: Tatjana Weichel
Umschlaggestaltung: Julia Dibbern
Umschlagabbildung: Jeremy Bishop, Julia Dibbern
Verlag: INK REBELS
c/o SpaceBit Software GmbH
Wieseneck 21
16225 Eberswalde
www.ink-rebels.de

Herstellung und Vertrieb der Lizenzausgabe:
Amrûn Verlag Jürgen Eglseer
www.amrun-verlag.de
ISBN 978-3-95869-290-9

Die Deutsche Nationalbibliothek verzeichnet diese Publikation in der Deutschen Nationalbibliografie; detaillierte bibliografische Daten sind im Internet abrufbar über http://dnb.d-nb.de

FÜR JANUS UND GUNNAR,
DIE DRAN GEGLAUBT HABEN

UND IRGENDWIE AUCH

FÜR DIE DELFINFAMILIE
VOR DANA POINT, DIE IMMER DA WAR,
WENN ICH SIE AM MEISTEN BRAUCHTE

NICHOLAS

Nicholas lief die Wand hoch, drückte sich ab und ging in den Rückwärtssalto. Schwer atmend kam er zum Stehen und begrüßte Darriell, der kurz die Hand hob.

»Hey, Nick.«

Ein Blick in das Gesicht seines ehemaligen Trainers zeigte Nicholas, dass etwas nicht stimmte. »Was ist los?«

»Nichts. Alles ist in Ordnung.« Darriell formulierte seine Sätze nur dann so aus wie jetzt, wenn ihn etwas aufregte und er es nicht zeigen wollte. Er wandte Nicholas den Rücken zu und schloss die Tür zu dem kleinen Büroraum auf. In einer halben Stunde würden die Kinder zum Parkour-Training kommen.

Zögernd ging Nicholas zu ihm hinüber. »Hab ich was falsch gemacht?«

Darriell drehte sich um, die Augen in dem dunklen Gesicht kaum merklich zusammengezogen. »Nein. Netter Sprung eben.«

»Ich tu mein Bestes. Aber an dich komm ich nicht ran«, sagte Nicholas, während er sich mit dem Oberarm den Schweiß von der Stirn wischte. Er hatte keine Ahnung, was Darriell für eine Laus über die Leber gelaufen war, aber er fragte nicht weiter nach. Wenn er sauer war, wollte er auch nicht zugetextet werden, sondern in Ruhe vor sich hin grummeln.

Die Kinder würden sich freuen, Darriell zu sehen. Sie vergötterten ihn, wie auch Nicholas selbst es als Kind getan hatte. Mit seinen katzengleichen Bewegungen brachte Darriell Dinge zustande, von denen Nicholas nicht mal zu träumen wagte.

Darriell begann, die Halle im Laufschritt zu umrunden und ließ dabei die Arme kreisen. »Dein Schlitten da draußen?«

Wehte daher der Wind? Nie zuvor hatte Darriell ihn spüren lassen, dass ihre unterschiedliche Herkunft für ihn von Bedeutung war. Es hatte in der letzten Zeit nicht mal mehr eine Rolle gespielt, dass Darriell fünf Jahre älter war. Sie waren immer gut miteinander ausgekommen. Plötzlich war es Nicholas wichtig, klarzumachen, dass er nichts für den Tesla konnte. »Gehört meinem Vater. Hat er nach seinem letzten Film geschenkt bekommen.«

Darriell stieß einen Pfiff aus. »Hübsches kleines Geschenk. Hoffentlich ist es nachher noch da. Viel los auf den Straßen heute.«

Nicholas hatte nichts Ungewöhnliches mitbekommen. Die Interstate 405 war nicht voller oder leerer gewesen als sonst auch. Er zuckte die Achseln und machte sich an seine Dehnübungen, während Darriell leichtfüßig auf das Trampolin hüpfte und zu federn begann.

Eine Weile trainierten sie schweigend.

Als Nicholas auf die Tür zur Toilette zuging, rief Darriell: »Warte, was hast du vor?«

Was war denn mit dem los? »Ich geh bloß aufs Klo.«

»Klo geht nicht.« Darriell federte fast bis an die Decke.

»Wieso das denn nicht?«

Mit einem Salto sprang Darriell auf den Boden und landete direkt vor Nicholas, so dass er zu ihm aufsehen musste. Es war das erste Mal, dass sein Freund bedrohlich wirkte. Die Augen glühten in dem sonst so gutmütigen dunklen Gesicht. »Wieso nicht? Wir haben seit fünf beschissenen Tagen kein Wasser mehr.« Er drehte sich um. »Wenn du pissen musst, geh auf den Parkplatz.«

»Was meinst du, wir haben kein Wasser?«

Darriell sprach zur Wand. »Das, was ich sage. Es kommt nichts aus der Leitung. Nada. Niente.« Er trat gegen die Trampolinumrundung vor ihm.

»Ja, aber das kann doch so nicht bleiben.« Er starrte Darriells angespannten Rücken an. »Hast du den Klempner schon angerufen? Wie lange braucht der denn?«

Langsam drehte Darriell sich wieder zu ihm um, sehr langsam. Er sah Nicholas einen Augenblick an, dann sprang er ohne ein weiteres Wort zurück auf das Trampolin.

Nicholas lief den großen Schaumstoffklotz an der Wand hoch. An den Fingerspitzen hängend, zog er sich nach oben, setzte sich auf die Kante des Klotzes und sah Darriell bei seinen Schrauben und Salti zu. Sich so präzise bewegen zu können! Darriell flog vom Trampolin auf das daneben aufgebaute Metallgerüst und balancierte darauf zu Nicholas herüber.

»Alles klar bei dir?«

»Nein.« Lautlos ließ Darriell sich auf den Boden gleiten. »Los, wir machen noch ein paar Parallelsprünge, bevor die Kinder kommen.«

Nicholas blickte ihm nach. Warum verhielt sich Darriell so merkwürdig?

Es gelang ihm nicht, bei den Sprüngen mit seinem alten Trainer mitzuhalten. Natürlich nicht. Immer wieder rutschte er ab oder kam ungeschickt auf und verlor die Balance.

»Stop.« Darriell ragte vor ihm auf wie aus dem Boden gewachsen. »Was ist eigentlich dein Problem?«

Schweigend starrte Nicholas zu ihm hinauf. Dann zuckte er die Achseln. »Schätze, ich bin nicht sonderlich gut in Form.«

»Oh nein, das ist es nicht.« Darriell schüttelte den Kopf. »Deine Form war nie besser. Dein Problem ist da oben.« Er tippte mit dem Zeigefinger auf Nicholas' Stirn. »Du lässt nicht los. Du denkst die ganze Zeit nach. Ist so, oder?«

»Weiß nicht. Kann sein.«

Darriell grinste breit. »Und was denkst du?«

Nicholas schwieg.

»Ich sag dir, was du denkst. Du denkst: Darriell hat schlechte Laune. Ob er mich noch mag? Ich muss ihm zeigen, dass ich es kann. Ich muss es besonders gut machen.«

Ertappt.

»Du bist total verkrampft«, fuhr Darriell fort. »Dadurch werden deine Bewegungen eckig, und du fällst. Mach den Kopf aus und den Körper weich. Atme. Was zählt, ist nur der nächste Sprung, okay? Los, nochmal.«

»Ich kann das gerade nicht.«

Darriell zog eine Augenbraue hoch. »Seit wann bist du so eine Memme? Na los, schwächeln kannst du, wenn du sechzig bist.«

Darriell jagte ihn durch die Halle, Wände hoch, Wände runter, ließ ihn auf den Händen stehen, bis er fast zusammenbrach, schickte ihn danach in die Flugrolle und den Backflip … Es war fast wieder wie vor vier Jahren, als Darriell sein Coach geworden war. Nur, dass er damals keinen Einzelunterricht gehabt hatte und sich zwischendurch einen Moment ausruhen konnte.

»Ich kann nicht mehr. Ich brauch ne Pause, Dee.« Er japste wie ein Anfänger.

Darriell schüttelte den Kopf. »Dein Kopf braucht eine Pause. Los. Dreißig Liegestütze und keine weniger. Danach kannst du Pause machen.«

Als die Kinder kamen, die er ja eigentlich trainieren sollte, fühlte Nicholas sich wie ausgewrungen.

Obwohl er sich selbst kaum mehr anstrengte, sondern nur hier und da etwas zeigte oder korrigierte, hatte er nach drei Stunden das Gefühl, keinen Fuß mehr vor den anderen setzen zu können. Jeder Muskel in seinem Körper protestierte. So fertig war er nach dem Sport lange nicht gewesen. Und es war ein gutes Gefühl. »Danke, Dee.«

»Schon in Ordnung, Kleiner. Bis nächste Woche.«

Zwei Typen lehnten mit verschränkten Armen an seinem schwarzen Model S, als Nicholas auf den Parkplatz schlurfte. Ein dritter stand breitbeinig daneben und ließ rhythmisch ein altes Eisenrohr in die linke Handfläche klatschen. Alle drei grinsten ihn herausfordernd an.

Automatisch machte Nicholas einen Schritt zurück und gab vor, nur zufällig an dem Grundstück vorbeizugehen. Blitzschnell berechnete er mögliche Fluchtoptionen.

»Du da! Blondie!« Er fuhr herum, bevor er sich bewusst wurde, dass es schlauer gewesen wäre, gar nicht zu reagieren. »Dein Auto?«

Unbeteiligt wirken. Ganz entspannt.

»Nicht so schnell, Beachboy! Wo willst du denn hin?« Einer der drei Jungs sprang ihm in den Weg und rammte ihm ohne Vorwarnung eine harte Faust in den Magen.

Mit einem röchelnden Geräusch ging Nicholas in die Knie, die Hände auf den Bauch gepresst.

Durch zusammengebissene Zähne atmete er vorsichtig ein. Sie standen um ihn herum. Drei Paar billige Turnschuhe, drei Paar sehnige dunkle Beine. Dazu das Geräusch des Eisenrohrs, das immer wieder in eine Hand klatschte.

»Tut weh, was, du kleine Strandratte? Gleich tut es noch viel mehr weh.« Ein Typ trat ihm in die Seite.

Nicholas unterdrückte jeden Schmerzenslaut und kämpfte sich hoch. Gut so. Er stand. Nicht besonders fest zwar, aber er stand. Mit seltsamer Klarheit registrierte er, dass der Angreifer wohl nur den Rippenbogen getroffen hatte. »Okay«, keuchte er. »Was wollt ihr?«

Die drei johlten. Er roch Alkohol und noch etwas anderes. Der, der ihm in den Bauch geboxt hatte, kam noch einen Schritt näher, fast lässig, und schlug ihm ins Gesicht. Nicholas' Kopf flog herum, er taumelte zurück und stolperte gegen den Jungen mit dem Rohr. Warmes Blut lief ihm aus der Nase und über den Mund.

Der Typ mit dem Eisenrohr versetzte ihm einen Stoß, und er ging zu Boden. Nicholas hatte seine Reflexe jahrelang trainiert, dennoch schrammte er sich beim Aufschlag die Wange und die Hand auf. Vor seinen Augen flimmerte es. Schotter. Glassplitter. Müll. Unerreichbar weit weg – sein Auto.

Seine Angreifer warteten. Raubtiere, die sich fragten, ob schon der richtige Zeitpunkt war, die Beute zu zerteilen.

Mühsam kam er zurück auf die Beine. Ein höhnisches Lächeln breitete sich auf dem Gesicht des Typen mit dem Eisenrohr aus. »Hast wohl noch nicht genug, Blondie.« Er warf das Rohr betont lässig von einer Hand in die andere. »Wir haben auch noch nicht genug, was, Leute?« Er lachte.

Von der Straße näherte sich ein junger Mann. Sehr gut. Ruhig bleiben jetzt. Halte sie hin. Vor einem Zeugen würden sie ihm nichts tun.

»Gibt's Ärger?«

Die drei wandten sich um. Jetzt. Seine Chance. Wenn er sie überraschte, konnte er am Auto sein, bevor sie auch nur merkten, was los war. Bloß an dem Neuankömmling vorbei, hoffentlich ging das Auto schnell genug auf.

Er sprintete los.

Der junge Mann streckte einen Fuß nach vorn. Nicholas fiel und schlug sich auf dem Schotterboden die Ellenbogen auf.

»Tststs. Nicht so schnell.« Der Neue spuckte vor ihm aus. »Der Spaß fängt doch erst an.«

Was zum Geier wollten die von ihm? Nicholas hörte seinen eigenen, viel zu schnellen Atem. Die anderen würden ihn auch hören. Nicht gut. Ruhig, Nick, ganz ruhig, redete er sich selbst zu. Keine Panik. Bloß jetzt nicht durchdrehen. Er hatte niemandem was getan, das war alles ein Missverständnis …

Während er wieder auf die Füße kam, hatten sie einen Kreis um ihn gebildet. Undurchdringlich. Er richtete sich zu seiner vollen Größe auf, auch wenn sein Bauch für alle Ewigkeiten zusammengekrümmt bleiben wollte. »Was wollt ihr?« Er merkte selbst, dass es erbärmlich klang. Zwischen den Angreifern blieb nicht die geringste Lücke.

Der mit dem Rohr verzog den Mund, dass eine Zahnlücke sichtbar wurde. »Versuch's erst gar nicht.«

Zumindest schlugen sie gerade nicht auf ihn ein. Sie schienen noch etwas anderes mit ihm vorzuhaben. »Geld?« Nicholas kramte in seiner Hosentasche. Viel war nicht drin.

Sie lachten.

Die Furcht in ihm stieg ein Stück höher. »Dann haut ab!«, brüllte er. »Ich hab euch nichts getan!«

Gegröle aus vier Kehlen. Das Eisenrohr klatschte. »Er hat uns nichts getan!«

Der Neuankömmling griff ihn vorn am T-Shirt und riss ihn nach oben, bis seine Füße den Boden fast nicht mehr berührten. In seinen Ohren rauschte es.

»Jeden Tag tust du uns was!« Das Gesicht des anderen war wutverzerrt. Saurer Atem schlug Nicholas entgegen. »Jeden verfluchten Tag! Ihr. Klaut. Unser. Wasser.« Er stieß Nicholas von sich und spuckte ihm ins Gesicht. Dann schlug er ihn noch einmal, hart. Etwas Warmes, Klebriges lief an seinem Gesicht hinunter.

Sterne tanzten ihm vor den Augen. Gleich würde er zu Boden gehen.

Er roch seinen eigenen Schweiß.

»Angst?« Der Neuankömmling grinste breit. »Weißt du was? Gib uns dein Auto, und wir lassen dich gehen.« Er zuckte mit den Schultern. „Zu Fuß, versteht sich."

»Vielleicht.« Der mit dem Eisenrohr schubste ihn auf die anderen zu. »Wenn wir Lust dazu haben.«

Nicholas stolperte rückwärts und bekam einen harten Schlag in den Rücken, der ihm die Luft aus der Lunge trieb. Tränen schossen ihm in die Augen, er konnte sie nicht aufhalten. Der Junge links hinter ihm trat ihm in die Kniekehlen, so dass er erneut zu Boden ging. Sie johlten triumphierend, als er schon wieder auf allen Vieren nach Luft schnappte. Er musste hier weg, und zwar schnell. Doch als er nach vorn schnellte, um zu entkommen, raste ein sengender Schmerz durch seinen rechten Oberschenkel. Seine Hose war aufgerissen und blutig. Der kleinste der vier putzte nachlässig ein Messer an der Hose ab und grinste ihn herausfordernd an: »Ich hätte auch höher zustechen können, Blondie.«

Nicholas' Herz hämmerte wie wild, sein Atem ging keuchend. Der Typ hatte ihm eiskalt ein Messer in den Oberschenkel gerammt! Sie wollten ihn nicht ausrauben oder zum Vergnügen ein bisschen aufmischen - die würden ihn umbringen, einfach so abschlachten. Hier und jetzt, und er hatte keine Chance, etwas dagegen zu tun. Sie waren zu viert. Sie waren bewaffnet. Und sie hatten keinerlei Hemmungen.

In seinem Bein tobte ein brennender Schmerz, der seine Angst überlagerte und etwas anderes in ihm wachrief. Einen nackten Instinkt. So leicht würde er es ihnen nicht machen. Wenn sie ihn haben wollten, dann sollten sie was dafür tun. Sie mochten zuschlagen können, aber das hieß nicht, dass er völlig hilflos war.

Mach den Kopf aus und den Körper weich, klang Darriells Stimme in seinem Kopf. Nicholas zog die Beine an und bereitete den Sprung vor. Am Rande seines Bewusstseins registrierte er verblüfft, dass das verletzte Bein tat, was es sollte. Neben ihm war seine Tasche zu Boden gefallen. In Zeitlupe streckte er die Hand danach aus und schleuderte sie in einer blitzschnellen Drehung dem Typ mit dem Rohr ins Gesicht. Wie ein Pfeil, der die Sehne verlässt, schoss er zwischen den Beinen der abgelenkten Angreifer hindurch, rollte ab, kam auf die Füße und raste auf sein Auto zu.

Zu langsam. Sein gepeinigter Körper war zu ausgelaugt, das Bein zu schwach. Und den Angreifern verlieh ihr Zorn Kraft.

Er hörte Keuchen und das Klicken eines Springmessers direkt hinter sich.

Und dann: »Halt!«

Die Stimme, die über den Parkplatz drang, war nicht laut, doch sie führte dazu, dass die vier von ihm abließen.

»Darriell.«

Fast hätte Nicholas vor Erleichterung losgeheult.

»Verpisst euch«, sagte Darriell sehr ruhig und sehr gefährlich. »Wenn ich euch hier in der Nähe auch nur ein Mal wiedersehe, habt ihr ein ernstes Problem.«

Zwei der vier hoben die Hände. »Alles gut, Mann!«

»Wir haben doch nur Spaß gemacht!«

»War nicht so gemeint, Dee, echt …«

»Haut ab.« Er machte eine Handbewegung, als verscheuche er lästige Fliegen.

Nicholas war mit dem Rücken am Auto zu Boden gerutscht. Sein Herz jagte immer noch, und sein Atem ging schnell. Er wischte sich mit dem T-Shirt das Blut aus dem Gesicht und betastete den Jochbogen unter dem rechten Auge. Es tat höllisch weh, und an seinem Finger klebte sofort frisches Blut.

Darriell grinste schief. »Du siehst verboten aus.« Er reichte ihm die Hand und zog ihn hoch. Nicholas war sich zunächst nicht sicher, ob er stehen konnte. Es kostete Mühe. Seine Knie waren seltsam weich.

»Fahr nach Hause an deinen Strand, Nick.«

»Was … was wollten die?« Seine Stimme fiepte. Wie peinlich. Er schluckte, um sie unter Kontrolle zu bekommen. »Wer waren die? Ich meine, das hier ist Santa Ana und nicht Downtown L.A.! Hier ist kein Slum oder so.«

»Tja, die Leute sind wütend.« Darriell seufzte.

»Was meinten die mit dem Wasser?« Nicholas' Kopf fühlte sich merkwürdig an. Wie durch Nebel bekam er mit, wie Darriell ihn erschrocken ansah.

»Scheiße, Kleiner, ist alles okay mit dir?«

»Ja, geht schon.«

»Ist klar. Du machst ja auch einen total fitten Eindruck.«

Nicholas ließ zu, dass Darriell sich seinen Arm um die Schulter legte und ihn ins Parkour-Studio brachte.

»So. Hinlegen. Füße hoch.«

Die Matte unter ihm war wunderbar weich. Wenn ihm nur nicht so kalt wäre.

Darriell setzte sich neben ihn.

»Sie mochten das Auto, was?«

Nicholas antwortete nicht. Sollte er sich etwa für die Karre entschuldigen? Darriell wusste ganz genau, dass er den Trainerjob hier nicht nur aus Spaß machte, sondern weil er das Geld verdammt nötig hatte. Er legte die Arme um den Oberkörper. Seine Zähne klapperten.

Darriell drehte sich zu ihm um. »Du bist total weiß im Gesicht! Noch weißer als sonst, meine ich. Warte, ich hole dir eine Decke.«

Nicholas bemühte sich, die Decke nicht mit seinem Blut zu besudeln. Was nicht ganz einfach war – es gab wenige Stellen an ihm, die nicht irgendwie blutverschmiert waren.

»Man kann sie waschen«, sagte Darriell. »Vielleicht. Irgendwann.«

Während Nicholas sich dankbar in die Decke einrollte, musste er wieder an seine Frage denken. »Was meinten die mit dem Wasser?«, wiederholte er.

Darriell sprach zur Wand. »Das, was ich vorhin schon gesagt habe. Es kommt nichts aus der Leitung. Und zwar nicht deswegen, weil die Rohre kaputt wären.« Er seufzte.

»Ich schätze, bei euch da unten am Strand sind die Pools noch voll.«

Nicholas' geprügeltes Gehirn arbeitete nur langsam. »Warte, ich kapier es immer noch nicht. Du meinst, es geht nicht um dieses Haus, sondern der ganze Stadtteil hat gerade kein Wasser?«

Darriell lachte, so resigniert, dass Nicholas erschrak. »Der Stadtteil? Guckst du irgendwann mal Nachrichten? Oder steckst deine hübsche Nase in eine Zeitung?«

»Ähm.« Es wurde immer trockener in Kalifornien, das wusste jeder. Die *Beach Cities Farm*, wo Nicholas oft arbeitete, würde deswegen demnächst die Tore schließen, zumindest bis zum Winter. Aber dass es so schlimm war …

»Die ganze Stadt hat kein Wasser, Nick. Es ist alle. Das Reservoir ist leer.«

Nicholas wusste nicht, was er sagen sollte.

Kein Wasser. Keine Dusche. Kein Klo. Kein Wasser für die Waschmaschine. Und er hatte es nicht mal mitbekommen. Er dachte an Earnests Whirlpool und an die Rasensprenger der anderen Nachbarn. Ein seltsames Gefühl machte sich in ihm breit. Scham. Für etwas, wofür er überhaupt nichts konnte.

»Kalifornien war immer ein Wüstenstaat«, sagte er zögernd. »Es ist immer irgendwie weitergegangen.«

Darriell verzog das Gesicht. »Richtig, du kommst ja aus dem Republikanerland. Bei euch gibt's keinen Klimawandel.« Er schnaubte abfällig. »Wach auf, Nick. Das ist erst der Anfang. Nächstes Jahr seid ihr da unten auch fällig.«

Eine Weile schwiegen sie beide.

Dann sagte Darriell: »Was, glaubst du, war dein Problem eben?«

»Hm?« Kein Wasser. Scheiße.

»Wieso konnten die dich so fertigmachen?«

Nicholas lachte freudlos. »Die waren zu viert.«

»Trotzdem hättest du dich wehren können.«

»Tja.« Nicholas merkte selbst, wie ätzend seine Worte klangen. »Das lernen wir da unten am Strand bloß nicht.«

Darriell schüttelte ruhig den Kopf. »Du bist stark, Nick, und du bist schneller als irgendwer sonst, den ich kenne. Dein Problem eben lag schon wieder zwischen den Ohren. Du hast gar nicht darüber nachgedacht, ihnen auf deine eigene Weise was entgegenzusetzen, oder?«

Nicholas suchte in seinem vernebelten Hirn nach einer Antwort. Er hatte verdammt noch mal keine Sekunde Zeit gehabt, irgendwas zu denken.

»Siehst du, und noch mal was gelernt fürs Leben.« Darriell boxte ihn freundlich gegen den Oberarm. »Kämpfe mit den Waffen, die du beherrschst.«

»Wenn ich dich nicht hätte.« Nicholas schob die Decke weg und setzte sich ächzend auf. Beinahe wäre er auf der Stelle wieder umgefallen, aber er konnte hier nicht ewig liegenbleiben. Er wurde müde.

»Was soll das werden?«

»Ich fahr nach Hause.«

»Du fährst überhaupt nirgendwohin.«

»Dee«, Nicholas seufzte. »Ich ziehe hier bestimmt nicht ein.«

»Du fährst nicht, bevor ich mir das Bein nicht zumindest

mal angesehen habe. Und vielleicht fährt du dann auf meinem Beifahrersitz ins nächste Krankenhaus.«

Als Darriell die Hose weiter aufriss, drehte Nicholas den Kopf weg. Zermatschte Körperteile im Kino waren das eine, Fleischfetzen am eigenen Körper das andere. Darriell tupfte die Wunde ab. Das Tuch war sofort wieder blutgetränkt, das entging Nicholas nicht mal mit abgewandtem Blick. Während an seinem Bein gezuppelt und gewischt wurde, konzentrierte er sich darauf, die Fotos an der Wand neben ihm zu betrachten.

Darriell klopfte ihm auf die Schulter. »Kannst wieder gucken, ist bloß ein Kratzer.«

Wie, Kratzer? Das, was da puckerte und schmerzte und blutete?

Darriell ging hinüber zum Büro, während Nicholas stumpf die Wunde anstarrte. Nur ein Kratzer, klar. Aber vermutlich war es wirklich nicht so schlimm, wie es aussah, sonst hätte er vorhin auf dem Parkplatz selbst unter Adrenalin keinen Schritt tun können. Darriell kehrte mit einem Erste-Hilfe-Pack in der Hand zurück und warf ihm eine Packung Traubenzucker zu. »Hier. Essen. Jetzt.«

Gehorsam riss Nicholas eins der Päckchen auf und schob sich den Zucker in den Mund. Während er darauf herumlutschte, tupfte Darriell seine Wunde ab. »Vorsicht, gleich brennt es ein bisschen.«

Es brannte höllisch, und der Geruch des Jodzeugs stach in Nicholas' Hals. Er bemühte sich, lautlos auszuatmen.

»Ich verbinde dir das nur leicht, ja? Und du beobachtest das in den nächsten Tagen.«

Nicholas nickte. Zum Aufstehen brauchte er erneut Darriells Hilfe. »Was ist mit dem Feriencamp nächste Woche? Bleibt es bei Montag um neun?« Wie auch immer er das mit dem Bein schaffen sollte.

»Das wird ausfallen. Ich werde das Studio eine Weile schließen, glaub ich. Ich muss hier erst mal dafür sorgen, dass keiner mehr auf dumme Gedanken kommt.« Er legte Nicholas die Hand auf die Schulter. »Wir sehen uns in ein paar Wochen, Kleiner. Pass auf dich auf.«

Nicholas starrte ihn an. Kein Wasser. Kein Training. Keine schweißtreibenden Stunden mit Darriell.

Und kein Geld.

Dreihundert Dollar hätte er für das Camp bekommen. Mühsam brachte er hervor: »Du auch.«

»Schaffst du es nach Hause?«

Ihm war immer noch so scheißkalt. Im Auto würde er die Heizung anmachen müssen. »Wird gehen.«

»Ach, und leg ein Handtuch unter das Bein. Wär schade, wenn der Verband durchsifft und du die Luxuskarre vollblutest, oder?«

Dutzende Male war Nicholas den Weg von Santa Ana nach Hause gefahren. Automatisch setzte er den Blinker, automatisch bog er auf die 405 ab. Der Schnitt an seinem Oberschenkel brannte, aber es kam kein frisches Blut mehr. Sein Gesicht fühlte sich taub und deformiert an. Er versuchte, nicht ständig die zerschrammte Schwellung an der Wange zu betasten.

Allmählich ergriff eine bleierne Müdigkeit Besitz von

ihm. Nur mit Mühe hielt er sich wach, während der Tesla lautlos durch die Abenddämmerung nach Süden rollte. Er hätte auf Darriell hören und noch länger ausruhen sollen. Doch dafür war es jetzt zu spät. Immer wieder döste er beinahe ein und riss sich im letzten Moment wieder hoch. Schlafen. Nur noch schlafen …

Neben ihm hupte ein Auto. Nicholas riss die Augen auf. Scheiße! Viel hätte nicht gefehlt, und er hätte sein Auto geschrottet. Und das andere gleich mit. Um wieder wach zu werden, kniff er sich ins Ohrläppchen.

Weiter, immer weiter.

Der weinrote Porsche Panamera fiel ihm nur deswegen auf, weil er fast hineingefahren wäre, als der andere Fahrer vor ihm plötzlich die Spur wechselte.

Mit einem Schlag war er wieder hellwach. Er knallte die Hand auf die Hupe. Hatte der Blödmann noch nie was von blinken gehört? Der Panamera zog nach rechts auf die Ausfahrt.

Erst jetzt merkte er, dass sich vor ihm die Autos stauten. Am Horizont blinkten blaue Polizeilichter mit orangefarbenen Absperrleuchten um die Wette. Nicholas sah sich kurz nach hinten um und drängelte sich dann ebenso rücksichtslos auf die Ausfahrt wie der Porsche das vor einer Minute getan hatte. Der Abstandwarner des Teslas piepte protestierend. Nicholas warf einen entschuldigenden Blick in den Rückspiegel. Seine Hände klebten schwitzig am Lenkrad.

Der Panamera bog rechts ab. Nicholas heftete den Blick auf die Rücklichter des anderen Autos und fuhr ihm hinterher. So würde er wenigstens nicht einschlafen. Gott, war er fertig. Er brauchte seine gesamte Konzentration dafür, mit Rentnergeschwindigkeit hinter einem hässlichroten Protzauto herzufahren, das konnte man echt niemandem erzählen.

In einem Nebel aus Müdigkeit und Schmerzen folgte Nicholas den Rücklichtern in Richtung Zuhause. Irgendwann bog der Panamera ab. Irgendwann tauchte er hinter ihm wieder auf. Irgendwann kam die Einfahrt zu der Straße, in der das kleine Haus stand, das Nicholas mit seinem Vater bewohnte. Er nickte dem Pförtner zu. Der Pförtner öffnete die Schranke. Eine Minute später war er zu Hause.

Kein Licht schien aus den Fenstern, alles war dunkel. »Dad, ich bin wieder da!«

Niemand gab Antwort.

»Dad? Papa?«

Der Rechner auf dem Küchentisch war eingeschaltet, der Abwasch türmte sich wie immer auf der Spülmaschine.

Kein Papa. Das war nicht das Schlechteste, so musste er nicht über seinen Zustand diskutieren.

Nicholas ging ins Bad, wusch sich das Blut aus dem Gesicht, zog sich ein neues T-Shirt an und tauschte die zerfetzte Jeans gegen eine Jogginghose. Die Wunde auf dem Jochbogen würde wohl ohnehin noch eine Weile zu sehen sein.

Im Wohnzimmer stand die Terrassentür offen. Das Fliegengitter auch. Er humpelte nach draußen und schloss es hinter sich.

Sein Vater saß an der Steinkante der Terrasse. Reglos starrte er aufs Meer hinaus.

»Papa?«

Unendlich langsam drehte sich sein Vater zu ihm um und bemühte sich zu lächeln. Seine Augen waren rot gerändert. »Nick.« Fast schaffte er es, seine Stimme normal klingen zu lassen. Aber nur fast.

»Was ist los?«

»Nichts, wieso? Es ist alles gut. Wie war dein Tag?« Sein Vater hielt ein Blatt Papier in den Händen. Wie zufällig rollte er es zusammen, so dass Nicholas nicht lesen konnte, was darauf stand.

Nicholas setzte sich neben ihn, die Wunde an der Wange von seinem Vater abgewandt.

Am Strand rannte ein Schwarm von winzigen weißbraunen Vögeln vor einer auf den Strand fließenden Welle davon und folgte ihr beim Zurückfließen wieder Richtung Meer. Nicholas musste trotz allem lächeln. Das taten die den ganzen Tag. Immer hin und her. Als er kleiner war, hatte er sie oft dabei beobachtet. Plovers hießen sie – Regenpfeifer. Papa hatte es damals extra nachgesehen. Für Nicholas waren und blieben es Rennvögel. Die Sonne war längst hinter dem Horizont versunken. Bald würden die Vögel sich zum Schlafen am Strand versammeln.

Der Atem seines Vaters ging unregelmäßig. Er setzte die Brille ab und wischte sich mit dem Ärmel über das Gesicht. Nicholas tat, als bemerke er es nicht. War diese scharfe Falte zwischen Mundwinkel und Nase immer schon dagewesen?

»Parkour war gut«, log er. »Darriell war da.«

»Das freut mich.« Die Knöchel der linken Hand, die die Papierrolle hielt, traten weiß hervor.

So wie Nicholas aussah, hätte normalerweise sogar Papa auffallen müssen, wie zermatscht er zu Hause aufgetaucht war. Doch sein Vater blickte nur weiter in die Ferne.

Eine Windbö fegte über den Strand. Die Rennvögel flogen hoch und nahmen einige Meter weiter ihr Spiel wieder auf. Ein paar vereinzelte Möwen zogen über den Abendhimmel und landeten am Strand. Als wäre nirgendwo auf der Welt irgendetwas nicht in Ordnung.

Nicholas wartete, bis er es nicht mehr ertrug. Als er klein war, hatte sein Vater ihm immer gesagt, dass Sachen leichter würden, wenn man über sie spricht. »Reden, Dad?«

Sein Vater zuckte müde mit den Schultern. »Es gibt Sachen, die Eltern allein klären müssen.«

»Ist was mit Mom?«

»Lass gut sein, Nick.«

Er würde heute Abend nichts mehr aus seinem Vater rauskriegen. Vielleicht war das ganz gut so. Was immer es war, das sein Dad vor ihm geheim hielt: Nicholas war sich nicht sicher, ob er gerade noch wesentlich mehr Katastrophen vertragen konnte.

»Was ist mit deinem Gesicht passiert?«

Gegen seinen Willen musste Nicholas grinsen. Die Wunde auf seiner Wange schmerzte. »Lass gut sein, Papa.«

NICHOLAS

Nicholas wurde wach, weil sein Bein wehtat. Unwillig drehte er sich um und versuchte wieder einzuschlafen. Hoffnungslos. Seine Blase drückte. Die Messerwunde puckerte. Stöhnend rollte er sich aus dem Bett und humpelte ins Bad. Fast hätte er vor Schmerz gequiekt, als in der Dusche das Wasser über seine Verletzungen lief. Er tupfte sie danach sehr vorsichtig trocken, holte das Antisept aus dem Schrank, stellte es unverrichteter Dinge wieder hinein und zog eine extra weiche Jogginghose an.

In der Küche roch es nach Kaffee, aber aus der Tasse neben dem Rechner dampfte es nicht mehr. Wie so oft war Papa in ein Drehbuch versunken – oder woran er gerade schrieb – und hatte alles um sich herum vergessen. »Morgen, Papa.« Nicholas versuchte zu klingen wie immer. »Auch einen Saft?«

Sein Vater schaute skeptisch. »Grünkohl, Spinat oder Rote Beete?«

Nicholas zog eine Grimasse. »Sissy. Heute gibt es Orangensaft.«

»Wenn das so ist, klar, gern.« Er warf einen Blick auf seine Tasse. »Mein Kaffee ist eh kalt geworden, fürchte ich.«

»Ganz was Neues.« Nicholas räumte das Geschirr vom Vorabend in die Spülmaschine und schob dann einen Krug unter die Öffnung der Saftpresse. Darriells Spülmaschine würde nicht funktionieren – ebenso wenig wie die Waschmaschine. Er hätte die blutverschmierte Decke zum Waschen mitnehmen sollen – warum hatte er nicht daran gedacht? Er musste Darriell schreiben und ihm anbieten, zum Duschen und zum Waschen herzukommen, selbst wenn der das garantiert ablehnen würde. Während er die erste Orangenhälfte ausdrückte, fragte er: »Woran schreibst du?«

»Immer noch diese Serie.« Papa sah nicht auf. »Heute Abend treffe ich mich wieder mit der Agentin, die mir Zacharys Dad empfohlen hat. Die macht viel mit Netflix und Amazon.«

Nicholas hoffte für seinen Vater, dass diese Filmagentin eine der wenigen war, die wussten, was sie taten. Und für sich selbst hoffte er es auch. Es wäre schön, wenn sein Vater mal wieder eine ordentliche Schaufel Geld ins Haus werfen würde. South Orange County war ein teures Pflaster. Nur, weil sie mietfrei wohnten und das Auto als Werbegeschenk bekommen hatten, konnte er sie beide mit seinen Jobs über Wasser halten. Oft genug reichte das Geld kaum.

South Orange County war nicht nur teuer. Es war noch dazu so nah an Hollywood, dass beinahe jeder jemanden kannte, der im Filmgeschäft war. Oder jemanden kannte, der jemanden kannte, der im Filmgeschäft war. Nicht alle hielten, was sie versprachen.

Nicholas stellte zwei Gläser Saft hin, drehte einen Stuhl um und setzte sich rittlings an den Tisch. Ein Tropfen

Orangensaft floss an seinem Glas nach unten. Er wischte ihn mit dem Zeigefinger weg. »Was stimmte nicht mit deinem anderen Agenten?«

Sein Vater lächelte sein typisches vages Lächeln. »Nichts. Nur, dass er in den Ruhestand gegangen und nach Florida gezogen ist. Ist vielleicht eine Chance für mich, endlich …« Dann löste er tatsächlich den Blick vom Bildschirm und sah Nicholas an. »Verrätst du mir jetzt, was mit deinem Gesicht passiert ist?«

Oh, nicht nur mit meinem Gesicht, Papa. Nicholas kippte den Saft hinunter und wischte sich mit dem Handrücken den Mund ab. Der Stuhl kratzte über die Fliesen, als er aufstand, um Nachschub zu holen. Er bemühte sich, das Humpeln zu unterdrücken, jetzt, da er die Aufmerksamkeit seines Vaters hatte. »In Santa Ana haben sie kein Wasser mehr. Ein paar Jungs waren der Meinung, dass mir dafür die Fresse poliert gehört.«

»Ach du Sch … Bist du in Ordnung?«

»Ja.« Nein. Keine Ahnung.

Er mochte es nicht, wenn Papa ihn so ansah. Es war dieser ganz spezielle Blick, den er sich für Sorgenmomente aufhob. Und es lag immer auch eine Mischung aus schlechtem Gewissen und Traurigkeit darin, womit Nicholas nur schwer umgehen konnte. Er trank das zweite Glas Saft nur deswegen so schnell, weil er seinem Vater nicht in die Augen sehen wollte. Er musste jetzt nicht über gestern reden und dieses nagende Schuldgefühl, das ihn seither nicht losließ. Nicht über die Jungs in Santa Ana, nicht über sein puckerndes Bein und absolut gar nicht über Papas merkwürdiges

Verhalten am Abend. »Kann ich das Auto haben?«

»Wenn ich es heute Abend wiederkriege.«

»Klar. Ich will bloß rüber zu Zac und bei der Gelegenheit Jennifers Gemüse mitnehmen.«

»Ich denke, du arbeitest heute nicht auf der Farm?«

»Ich kann doch trotzdem eben das Gemüse holen.«

Als sein Vater merkte, dass er aus der Pflicht war, tauchte er auf der Stelle wieder in sein Drehbuch ab. Nicholas angelte das verkratzte iPad vom Regal neben dem Tisch und ließ sich damit in die Hollywoodschaukel auf der Terrasse fallen. Jetzt war es draußen noch angenehm. Am Mittag würde die Hitze unerträglich werden. Gut, dass seine Mutter die Terrasse hatte überdachen lassen, bevor sie … Er schob den Gedanken weg. Wieso drängelte sie sich auf einmal ständig in seinen Kopf? Monatelang hatte er Frieden gehabt. Warum auch immer. Jedenfalls blieb es durch die Überdachung auf der Terrasse ein bisschen dunkler, so dass er den Bildschirm erkennen konnte.

Er hinterließ Zachary eine Nachricht und checkte die Inbox. Rebecca schickte den Dienstplan für die Farm. Viel war nicht zu tun. Eine einzige Schicht in ein paar Tagen, seine letzte. Wie alle anderen litt auch die *Beach Cities Farm* unter der seit Jahren anhaltenden Dürre. Vor Kurzem hatte Rebecca mit ein paar Helfern eine Bambus-Konstruktion aufgestellt, die aussah wie eine riesige Flasche mit einem Fischernetz drin. Damit sammelte sie Kondenswasser aus der Luft. Das wurde über ein raffiniertes Bewässerungssystem verteilt und hatte bisher die Felder vor dem totalen Austrocknen bewahrt. Trotzdem war es auch für Rebecca und ihre Leute immer schwieriger geworden. Nicholas' Tage auf der Farm waren gezählt. Er brauchte einen neuen Job. Dringend. Und wenn er bei *Trader Joe's* Kisten auspackte. Irgendwas musste er finden.

Die Inbox plingte. Zachary war schon wach? *Klar, komm rüber*, schrieb er. *Aber benimm dich, wir haben Besuch.*

Ach richtig, die deutsche Praktikantin von Zacs Dad. *Paul's Whale Watching Tours* brummte, und er konnte jede helfende Hand gut gebrauchen.

Surfen?, schrieb Nicholas und merkte zu spät, dass das mit dem Bein keine besonders brillante Idee war.

Zacharys Antwort kam prompt. *Heute nicht. Bisschen Rücksicht auf Elins Jetlag nehmen.*

Herrje, Zac war so ein Familientier! Wenn sie zu müde für den Strand war, sollte das Mädchen doch zu Hause bleiben. Seit wann war Zachary der Babysitter für die Mitarbeiter seines Vaters? Er schrieb: *Soso, die Praktikantin ist dir wichtiger als dein bester Freund. Merk ich mir*. Senden. Das Leben konnte so einfach sein, so gut.

Es dauerte keine Minute, bis Zac antwortete: *Klar, sie sieht besser aus als du. Morgen früh surfen?*

Nicholas grinste. *Lass das nicht Tammy hören. Morgen früh muss ich mich um einen neuen Job kümmern, du schläfst doch eh*. Außerdem würde er auch morgen kaum in der Lage sein zu surfen. Er holte eine Schüssel Cornflakes aus der Küche und ließ sich dann wieder mit dem iPad in die Hollywoodschaukel sinken.

Plingplong. Nochmal Zac. *Frechheit! Bin ich jetzt wach, oder was? Beweg deinen Hintern hierher, aber flott.*

Bevor Nicholas sich auf den Weg machte, schnappte er sich seine Kamera und ging zum Wasser hinunter. Seine übliche Runde würde er heute nicht laufen können. Aber zumindest einmal die Füße in den Pazifik halten, das musste morgens einfach sein. Über dem Strand hatte bis eben der Morgennebel gelegen, und der Sand unter seinen Füßen war kühl.

Noch lag das Wasser nahezu glatt, aber die Wellen würden gut werden heute, das sah er. Er kannte diesen Ozean, kannte ihn vielleicht besser als manch einer von den Jungs, die jetzt schon da draußen auf die perfekte Welle warteten.

Er liebte den Pazifik seit jenem Tag, an dem er als Elfjähriger zum ersten Mal an diesem Strand gestanden hatte. Das Meer hatte ihn getröstet, als er einsam war und noch niemanden kannte. Es hatte das Leben erträglich gemacht, als das mit seiner Mutter passiert war. Es gab ihm Kraft, wenn ihm die stille Traurigkeit seines Vaters über den Kopf wuchs. Es ließ ihn atmen. Hier war er wirklich frei. Die Strände waren sein Zuhause, mehr als jede andere Heimat, die er je gehabt hatte. Anders als die unruhigen schlammbraunen Nordseewellen seiner Kindheit rollte der Pazifik in gleichmäßigen, langen Röhren ans Land, türkis oder dunkelblau oder ganz selten auch sandgrau. Kaum jemals schlammfarben. Seine Wellen kräuselten sich in der Ferne, schwollen an, türmten sich direkt vor dem Strand noch einmal riesig und glitzernd auf, brachen dann und verebbten.

Jeden Tag war er am Strand, betrachtete das Meer und den Himmel, surfte ein bisschen, schnorchelte oder machte Fotos. Es fühlte sich an, als wären die Delfine, die abends hinter der ersten Welle zum Essen kamen, seine Freunde, und die Kelpwälder und schartigen Felsen am Meeresgrund waren ihm ebenso vertraut wie seine Hosentasche. Er wusste, wo die Hummer wohnten und in welchen Monaten man bei Ebbe Oktopusse finden konnte.

Vor allem aber kannte er die Wellen, das Wetter und die Wolken. Er wusste, wie trügerisch eine scheinbar glatte Meeresoberfläche sein konnte, aus der sich wie aus dem Nichts drei oder vier riesige Brecher erhoben. Er wusste, wann man wo mit Strudeln rechnen musste. Er wusste, wann das Wetter kurz davor war, umzuschlagen.

Er wusste auch, wie Wolken aussahen, wenn Wellen und Wind so waren wie heute. Nur deswegen fiel ihm auf, dass mit den Wolken – wie so oft in letzter Zeit – etwas nicht stimmte.

Reflexartig griff er nach der Kamera, die an seiner Seite hing. Der Blick durch die Linse half ihm oft klarer zu sehen. Was war es, das an den Wolken anders war? Er begann mit dem weitesten Weitwinkel, den die Kamera hergab, und zoomte nach und nach an die Wolken heran. Doch auf diese Weise konnte er nicht ausmachen, was ihn störte. Es war nichts, das sich an Details festmachen ließ. Etwas stimmte am Gesamtbild nicht. Das tiefdunkelblaue Meer, die strahlende Sonne, die Wolken.

Sonne. Wellen. Wolken.

Falsche Wolken.

»Ich hau ab, Papa.«

»Tu das.« Das Drehbuch musste ja wirklich spannend sein. Er sah nicht mal auf.

»Wann brauchst du das Auto?«

Jetzt war sein Vater doch gewillt, für einen Moment in die echte Welt zurückzukehren. »Um vier reicht.«

Nicholas wandte sich zum Gehen.

»Ach, Nick. Da hat gestern jemand für dich angerufen. Eine Miss Richardson wegen irgendeines Ferienjobs, für den du dich beworben hast. Hat dich wohl auf dem Handy nicht erreicht.«

»Das sagst du *jetzt*?« Nicholas sah seinen Vater fassungslos an. »Das ist nicht irgendein Job, das ist die Chance meines Lebens, und du …« Er atmete tief durch. »Was hat sie gesagt?«

»Deine Bewerbung hat ihnen gefallen, sie laden dich zum Vorstellungsgespräch ein. Die Adresse hab ich aufgeschrieben. Falls du nicht kannst, sollst du dich melden, sonst erwarten sie dich morgen früh um zehn.«

Ganz langsam sickerte die Nachricht ein.

Sie wollten ihn sehen. *White Cloud Enterprises* – ihn!

Er hätte nie im Leben damit gerechnet, nicht wirklich. Er hatte sich eigentlich bloß beworben, weil es dumm gewesen wäre, aufzugeben, bevor er es versucht hatte. Und jetzt hatten sie ihn tatsächlich eingeladen! Strike!

Mit Glück würde er nicht in einem verstaubten Lager Kisten auspacken, sondern demnächst zwei Wochen lang auf einer futuristischen Luxusyacht über den Pazifik fahren und in der Sonne Fotos machen. Nicholas spürte, wie sich ein breites Lächeln auf seinem Gesicht ausbreitete. Normalerweise brachte die Fotografie kaum etwas ein. Wer engagiert schon einen Siebzehnjährigen? Da verdiente er bei

Darriell als Parkour-Coach für die Kinder weit mehr. Und bei seinem zweiten Job als Mädchen für alles auf der *Beach Cities Farm* sowieso. Aber vielleicht würde sich das jetzt ändern. Wenn er sich nicht allzu dumm anstellte, konnte der Job auf dem Schiff seine Eintrittskarte in die Welt der echten Aufträge werden. Eine Referenz – und was für eine!

»Was ist das für ein Job?«

Nicholas verkniff sich eine ätzende Bemerkung darüber, dass diese Frage seinem Vater auch hätte einfallen können, bevor er ihm die Nachricht von dieser Miss Richardson nicht weitergab. »Bordfotograf auf einem privaten Forschungsschiff für eine Klimaschutzmission.«

»Das klingt ziemlich … groß.«

»Ich hoffe, dass es das ist.« Und obwohl ich mich kaum traue, das zu denken, hoffe ich, dass ich den Job bekomme, und ich hoffe außerdem, dass er uns über die nächsten Wochen bringt. Er schluckte die Worte hinunter.

»Wie sind die auf dich gekommen?«

»Ich habe mich da beworben – das tut man, wenn man einen Job haben will.«

Sein Vater überhörte die Spitze. »Und wie bist du auf die Idee gekommen?«

Nicholas zögerte. »Jennifer hat mir vor einiger Zeit davon erzählt. Eine … Freundin von ihr hat … rumgefragt.« Es klang lahm, aber er würde Papa nicht verraten, was Zachary gesagt hatte: *Ich wette, diese Freundin war deine Mom.* Falls das so war, ging es Papa nichts an – und er selbst ignorierte den Verdacht so gut er konnte. Der Gedanke, vielleicht aufgrund ausgerechnet ihrer Beziehungen einen

Job zu bekommen und nicht wegen seines Könnens, war frustrierend genug. Er musste da nicht noch Papa mit reinziehen.

»Na, dann. Viel Glück.«

»Danke.«

Nicholas rief Miss Richardson zurück, und mit jedem begeisterten Satz, den sie über die wenigen Bilder sagte, die er seiner Bewerbung beigefügt hatte, verlor sich sein Verdacht mehr. Vielleicht fanden sie seine Arbeit tatsächlich einfach gut.

Er fuhr los, um das Gemüse für Zacs Familie bei Rebecca abzuholen. Dass er heute nicht dort arbeitete, war kein Grund, mit dieser Tradition zu brechen. Außer ihm waren nur wenige Autos auf dem Pacific Coast Highway unterwegs. iHeart Radio spielte zum fünfhunderttausendsten Mal Happy, und Nicholas sang laut und falsch mit. Mit dem linken Bein wippend, bog er in die Straße ein, die zur Beach Cities Farm führte. Das Auto hinter ihm tat dasselbe.

Er winkte Rebecca kurz zu, wechselte ein paar Worte mit den anderen Mitarbeitern, dann schnappte er sich die Gemüsekiste für Jennifer und machte sich wieder auf den Weg. Beim automatischen Blick in den Rückspiegel zog er die Augenbrauen zusammen. »What the …« Hinter ihm fuhr dasselbe Auto wie auf dem Hinweg. Ein weinroter Panamera. Wie der, der ihn gestern abgedrängt hatte.

Was sollte das denn werden? Probehalber wurde er langsamer, so langsam, dass ihn jeder normale Mensch überholt hätte. Der Porsche blieb hinter ihm. Nicholas beschleunigte, der Porsche fiel zurück, holte aber wieder auf. Er wiederholte den Test noch zweimal. Unerschütterlich blieb der Porsche hinter ihm.

Na, warte.

Um zu der Siedlung zu kommen, wo Zachary mit seiner Familie lebte, hätte Nicholas nur den Camino del Avion entlangfahren müssen, immer geradeaus. Jetzt fuhr er einen Umweg, bog nach Süden ab und bei der nächsten Kreuzung wieder nach Norden. In beinahe unauffälliger Entfernung folgte der weinrote Wagen. Nicholas bremste und schlich im Schneckentempo an eine grüne Ampel heran. Der Panamera holte auf. Nicholas wurde noch langsamer. Irgendwann musste diese verflixte Ampel doch mal gelb werden! Eine Sekunde, zwei, drei. Der Porsche war jetzt fast bei ihm. Sieben, acht. Endlich! Gelb. Wie lange war gelb? Fünf Sekunden? Sie kamen ihm vor wie eine Ewigkeit. In dem Augenblick, als die Ampel auf Rot sprang, bevor die andere Richtung Grün bekam, drückte Nicholas das Gaspedal durch und ließ den Tesla über die Kreuzung zischen. »Yessss!« Er stieß einen übermütigen Schrei aus. Abgehängt. Es ging nichts über die Beschleunigung eines Elektroautos. Dagegen konnte selbst ein protziger Porsche einpacken. Bis die Ampel wieder grün wurde, war er längst in Zacs Siedlung abgebogen.

ELIN

Sie hatte es schon früher festgestellt. In jedem Land war sie anders, als würde der Ort, an dem sie sich gerade aufhielt, ihr einen Teil von sich abgeben. Beim Kajakfahren in Schweden hatte sich ein Teil der rauen, ursprünglichen Felslandschaft in ihre Persönlichkeit geschlichen, beim Schüleraustausch in Frankreich tänzelte sie ein bisschen eleganter durchs Leben.

Ihr kalifornisches Ich kannte sie erst seit ein paar Stunden, aber bisher gefiel es ihr ganz gut. Im Vergleich zu ihrem deutschen Ich war es offener und weniger schüchtern. Als wäre sie hier, in diesem grellen, sonnigen Land, auch selbst ein bisschen weniger blass und unauffällig. Sie hatte es in dem Augenblick gemerkt, in dem ihr Gehirn auf »englisch« umgestellt hatte. Durch die noch so unvertraute Sprache war alles ein bisschen irreal, als würde ihre Angst, Fehler zu machen, durch einen hauchfeinen Vorhang weggefiltert. Die kalifornische Elin konnte ungeniert mit ihren Gastgebern plaudern, ohne unzusammenhängende Sätze zu stammeln. Niemand kannte sie. Sie hatte keine Geschichte als Elin, die nicht zu Laura-Louises Clique gehörte. Die schräg angesehen wurde, weil sie ihre Jeans in der Mitte des Oberschenkels abgeschnitten hatte und nicht unter der Pobacke. Die keine Lust hatte, morgens eine Stunde eher aufzustehen, um sich anzumalen. Vom ersten Moment an hatte sie das Gefühl gehabt, hier von Pauls Familie angenommen zu sein. Die Vanderlohs akzeptierten sie genauso, wie sie war, ohne dass jemand sie in irgendeine Richtung anders haben wollte. Kalifornien war ein buntes Land, das auch für sie Platz hatte.

Die neue Sonnen-Elin saß mit Zachary, ihrem Gastbruder für die nächsten vier Wochen, in den plüschigen Tiefen einer riesigen beige-geblümten Couch und schrieb ihrer Freundin Jasmin und ihren Eltern E-Mails, dass sie gut angekommen war. Ihre kleine Schwester bekam ein Bild des fetten rotgestreiften Katers (namens Agent Jay), der sich auf dem ebenfalls beigefarbenen Plüschteppich vor dem Sofa zusammengerollt hatte. Der andere Kater (Agent Kay) wurde gerade von Zacharys Mutter Jennifer vom Küchentresen verjagt. Zachary spielte auf dem Laptop ein Spiel, das Elin nicht kannte. Im Fernsehen liefen mit abgeschaltetem Ton Disney-Cartoons. Niemand sah hin – aber es schaltete auch keiner das Gerät ab.

Sie musste daran denken, nachher ein Selfie mit der Gastfamilie zu machen. Zachary mit seinen dunklen Locken und dem blassen Gesicht würde Jasmin gefallen, das wusste sie. Er war nicht Elins Typ, aber auf seine Art wirklich schnuckelig. Vereinzelte Sommersprossen. Karamellbraune Augen. Hoffentlich kamen die auf dem Bild trotz der Nerdbrille gut raus. Zumindest bei Vincent, Zacharys achtjährigem Bruder, würde man sie sehen können.

In Deutschland hätte es Elin an einem sonnigen Tag wie diesem nach draußen gezogen, doch im Moment fand sie das Abhängen im Haus genau richtig. Der Sofavormittag war perfekt, um ihren Körper behutsam an diese neue Welt zu gewöhnen, in der er plötzlich zu für sie nachtschlafener Zeit wieder wach sein sollte.

Die Haustür schwang krachend auf, und eine große Pappkiste schwebte herein. Sie wurde von braun gebrannten Händen gehalten. Oben über den Rand ragten Salatblätter und grünliche Röhren – Frühlingszwiebeln? Der Junge, der die Kiste trug, schloss mit einem Fuß die Tür und ging geradewegs in die zum Wohnzimmer hin offene Küche. Er schien sich auszukennen, und niemand fand es seltsam, dass er hereinkam. Zachary hatte irgendwas gemurmelt, als er vorbeiging, so undeutlich, dass Elin es nicht hatte verstehen können.

Sie betrachtete den Jungen neugierig. So alt wie sie, vielleicht ein bisschen älter. Jetzt drehte er ihr den Rücken zu. Weißes T-Shirt, ausgewaschene Jeans. Die Klamotten saßen gut. Sie waren bestimmt mal teuer gewesen, hatten aber ihre beste Zeit deutlich hinter sich. Struppige blonde Haare, die eine Weile keine Frisörschere gesehen hatten. Er begrüßte Zacs Mutter über die Gemüsekiste hinweg mit Küsschen. »Hey, Jen. Wie geht's?«

Elin wurde sich bewusst, dass sie in Richtung Küche starrte. Schnell wandte sie sich wieder ihrem Buch zu. Etwas an dem Jungen berührte sie. Vielleicht war es die Art, wie er seine Begrüßungsfrage gestellt hatte. Im Gegensatz zu der üblichen Floskel »How're you doing?«, auf die keine Antwort erwartet wurde, hatte es bei ihm geklungen, als nähme er tatsächlich Anteil. Auch Jennifers Antwort fiel ihr auf. »Danke für das Gemüse, Nicky. Mir geht es prima, aber wie ist es mit dir? Was ist das da?« Sie sah ihn fürsorglich an und fasste ihn leicht am Oberarm.

Elin verzog unwillkürlich das Gesicht. Sie liebte ihre Mutter wirklich, aber sie würde ihr eins husten, wenn sie sich vor anderen derartige Vertraulichkeiten erlaubte. Und keine der Mütter ihrer Freundinnen käme auch nur auf die Idee, das bei ihr zu tun. Den Jungen – Nicky, wie Jennifer ihn genannt hatte – schien die fast mütterliche Zuwendung nicht zu stören. Keine der Muskeln, die sie durch sein T-Shirt erahnen konnte, spannte sich an, nichts in seiner Haltung deutete darauf hin, dass er die Begrüßung unpassend fand. »Nichts«, sagte er leichthin. Dann stellte er das Gemüse auf den Tresen, stemmte sich selbst hoch und setzte sich mit baumelnden Beinen neben die Kiste. Als wäre er hier zu Hause – und zutiefst zufrieden damit. Von vorn sah er schmal aus, braungebrannt, ernst. Die Haare hingen ihm unordentlich in die Stirn. Zucker, hätte Jasmin gesagt. Auf der linken Wange, knapp unter dem Auge, hatte er einen blauen Fleck und eine ziemlich beeindruckende Schramme.

»Das sieht nicht nach nichts aus. Also, was ist passiert?«, hakte Jennifer nach.

Was er auf Jennifers Frage hin sagte, hörte Elin nicht, weil in diesem Augenblick Zacharys Computerspiel seltsame Geräusche von sich gab. Sie sah nur, wie Nicky das Gesicht verzog. Besonders erfreulich schien seine Antwort nicht auszufallen. Auch vom Rest der Unterhaltung bekam sie nur Wortfetzen mit (»Wasser« - »ernstnehmen« - »Problem«), denn Vincent kam in die Küche. In einer Hand hielt er ein Lego-Raumschiff, das große Bögen durch die Luft zog. Dazu brummte und zischte er. Wahrscheinlich tobte im Weltraum gerade eine mächtige Schlacht.

Nicky grinste und gab dem Kleinen fünf. »Hey, Buddy. Wer jagt wen?«

Vincents kleines Gesicht leuchtete auf. »Die Klonkrieger sind auf der Flucht. Soll ich dir mal mein neues Lego Star Wars-Raumschiff zeigen? Hab ich selbst entworfen.«

In Nickys Reaktion erkannte sie sich selbst wieder, wenn ihr kleiner Bruder ihr etwas zeigte. Er wollte den Kleineren nicht abweisen, hatte aber gerade auch keine tiefere Begeisterung für das Raumschiff übrig. »Cool! Guck ich mir gleich in Ruhe an, ja?«, antwortete er freundlich. »Erstmal sag ich deinem Bruder und eurem Gast Hallo.«

Er sprang vom Tresen und kam mit leichten, federnden Bewegungen herüber. Körperspannung zum Neidischwerden. Als er an Zac vorbeiging, löste der nicht einmal den Blick vom Bildschirm. Er hob nur die rechte Faust, und Nicky schlug seine linke dagegen. Dann streckte er ihr die Hand hin und sagte zu ihrer Überraschung auf Deutsch: »Ich bin Nicholas. Nick. Ich gehöre hier irgendwie so dazu.«

Sie nahm seine Hand. Warm und trocken. »Elin. Du sprichst Deutsch?«

Er lächelte. »Mein Vater kommt aus Hannover. Willkommen in der Sonne.«

»Hey, keine Geheimnisse hier!«, protestierte Zachary.

Nicholas grinste und warf ihm einen Luftkuss zu. Dann ließ er ihre Hand los und sagte auf Englisch: »Du bist also die Praktikantin.«

Bildete sie sich ein, dass Zachary ein komisches Knurren ausstieß?

Elin legte das Buch zur Seite. »Ja. Ich schätze … ja.«

Nicholas musterte sie mit leicht zusammengekniffenen Augen, als suche er etwas in ihrem Gesicht. Zachary räusperte sich. Nicholas hob kaum merklich einen Mundwinkel und machte eine zustimmende Kopfbewegung in Zacharys Richtung. Dann ließ er sich auf den einzigen freien Platz auf dem Sofa plumpsen – die Ecke zwischen Zac und ihr.

War es unhöflich, wenn sie jetzt weiterlas? Sie schielte zu Zachary hinüber, der sich nicht im Geringsten stören ließ bei dem, was immer er da am Rechner tat. Elin schlug ihr Buch wieder auf.

»Was liest du?« Nicholas hatte ein Bein hochgezogen und den Arm neben ihr auf die Sofalehne gelegt. Offenbar hatte er vor, eine Weile hier sitzen zu bleiben.

Zachary stöhnte auf. »Niii-hiiick!«

»Was? Ich bin bloß höflich.«

Sie verbiss sich ein Lächeln, als Zachary schnaubte: »Ist klar.« Sie schaute zu ihm hin und sah gerade noch, wie er die Augen verdrehte.

Nicholas schnitt ihm eine Grimasse und deutete mit dem Kopf auf ihr Buch. »Ist es spannend?«

»Ja, ziemlich«, sagte sie. »Die ersten beiden hab ich schon gelesen, das hier ist der dritte Teil.«

»Worum geht es?«

»Um eine Bande jugendlicher Hacker, die sich mit einer übermächtigen Verbrecherorganisation anlegt.«

»Hört sich gut an.«

»Ja.« *Es ist nie schlau, zu interessiert zu erscheinen*, hätte Jasmin gesagt. Eine der weisen Erkenntnisse aus der Frauenzeitung, die ihre Mutter abonniert hatte. Sie würde sich jetzt garantiert nicht an ihrem ersten Tag hier in den ersten Typen, der sein Beachboy-Lächeln auf sie losließ, vergucken. Noch dazu, wenn Zachary irgendein Problem mit ihm zu haben schien. »Ist gerade sehr spannend«, sagte sie entschuldigend und vertiefte sich wieder in ihre Lektüre.

Nicholas neben ihr zog ein Smartphone aus der Tasche, widmete sich dem Gerät jedoch nicht besonders ausgiebig. »Wie war der Flug? Bist du über Grönland geflogen?«

Zachary atmete hörbar ein.

Elin blickte auf. Jeder hier hatte sich nach ihrem Flug erkundigt – aber niemand hatte bisher nach Grönland gefragt. »Grönland war ziemlich beeindruckend. Ich wollte am liebsten aus dem Flugzeug springen und auf den Gletschern herumlaufen. Ich hab Fotos gemacht – aus dem Klofenster – und hatte Herzrasen dabei.« Gut, dass die kalifornische Elin so viel weniger wortkarg war als die deutsche. Sogar das Wort für Gletscher war ihr eingefallen. Glacier.

»Geht mir auch immer so. Jedes Mal wieder. Kann ich die Fotos sehen?«

»Sicher.« Sie ging in das Zimmer, in dem sie schlief, um ihr Smartphone mit den Bildern zu holen. Beim Hinausgehen hörte sie, wie Zachary Nicholas etwas zuflüsterte. Zu leise, als dass sie es hätte verstehen können. Es klang wütend.

Nicholas' Antwort war ebenso leise und gereizt.

»Lass es einfach, ja?« hörte sie Zachary gerade noch zischen, als sie zurückkam. Dann beugte er sich wieder über seinen Laptop und tippte weiter, als wäre nichts gewesen. Irgendwas lief zwischen den beiden, und es hatte mit ihr zu tun.

Elin mochte es nicht besonders, wenn hinter ihrem Rücken über sie gesprochen wurde. Betont gleichgültig setzte sie sich auf ihren alten Platz und suchte die Grönland-Fotos. Als sie sie gefunden hatte, reichte sie Nicholas das Telefon. Er nahm es, ohne ihre Finger zu berühren.

»Schneebilder?«, fragte Vincent und kam dazu. Klar, das kalifornische Kind hatte wahrscheinlich in seinem Leben noch keinen echten Schnee gesehen. Schnee jeder Art war für ihn genauso faszinierend wie für Elin Palmen. Sie entspannte sich. Was immer zwischen Zachary und seinem Freund schief hing – keiner im Raum war ihr übel gesonnen.

»Ich würde gern mal durch Schnee wandern«, sagte Nicholas nachdenklich. »So richtig mit Zelt und allem.«

»Oh, kann ich mit?« Das war Vincent.

»In zehn Jahren oder so … klar kannst du dann mit.« Nicholas lächelte schief. »Und dein Bruder überwacht uns dann von zu Hause aus mit seinem Rechner. Im Aufpassen ist er ja gut.«

Zachary boxte ihn in die Seite.

»Hey, das tat weh!« Nicholas gab Elin das Telefon zurück und legte seinem Freund den Arm um die Schulter. »Willst du Streit, Kleiner? Ja? Willst du Streit?«

»Wer ist hier klein?« Zachary wand sich mit sichtlicher Anstrengung aus der aufgezwungenen Umarmung. Nicholas war nicht viel größer als er, schien aber wesentlich besser in Form zu sein. Elin hatte den Verdacht, dass er bewusst zuließ, dass Zachary ihn auf den Teppich hinunter schob, sich auf seinen Rücken kniete und ihm die Hand in den Nacken drückte. »Gibst du auf?«

Japsend rollte Nicholas sich herum und versuchte seinen Freund abzuwerfen. »Im Leben nicht!«

»Das werden wir sehen. Komm, Vinny, hilf mir! Der Kerl muss bestraft werden. Ab in den Kerker mit ihm.«

Johlend warf sich Vincent ins Getümmel.

Nicholas stieß einen unterdrückten Schmerzenslaut aus. Zachary ließ sofort von ihm ab, doch Vincent kreischte übermütig: »Jetzt gibst du aber auf!«

Nicholas schob den Kleinen zur Seite. »Lass mal, Vince, das tut echt weh.« Er rollte sich stöhnend auf die Seite und presste eine Hand auf den Oberschenkel.

»Was hast du eigentlich gemacht?«, fragte Zachary.

Nicholas verzog das Gesicht. »Ich hatte einen kleinen Dissens mit ein paar Jungs aus Santa Ana.«

Einen *was*, bitte? Elin traute sich nicht zu fragen.

»Was ist das?«, fragte Vincent an ihrer Stelle.

Zachary lächelte. »Das ist, wenn man unterschiedlicher Meinung ist. Nick will sagen, dass er sich gekloppt hat.«

Wurde Nicholas rot? »Ich hab mich nicht gekloppt. Ich kam bloß aus der falschen Gegend.« Elin suchte in seinem Gesicht nach Anzeichen von Empörung darüber, dass er ganz offensichtlich mächtig zusammengeschlagen worden war. Sie fand keine. Stattdessen lenkte er ab: »Ist aber egal. Seid ihr gestern in den Stau geraten?«

Elin hatte davon nichts mitbekommen.

Sie hatte nur das Gefühl gehabt, stundenlang über eine unglaublich breite Straße durch ein unglaublich großes, helles Land zu fahren. Bis zu zehn Spuren hatte sie in einer Richtung der Autobahn gezählt. Alle davon voll. Eine gigantische Blechlawine hatte sich aus der Stadt hinaus nach Süden gewälzt. Autobahnen, die sich übereinander und untereinander verflochten. Am Rand beige verputzte Häuser. Häuser. Häuser. Dazwischen Palmen, die die braunen Blätter hängen ließen. Industriegebiete, riesige Einkaufskomplexe.

Und Autos, Autos, Autos.

Irgendwann waren ihr die Augen zugefallen, und sie war erst wieder aufgewacht, als der Wagen langsamer wurde und anhielt. Die Straße, an deren Rand sie standen, war breit und außerordentlich sauber. Sie wurde von schmalen Gehwegen gesäumt, die entweder nie benutzt oder oft gereinigt wurden. Und die Palmen hier waren grün. Wie an einer Perlenkette reihten sich prächtig gepflegte Vorgärten und Wohnhäuser aneinander. Alle sehr groß, sehr beige, sehr sauber. In jedes einzelne der Häuser hätte ihre Wohnung zu Hause drei Mal hineingepasst.

Erst auf den zweiten Blick hatte Elin kleine Brüche in der Perfektion entdeckt, die auf individuelle Bewohner schließen ließen. Vertrocknete Gartenblumen, verstreute Spielzeuge. Auf der Eingangstreppe des Hauses, in dem sie jetzt saß, lagen vermutlich immer noch ein Dutzend

Turnschuhe in unterschiedlichen Größen durcheinander. Über dem Geländer hing ein Neoprenanzug, und auf einer der Fensterbänke hatte gestern eine der beiden fetten roten Katzen gehockt.

»Mom hat es rechtzeitig im Radio gehört«, antwortete Zachary auf Nicholas' Frage. »Wir sind drumrum gefahren.« Er sah seinen Freund forschend an. »Hast du die Typen angezeigt?«

»Hast du zurückgehauen?«, stimmte Vincent ein. »Ich hätte das gemacht.«

Nicholas lächelte den Kleinen an. »Ich hab es versucht, aber die waren zu viert.« Zu Zac sagte er: »Und sie hatten nichts gegen mich persönlich. Ich war einfach zur falschen Zeit am falschen Ort.«

»Klar, da lässt man sich schon mal das Gesicht zermatschen!«

»Sie meinten nicht mich.«

»Stimmt, das sieht man. War sicher ein Irrtum. Ups. Sorry, dass ich dich aus Versehen zusammengeschlagen habe!« Zachary schüttelte fassungslos den Kopf.

Nicholas zuckte bloß die Achseln.

Nach der Rangelei war die Stimmung gelöster. Zachary rollte nicht mehr so viel mit den Augen, und Nicholas schien nicht mehr das unbändige Bedürfnis zu haben, ihre, Elins, Aufmerksamkeit auf sich zu ziehen. Er lag auf dem Teppich und baute mit Vincent Lego, während Zachary und sie mit Computer und Buch auf dem Sofa saßen.

»Sag mal, wenn wir nachher Dads Boote angucken …«,

begann Zachary unvermittelt und sah zu ihrer Überraschung sie an und nicht seinen Freund.

»Ja?«

»Hast du Lust, dass wir am Hafen noch ins Café gehen oder so? Ich könnte ein paar Freunde fragen, ob sie auch kommen. Dann lernst du gleich Leute kennen.«

»Das klingt super«, hörte sie die neue, kalifornische Sonnen-Elin sagen und stellte verwundert fest, dass sie es genau so meinte.

»Cool.« Mehr Worte waren nicht nötig. Er wandte sich wieder dem Rechner zu.

Nicholas hatte sich auf die Ellenbogen gestützt. »Wer genau sind ein paar Freunde?«

Zachary zuckte die Achseln. »Mal sehen. Tammy. Meaghan –«

»Ich komm nicht mit.«

»Langsam wird's echt albern, weißt du das?«

»Ist mir egal.«

»Meinst du nicht, dass du mit der Kinderkacke mal irgendwann aufhören kannst?« Zachary klang genervt. »Meaghan beißt nicht.«

Nicholas sprang aus dem Liegen auf die Füße und stieß dabei einen leise gezischten Fluch aus. Er schlug Vincent auf die Schulter. »Tut mir leid, Buddy. Ich hau ab. Dein Bruder mag mich heute nicht.«

Elins Blick ging zwischen den beiden Jungen hin und her. Zachary schüttelte langsam den Kopf. Er sah aus, als müsse er ein Lächeln unterdrücken. »Fahr wieder runter, Nick. Dann halt nur Tammy.«

NICHOLAS

Zachary war sichtlich begeistert, als sie auf die Straße traten. »Hey, super, du bist mit dem Angeberauto da. Deswegen hab ich dich vorhin nicht kommen hören.«

Nicholas seufzte. »Ich kann ja nicht ständig Earnests alten Knattertruck nehmen. Manchmal braucht er den selbst. Und Fahrrad wäre mit eurem Gemüse hinten drauf wohl auch nicht der Renner gewesen.« Wieso hatte er schon wieder das Gefühl, sich rechtfertigen zu müssen? Zac hatte nichts Böses gesagt.

Nur widerwillig gestand er sich ein, dass er sich ertappt fühlte. Ja, verdammt, es tat ihm gut, auch mal angeben zu können. Er wollte vor diesem Mädchen mit den dunklen Locken nicht allzu schlecht dastehen, das war ja wohl nicht verboten. Und der Tesla machte eindeutig mehr her als die stinkige Klapperkiste seiner Nachbarn. Außerdem hasste er nichts mehr, als sich vor Zac und seiner Familie vorzukommen wie der arme Verwandte, der durchgefüttert werden musste. Niemand würde ihm dieses Gefühl je bewusst vermitteln. Für Jennifer und Paul war er ein zusätzlicher Sohn, für Zac und Vincent der etwas aus der Art geschlagene Bruder. Trotzdem war er jetzt froh um das Auto. Seine Versicherung gegen akute Minderwertigkeitskomplexe.

»Dein Auto oder mein Auto?«, unterbrach Zac seine Gedanken. Obwohl Paul Autos unzeitgemäß fand, hatte Zac zum Führerschein den Prius bekommen. Mal eben.

Nicholas verzog das Gesicht so arrogant er konnte. »Was ist denn das für eine Frage?«

»Okay, fahr du«, sagte Zac freundlich, bevor er sich an Elin wandte: »Besuch fährt vorn. Sonst siehst du ja nichts von der Landschaft.«

Nicholas schüttelte grinsend den Kopf. »Du willst doch bloß hinten Tammy küssen.«

Zac tat, als würde er darüber nachdenken. »Stimmt!«, sagte er dann mit entwaffnendem Lächeln.

Nicholas berührte Elin kurz am Arm, als er die Autotür öffnete. Die Berührung ihrer Haut an seinen Fingern spürte er noch, als er sie längst losgelassen hatte und zur Fahrerseite hinüber gegangen war.

Puh.

Im Vorbeifahren grüßte er Jim, den alten Pförtner, der gerade Dienst hatte, und ließ den Tesla auf die Straße einbiegen, die zum Hafen führte.

Zachary würde es vom Rücksitz aus sofort merken, wenn er Elin zu oft ansah, also konzentrierte er sich auf die Straße. Aber immer wieder musste er aus den Augenwinkeln einen Blick nach rechts werfen.

Und dann sah er ihn.

Weit weg noch, aber das hässliche Dunkelrot war unverkennbar. »Zac?«, fragte er langsam.

»Ja?«

»Der Wagen hinter uns, ist der schon lange da?«

»Hab ich nicht drauf geachtet. Wieso?«

Was wollte der Porsche von ihm? Beziehungsweise der, der ihn fuhr? »Weil mir der in den letzten Tagen schon öfter begegnet ist«, sagte er, um einen möglichst neutralen Ton bemüht. Er würde nicht mit Verfolgungswahn anfangen. Es gab schätzungsweise fünftausend rote Panameras in Los Angeles und Umgebung. Immer ruhig bleiben. Warum bitte sollte ihn jemand beobachten?

Beide, Elin und Zac, hatten sich umgedreht und blickten angestrengt nach hinten.

»Zwei Typen drin«, murmelte Zachary. »Ein Schwarzer, ein Weißer. Dunkle Hemden. Beide ziemlich kahl geschoren, beide mit Sonnenbrillen.«

»Wahnsinn, die MIB haben mich auf dem Kieker.«

»Zucker!«, sagte Zac mit grausig verstellter Stimme. »Und Wasser! Ich hab dir nie gesagt, dass ich eigentlich ein Alien bin, oder?«

Nicholas lachte auf. »Das musst du mir nicht sagen.« Er behielt den Panamera im Auge, bis sie rechts zum Hafen abbiegen mussten. Der Porsche bog nach links ab.

Bildete er sich doch bloß was ein?

ELIN

Zacharys Freundin Tammy gefiel Elin auf den ersten Blick. Sie war klein und dünn und hatte die wildeste Mähne roter Locken auf dem Kopf, die Elin je gesehen hatte. Und sie lachte und redete gleichzeitig und ohne Unterbrechung. Zur Begrüßung hatte sie Elin sofort in den Arm genommen und mit einem Schwall fröhlicher Worte eingedeckt: »Cool, dich kennenzulernen. Ich wollte immer mal nach Deutschland. Erzählst du mir alles darüber? Wo genau kommst du her? Ist es bei euch echt so kalt?«

Lustig, dass jemand so Flirrendes wie Tammy mit dem stillen, nerdigen Zachary zusammen war.

Besonders freute sie sich jedoch darauf, Captain Paul besser kennenzulernen. Er war es immerhin, mit dem sie in dessen Geschäft einen Großteil der nächsten Wochen verbringen würde. Gestern hatte sie ihn nur kurz getroffen, bevor sie eingeschlafen war.

Nicholas und Zac blieben an einem Schnellboot stehen, doch Tammy lief auf Zacs Dad zu, als sein Boot anlegte. »Hey, Paul!«

»Hey, Mädchen.« Er zog sie in eine raue Umarmung und gab Elin die freie Hand. »Elin. Ganz herzlich willkommen bei *Paul's Whale Watching Tours*. Du wirst bestimmt viel Spaß bei uns haben.«

Sie lächelte ihn an. Sie konnte gar nicht anders. Schon gestern Abend war ihr seine ansteckende Fröhlichkeit aufgefallen. Doch erst jetzt bemerkte sie die enorme Ähnlichkeit zwischen Captain Paul und seinen Söhnen: Paul hatte die gleichen karamellfarbenen Augen wie Zachary und Vincent, die gleichen Locken (nur, dass seine graumeliert waren), dazu einen Fünftagebart. Er trug ein blau-weiß gestreiftes Hemd mit Logo seines Unternehmens – einem springenden Wal – und ausgewaschene Jeans.

Paul rieb sich die Hände. »Na, dann gehen wir mal an Bord, was? Warst du schon mal auf einem Boot, Elin?«

Elin schüttelte den Kopf. »Mein Kajak zählt nicht, oder?« Genauso wenig wie die Fähre nach Schweden.

»Dadurch hast du wenigstens keine Angst, oder? Brauchst du auch nicht. Es ist ganz einfach.« Paul lächelte.

Er zeigte ihr, wie sie das Boot am besten betrat, erklärte, dass sie immer eine Hand am Boot haben sollte, machte sie auf die Plätze aufmerksam, von wo sie den besten Blick haben würde, wenn sie rausfuhren aufs Meer. Dann drückte er ihr ein zerlesenes Exemplar von *Whales and Dolphins of the Pacific* in die Hand und legte ihr ans Herz, es aufmerksam durchzuarbeiten.

Nicholas kam zu ihr herüber geschlendert. »Und wehe, du kannst in drei Tagen nicht auf hundert Fuß Entfernung die Finne eines Tümmlers von der eines Glattdelfins unterscheiden«, sagte er grinsend. »Paul ist da echt streng.«

»Das bin ich«, sagte Captain Paul und zwinkerte Elin

verschwörerisch zu. »Kommt nicht so spät nach Hause, ok? Elin und ich haben morgen Großes vor.«

Nachdem Zacs Vater sich auf den Heimweg gemacht hatte, bummelten sie zu viert an der Hafenpromenade entlang. Tammy tänzelte neben Elin und erklärte ihr alles, was sie über die Gebäude und deren Inhaber wissen musste. »Guck, da vorn ist das Büro von Pauls Firma – da wirst du sicherlich auch Zeit verbringen, Fahrkarten und Schirmmützen verkaufen und so. Viele Leute kommen bloß, um da oben einen Kaffee zu trinken. Die Aussicht ist super. Vielleicht können wir auch mal zusammen arbeiten. Ich werde Paul fragen.«

Nicholas sprang leichtfüßig auf das Geländer, das den Weg vom Wasser trennte, und lief darauf entlang wie ein Seiltänzer. Angeber.

Zachary tat, als wolle er ihn in den Hafen schubsen.

Nicholas wich seiner Hand lachend aus. Die Abendsonne schien ihm in die Augen und ließ sie türkis schimmern.

»Machst du Parkour?«, fragte sie.

Er schwankte für einen Augenblick, fing sich aber wieder. »Ja. Du auch?«

»Ich klettere.«

»In der Halle oder draußen?«

Sie anzusehen und auf dem Geländer weiter zu balancieren war schon eine ziemliche Leistung, dachte Elin. »Beides«, sagte sie. »Aber nicht auf Leistung oder so.«

Tammy zog sie weiter. »In dem kleinen Laden da gibt es richtig süße Souvenirs, falls du was nach Hause mitnehmen willst. Die meisten Souvenirläden haben nur den üblichen

Kitsch, aber der da ist wirklich niedlich. Und da«, zielstrebig steuerte sie auf ein Café zu, »da gibt es das beste Eis der Stadt. Jungs? Nehmen wir ein Eis auf die Hand oder setzen wir uns hin?«

»Hinsetzen«, sagte Zachary. »Ist gemütlicher.«

In Nicholas' Blick lag auf einmal etwas Verschlossenes, das Elin nicht deuten konnte. Er sprang zurück auf den Weg. Beim Aufkommen verzog er das Gesicht und verlor für einen winzigen Moment das Gleichgewicht. Es genügte, um ihn beinahe mit einer blonden Joggerin zusammenstoßen zu lassen, die einen weißen, wuscheligen Minihund hinter sich herzog. »Ich bin für Weitergehen. Ich hab keine große Lust auf Eis.«

»Spielverderber!« Tammy ließ Elin los und schob den widerstrebenden Nicholas zu einem der kleinen Tische. »Los, hinsetzen. Ich lad dich auch ein.«

»Darum geht es doch gar nicht«, murmelte er und schaute konzentriert drei Spatzen zu, die sich an ein paar Krümeln gütlich taten.

Elin wählte einen Platz, von dem aus sie auf den Hafen mit seinen vielen Segelschiffen sehen konnte. Weit hinten, in einem durch Metallzäune abgetrennten Bereich, lag ein großes Schiff, das mit einer Plane zugedeckt war. Möwen kreischten. Sechs große Vögel zogen langsam in perfekter Parallelbewegung über den Himmel. Elin wollte die anderen gerade nach den Vögeln fragen, als die Bedienung auf sie zukam. »Hi, mein Name ist Stephanie, was kann ich für euch tun?«

»Eine Cola«, sagte Zachary. »Und die Eiskarte, bitte.«

»Klar.« Das Mädchen lächelte. Sie reichte ihm eine Karte vom Nachbartisch. »Wie ist es mit euch anderen?«

Elin und Tammy bestellten ihre Getränke. Nick hatte sich nach unten gebeugt und nestelte an seinen Schnürbändern herum.

»Nicholas?«, fragte Zachary.

Bei der Nennung dieses Namens quietschte die Bedienung auf. »Nick? Bist du das? Das ist nicht wahr! Echt toll, dich zu sehen.«

Sein Kopf knallte von unten an den Tisch. Schief lächelnd und mit hochrotem Gesicht tauchte er unter dem Tisch hervor und rieb sich den Schädel. Stephanie umarmte ihn stürmisch von der Seite. Dabei kniete sie sich halb auf seinen Schoß.

Sie flüsterte ihm etwas ins Ohr, woraufhin er düster den Kopf schüttelte und sie hell auflachte. Dann küsste sie ihn auf die Wange und drückte sich, eine Hand auf seiner Brust, wieder hoch. »Cola?«

Er nickte stumm, und sie ging mit wiegenden Hüften und sichtlich gut gelaunt in Richtung Küche.

»Was war *das* denn?«, fragte Zachary. Seine Brille verrutschte, als er die Nase kräuselte.

Auf einmal sah Nicholas sehr unsicher aus. »Sie ist eine alte Bekannte.«

»Bekannte.« Tammy zog die Augenbrauen bis fast an den Haaransatz. »Niedlich.«

»Okay. Wir ... hatten mal was«, nuschelte Nicholas und vermied es dabei, einen von ihnen anzusehen. »Ist schon ne Weile her.«

Elin kam es vor, als würde er besonders ihrem Blick ausweichen.

Zachary schlug in gespielter Verzweiflung die Hände vors Gesicht. Kopfschüttelnd sagte er: »Oh Gott, Nick. Ich glaub das echt nicht. Weiß *sie*, dass es schon eine Weile her ist?«

»Apropos: Ich hab Meaghan neulich getroffen.« Tammy klang jetzt ernst und fast zornig. »War das mit dieser Stephanie vor Meaghan oder nach Meaghan? Oder war sie der Grund, dass –«

»Ich hab gesagt, es ist ne Weile her«, fiel Nicholas ihr ins Wort. »Und es ist auch echt nicht wichtig.«

NICHOLAS

Der gute erste Eindruck hatte sich vermutlich gerade erledigt. So war das gar nicht mit Meaghan, wollte er sagen. Wir hatten bloß unterschiedliche Vorstellungen davon, was wir voneinander wollten.

Und jetzt auch noch Stephanie. Eigentlich hatte er von Anfang an gewusst, dass das keine gute Idee gewesen war. Aber er hatte sich auf der Party gelangweilt, und sie war süß, auf ihre Art. Okay, und er hatte was getrunken. Das tat er sonst nicht, genau aus dem Grund. Man machte dann Sachen, die man später bereute.

Aber zumindest nahm Stephanie ihre paar Dates nicht so furchtbar ernst wie Meaghan. Gleich als Tammy *Coffee Importers* angesteuert hatte, war ihm Stephanie aufgefallen, aber die anderen mussten ja unbedingt anhalten und Eis essen.

Er betrachtete die Schiffe im Hafen, suchte krampfhaft nach einem unverfänglichen Gesprächsthema.

Ausgerechnet Elin rettete ihn. Sie zeigte auf eine Gruppe von Vögeln, die über sie hinweg glitten. »Was sind das für Vögel?«

»Pelikane«, antworte er schnell, bevor Zac oder Tammy etwas sagen konnten. »Braune Pelikane.«

»Wie cool«, sagte Elin. »Ich hab die noch nie in echt gesehen. Wunderschön.«

»Ja,« antwortete er, und es gelang ihm tatsächlich, sie anzulächeln. Das hier war sicheres Terrain. Endlich. »Majestätisch, oder?«

Sie sah den Vögeln hinterher, bis sie hinter einer Gruppe von Häusern verschwanden. »Hast du sie schon mal fotografiert? Zac sagt, du machst Fotos.«

»Es ist schwer, sie gut zu fotografieren, wenn sie fliegen. Der Himmel ist so hell, und wenn man keinen ordentlichen Blitz hat, sehen sie bloß aus wie schwarze Schatten. Der kleine Kamerablitz schafft es nicht so weit. Vorn an der Mole sitzen sie immer. Wir … wir könnten da ja demnächst mal hingehen und sie ansehen. Also, nur wenn du Lust hast.«

Zac sah so aus, als würde er ihn gleich mit einem Tortenmesser aus der Bistroküche erdolchen, doch bevor er etwas sagen konnte, kam Stephanie zurück. »So, meine Lieben, eure Getränke. Refills bringe ich euch.« Sie lächelte auf Nicholas hinunter. Wie zufällig berührte ihr nacktes Bein seinen Arm auf der Stuhllehne. »Wisst ihr schon, was ihr essen wollt?«

Er hatte keine Sekunde damit verbracht, in die Karte zu gucken. Sowieso würde jegliche weitere Bestellung die peinliche Situation hier nur unnötig verlängern.

»Ich nehm ein Eis«, sagte Tammy gnadenlos. »Schokolade und Minze und Karamell. Er«, sie deutete auf Zac, »nimmt garantiert Karamell und Nuss.«

Zachary nickte.

»Und sie …« Tammy blickte Elin mit schief gelegtem Kopf an. »Mango und Pistazie? Du siehst aus, als würdest du Mango und Pistazie mögen.«

»Hört sich gut an.«

Es musste cool sein, hier alles mit ganz neuen Augen zu sehen. Er versuchte sich vorzustellen, wie Elin die Szene erlebte. Den Hafen, die Boote, die Pelikane – und die Clique.

»Nick? Was ist mit dir?« Tammy trat ihn unter dem Tisch gegen das Schienbein, alles andere als sanft.

Er wurde sich bewusst, dass er Elin anstarrte. Mango und Pistazie? »Ich will nichts. Hab ich doch gesagt.« Wenn Stephanie nur endlich wieder ging.

Aber sie dachte gar nicht daran. Im Gegenteil. Sie umarmte ihn wieder, dieses Mal von hinten. »Du bist doch sonst nicht so enthaltsam.«

»Wolltest du nicht in den Ferien nach Washington?«, knurrte er zwischen zusammengebissenen Zähnen.

Sie lachte. »Hier gibt es die schöneren Jungs. Eis kommt gleich, meine Lieben. Ich bringe dir ein Zitroneneis mit, Nick. Geht aufs Haus.« Vor sich hin singend hüpfte sie davon.

Das Blut schoss ihm ins Gesicht. Angestrengt hielt er den Blick auf den Horizont gerichtet, bis Tammy laut loslachte und Zachary gleich darauf einstimmte. »Das braucht dir nicht peinlich zu sein«, prustete Zachary. »Die ist doch ganz nett.«

»Sie … ach, ist egal«, murmelte er.

Tammy kicherte schadenfroh. »Bist du sicher, dass du kein Eis willst?«

»Genau. Ich steck dir auch die Zunge ins Ohr.« Zachary lachte wieder los. »Komm, guck nicht so böse, Nick. Wir lieben dich trotzdem.«

Tammy schnaubte abfällig.

Irgendwann konnte er nicht mehr anders als mitzulachen, obwohl das hier so ziemlich das genaue Gegenteil von gutem Eindruck war.

Nachdem die anderen ihre Becher ausgelöffelt hatten und er mit vermutlich immer noch knallrotem Kopf im Zitroneneis herumgestochert hatte, liefen sie zurück zum Auto. Er brachte Tammy nach Hause – der Porsche tauchte nicht auf – und setzte dann Zachary und Elin ab.

»Kommst du eigentlich nächste Woche mit zum Kartfahren?«, fragte Zac.

Nicholas schüttelte stumm den Kopf.

»Kartfahren, Nick. Nicht Disney. Keine Achterbahnen.«

»Ich will echt nicht, danke.«

»Mom hat gesagt, sie lädt dich ein. Es ist der traditionelle Ferien-Familien-Ausflug.«

»Ich will ganz, ganz wirklich nicht.«

»Wenn du sicher bist. Die Einladung steht.«

»Ich bin sicher.« Er grinste Zac an. Garantiert würde er nicht mit Meaghan zum Kartfahren gehen. Außerdem sollten Jennifer und Paul ihn nicht immer einladen! Er kam schon klar. An Elin gewandt, sagte er: »Mach‘s gut.«

»Danke für den schönen Tag.« Sie lächelte, ganz offen.

Es war nicht sein bester Tag gewesen, aber sie schien ihn nett zu finden, warum auch immer. Obwohl er sich benommen hatte wie der letzte Idiot. Wofür bedankte sie sich?

Zu Hause stellte er das Auto in die Garage und ging laufen. Es tat weh, und er humpelte nicht schneller als eine greise Schnecke, aber er genoss den feuchten Sand unter den nackten Füßen. Ab und zu zerplatzte unter seinem Tritt eine der kleinen Riesentang-Blasen, die zu Hunderten angespült waren. Er trabte weiter, bis er schwerer atmete und sich Schweißperlen auf seiner Stirn bildeten. Nach zwanzig Minuten gab sein verletzter Oberschenkel den Protest auf. Viele der anderen Jogger, denen er begegnete, kannte er vom Sehen. Eine dicke Frau, die gemächlich vor sich hin zockelte und ihm fröhlich zuwinkte. Normalerweise war er dreimal so schnell wie sie. Er schenkte ihr einen hochgereckten Daumen und ein Lächeln, als sie an ihm vorbeizog. Ein alter Mann mit Sonnenhut. Dann der magere Hippie, der so verbissen guckte und immer stundenlang rannte, als wollte er auf den fünf Kilometern einen Marathon absolvieren.

Die Rennvögel spielten ihr ewiges Spiel mit dem Wasser.

Nicholas' Kopf wurde wunderbar leer.

Sein Blick wanderte wieder nach oben. Sonne. Wellen. Blauer Himmel. Wolken.

Zu dunkel.

Die Wolken waren zu dunkel.

ELIN

Der Ventilator an der Zimmerdecke drehte sich mit leisem Brummen. Aus dem Wohnzimmer quietschten Disney-Cartoons. Klappern von Tellern und Messern aus der Küche. Elins Blick glitt über die Poster an der Wand neben ihrem Bett, über die Weltkarte, die irgendjemand dort an die Tapete gepinnt hatte. Sie zog die dünne Bettdecke fester um sich und rollte sich auf die Seite.

Graue Augen schoben sich in ihre Gedanken. Graue Augen, die türkis schimmerten, wenn die Sonne hineinschien. Eine warme Hand auf ihrem Unterarm.

Es war kurz nach neun, in Deutschland sechs Uhr morgens. Aber Jasmin war Frühaufsteherin. Elin tastete nach dem Smartphone auf dem Nachttisch und schrieb ihrer Freundin: *Bist du wach?*

Boah. 6.00 morgens.

Elin tippte: *Tel?*

Nee, lieber Text, antwortete Jasmin. *Schlafen alle noch.*

Was sollte sie schreiben? Sie hätte viel lieber mit Jasmin auf ihrem Bett gesessen und Chips gegessen. Und ihr in allen Einzelheiten davon erzählen, wie Nick geguckt, was er gesagt, wie er sich auf dem Sofa neben sie gesetzt, wie er ihren Arm berührt hatte ... *Hab wen kennengelernt*, schrieb sie schließlich.

Ooooohhhhh … ohhhh … – sie sah Jasmin vor sich, wie sie große Augen machte – *Und? Wie heißt er? Wie sieht er aus? Woher kennst du ihn?*

Ist so eine Art Familienmitglied bei meinen Gasteltern. Sehr süß.

Wie alt? Blond? Dunkel? Dick, dünn, klein, groß?

17 schätze ich. Blond, türkisgraue Augen. Nicholas heißt er. Nick.

Hast du Chancen? Dass Jasmin immer gleich so praktisch denken musste. Sie wollte doch bloß ein bisschen rumschwärmen!

Kp.

Wieso kein Plan??? Hat er ne Freundin?

Sie dachte an das Mädchen im Café, an die Selbstverständlichkeit, mit der sie sich ihm genähert hatte. *Weiß nicht. Kann sein. Glaub nicht. Aber mehr als ein Flirt wird das eh nicht.*

Nicht so schüchtern, Mäuschen! Ran an den Mann!

Stimmt, bin eh in drei Wochen wieder weg. Da ist es ein bisschen egal, dass der anscheinend alles angräbt, was nicht bei drei auf dem Baum ist, oder? Ungefragt schob sich das Bild vor ihre Augen, wie das Mädchen im Café ihn umarmt hatte.

Siehste, schrieb Jasmin, *genau das wollte ich hören.*

NICHOLAS

Die Wellen schlugen am nächsten Morgen fast bis zur Terrasse. Ungewöhnlich für die Jahreszeit. Nicholas war froh, dass er Earnests schweren alten Truck nehmen konnte, um zum Vorstellungsgespräch zu fahren. Doch selbst der wurde fast vom Freeway gefegt. Immer wieder trieben Windböen Sand und Staub durch die Luft, durch die er die Straße und die Autos vor ihm kaum erkennen konnte. Das seltsame Wetter schien die Leute leider nicht davon abzuhalten, wie immer in Massen Richtung Los Angeles zu rauschen. Nicholas war rechtzeitig losgefahren, aber der Freeway war voller, als er gedacht hatte, und der Verkehr staute sich immer mehr. Nervös trommelte er auf dem Lenkrad herum. Langsam wurde die Zeit knapp. Sturm hin oder her, er wollte diesen Job – und er brauchte ihn. Da kam er besser rechtzeitig zu seinem ersten Termin. Entschlossen drückte er das Gaspedal durch und manövrierte den Truck auf die freieste Spur. Röhrend bewegte sich das alte Ding durch den aufgewühlten Staub. Als er an einem Laster vorbeizog, wurde sein Auto vom Wind ein Stück auf die linke Spur gedrückt, die den Fahrgemeinschaften vorbehalten war. Empörtes Hupen erklang rings um ihn herum. Nicholas lächelte entschuldigend, auch wenn das sowieso niemand würde sehen können. Er konnte sich nicht erinnern, jemals durch derart dichte Staubwolken gefahren zu sein, und es strengte ihn mehr an, als er für möglich gehalten hätte.

Beim Verlassen des Freeways hatte er das Gefühl, bereits schwer gearbeitet zu haben. Die richtige Adresse zu finden war dagegen ein Kinderspiel. Es war ein beeindruckendes altes Backsteingebäude mit Feuerleitern, Balkonen und Vorsprüngen. Einzig die gläserne Eingangstür war wie ein moderner Kristall eingeschoben. Darüber prangte der Schriftzug *White Cloud Enterprises*, und an der Tür, auf Augenhöhe: *Because we care.* Das Gebäude fiel auf in dieser Umgebung voller schlichter Betonkästen.

Nicholas klemmte seine Tasche fest unter den Arm, atmete kurz durch und drückte dann auf den Klingelknopf.

Nichts passierte.

Vom Sturm getrieben, klapperte eine leere Coladose über den Parkplatz und blieb in einem Gestrüppgerippe am Rand hängen.

Was, wenn sie ihn vergessen hatten? Er holte mit der freien Hand sein Telefon aus der Hosentasche. Drei Minuten vor der verabredeten Zeit. Die Tasche wurde schwer in seinem Arm.

Er grinste sein undeutliches Spiegelbild in der Glastür grimmig an. Er hatte gestern extra noch ein neues 50 Dollar-T-Shirt gekauft. Trotzdem fühlte er sich plötzlich schäbig mit seinen zerschlissenen Jeans und den runtergetretenen Sneakern. Außerdem prangte auf seiner Wange immer noch deutlich sichtbar die Wunde von der Schlägerei. Nicht die besten Voraussetzungen für ein Job-Interview.

Mit den Fingern versuchte er, wenigstens die Haare noch ein bisschen zu ordnen. Vermutlich war er auch noch völlig eingestaubt, wenn sich hier endlich jemand bequemte, ihn einzulassen. Er klingelte noch einmal.

»Was kann ich für Sie tun?« Dieses Mal dauerte es keine drei Sekunden, bis eine weibliche Stimme aus der Sprechanlage drang.

»Nicholas Hansen. Ich komme zum Vorstellungsgespräch.«

»Ich schicke jemanden, der Sie holt.«

Der junge Mann, der kurz darauf zur Tür kam, war vielleicht Mitte zwanzig. Zu seiner großen Erleichterung trug der Mann weder besonders edle noch besonders saubere Kleidung. Das Gesicht wurde gerahmt von einem kurzen, dunklen Bart, in beiden Ohrläppchen steckten glänzende Holzscheiben, und beim Händeschütteln sah Nicholas an der Innenseite seines Unterarms das aufwändig gezeichnete Tattoo eines Grauwals.

Weiße Zähne blitzten, als der Mann lächelte. »Hi. Ich bin Ivan, Meeresbiologie. Willst du zu Joe?«

»Ja. Glaub schon.« Joseph Richardson hieß der Mann, bei dem er sich vorstellen sollte. Das war vermutlich Joe.

Ivan führte ihn an einem verlassenen Empfangstresen vorbei und eine Treppe nach oben. Nicholas bemühte sich vergeblich, nicht zu humpeln. Das Joggen gestern war eindeutig keine besonders schlaue Idee gewesen. Hinter Ivan betrat er einen großen Raum mit bodentiefen Fenstern. Draußen peitschte der Wind durch die trockenen Palmen neben dem Parkplatz.

Ivan erklärte: »Das ist unser Besprechungsraum. Wenn du was brauchst: Da hinten ist die Kaffeemaschine, da der Wasserspender. Obst steht dort, und irgendwo müssen noch Kekse sein.« Er wirkte unruhig. »Wäre es okay, wenn ich dich kurz allein ließe? Ich habe einen Versuch laufen. Joe kommt bestimmt gleich. Bedien dich ruhig.«

»Ähm. Ja«, sagte Nicholas zum zweiten Mal. Nachdem er Ivan einen Moment hinterher geschaut hatte, sah er sich im Raum um. Verschiedenste Designerstühle und Sitzsäcke standen wie zufällig in Grüppchen verteilt. Er ließ sich in einen der riesigen Sitzsäcke fallen und war überrascht, wie bequem er saß. Nicht mal Styroporrascheln hatte er beim Hineinsinken gehört. Er zog das Smartphone aus der Tasche und fotografierte das Ganze für Zac. *Bin echt bei den MIB gelandet. Alles sehr spacig hier.* Senden.

Der Drehstuhl neben ihm wirkte wie aus einem Guss. Bis auf einen winzigen Hebel an der Seite entdeckte er keinerlei Fugen. Nachdem er eine Weile gewartet hatte, ohne dass etwas passiert war, probierte er den futuristischen Stuhl aus. Das Möbel war unerwartet bequem. Es drehte sich fast ohne Widerstand und trotzdem nicht unkontrolliert. Nicholas stieß sich ab, hob die Füße an und ließ den Stuhl rotieren, bis er von sich aus langsamer wurde. Nicht schlecht. Als er das zum dritten Mal tat, betrat ein hochgewachsener Mann den Raum und kam auf ihn zu.

»Nicholas Hansen?«

Nicholas drückte sich mit beiden Händen aus dem Stuhl und versuchte gerade stehen zu bleiben, während der Stuhl sich hinter ihm weiterdrehte. Auch sein Hirn drehte nach.

Gott, war ihm schwindelig. »Tut mir leid. Ivan hat gesagt, es ist okay, wenn …«

Was für ein erster Eindruck! Er kam zum Vorstellungsgespräch und spielte Karussell auf einem Drehstuhl! Peinlicher ging es ja wohl kaum noch.

Aber der Mann schmunzelte nur. »Erstaunlich, dass du noch gerade stehen kannst.«

Nicholas hatte nie an Sternzeichen geglaubt, aber bei dem Mann vor ihm hätte er ohne zu zögern auf Löwe getippt. Alles an ihm war löwig, von den welligen silbergrauen Haaren, die ihm fast bis auf die Schultern fielen, über die aufrechte Haltung bis zu dem strahlenden Lächeln, das ehrlich und offen erschien. So gar nicht wie das leere Geschäftsleute-Lächeln, das Nicholas in Kalifornien schon so oft gesehen hatte. Bei diesem Mann lächelte das ganze große Löwengesicht. Präsenz. Sein Gegenüber würde leicht noch einen weit größeren Raum als diesen mit seiner Anwesenheit füllen können. Er reichte ihm die Pranke. »Schön, dass du hier bist. Ich bin Joe. Setzen wir uns da drüben an den Tisch, ja?«

Verstohlen betrachtete Nicholas ihn genauer. Ein buntes Hemd über einem trainierten Oberkörper. Gut geschnitten, teurer Stoff. Das hatte er nicht bei Target gekauft. Neue, perfekt sitzende Jeans, am Handgelenk eine klobige goldene Uhr. Sie setzten sich an einen kleinen runden Tisch am Rand des Raumes.

»So.« Joe hatte die Ellenbogen aufgestellt und klatschte die Hände zusammen. »Nicholas.« Er sah ihn an wie einen lange vermissten Verwandten.

Nicholas nickte nur.

»Deine Bewerbung hat uns gefallen.« Wieder das breite Lächeln.

Er musste irgendetwas sagen. »Danke für die Einladung«, stammelte er schließlich. »Das ist eine große Chance für mich.«

»Deine Arbeit spricht für sich. Dein Stil ist genau das, was wir suchen.«

Nicholas' Gesicht wurde heiß. »Ich … das kann man ja selbst immer schwer sagen.«

»Glaub mir, ich weiß, was zu uns passt. Hast du noch mehr Arbeitsproben mitgebracht?«

»Klar.« Nicholas zog seine Mappe aus der Umhängetasche. Er hatte lange überlegt, welche Bilder er mitnehmen sollte. Am Ende hatte er sich für ein paar besonders gelungene Wellen-und-Wolkenbilder, Portraits einer Maskenbildnerin bei der Arbeit, einen springenden Wal und ein Kolibri-Bild entschieden, für das er sogar mal einen Preis bekommen hatte, als er fünfzehn war. Er reichte die Abzüge über den Tisch.

Joe lehnte sich in seinem Stuhl zurück und musterte erst ihn, dann die Bilder. Seine Miene blieb unergründlich.

Mit jeder Minute fiel es Nicholas schwerer, nicht auf dem Stuhl hin und her zu rutschen. Er wollte diesen Job. Das hier war eine Liga, in der er noch nicht gespielt hatte, die ultimative Chance. Warum sagte Joe nichts?

Schließlich blickte der ältere Mann auf und nickte bedächtig. »Das sind phantastische Bilder«, sagte er anerkennend. »Du kommst mal groß raus, Junge.«

Nicholas zuckte verlegen mit den Schultern.

»Gut.« Joe Richardson rieb sich die Hände. »Dann wäre das geklärt. Von mir aus bist du engagiert. Hast du noch Fragen?«

»Heißt das, ich hab den Job? Einfach so?«

»Es ist ein guter Job. Stört dich etwas daran?«

»Nein. Ich wundere mich nur. Sie haben doch sicherlich noch mehr Bewerber.«

»Sicher, und manche davon sind gar nicht schlecht. Aber das hier«, er deutete auf die Bilder, »das ist echt. Ich mag es.«

»Danke.«

»Schön, dann sind wir uns einig. Kommen wir zum Geschäftlichen. Kannst du nächsten Montag anfangen?«

»Ich … ja. Klar.« Nicholas merkte, wie sich ein breites Lächeln auf sein Gesicht stahl. Oh ja, er konnte Montag anfangen. Schließlich fiel das Parkour-Camp aus. Und, Freundschaft zu Darriell hin oder her: Dieser Auftrag hier roch nach mehr Geld als die dreihundert Dollar, die er von Darriell bekommen hätte. Noch während er das dachte, merkte er, dass das Geld auf einmal auf seiner Prioritätenliste nach hinten gerutscht war. Wenn er hierfür gut genug war, für diese durchgestylte Firma, dann war er für alles gut genug. Dies war tatsächlich die Chance seines Lebens. Mit *White Cloud Enterprises* als Referenz konnte er sich überall bewerben und vielleicht sogar ein Stipendium am Kunstcollege bekommen. Montag, Dienstag, Freitag – vollkommen egal. Er würde alles stehen und liegen lassen, um hier anzufangen.

»Fein. Eine Woche machst du dich hier ein bisschen mit allem vertraut, lernst die Crew kennen und zeigst uns hier an Land schon mal, was du drauf hast. Dafür reichen wahrscheinlich ein paar Vormittage. In der Woche danach fahren wir raus zu unserem Testfeld. Wir kreuzen eine Woche, du machst schicke Fotos vom Schiff, von den Wissenschaftlern, von mir und den Rest der Zeit kannst du in der Sonne liegen. Hört sich gut an?«

»Hört sich gut an. Sehr gut.« Vermutlich sah er aus wie ein Honigkuchenpferd.

»Hast du noch Fragen? Dann immer raus damit!«

Er musste etwas fragen. Irgendwas. Er konnte nicht nur selig grinsen. Interesse zeigen. »Was ist das für ein Schiff, mit dem Sie fahren? Was genau tun Sie damit?«

»Unser Schiff.« Joe beugte sich zu ihm herüber. Seine blauen Augen wurden riesig. »Unser Schiff ist bisher das bestgehütete Geheimnis der Welt. Wir werden es am Sonntagmorgen lüften, und bis dahin darfst du keiner Menschenseele etwas davon erzählen. Verstanden?«

Nicholas nickte stumm. Der Mann benahm sich, als würde er das neueste iPhone enthüllen. Ein verdammt noch mal riesengroßes, tonnenschweres iPhone.

»Bisher hatten wir ein ganz normales Forschungsschiff«, fuhr Joe fort, »nicht viel anders als die alten Kähne, mit denen Greenpeace früher gefahren ist. Aber neue Investoren haben es möglich gemacht, dass wir jetzt das modernste Schiff der Welt nutzen können. Wir haben Labore an Bord, bei denen sich die NASA vor Dankbarkeit überschlagen würde. Und das Schiff ist vollständig energieautark. In der

Mitte hat es eine Wasserfilteranlage. Durch unsere bloße Anwesenheit säubern wir das Wasser. Was wir draußen auf dem offenen Meer tun werden, hat jedoch nur zum Teil damit zu tun.«

»Und was tun Sie dort?«

»Wir retten die Welt.«

»Sie retten die Welt.«

Die Augen in dem Löwengesicht funkelten. »Das tun wir tatsächlich. Und weißt du auch, wie? Wir kühlen sie ab. Wir stoppen den Klimawandel. Drehen ihn einfach wieder zurück. Wir haben da draußen eine Flotte von zweihundert automatisch angetriebenen Yachten, die Salzwasser aus dem Meer in die Wolken sprühen. Dadurch werden es mehr Wolken, die Albedo wird verändert –«

»Die was?«, fragte Nicholas.

»Albedo. Rückstrahlkraft. Die Wolken verändern ihre Helligkeit, mehr Sonnenstrahlen werden reflektiert, als würden wir sie umleiten und ins All zurückschießen – und Abrakadabra, kühlt sich das Klima ab. Ganz einfach. Solar Radiation Management heißt das. Unser Projekt nennen wir, daran angelehnt, SORAYA. Eine Abkürzung für Solar Radiation Yachts.«

Abrakadabra, dachte Nicholas, überrannt von der Geschwindigkeit des großen Mannes vor sich. »Das geht mir zu schnell«, brachte er schließlich hervor. »Das hört sich an wie Science Fiction. Das Klima kann man doch nicht einfach abkühlen.«

»Man kann. Man muss sogar. Seit mindestens fünfzig Jahren tüfteln Wissenschaftler daran herum – und jetzt endlich wissen wir, wie es geht. Der Menschheit stehen gute Zeiten bevor, Junge, glaub mir.«

»Wegen dieser … dieser Boote, die Sie da draußen liegen haben.«

»*Wir.*«

»Wir?«

»Die *wir* dort draußen haben. Du bist jetzt Teil der Crew. Aber ja, diese Yachten sind ein Teil des Plans. Ein wichtiger.«

»Wer hat den Plan gemacht?«

Joe Richardson zog amüsiert eine Augenbraue hoch. »Du stellst gute Fragen. Ein ganzes Heer von Wissenschaftlern kümmert sich darum.«

Irgendwas passte noch nicht. Nicholas dachte nach. »Wenn diese Boote automatisch angetrieben sind, was tun Sie – wir – dann mit diesem Schiff dort draußen?«

»Wir kontrollieren, ob das System läuft, wie es soll. Das ist alles. Wir lesen Daten aus, analysieren sie mit unseren Rechnern, nehmen Wasserproben, schauen, wie die Bootsrümpfe aussehen, ob sie ihre Position halten und stabil sind. Ergibt das Sinn für dich?«

Nicholas nickte langsam.

Wieder rieb sich Joe die Hände. »Schön. Dann hätten wir das auch. Bettwäsche, Handtücher, Shampoo, Computer, Essen – ist alles hier. Du brauchst nur dich und deine Kamera.« Auf einmal schien ihm etwas einzufallen. »Sind schon Ferien?«

»Ja.«

»Und? Womit vertreibst du dir so die Zeit?«

Wie aus Reflex wies er zuerst auf seine Kamera. »Fotos. Sport. Mit Freunden treffen.« Dass sein Freundeskreis nach der Sache mit Meaghan mächtig geschrumpft war, ging den Mann schließlich nichts an. »Ich bin viel draußen.«

Joe Richardson wirkte zufrieden. »Na, dann bis Montag. Es sei denn, du hast noch weitere Fragen.« Er erhob sich, ohne auf eine Antwort zu warten.

Nicholas legte seine Bilder in die Mappe zurück. Er hasste diese Frage. Zwar hatte er sich auf einen Job beworben, aber Joe wäre nicht der erste, bei dem ein solcher zu einem unbezahlten Praktikum wurde, wenn man erst mal angebissen hatte. »Eine hab ich noch, ja. Wie sieht es denn mit der Bezahlung aus?«

»Stimmt. Das hatten wir noch nicht.« Joe lachte auf. »Was hältst du von dreitausend Dollar für die Zeit? Dafür stehst du uns rund um die Uhr zur Verfügung, und die Rechte an allem und jedem, das du hier auf dem Schiff aufnimmst, gehen an uns. Was denkst du?«

»Dreitausend Dollar?«

»Nicht genug? Fünf? Ist das okay?«

Sein Kopf schwirrte. Fünf. Tausend. Dollar? »Ja. Ja, das ist … okay, denke ich.«

»Schön, dann machen wir doch gleich Nägel mit Köpfen.« Joe beugte sich vor und drückte auf einen kleinen Knopf in der Mitte des Tisches, den Nicholas zuvor gar nicht bemerkt hatte. »Sylvie? Bringst du den Vertrag für Herrn Hansen, bitte?« An Nicholas gewandt sagte er: »Sylvie ist meine Tochter und gleichzeitig die tüchtigste Bürokraft auf diesem Planeten. Sie richtet dir gleich deine Arbeits-

E-Mail-Adresse ein. Noch Fragen? Sonst sehen wir uns am Montag.«

Klackernde Schritte näherten sich, und eine junge Frau betrat den Raum. Sie war perfekt natürlich geschminkt, die braunen Haare trug sie zu einem eleganten Bob geschnitten und in ihren Ohren steckten Perlen, garantiert echte. Wahrscheinlich war sie kaum älter als er, aber die korrekte Businesskleidung und das unverbindliche Lächeln ließen sie älter wirken. Und um ein Vielfaches souveräner. Förmlich reichte sie ihm die Hand. »Sylvie Richardson, freut mich, dich kennenzulernen.«

»Nicholas Hansen«, sagte er und fügte mehr aus Gewohnheit hinzu: »Nick.«

Nach der kurzen Vorstellung folgte er ihr aus dem Raum. Er drehte sich noch einmal um. Joe Richardson blickte ihm hinterher, und zum ersten Mal lächelte er dabei nicht.

ELIN

Glitzernd wogte das türkisblaue Wasser um die beiden Bugspitzen des Katamarans, der kraftvoll den Ozean durchpflügte. Elin stand ganz vorn und kniff auf der Suche nach Delfinen und Walen die Augen zusammen. Immer wieder sah sie etwas aufblitzen, das sich kurz danach als Sonnenlichtfunkeln auf dem Wasser erwies. Der Fahrtwind zauste ihr durchs Haar, und alle paar Minuten wurden ihre bloßen Füße überspült, wenn der Katamaran nach einem Wellenberg aufs Wasser aufschlug. Sie juchzte mit den anderen, als wieder einmal eine Woge um ihre Beine sprühte. Das hier war das Beste, das sie je erlebt hatte!

Seit einer halben Stunde war sie mit Captain Paul und elf Touristen unterwegs und hatte noch keinen einzigen Delfin erblickt, aber allein die Bootsfahrt ließ das Glück nur so in ihr sprudeln. Wild fühlte sie sich, wild und frei. Am liebsten hätte sie eine Faust in den Himmel gestreckt und gebrüllt: »Ich bin Neptun, der König der Meere!«

Wahrscheinlich stand ihr das Glück ins Gesicht geschrieben, denn der Mann neben ihr sprach sie an. »Großartig, oder?«, rief er ihr über das Tosen des Windes hinweg zu.

»Ja! Absolut phantastisch!«

Gleich darauf sagte Paul etwas durch das Megaphon, das sie nicht verstand, und Stimmen wurden rings um sie herum laut.

»Tatsächlich, dort drüben!«

»Da! Auf zehn Uhr!«

»Schaut mal, oh, mein Gott!«

»Wow! Es ist eine ganze Gruppe!«

Um sie herum brodelte auf einmal das Wasser. Rings um das Boot ertönten Zirp- und Quieklaute. Delfine schossen unter dem Bug hervor, auf dem sie stand, und tauchten wieder weg. Ein paar Meter neben ihr erhob sich ein weiterer Delfin aus dem Wasser und ließ sich auf den Rücken fallen. Zwei Delfine surften auf der Bugwelle, so nah, dass sie sie fast anfassen konnte. Diese Geschwindigkeit!

Unmittelbar bevor die beiden abtauchten, sah der eine von ihnen Elin direkt ins Gesicht, und ihr wurde ganz weich zumute. Gleich darauf schwammen weitere Delfine unter dem Boot hervor, atmeten geräuschvoll ein und tauchten wieder ab. Es mussten Hunderte sein. Elin sah sich um. Soweit ihr Auge reichte – Delfine! Delfine bis zum Horizont. Im Wasser, über dem Wasser. Überall. Elin wusste nicht, wo sie zuerst hinschauen sollte. Neben dem Boot lieferten sich einige Delfine ein Wettrennen mit dem Katamaran, ein Stück weiter entfernt sprang einer hoch, drehte sich und ließ sich platschend zurückfallen, und sobald sie ihn aus den Augen verloren hatte, tauchten direkt vor dem Bug neue silberne Schatten im Wasser auf, die in atemberaubender Geschwindigkeit dahin schossen.

»Leute, das ist großartig! Diese Jungs und Mädchen hier machen uns ein echt wertvolles Geschenk. So viele Delfine haben wir lange nicht gesehen«, hörte sie Captain Paul über das Megaphon sagen. »Wir befinden uns in der Mitte eines Megapods. Das ist eine Art Familientreffen von Delfinen. Unsere anderen Boote haben berichtet, dass die Gruppe sich noch mindestens eine Meile weiter erstreckt. Wir schätzen, es sind etwa dreieinhalbtausend Tiere.«

Das Quieken und Zirpen wurde jetzt leiser, dafür sprangen rechts vor dem Boot fünf Delfine auf einmal in einer perfekten Parallelbewegung durch die Luft. Paul lachte. »Sind sie nicht phantastisch?«

»Das sind sie«, flüsterte Elin. Und viel mehr als das. Sie hatten etwas ganz tief in ihr angerührt, das nie mehr so sein würde wie vorher, und das sehr, sehr gut war.

NICHOLAS

»Fünftausend Dollar? Das ist ziemlich …«

»Viel. Ja.« Nicholas lachte. Die Schramme auf seiner Wange schmerzte dabei, aber das war egal. Er war immer noch ganz aufgekratzt. Den ganzen Heimweg über hatte er selig vor sich hingegrinst, sich seine Fotografenkarriere ausgemalt und nur am Rande mitbekommen, dass der Sturm abflaute.

Zac sah ihn fassungslos an. »Dafür, dass du eine Woche auf dem Ozean rumschipperst und *knipst*?«

»Yep.« Nicholas ignorierte großzügig das hässliche Wort *knipsen*. Er lag an den Stamm einer alten Platane gelehnt im Gras und betrachtete seine treue alte Kamera, als sähe er sie zum ersten Mal. Fünftausend Dollar. Essen und Sprit für die nächsten Monate waren gesichert. Guter Tag heute. Er würde sich eine neue Jeans gönnen, und … er könnte Elin ins Kino einladen. Vielleicht. Er strich über den Korpus. Die Investition damals hatte sich gelohnt. In den letzten drei Monaten hatte er wegen all der Dienste bei Rebecca und Darriell kaum Muße gehabt, ausgiebiger zu fotografieren, es wurde Zeit, dass er wieder Übung bekam. Das Objektiv war alt, aber es konnte immer noch mithalten. Unglaublicher

Zoom. »Beug dich mal ein Stück zurück. Du bist zu nah dran.« Zacs Gesicht. Zacs Brille. Zacs Augen. »Du hast einen Fleck auf dem rechten Augenlid, wusstest du das?«

Zac blickte genervt auf. »Wir haben einen Spiegel zu Hause.«

Nicholas zoomte wieder soweit raus, dass Zacs Gesicht ganz zu sehen war. Er spielte mit der Blende. Grandiose Tiefenschärfe. Und lichtstark! Fokus auf die Biene, die hinter Zachary auf einer Blüte saß.

Zac deutete aufs Wasser hinaus. »Guck mal, sie kommen.«

Nicholas rappelte sich hoch und kam sich dabei vor, als wäre er fünfundvierzig. Hoffentlich war sein Bein bis Montag wieder voll belastbar. Er richtete die Kamera auf den einfahrenden Katamaran. Das Boot war voll von Menschen. In einer der Bugspitzen stand ein Mädchen, das vor Glück nur so zu funkeln schien. Der Fahrtwind presste ihr das nasse T-Shirt eng an den Leib und ließ die dunklen Haare um ihren Kopf wirbeln. Wild sah sie aus, als würden der Wind, die Sonne und das Salzwasser durch ihren Körper und ihre Seele pulsieren und sie ganz ausfüllen.

Ob Zachary das auch wahrnahm? Vielleicht konnte Nicholas es nur sehen, weil er diesen Zustand selbst so gut kannte. Er fokussierte die Kamera und drückte auf den Auslöser. Jetzt hatte Elin sie entdeckt und winkte. Klick.

»Komm, Großer«, Zac zog ihn am Arm. »Reiß dich los. Wir gehen rüber zum Steg.«

Nicholas schüttelte den Kopf. »Geh vor. Ich komm gleich. Muss die Kamera noch einpacken.«

Falls Zac merkte, dass das eine seltsame Ausrede war, ließ er es sich nicht anmerken. Nicholas ging langsam hinter seinem Freund her, blieb dann stehen und lehnte sich an einen Laternenpfahl. Er erinnerte sich an seine ersten Delfine. Ganz tief in seinem Herzen hatte er sie eingeschlossen. Damals hatte er sie für sich haben und nicht gleich jemandem davon erzählen wollen. Zachary würde sich scheckig lachen, wenn er es wüsste, aber Nicholas war sich fast sicher, dass er deswegen die Delfine rufen konnte: Er hatte ihre Magie gewahrt und nicht gleich ausgeplaudert und weitergegeben. Als Elin da so glücksfunkelnd auf Pauls Boot stand, wollte er ihr das Gleiche gönnen. Er wollte ihr ihre Delfinmagie nicht stehlen. Und, ganz egoistisch, er wollte sie so lange wie möglich ansehen, wenn sie voll mit dieser Magie den Steg entlang auf ihn zukam.

»Ab nach Hause«, sagte Zachary kurz darauf.

Nicholas schüttelte den Kopf. »Ist doch cool hier. Lass uns noch eine Weile bleiben.«

»Bin auch dafür.« Elins Augen leuchteten.

Sie gingen zurück zu der Wiese unter der Platane. Zac legte sich auf den Rücken ins Gras und daddelte auf seinem Smartphone.

Elin saß im Schneidersitz da, voll mit diesem ganzen Glück, und betrachtete das Meer, das an den Strand neben der Wiese schwappte. Kleine Kinder liefen kreischend durch das seichte Wasser am Ufer. Eine blonde Frau joggte mit ihrem Hund vorbei. Sie kam Nicholas vage bekannt vor.

Sie war nicht wichtig. Sie nicht, der flauschige weiße

Hund nicht, die spielenden Kinder nicht, die Möwen nicht. Sein Blick schien auf seltsame Weise immer wieder zu Elin gezogen zu werden, während er am Stamm der Platane lehnte.

»Dreieinhalbtausend Delfine«, sagte sie plötzlich. »Paul hat gesagt, es sind vielleicht sogar noch mehr. Sie waren überall, rings um das Schiff rum, bis zum Horizont.«

Er lächelte sie an, aber sie merkte es nicht einmal.

Dann drehte sie sich zu ihm um, als wüsste sie, dass er sie verstehen würde, und niemand außer ihm. »Der eine hat mich angeguckt. Direkt in die Augen. Das war … das war, als würde …« Ihr fehlten sichtlich die Worte.

»Als würde dein Herz schmelzen«, sagte er.

Sie nickte, sehr langsam.

Er lächelte.

Zachary war mit seinem Telefon beschäftigt.

Nicholas stand auf, um sich neben Elin zu setzen.

»Wollen wir los?« Zac war schneller auf den Beinen, als Nicholas es ihm zugetraut hätte. Er klopfte sich den nicht vorhandenen Staub von der Hose und reichte Elin die Hand.

»Du hast es eilig, oder?«, fragte Nicholas.

»Ja.« Zachary gab keine weitere Erklärung. Wahrscheinlich hatte es wieder mit seinem Computerspiel zu tun. Er ging schon in Richtung Parkplatz davon.

Elin folgte ihm.

»Warte mal.« Wenn nur der blöde Frosch im Hals nicht wäre!

Elin drehte sich lächelnd zu ihm um.

Einem Mädchen wie Stephanie hätte er vorsichtig eine Haarsträhne aus dem Gesicht gestrichen und, wenn sie es erlaubt hätte, die Stirn geküsst. Aber jetzt stand er hier blöd und sah sie nur an.

»Was ist?«

Er könnte sagen, dass er ein tolles Bild von ihr gemacht hatte. Fragen, ob sie es sehen wollte. Hören, wie sie von der Fahrt erzählte. »Nichts«, sagte er. »Lass uns gehen.«

Später dachte Nicholas, dass dieser Tag die Chance gehabt hätte, als der perfekteste Tag seines Lebens in die Geschichte einzugehen. Wenn er nicht mit zu Zachary gefahren wäre. Er hatte einen richtig, richtig coolen, neuen Job. Einen, der sinnvoll war, der anständig Geld brachte und der ihm dazu noch Spaß machen würde. Und Elin hatte ihn immerhin angelächelt. Er hätte es dabei belassen können.

Als sie kamen, hatte Jennifer den Tisch schon für ihn mitgedeckt. Paul würde später kommen, aber auch zu fünft hatten sie keine Probleme, den riesigen Salatberg aufzuessen. Nicholas hatte sich wie zufällig neben Elin gesetzt. Elins T-Shirt war wieder fast trocken, aber auf der Haut an ihren Unterarmen und ihrem Hals zeichneten sich feine weiße Ränder vom Salzwasser ab.

Nicholas hörte nicht zu, was Vincent erzählte. Elins linke Hand lag auf ihrem Oberschenkel, wie es sich beim Essen gehörte. Er verbiss sich ein Lächeln. Sie hatte ihre Hausaufgaben gemacht, was amerikanische Sitten betraf. Mit ihrer Hand unter dem Tisch könnte er einfach so tun, als wäre es Zufall, wenn er sie kurz berührte. Vorsichtig tastete er nach ihrer Hand, während er unter niedergeschlagenen Lidern versuchte, einen Blick auf ihr Gesicht zu erhaschen. Er fand ihren kleinen Finger. Ganz kurz, so dass nur er es merkte, schielte sie zu ihm herüber, dann blickte sie wieder Vincent an, als wäre nichts geschehen.

»Und dann haben die Klonkrieger gegen die Bösen gekämpft und dann …«

Nicholas strich vorsichtig über Elins kleinen Finger. Sie zog die Hand weg. Ganz kurz berührte sie seine – war das ein Streicheln oder ein Wegschieben? –, dann legte sie ihre Hand auf den Tisch. Das Zucken ihrer Mundwinkel war ein Lächeln, ganz sicher.

Nach dem Essen nahm Jennifer ihn zur Seite. »Wenn ich richtig informiert bin, haben wir was zu feiern.«

Fragend sah Nicholas sie an. Zac neben ihm grinste bis über beide Ohren.

»Sie spricht von deinem Job auf dem Superschiff, Einstein!«

»Oh.«

Jennifer deutete mit dem Kopf auf Vincent und bat Zachary, sich um ihn zu kümmern. Dann wandte sie sich mit gedämpfter Stimme wieder an Nicholas. Sie hielt sich nicht mit langer Vorrede auf, sondern fragte ihn geradeheraus: »Hast du dich über deinen Arbeitgeber ein bisschen schlau gemacht?«

»Ich habe mir vor dem Gespräch die Website angeguckt. Der Laden ist toll! Das ist alles supermodern. Und hast du mal gesehen, was die für Projekte am Start haben?«

»Näher informiert hast du dich nicht?«

»Warum sollte ich? Ich wusste, dass es cool sein würde. Schließlich hast du mir davon erzählt.« Automatisch öffnete er die Spülmaschine und fing an, die Teller einzuräumen.

»Aber nur, weil …« Jennifer zögerte. »Es ist immer klug, zu wissen, für wen du arbeitest.« Jennifer ließ Wasser in die Salatschüssel laufen.

»Okay.« Nicholas seufzte. »Was willst du mir sagen?«

»Gehen wir eine Runde in den Garten?«

Nicholas folgte ihr zu dem kleinen Schuppen am Ende des Gartens, wo sie den Faden wieder aufnahm. »Ich wollte das nicht drin besprechen. Vincent hört gern zu und stellt Fragen, und ich habe gerade keine Lust auf Erklärungen. Also, dein Arbeitgeber.«

»Ich hab ihn kennengelernt. Er ist cool.«

»Du hast Joe Richardson kennengelernt.«

»Ja, meinen Chef.«

»Ich kenne ihn von früher.« Für Nicholas war Jennifer Zacharys Mom. Er dachte selten daran, dass sie außerdem Meeresbiologin war – und eine der führenden Umweltaktivistinnen der Gegend. Jennifer sammelte ein paar Blumentöpfe ein, die der Sturm im Garten verteilt hatte. Sie lächelte. »Joe ist schon speziell.«

»Ich mag ihn.«

»Er macht es einem leicht, ihn zu mögen. Und er brennt für sein Projekt. Vielleicht ein bisschen zu sehr.« Ihr Blick wurde ernst. »Weißt du, dass Moreman ihn finanziert?« Um den Stapel Blumentöpfe in das Regal vor ihrem Schuppen zu stellen, musste sie sich strecken, erreichte das Brett dennoch nicht.

Nicholas nahm ihr die Töpfe ab. »Dieser Schiffbauer, ja. Und alle möglichen anderen Organisationen, steht alles auf der Website.«

»Mir wäre wohler, wenn das Ganze ein bisschen privater wäre. Es sind auch Regierungsorganisationen dabei.«

»Ist doch schön, wenn die mal was Sinnvolles tun.« Nicholas zuckte die Schultern. »Mir ist das egal. Irgendwo wird das Geld für so eine Unternehmung herkommen, und ich mach da nur Fotos. Der Job ist geil.«

»Hast du ein Glück, dass ich nicht deine Mom bin. Für den Kommentar hätte ich dir die Ohren langgezogen.«

»Für die Wortwahl oder dafür, dass es mir egal ist?«

Jennifer knuffte ihn in den Bauch. Nicholas wich lachend zurück, aber Jennifers Augen waren ernst. »Sei vorsichtig mit Joe, Nick. Nach allem, was ich gehört habe, hat Moreman ihn vollkommen in der Hand.«

»Und?«, fragte Nicholas zum zweiten Mal.

»Der Mann ist skrupellos, Nick, der finanziert so ein Unternehmen nicht, ohne etwas dabei raus zu kriegen.«

»Du hättest mir nicht von dem Job erzählen dürfen, wenn du mich jetzt davon abbringen willst. Ich schlage doch nicht fünftausend Dollar aus, nur weil mir die Nase von dem Typ nicht passt, der mich bezahlt.«

»Da wusste ich noch nicht, wer dahintersteckt.«

»Und jetzt soll ich es deswegen nicht mehr machen?« Was für ein Blödsinn.

»Pass einfach auf dich auf, ja?«

»Ich will die Leute nicht heiraten«, sagte Nicholas schlicht. »Und, ehrlich? Ich kann es mir nicht leisten, wählerisch zu sein. Wir müssen was essen. Ich brauche den Job. «

Jennifer seufzte. »Vermutlich hast du recht.« Sie reichte ihm noch einen Blumentopf. »Ist nicht leicht für dich mit deinem Dad, oder?«

Nicholas stellte den Blumentopf ins Regal, ohne sie anzusehen. »Ist halt, wie es ist. Heulen nützt ja nichts.«

»Kommt er weiter mit seiner Arbeit?«

»Das behauptet er zumindest.«

»Hilft es dir, wenn ich sage, dass Susannah weiß, was sie tut? Wenn jemand seine Stoffe an Hollywood verkaufen kann, dann sie.«

»Susannah?«

»Die Agentin, zu der Paul ihn geschickt hat.« Jennifer zwinkerte ihm zu. »Sie ist sehr nett. Und sie ist Single.«

Hatte Jennifer gerade angedeutet, dass sie seinen Vater verkuppeln wollte? Na ja, warum eigentlich nicht? Es wäre an der Zeit, dass Papa aus seinem Trauerloch herausgekrochen kam. Vielleicht würde er dann auch mal wieder erfolgreicher schreiben.

Eine von Jennifers Nachbarinnen kam an den Zaun, und Jennifer ging zu ihr. Nachdenklich machte sich Nicholas auf den Weg zurück zum Haus.

Was sollte das alles? Warum redete ihm Jennifer den Job jetzt aus, wenn sie ihm erst den Tipp gegeben hatte? Und was war das Problem an diesem Mr. Moreman? Was auch immer. Die fünftausend Dollar würden Papa und ihn über die nächsten paar Monate bringen. Joe war in Ordnung, und mit den Investoren würde er ohnehin nichts zu tun haben.

Als er das Fliegengitter zum Wohnzimmer zur Seite schieben wollte, sagte Zac gerade zu Elin: »Es ist keine besonders gute Idee, weißt du?« Warum er anhielt und nicht einfach hineinging, wusste er selbst nicht. Er zog die Hand von der Tür zurück und blieb vor der Wand stehen, so dass er von drinnen nicht zu sehen war, aber jedes Wort hören konnte, das dort gesprochen wurde.

»Was?«, fragte Elin argwöhnisch.

»Keine Ahnung, wie ich es sagen soll, ohne dass es doof klingt.« Nicholas wusste genau, wie Zac sich anhörte, wenn er unsicher war, und das klang jetzt arg unsicher.

»Irgendwie geht es mich auch gar nichts an, aber …«

»Sag's einfach.« Er hörte, wie sie lächelte.

Zachary seufzte. »Okay. Also. Du und Nick.«

Nicholas zuckte zusammen. Zac hatte verdammt recht, dass ihn das nichts anging. Er spitzte die Ohren.

»Was meinst du?« Das Lächeln verschwand aus ihrer Stimme.

»Ich hab zwei Augen. Ich kann sehen, wie du ihn anguckst.« *Sie* guckte *ihn* an? »Und wie er die ganze Zeit … Ach, fuck! Nick ist seit Jahren mein bester Freund. Er ist mehr mein Bruder als mein Freund. Aber … na ja … ich glaube einfach nicht, dass es eine gute Idee von dir wäre, mit ihm was anzufangen.«

»Das kann ich immer noch selbst entscheiden, oder?« Aber ehrlich! Was sollte das denn bitte?

»Du kennst ihn nicht!«

»Dann wird es vielleicht Zeit, dass ich ihn kennenlerne.« Genau, dachte Nicholas grimmig. Gib's ihm.

Zac klang fast wütend. »Ich weiß nicht, ob es dir entgangen ist, aber Nick ist kein besonders guter Umgang für Mädchen.«

Etwas in ihm zerbrach. Nicht nur Zachary war jetzt wütend. Er war es auch. Er hatte ein paar wirklich üble Tage hinter sich. Genaugenommen hatte er ein paar wirklich üble Wochen hinter sich. Heute ging es ihm endlich wieder gut, und jetzt fiel ihm sein bester Freund in den Rücken.

Er blieb einen Moment stehen und wartete mit geballten Fäusten, dass es in seinen Ohren aufhörte, zu rauschen.

Es hörte nicht auf.

Jennifer war nirgends zu sehen.

Niemand war zu sehen.

Er wusste, dass es falsch war, was er vorhatte, aber in dem Augenblick spielte das keine Rolle.

Leise entfernte er sich ein Stück von der Tür und stapfte dann laut über den knirschenden Kiesweg, als würde er sich gerade erst nähern. »Zac?«, rief er, mühsam beherrscht. »Kannst du mal eben kommen?«

Zachary sah kein bisschen schuldbewusst aus, als er in den Garten kam. »Was is'n?«, fragte er und blinzelte durch seine Brillengläser in die Sonne.

Ach ja, die Brille. Die würde dann wohl runterfallen. Nicholas' Fingernägel schnitten in seine Handfläche.

Zac merkte offenbar gar nicht, wie er bebte. Mit fragendem Gesichtsausdruck stand er vor ihm.

Nicholas starrte ihn an. Los jetzt. Tu's einfach. Muss ja nicht ins Gesicht sein. Er atmete tief durch.

»Nick?«

Gott, der hatte echt keine Ahnung. Nicholas schüttelte verächtlich den Kopf. Einfach zuschlagen.

»Nick, was –«

Scheiße. Er schubste Zac zur Seite und ging.

Hinter sich hörte er einen knirschenden Aufprall. Hoffentlich hatte sich Zac auf dem Kiesweg wenigstens das Knie aufgeschlagen. Hoffentlich tat es richtig weh.

Zachary rief ihm irgendwas hinterher. Nach Schmerzen am Knie oder anderswo klang es nicht gerade.

Nicholas drehte sich nicht um.

Sein Telefon spielte die Titelmelodie von *Men in Black*, als Nicholas den Tesla an die Ladestation anschloss. Hatte der Verräter ein schlechtes Gewissen, oder wollte er ihm eins machen?

Er ließ es klingeln und schloss die Haustür auf.

Der Wind hatte wieder aufgefrischt. Vor den Fenstern schepperten die Fliegengitter. *Nick ist kein guter Umgang für Mädchen.* Er stieß die Haustür mit dem Fuß auf und trat mit Wucht dagegen, um sie wieder zuknallen zu lassen. Papa war nicht da. Gut so. Nicholas konnte jetzt niemanden gebrauchen. Er ging in die Küche und hielt ein Glas an den Wasserspender am Kühlschrank.

Er würde rennen gehen - kaputtes Bein hin oder her - und dann ins Bett. Fernsehen als Ablenkung hatte bei ihm noch nie funktioniert, zum Lesen hatte er keine Lust, also blieb nur schlafen. Im Schlaf würde er nicht mehr an Zachary denken müssen.

Drei Minuten später rief Zac das nächste Mal an.

Nicholas drückte das Gespräch weg und hörte gleich darauf, wie im Wohnzimmer das Festnetztelefon klingelte.

Er wollte nicht mit Zachary reden. Er wollte nicht darüber nachdenken, dass Zac ganz vielleicht ein winziges bisschen recht gehabt haben könnte mit dem, was er zu Elin gesagt hatte. Aus irgendeinem Grund war der Gedanke unerträglich. Er wollte vor allem nicht an dieses Knirschgeräusch auf dem Kies denken. Er wollte Zac einfach ganz in Ruhe hassen, weil er seinen ersten guten Tag seit Ewigkeiten versaut hatte.

Die Inbox plingte.

Konnte der nicht endlich Ruhe geben?

Nick, geh mal ans Telefon. Bitte.

So ein Mist, dass Zac sehen konnte, dass er seine Nachricht gelesen hatte. *Kein Interesse*, schrieb er zurück.

Zac antwortete irrsinnig schnell. Klar, tippen konnte er wie kein anderer. *Tut mir leid, was heute passiert ist. Echt. Bitte, lass uns reden.*

Du kannst mich. Senden.

NICHOLAS

Der Kühlschrank war schon wieder erschreckend leer. Seufzend holte Nicholas ein paar Zwanzigdollarscheine aus der Notfalldose auf der Kommode. Zeit zum Einkaufen. Auf dem Weg zum Auto warf er einen Blick auf sein Telefon. Drei Nachrichten von Zac. Eine von seinem Vater. *Guten Morgen, Sohn. Mach dir einen guten Tag.*

Du auch, schrieb er zurück. Was hatte Papa noch gesagt, wo er war?

Earnests treuer alter Truck dröhnte, als Nicholas das Gaspedal durchtrat. Aus den Lautsprechern schepperte 80er-Jahre-Rock. Nicholas hatte einmal versucht, einen anderen Musiksender einzustellen, und Earnest war nicht amüsiert gewesen.

Er warf einen kurzen Blick in den Rückspiegel, und seine Laune rutschte in den Keller. Wenn das ein Witz sein sollte, war er langsam nicht mehr komisch. Es wurde Zeit, dass er dem ein Ende setzte.

Abhängen konnte er den Panamera mit Earnests Truck nicht, aber er konnte etwas sehr viel Besseres tun. Er gab das Überholmanöver auf und ließ den Truck gemächlich vor sich hin rollen. Mit der linken Hand fingerte er sein Telefon aus der Hosentasche und schaltete die Kamera an. Die

Sonne spiegelte sich auf der Scheibe des Porsche, vermutlich würde mit den Bildern nicht viel anzufangen sein. Aber das wussten die Insassen ja nicht. Es war ein befriedigendes Gefühl, wenigstens etwas zu tun. Er zog die Augenbrauen zusammen. Was zum …?

Ruhig jetzt, Nick, sagte er sich. Ganz ruhig. Immer wieder schielte er in den Rückspiegel, immer wieder hatte sich verflucht nochmal nichts geändert. Sie blieben an ihm dran wie Schmeißfliegen. Und sie waren zu mehreren. Der weiße Wagen, den er im Rückspiegel gesehen hatte, hielt ebenso konstant den Abstand wie der Porsche. Er beschleunigte, der Porsche beschleunigte, und das weiße Auto ebenfalls. Er ließ sich zurückfallen, der Porsche tat es ihm gleich. Das weiße Auto zog vorbei. Es war ein Hyundai. Kurz darauf wurde es jedoch langsamer, so dass die ursprüngliche Reihenfolge wieder hergestellt wurde: Earnests Truck, der rote Panamera, der weiße Hyundai.

Irgendjemand wollte ganz sichergehen, dass ihnen Nicholas Hansen nicht durch die Maschen schlüpfte, und das war kein angenehmes Gefühl. Was war an ihm dran, das ihn verfolgenswert machte?

Als er eine Viertelstunde später auf den Parkplatz vor *WholeFoods* knatterte, folgte ihm das rote Auto immer noch in sicherem Abstand. Nicholas parkte fast direkt vor dem Eingang. Der Porsche hielt am anderen Ende des Parkplatzes. Der weiße Wagen, der dem Porsche gefolgt war, bog in eine Parkbucht in der Nähe ein.

Nicholas atmete tief durch und stieg aus. Seine Chance. Entspannt da rüber schlendern und die fragen, was sie von ihm wollten. Schlimmer als mit den Jungs in Santa Ana würde das schon nicht werden. Okay, Schritt eins: Rückversicherung. Er stellte sicher, dass sie ihn sehen konnten von ihren Autos aus, beide. Dann fotografierte er erst den Panamera, dann den Hyundai und schickte sich die Bilder zusammen mit dem, das er auf der Autobahn geschossen hatte, per E-Mail. Jetzt wussten sie, dass er von ihnen wusste. Schritt zwei: Fragen, was sie wollten. Als er sich näherte, setzte der Panamera in der Parklücke zurück und fuhr langsam in Richtung Parkplatzausfahrt. Beinahe gleichzeitig verließ ein Mann den Hyundai, holte eine Tüte aus dem Kofferraum und ging zum Laden hinüber, als wäre das die ganze Zeit sein Ziel gewesen. Wachablösung also. Was nicht schlecht war, der hier schien zumindest allein zu sein. Mit einem allein würde er leichter fertig werden.

CLAYTON

Jetzt kam es darauf an, dass der Junge ihm vertraute. Clayton Williams zog die Hemdsärmel glatt, ließ die Tür des Mietwagens zufallen und ging gemessenen Schrittes auf den Laden zu und schlenderte dann durch die Gänge, als würde er Waren auswählen.

Er fand den Jungen gleich vorn beim Obst. Wie zufällig griff er zeitgleich nach ein paar Bananen. »Du wirst verfolgt, weißt du das?«

Der Blick des Jungen huschte über ihn hinweg, nahm im Bruchteil einer Sekunde Maß. »Von Ihnen, ganz offensichtlich.« Er legte die Bananen in den Einkaufswagen. »Was wollen Sie?«

Mit der unverhohlenen Feindseligkeit, die ihm entgegenschlug, hatte er nicht gerechnet. »Reden«, sagte er freundlich.

Der Junge lud Äpfel ein und bückte sich dann zu den Gurken. »Warum sollte ich das wollen?«

»Vielleicht, weil es dir das Leben retten könnte?«

Zumindest sah der Junge ihn jetzt an. Er ließ die Avocado liegen, nach der er gerade gegriffen hatte, und verschränkte die Arme vor der Brust. Sein Gesicht gab nichts preis. »Bisher fühle ich mich ganz lebendig, danke.«

»Aber das muss nicht so bleiben, Nicholas.«

Die grauen Augen verengten sich zornig, ganz kurz nur, dann hatte der Junge sich wieder im Griff. Bewundernswert. »Woher kennen Sie meinen Namen?«

Clayton lächelte dünn. »Ich habe gesagt, du wirst verfolgt.«

Der Junge blieb immer noch ruhig. Nur ein kaum merkliches Zittern in der Stimme verriet ihn. »Okay. Reden wir. Das hatte ich eh vor.«

»Hier?«

Nicholas wandte sich wieder dem Obst zu. Er betrachtete fachmännisch zwei Mangos und legte dann eine in den Wagen. »Nein. Ich brauche noch Joghurt. Der ist da hinten.«

Er deutete auf ein Kühlregal am anderen Ende des Ladens und verschwand in die entgegengesetzte Richtung. Clayton schmunzelte. Der Junge war gut.

Auf dem Weg zum Kühlregal überlegte Clayton, was und wie viel er ihm erzählen sollte. Das hier war nicht geplant gewesen, es gab kein Skript. Er würde improvisieren müssen. Er studierte das vierte Joghurtetikett, als Nicholas endlich auftauchte.

»Heidelbeer kann ich empfehlen«, sagte er und packte zielstrebig drei Töpfe Sojajoghurt ein. »Ihre beiden Kollegen haben wohl doch beschlossen, nur umzuparken. Sie sitzen immer noch da draußen im Auto. Verraten Sie mir, wer von Ihnen die nächste Schicht übernimmt, oder soll ich raten?«

»Es ist ein bisschen anders.«

»Klar.«

»Ich bin der Verfolger deiner Verfolger.«

»Der weiße Hyundai.«

Clayton nahm sich einen Becher Heidelbeerjoghurt und studierte die Inhaltsstoffliste. Er sprach leise und schnell: »Du bist Nicholas Hansen, siebzehn Jahre alt. Du wohnst mit deinem Vater zusammen in der Beach Road. Du magst kein Eis außer Zitrone. Joe Richardson hat dich als Fotograf für sein Unternehmen eingestellt, das in einem schönen alten Backsteinhaus residiert.«

Die Stimme des Jungen blieb flach. »Was wollen Sie von mir?«

»Wie ich gesagt habe. Ich will mit dir reden. Mein Name ist Clayton D. Williams. Ich bin Reporter bei der *New York Times*. Vor dir war ich der Fotograf bei *White Cloud Enterprises*, aber ich verfolgte andere Ziele als du und bin aufgeflogen. Deswegen haben sie dich genommen. Sie glauben, ein Schüler kann ihnen nicht gefährlich werden.«

»Gefährlich bei … was genau?« Die Feindseligkeit wich vorsichtiger Neugierde.

»Wie viel zahlt das Unternehmen dir für die Fotos?«

Der Junge schüttelte den Kopf, und jetzt grinste er tatsächlich. »Warum sollte ich Ihnen das sagen? Ich vertraue Ihnen nicht von hier bis zum Käseregal.«

»Dann sollte ich das vielleicht ändern. Können wir uns irgendwo in Ruhe unterhalten?«

Nicholas deutete auf das Etikett des Joghurts, das Clayton in der Hand hielt, als wolle er ihm etwas darauf erklären. »Da Sie ja wissen, wo ich wohne: Was halten Sie von einem

Strandspaziergang nach Sonnenuntergang? Gehen Sie nachher, wenn es dunkel wird, von Doheny einfach immer nach Süden, bis Sie zu unserem Strand kommen. Ich finde Sie dann schon.«

NICHOLAS

Nicholas hatte Zacharys Nummer gewählt, bevor er sich daran erinnerte, dass Zachary und er im Moment nicht miteinander redeten. Schnell legte er wieder auf.

Sprichst du wieder mit mir?, schrieb Zac ungefähr zehn Sekunden später.

Das bildete der sich im Traum ein. *War ein Versehen.*

Mein Knie tut weh.

Gegen seinen Willen musste Nicholas lachen. *Geschieht dir recht.*

Dabei wäre es gut gewesen, Zac von dem angeblichen Reporter zu erzählen und seine Meinung dazu zu hören. Wenn der Typ Reporter war, wozu brauchte er dann einen Job als Fotograf? Und was waren das für »andere Ziele«, von denen er gesprochen hatte? Zac mit seinem Computerhirn würde vielleicht Zusammenhänge sehen, die ihm verborgen blieben. Aber er würde frühestens Weihnachten wieder mit Zac reden, also musste er allein klarkommen.

Bevor er nach Hause fuhr und Earnest die Höllenmaschine zurückgab, machte er kurz am Hafen Halt. Es musste doch möglich sein, einen Blick auf dieses Wunderschiff zu werfen, mit dem er fahren würde.

Es lag in dem abgesperrten Bereich hinter einem hohen Metalltor und war vollkommen unter einer Plane verborgen, auf der auf dunkelblauem Grund die Erde abgebildet war. Darüber das Logo der Firma und in leuchtendem Grün der Schriftzug, der auch auf der Tür gestanden hatte: *Because we care.*

Nicholas machte ein paar Fotos und ging dann auf die Mole hinaus, um das verhüllte Schiff von dort aus zu fotografieren.

Eins von Pauls Booten kam gerade herein. *Gemini*, der Katamaran. Nicholas zoomte so nah heran, wie er konnte. Nur ungern gestand er sich ein, dass er auf diesen Augenblick gewartet hatte. Dass er genaugenommen nur deswegen zum Hafen gefahren und der Blick auf das verhüllte Schiff bloß ein Vorwand vor sich selbst gewesen war.

Ob es sehr albern war, jetzt so zu tun, als wäre er zufällig hier?

Langsam schlenderte er zur Anlegestelle der *Gemini*. Elin konnte er zwischen den Touristen nicht entdecken. *Ich glaub nicht, dass es eine gute Idee wäre, mit Nick was anzufangen*. Er ballte die Fäuste. *Nick ist kein guter Umgang.*

Bevor das Boot zu nah kam, drehte er sich um und ging.

Bei Anbruch der Dämmerung begann Nicholas, sich an dem kleinen Strandabschnitt zwischen ihrem Grundstück und dem Tor herumzutreiben. Er schlenderte vor den Nachbarhäusern entlang durchs seichte Wasser, ließ Riesentangblasen unter den Zehen zerplatzen und sah den Regenpfeifern zu. Der alte Bernie, der neben Earnest und Dorothy wohnte, winkte ihm grinsend zu, als er an seinem Grundstück vorbeikam. »Na, alles klar?«

Nicholas schenkte ihm ein schiefes Lächeln. Direkt nach dem Vorstellungsgespräch bei *White Cloud Enterprises* hätte er die Frage, ohne zu zögern, mit einem begeisterten Ja beantwortet und eine Runde mit Bernie geplaudert. Aber inzwischen hatten zwei Menschen kryptische Andeutungen über seinen neuen Job gemacht, er hatte es sich mit Zac verdorben und mit Elin vermutlich auch – noch bevor zwischen ihnen irgendetwas angefangen hatte. All das würde er bestimmt nicht mit Bernie diskutieren.

Der Pazifische Ozean machte seinem Namen heute alle Ehre, ganz sanft bewegte sich das Wasser. Die abendliche Ruhe wurde nur durch vereinzeltes Möwenkrächzen, entferntes Gelächter und das leise Platschen von Nicholas' Schritten unterbrochen. Glutrot versank die Sonne hinter dem Horizont. Ob Clayton Williams wusste, dass die Dunkelheit hier schneller einsetzte als bei ihm zu Hause in New York? Kam er überhaupt aus New York, oder wo wohnte man so, wenn man für die *Times* schrieb?

Nicholas sah auf die Uhr. Es war zwanzig nach acht. Er ärgerte sich, keine genauere Zeit ausgemacht zu haben.

»Hi.« Die Stimme erklang direkt hinter ihm, und er fuhr zusammen. Wie aus dem Nichts war der Reporter aufgetaucht. Er trug dunkle Kleidung. Zusammen mit seiner dunklen Haut und den schwarzen Rastalocken verschmolz er regelrecht mit der zunehmenden Dunkelheit. »Mr Williams! Sie haben mich erschreckt!«

»Clayton, bitte.«

»Okay, Clayton.«

Er hörte das Lächeln in der Stimme des Reporters mehr, als dass er es sehen konnte. »Das Erschrecken war keine Absicht. Ich freue mich, dass du dir die Zeit nimmst, mich zu treffen.«

»Reiner Egoismus.« Sehr gut, es klang angemessen unaufgeregt. »Gehen wir ein bisschen?«

Der Mond war noch nicht aufgegangen, und der Strand lag im Dunklen. Nicholas unterdrückte seine Neugierde, während sie an der Wasserkante entlanggingen. Er würde nicht den Anfang machen.

Endlich sprach der Reporter. »Was weißt du über die Firma, für die du arbeitest?«

»Das, was auf der Website steht.«

»Alles? Denn wenn du das Kleingedruckte liest, wirst du einige wirklich interessante Sachen entdecken.«

»Ich bin dran mit fragen.« Nicholas machte im Kopf eine Notiz, die Website – und vielleicht noch die eine oder andere zusätzliche – genauer zu durchforsten. »Wer sind die Männer im Panamera?«

»Wenn ich das ganz genau wüsste, wäre ich schon ein Stück weiter. Ich bin erst am Anfang mit meinen Recherchen.«

»Wofür genau?«

»Ich bin wieder dran. Seit wann wirst du verfolgt?«

»Das müssten Sie doch besser wissen als ich.«

»Leider nicht. Also, wann sind die dir das erste Mal aufgefallen?«

»Weiß nicht genau. Ich glaube, das war an dem Tag, an dem *White Cloud Enterprises* mich zum Vorstellungsgespräch eingeladen hat. Oder kurz danach.«

»Ach, schau.«

Sie waren jetzt fast zu Hause angelangt. Leise Reggae-Musik kam von einem der Häuser herüber. In Earnests Feuerschale flackerte ein schüchternes Lagerfeuer. Earnests Enkel Ben saß mit seinen Freunden darum herum und rauchte Gras. Das Feuer spiegelte sich in den Brillengläsern vor den dunklen Augen des Reporters, als er Nicholas musterte. »Wenn Sie Reporter sind, warum wollten Sie dann als Fotograf arbeiten?«

»Ursprünglich wollte ich einfach nur eine Geschichte über diese phänomenale Technik schreiben, die *White Cloud Enterprises* einsetzt, um das Klima abzukühlen. Und je mehr ich darüber herausgefunden habe, desto weniger phänomenal fand ich das Ganze. Deswegen wollte ich mir selbst vor Ort ein Bild machen und habe mich als Fotograf beworben.«

»Warum hat das nicht geklappt?«

»Halt, ich bin dran.«

Nicholas grinste. »Ist nur fair.«

»Sind deine Bilder tatsächlich gut oder haben sie dich nur eingestellt, weil du ungefährlich bist?«

»In aller Bescheidenheit: Meine Bilder sind gut.« Trotz des nagenden Gefühls, das ihn beschlich, wenn er an Jennifers Bemerkungen und seine Verfolger dachte, fing das Spiel an, ihm Spaß zu machen. »Jetzt ich. Warum wollen Sie das wissen? Warum treffen Sie sich überhaupt hier mit mir?«

»Weil du meinen Job bekommen hast.« Der Mann neben ihm blieb stehen. Sein Lächeln war jetzt deutlich zu hören. »Und vielleicht magst du ihn auch in meinem Sinne weiterführen. Ich hoffe, dass wir zusammenarbeiten können. Du könntest meine Augen und Ohren sein und die Bilder fotografieren, die ich nicht machen kann.«

»Was bedeutet, in Ihrem Sinne?«, fragte Nicholas vorsichtig. Was meinte der Typ? Dass er die Fotos, die er für Joe machte, unter der Hand an die *Times* weiterreichen sollte? Auf der Website von *White Cloud Enterprises* gab es einen Pressekit – warum lud Clayton sich da nicht einfach einen Berg Bilder runter?

Der Reporter schien jedes Wort sorgfältig abzuwägen. »Es kann sein, dass Joe Richardson mit seinem Schiff Dinge tut, die, sagen wir, moralisch nicht ganz einwandfrei sind, und mein Ziel war, das herauszufinden. Investigative Recherche.«

»Spionage«, sagte Nicholas, mehr zu sich selbst.

»Ein hartes Wort.«

Nicholas versuchte, Ordnung in seine Gedanken zu bekommen. Erst Jennifer, die fragte, wo er sich schlau gemacht hatte, jetzt der Reporter mit der Behauptung, *White Cloud Enterprises* sei nicht sauber. Und dafür sollte er seinen Job aufs Spiel setzen, seine Chance, in die nächste Liga aufzusteigen? Letztlich ging es um nichts anderes als Industrie-Spionage, hartes Wort hin oder her. »Wie kommen Sie darauf, dass ich das wollen könnte?«

»Vielleicht, weil es auch um deine Zukunft geht.«

»Das ist ein bisschen kryptisch.«

»Aber wesentlich mehr kann ich dir leider nicht sagen, weil ich es erst rausfinden wollte.«

Es hörte sich aufrichtig an, und Jennifer hatte immerhin in dieselbe Kerbe geschlagen. Vielleicht gab es etwas herauszufinden – dann konnte er das tun, wenn er schon eh dabei war. Wenn Jennifer sich irrte – umso besser. »Ich soll also für Sie spionieren.«

»Undercover-Recherche.«

»Spionage. Das stand bisher nicht auf der Liste meiner Karrierewünsche.«

Der Reporter ließ sich nicht aus der Ruhe bringen. »Ich finde es auch nicht gut, ein Kind da mit reinzuziehen, aber im Moment sehe ich keinen anderen Weg. Wenn ich recht habe, ist das, was du herausfinden wirst, noch wesentlich verbotener.«

Ein *Kind?!* Wenn er eins schon sehr lange nicht mehr war, dann das. »Ich würde mich für Sie strafbar machen.«

»Für uns alle, wenn ich recht habe. Und du würdest es nicht bereuen.«

»Woher weiß ich, dass ich Ihnen trauen kann?«

»Das weißt du nicht.« Nicholas konnte die Miene des Reporters im Dunklen nicht erkennen, als dieser hinzufügte: »Und mein bester Rat an dich wäre, in dieser Sache niemandem zu vertrauen. Ich fürchte nur, du hast wenig andere Möglichkeiten.«

Das klang nicht nach Spaß. Nicholas warf einen Blick zu seinem Haus hinüber. Im Wohnzimmer war es dunkel, Papas Termin schien noch anzudauern. Endlich kümmerte er sich wieder darum, dass sein Zeug verkauft wurde. Es war plötzlich unglaublich verlockend, einfach ein normaler Jugendlicher zu sein – und zu bleiben. Er könnte jetzt ins Haus gehen und sich am nächsten Tag bei *Target* im Lager bewerben, wo ihm sicher niemand im Porsche nachfahren würde oder in aller Heimlichkeit mit ihm reden wollte. Er könnte sich zu Ben und den anderen ans Feuer setzen und sich den Kopf weich rauchen und den ganzen Kram vergessen. Aber dann würde er nicht erfahren, was hier gespielt wurde. Und irgendwie war die Aussicht verlockend, ein bisschen zu spionieren. Es fühlte sich wahnsinnig gut an, verboten und abenteuerlich. Lebendig. Und was konnte schon groß passieren? Im Zweifelsfall fand er halt nichts heraus. Er drückte die Schultern durch. »Was geschieht dann mit den Bildern?«

»Wenn sie gut genug sind, und wenn *White Cloud Enterprises* wirklich Dreck am Stecken hat, nutzen wir sie für eine sensationelle Enthüllungsreportage, und du wirst königlich dafür bezahlt.«

»Wieviel?«

»Kommt auf das Ergebnis an.«

In Nicholas' Kopf stritten sich so viele Gedanken um seine Aufmerksamkeit, dass es schwierig war, einen davon festzuhalten. Er nickte Clayton zu, obgleich dieser das im Dunklen nicht sehen konnte. »Ich muss kurz was überprüfen. Zwei Minuten, okay?« Er entfernte sich einige Schritte, zog sein Telefon aus der Tasche und gab *Clayton D. Williams New York Times* in die Suchmaschine ein – etwas so Naheliegendes, dass er es am Nachmittag vergessen hatte. Schnell überflog er die Überschriften der Artikel, die der

Reporter geschrieben hatte, und suchte dann nach Bildern. Sein Gegenüber schien zu sein, wer er vorgab. Zumindest auf den ersten Blick.

»Zufrieden?«, fragte Clayton, als Nicholas zu ihm zurückkehrte.

»Ja.«

»Also vertraust du mir?«

»Nein.« Er grinste. »Ich vertraue niemandem.«

»Weiser Entschluss.«

Er dachte an die Begeisterung, mit der Joe von seinem Projekt gesprochen hatte. *Wir retten die Welt.* Wie passte das mit den Verfolgern im Porsche zusammen? Und wie mit dem, was Jennifer gesagt hatte, und jetzt auch dieser Clayton? Er würde einfach die Augen offenhalten, und falls ihm etwas Seltsames auffiel, konnte er immer noch auf den Reporter zurückkommen. »Ich verspreche Ihnen nichts, aber was müsste ich ganz genau tun?«

NICHOLAS

»Zachary hat angerufen.«

Nicholas zuckte die Schultern. »Hast du noch Wäsche?« Er versuchte, mit dem Ellenbogen das Fliegengitter zur Terrasse aufzudrücken, ohne den Wäschehaufen fallenzulassen.

Sein Vater stand auf und entriegelte die Tür für ihn. »Nein.«

Nicholas ging in den kleinen Raum neben der Terrasse und stopfte die Wäsche in die alte Maschine – den fuel-to-noise-converter, wie Zac immer sagte. Als er zurück ins Haus kam, blickte sein Vater auf. »Es ist zwanzig vor elf morgens, und es ist das dritte Mal, dass Zachary auf dem Festnetz angerufen hat. Ist dein Handy kaputt?«

Nicholas seufzte. »Ich hab keinen Bock auf Zac.«

»Habt ihr euch gestritten?«

»Wir reden gerade nicht.« Jetzt kam sicher wieder dieser besorgte Gesichtsausdruck, der so schwer zu ertragen war. Schnell wandte sich Nicholas zur Küchenzeile um und fügte hinzu: »Was war das eigentlich für ein Papier, das du neulich Abend so schnell vor mir versteckt hast?«

»Warum redet ihr nicht?«

»Weil … ist egal.«

»Na, wenn du das sagst.«

Nicholas öffnete den Kühlschrank. Das ganze gesunde Zeug, das er gestern gekauft hatte, grinste ihn höhnisch an. Dabei wäre jetzt der richtige Moment für ein Brot mit fingerdick Schokocreme gewesen. Er schloss den Kühlschrank wieder. »Was war das für ein Papier?«

»Was meinst du?«

»Du kannst echt so schlecht lügen, weißt du das?«

Sein Vater lächelte. »Genau wie du, meinst du?«

»Tja, ich schätze, das ist die Sache mit dem Apfel und dem Stamm. Also. Was war das für ein Papier?«

»Keine Chance. Ruf lieber deinen Freund zurück.«

Nicholas schüttelte den Kopf. »Keine Chance.« Irgendwann musste er mit Zac reden, aber noch nicht jetzt. Vielleicht würde er damit einfach warten, bis Elin wieder weg war und weder Zac noch er erwähnen würden, dass Zac verdammt nochmal recht gehabt hatte. Wie hatte er auf die bescheuerte Idee kommen können, mit Elin was anfangen zu wollen! Elin war Gast bei Jennifer und Paul! Und sie sollte sich dort wohlfühlen. Was bedeutete, dass sie ihre Zeit dort am besten nicht mit roten Augen auf dem Sofa verbrachte wie Meaghan, als er sie das letzte Mal gesehen hatte.

ELIN

Seit Paul sie nach Hause gebracht hatte, versuchte Elin, sich auf ihr Buch zu konzentrieren. Zac saß mit seinem Computer am Küchentresen, Vincent hatte sich mit einem Freund in sein Zimmer verzogen und Jennifer war einkaufen gefahren. Als ihr bewusst wurde, dass sie seit gefühlten hundert Jahren auf dieselbe Seite schaute, ohne auch nur ein Wort von dem zu verstehen, was dort stand, legte sie das Buch zur Seite.

Niemand kann dir einen Wunsch erfüllen, wenn er ihn nicht kennt, sagte Jasmin immer. Das mochte ja stimmen, aber … Elins Kehle wurde eng vor Anspannung. Nie, niemals hätte die deutsche Elin das getan, was die kalifornische Elin vorhatte.

»Zachary?«

Zac blickte auf.

Plötzlich purzelten die Worte aus ihr heraus. »An dem ersten Tag, als ich hier war und Nick sich neben mich aufs Sofa gesetzt hat, da habt ihr geflüstert, über mich. Das fühlte sich blöd an und ich –«

»Das sollte es nicht!« Er sah sie betroffen an. »Wir haben auch gar nicht über dich geredet – nicht direkt. Ich war bloß sauer auf Nick.«

»Warum?«

Das Thema war ihm sichtlich unangenehm. »Weil er aufhören sollte, seine Standardnummer abzuziehen.«

Sie sah ihn fragend an.

»Er … ach, Scheiße. Ich hab dir das doch gesagt. Nick ist nicht –«

»Ich bin sechzehn! Ich glaub schon, dass ich selbst auf mich aufpassen kann.« Wenn auch vielleicht nicht auf mein Herz, das verräterische.

Er grinste entschuldigend. »Meine Eltern sind deine Gastgeber. Ich will, dass du hier eine gute Zeit hast.«

Elin stand auf, ging zu ihm hinüber und schenkte sich ein Wasser ein. Hätte sie doch nie mit diesem Thema angefangen! »Ich fliege in drei Wochen nach Hause. Was soll da bitte groß passieren?«

»Oh, Nick hat es schon in kürzerer Zeit geschafft, dass Leute ihn abgrundtief hassen.«

»Diese Meaghan.« Wer immer das war.

»Unter anderem.«

Elin dachte an Nicholas' leises Lächeln, als sie die Hand weggezogen hatte. Und irgendwie war sie sich sicher, dass er ihr keinen Grund geben würde, ihn zu hassen. Nicht in drei Wochen. Aber wie sollte sie das Zac erklären? Langsam sagte sie: »Trotzdem. Ich will das selbst entscheiden. Und ich will nicht, dass ihr beide euch deswegen streitet.«

Zac wandte sich wieder seinem Computer zu. »Hör zu, es tut mir leid, was da passiert ist. Ich hab Nick heute mindestens dreißig Mal versucht zu erreichen. Er antwortet nicht. Und wer nicht will, der hat schon.«

»Ich möchte ihn wirklich gern besser kennenlernen.« Sie merkte, wie ihr das Blut in den Kopf schoss, aber sie war so weit gekommen, sie würde es jetzt zu Ende bringen. Er war so ein engagierter Gastgeber, er würde ihr diesen Wunsch nicht abschlagen. »Kannst du nicht hinfahren?«

NICHOLAS

Endlich war sein Vater weggefahren, und Nicholas hatte das Haus für sich allein. Er musste über das nachdenken, was Clayton gesagt hatte und sich die Website von *White Cloud Enterprises* noch einmal angucken. Und vielleicht Zac zurückrufen. Ganz vielleicht. Aber auf jeden Fall würde er die Zeit nutzen und nach diesem Brief suchen, den sein Vater vor ihm versteckte. Normalerweise redeten sie nicht viel miteinander, aber sie waren eigentlich immer ehrlich. Dieser verzweifelte Papa auf der Terrasse, an dem Abend, als Nicholas zerschlagen nach Hause gekommen war, in Kombination mit dem beharrlichen Schweigen, führten nicht dazu, dass er weniger wissen wollte, was los war. Im Gegenteil. Es brachte eine schrille Alarmglocke in ihm zum Klingen. Und wenn er schon anfing zu spionieren, konnte er das genauso gut auf sein Privatleben ausdehnen. Wenn, dann richtig.

Papa hatte sich nicht einmal die Mühe gemacht, den Brief wirklich zu verstecken. Er lag in der Nachttischschublade, ganz obenauf, leicht verknüllt und immer noch zusammengerollt.

Nur ein Stück Papier. Ein Stück Papier, das Papa verzweifeln ließ.

In Zeitlupe nahm er es an sich.

In Zeitlupe ging er auf die Terrasse.

Mit klammen Fingern rollte er den Brief aus. Die Schrift kannte er, oh, wie gut er die kannte. Vor seinen Augen verschwammen die Buchstaben, und als sei sein Gehirn plötzlich eingefroren, musste er dreimal lesen, um zu verstehen, was in dem Brief stand:

Lieber Thomas,
es ist schwer für mich, dir heute diesen Brief zu schreiben, vor allem, da ich weiß, dass Nicholas immer noch sehr verletzt ist. Ich hoffe, es geht euch trotz allem gut.
In meinem Leben haben sich ein paar Veränderungen ergeben, so dass ich mein – euer – Haus in der Beach Road zum 1. November verkaufen muss. Ich weiß, dass das für euch unangenehm ist, aber es gibt leider keine andere Lösung. Ihr müsstet entsprechend innerhalb der nächsten drei Monate dort ausziehen.
Wenn du daran interessiert bist, das Haus zu kaufen, hast du selbstverständlich das Vorkaufsrecht. Mein Makler schätzt den Wert im Moment auf 2,3 Millionen Dollar.
Vielleicht sollten wir uns demnächst zusammensetzen, um über alles zu sprechen.
C.

In Nicholas' Ohren begann es zu rauschen. Plötzlich war ihm wieder eiskalt. Etwas klapperte unablässig. … *dass Nicholas immer noch sehr verletzt ist. … innerhalb der nächsten drei Monate dort ausziehen …* Er ließ den Brief sinken und sah blicklos auf den Ozean hinaus. *Verkaufen* … Sein Zuhause. Da kannst du drauf wetten, dass ich verletzt bin.

Das Klappern waren seine Zähne. Mit äußerster Anstrengung lockerte er den Kiefer. Wie durch Nebel sah er die Wellen auf den Strand rollen.

In seinem Bauch, inmitten der eisigen Erstarrung, sammelte sich ein Ball aus glühender Wut. Mühsam atmete er aus. Die Wut stieg höher. Gleich würde er schreien und heulen und irgendwas kaputtschlagen, bis es ebenso wenig zu reparieren war wie er selbst. Steifbeinig humpelte er zur Wasserkante hinunter und rannte los.

Bei jedem Schritt protestierte sein rechtes Bein. Der Wind fegte ihm Sand ins Gesicht, in die Haare, in die Augen; die Jeans schrammte an der Wunde. Fast genoss er den Schmerz. Er hetzte den Strand entlang nach Norden in Richtung der Klippe. Er würde nie dort ankommen, nicht mit dem Bein, nicht bei dem Tempo. Trotzdem rannte er weiter, getrieben von dem zornigen Feuerball in seinem Inneren. Der Wind heulte ihm in den Ohren. Wenn Wellen in seinen Weg flossen, rannte er gerade durch sie hindurch, einfach weiter, immer weiter, gleich, ob seine Hose nass und sein T-Shirt mit Matsch bespritzt wurde.

Ungefragt schoben sich Bilder in seinen Kopf. Mom und Papa, wie sie mit ihm am Strand die größte Tröpfelburg bauten, die Kalifornien je gesehen hatte. Mom, lachend und von Staub bedeckt, in Jeans und Hemd mit einem Tuch um die Haare und einem Besen in der Hand, kurz nachdem sie hier eingezogen waren. »Jetzt wollen wir die alte Kiste ein bisschen wohnlich machen, was?« Moms leuchtendes

Gesicht, als er entdeckt hatte, wie sich die Anemonen beim Anstupsen zuzogen und das immer wieder ausprobieren wollte. »Das Meer wird dir immer helfen, Nickyschatz. Es ist immer da.« Mom, die Gemüsesaft trank gegen den Krebs, bis sie ganz gelb im Gesicht wurde. Moms Auto, das, vollgeladen bis unters Dach, wegfuhr, während er mit brennenden Augen oben am Fenster hinter dem Vorhang stand und ihm nachsah.

Nicholas rannte. Lief an den Nachbarhäusern vorbei, an den vereinzelten Abendspaziergängern, an den Feuerschalen und Sandburgen, bis ihm der Atem in der Lunge brannte. Er keuchte. Sein Brustkorb wollte zerspringen, seine Beine wurden schwer, als watete er durch Schlamm. Nicht langsamer werden. Nicht aufhören. Weiterlaufen, damit der Schmerz aufhörte. All die Jahre ihr Schweigen, ihr Desinteresse und nur zu seinem Geburtstag die übliche Glückwunschkarte. Und er hatte sich immer zusammengerissen, immer funktioniert. Er hatte Papas Trübsal ertragen, er hatte Geld verdient, war nie wütend geworden. Weil er wusste, dass seine Beherrschung das Einzige war, das Papa und ihn davon abhielt, alles zu verlieren. Das Haus, den Strand. Und jetzt wollte sie ihm das auch noch wegnehmen.

Er stolperte, rappelte sich wieder hoch und hetzte weiter. Jeder Atemzug wurde inzwischen begleitet von einem erstickten Fiepen. Sein rechter Oberschenkel brannte wie Feuer, und irgendwas lief ihm warm am Bein runter. Blut. Er stolperte wieder. Er musste zur Klippe. Stand auf, rannte, strauchelte – und gab auf.

Als er zu sich kam, dämmerte es. Einen Augenblick lang wusste er nicht, wo er war. Seine Wange brannte auf kratzigem Untergrund. Es roch nach Tang. Sand. Wasser. Er lag am Strand. Seine Kleidung war durchnässt, und ihm war kalt bis auf die Knochen. Er war aufgewacht, weil jemand ihn an die Schulter gefasst hatte. Mühsam drehte er sich um. Sand verklebte ihm die Augen. Er versuchte, ihn wegzuwischen.

Zachary beugte sich über ihn. »Alles klar mit dir?«

Jetzt halluzinierte er schon. »Wie kommst du hierher?« Seine Stimme war bloß ein Krächzen.

»Eure Terrassentür stand offen.«

»Und?« Nicholas stand so schnell auf, wie er konnte. Kurz wurde ihm schwarz vor Augen, aber er blieb stehen. Keine Schwäche jetzt. Er konnte sich Schwäche nicht leisten.

»Bist du sicher, dass du okay bist?«

»Was tust du hier?«

»Du bist nicht ans Telefon gegangen.«

»Nee, weil du ein Arsch bist.«

Zac grinste. »Prima, du bist absolut in Ordnung. Auch wenn du nächstes Mal vielleicht in Hausnähe bleiben solltest, bevor du zusammenklappst. Erleichtert das Finden.«

Nicholas wandte sich ab. »Wo sind wir?«

»Doheny. Mein Auto steht da hinten auf dem Parkplatz. Schaffst du es bis dahin?«

»Was denkst du denn?«

ELIN

Jennifer, Paul und Vincent waren zu Freunden gefahren. Elin hatte eine kurze Mail an ihre Eltern und eine lange Mail an Jasmin geschrieben. Eine ausgiebige Dusche und fünf Kapitel ihres Buches später klappte endlich die Haustür auf.

»So, die Party kann losgehen«, sagte Zac grinsend und schob Nicholas zum Sofa, der das wie willenlos mit sich geschehen ließ. Wie bei ihrem allerersten Treffen setzte er sich neben sie in die Ecke, doch dieses Mal legte er den Arm nicht hinter ihr auf die Lehne. Er zog die Beine hoch, stützte den Kopf in eine Hand und starrte vor sich hin.

Zachary auf Elins anderer Seite saß nach vorn gebeugt, die Ellenbogen auf den Knien. »Genug gemuckelt. Was ist los?«

»Nichts.«

Elin rutschte auf dem Sofa ganz nach hinten, so dass sie beide Jungs sehen konnte, ohne sich den Hals zu verdrehen.

Zac schüttelte den Kopf. »Klar, das merkt man.«

»Ich will nicht drüber reden.«

»Es hat nicht zufällig mit diesem Brief zu tun, der zerknüllt bei euch auf der Terrasse lag?«

»Seit wann liest du meine Post?«

»Es war nicht deine Post. Es war die Post deines Vaters.«

Nicholas' Mundwinkel zuckte leicht. »Touché.« Doch gleich darauf starrte er wieder vor sich hin.

Brief? Ging es hier nicht um Nick und sie und darum, dass Zac sich das Knie auf dem Kiesweg sicherlich nicht zufällig aufgeschlagen hatte?

Nicholas schwieg.

»Nick?«, hakte Zachary nach.

»Hattet ihr einen guten Tag? Wie war's bei Paul, Elin?«

»Du machst mich fertig.« Zac stand auf und ging in die Küche.

Obwohl Nick nicht den Eindruck machte, als würde es ihn wirklich interessieren, beantwortete sie seine Frage: »Ja. Heute hat es lange gedauert, bis wir Wale gefunden haben, aber dann war es toll.«

»Das glaube ich«, murmelte er abgelenkt.

Zac stellte drei Gläser mit Wasser auf den Couchtisch, bevor er zurück zum Küchenblock ging und dort in einer Schublade herumkramte.

Nick machte keine weiteren Anstalten, mit ihr zu kommunizieren, sondern starrte nur vor sich auf den Boden.

Sie griff nach ihrer Lektüre.

Er blickte auf. »Immer noch dasselbe Buch?« Sein Lächeln sah so verkehrt und verzweifelt aus, dass es ihr selbst dann das Herz zusammengeschnürt hätte, wenn sie ihn nicht gemocht hätte.

Sie hob das Buch leicht an. »Ja.«

Es klatschte leise, als Zac eine kleine, durchsichtige Plastiktüte auf den Tisch warf. Getrocknete, graugrüne Blätter waren darin. Gras. Die fingen jetzt nicht an, Drogen zu nehmen, oder? Wo kam das Zeug auf einmal her? Gehörte das hier zur Standardausstattung?

Zumindest schien Nicholas vom Anblick der kleinen Plastiktüte wieder aufzuwachen. »Oooh nein. Du weißt, dass ich das Zeug nicht anfasse.«

Zachary begann ungerührt, ein paar von den zerkrümelten Blättern in Zigarettenpapier einzurollen. »Ich auch nicht«, sagte er achselzuckend. »Na und? Wenn ich die Situation richtig sehe, ist das ein Notfall. Betrachte es als Medizin.«

»Vergiss es.«

Gleichmütig zündete Zac den Joint an, zog kurz daran und gab ihn dann an Elin vorbei zu Nicholas rüber.

»Zachary, echt, du weißt, was passiert, wenn ich das rauche.« Besonders engagiert klang der Protest nicht, eher als hätte er sich schon fürs Kiffen entschieden und würde hoffen, dass Zac ihn abhielt.

Zac tat nichts dergleichen, sondern ließ sich träge in die Tiefen des Sofas sinken. »Du hast dann viele gute Ideen, und genau die brauchst du jetzt.« Er lächelte, fast sanft. »Ich bin bei dir, Nick.«

Okay, das war's. Sie würde jetzt in ihr Zimmer gehen, die Tür zumachen und an Jasmin schreiben, und dann konnten die beiden hier tun und lassen, was sie wollten, solange sie sie aus dem Spiel ließen. Dummerweise hatte sie Jasmin bereits geschrieben.

»Was soll's.« Nicholas betrachtete den Joint in seiner Hand unverwandt. Gleich darauf legte er den Kopf zurück und inhalierte tief. Es sah ganz klar nicht so aus, als hätte er keine Übung darin. Er ließ sich schräg nach hinten kippen, legte die Beine über die Lehne und hielt ihr den Joint hin. »Willst du?«

»Glaub nicht.«

»Istauchbesserso.«

»Einen Zug vielleicht. Ganz bisschen.« Angeblich merkte man beim ersten Mal ja eh nichts, die Welt würde also nicht auf einmal anfangen, in bunten Farben zu schillern. Der Rauch kratzte ihr im Hals, Elin musste husten. Sie merkte tatsächlich überhaupt nichts, außer … Doch. Nach ein paar Minuten hatte sie das Gefühl, plötzlich sehr schwer zu sein. Stoned, dachte sie träge. Daher kommt also das Wort.

Nicholas neben ihr hatte die Augen geschlossen. »Und was machen wir jetzt?«

»Nichts«, sagte Elin. Ihr Mund war komisch trocken. Sie würde nicht mal aufstehen können.

Er öffnete die Augen wieder. »Ich könnte dich küssen.«

»Könntest du.«

»Nichts da, hier wird nicht rumgeküsst.« Zacs Stimme schwebte merkwürdig im Raum.

»Er hat recht. Ich müsste mich dazu auch aufrichten, und das geht gerade nicht.« Nicholas lachte, nahm noch einen Zug und gab den Joint wieder an sie weiter.

Eine Ewigkeit später war Elins Kopf seltsam leicht. Die Jungs warfen sich wechselweise Stichworte zu, die Elin nicht verstand, die aber offenbar sehr witzig waren. Komisch, dass sie sich nicht ausgeschlossen fühlte. Es war so nett hier, und so gemütlich. Sie versuchte die Gedanken festzuhalten, die durch ihren Kopf tanzten, aber es gelang ihr nicht.

»Und dann hat er gesagt: Du kannst meine Augen und Ohren sein.« Nicholas schob die Katze weg, die es sich auf seinem Schoß bequem machen wollte. »Und ich hab gesagt: No way. Ich mach mir doch nicht die beste Chance kaputt, die ich habe, vernünftige Aufträge zu kriegen.«

»Aber da hattest du den Brief noch nicht gefunden.«

Elin horchte auf. Was war das mit diesem Brief?

Nick saß eine Weile regungslos und studierte offensichtlich die Muster auf Zacs Teppich. »Der beschissene Brief, ja.« Wieder schwieg er und schien angestrengt nachzudenken. Doch als er aufblickte, sah er aus wie die Grinse-Katze aus Alice im Wunderland. »Vielleicht brauchte ich bloß die richtige Motivation.«

»Nicht dein Ernst.«

»Über mein Zuhause mache ich keine Witze.«

Die Katze schlängelte sich an Zacs Beinen entlang. Er lachte. »Hau ab, Agent Kay. Wir sind hier mitten in einem wichtigen Fall.«

»Apropos Fall. Wie spät ist es?«

»Wieso fragst du das? Echte Agenten fragen nicht, die wissen einfach.«

In einer Ecke ihres Hinterkopfes merkte Elin, dass das Gespräch eigentlich nicht besonders witzig war, trotzdem fand sie es auf einmal zum Brüllen komisch.

Nick sah Zachary grinsend an. »Weil der Reporter noch

was anderes gesagt hat. Etwas, womit ich überprüfen kann, ob seine Behauptung stimmt. Er meinte, es gäbe ein paar Typen, die Joe immer nur dann träfe, wenn kein anderer mehr im Büro sei. Spät abends zum Beispiel.«

»So wie jetzt?«

Nicholas' Grinsen wurde noch breiter. »So wie jetzt.«

NICHOLAS

Vor ihnen ragte das dunkle Gebäude von *White Cloud Enterprises* auf. Der Mond war wieder mal nicht da, und Nicholas konnte Elins Gesicht nicht erkennen. Aber er war sicher, dass sie lächelte. Bestimmt tat sie das. Das hier war die coolste Idee seit Tagen. »Zac ist Schiri.«

»Ich bin Schiri«, quiekte Zac begeistert.

»Die Wette gilt, Klettermädchen: Ich wette, du kommst da nicht so schnell hoch wie ich.«

Elin stand sehr nah neben ihm. »Ich hab noch nicht gesagt, dass ich mitmache.«

»Klar machst du mit.« Er leckte sich über die Lippen. Ihre Haut sah so weich aus. Er küsste sie auf die Haare, streichelte ihren Nacken, ließ die Hände langsam über ihre Schultern wandern.

Sie lachte unterdrückt.

»Hey! Aufhören!« Zac wieder, der Spielverderber.

»Na gut.« Nicholas trat einen Schritt von Elin zurück. Ihr Gesicht leuchtete im Dunkeln. »Dein Wetteinsatz, Klettermädchen.«

»Ich mache nicht mit.«

»Dann geh ich allein. Das bedeutet, ich habe auf jeden Fall gewonnen und darf dich auf jeden Fall zur Belohnung küssen.« Das war ja wohl sonnenklar.

Zacs Stimme klang leicht verzerrt an sein Ohr: »Drei, zwei, eins, *go*!«

Nicholas lief auf das Gebäude zu, sprang auf einen Fenstervorsprung, um das untere Ende der Feuerleiter zu erreichen und zog sich daran hoch. Über die Balkone würde es schneller gehen. Im Dunkeln war alles schwer zu erkennen, außerdem kribbelten seine Hände, trotzdem hatte er in Rekordzeit das zweite Stockwerk erreicht. Er schwang sich auf das Geländer, fasste die Querstreben darüber, stieß sich von der Wand ab und zog sich hoch. Hah! Das war einfach. Nochmal. Zac und Elin feuerten ihn von unten mit unterdrückten Stimmen an. Nochmal das Ganze. Mach den Kopf leer, hatte Darriell gesagt, und den Körper weich. Nichts leichter als das. Und nochmal. Auf dem obersten Balkon angelangt, stieß Nicholas die Faust in die Luft.

Er wollte gerade triumphierend brüllen, als er merkte, dass neben ihm ein Fenster erleuchtet war, das er von unten nicht hatte sehen können.

Ups. Richtig. Deswegen war er ja hier, zum Spionieren. Vor Schreck stieß er gegen das Geländer hinter sich. Es schepperte leise.

Von drinnen erklang gedämpft Jazzmusik, die in seinem Kopf sanfte rosa Wirbel tanzen ließ.

Wie ein Detektiv schlich er sich an das Fenster. Lamellenvorhänge versperrten ihm den Blick, wie ärgerlich. Aber die Sicherung war nicht eingerastet. Vorsichtig schob er es einen Spaltbreit auf. Wenn es quietschte, war er verloren. Das FBI würde ihn für diese Einmischung des

Landes verweisen, doch so leicht war Nicholas Bond nicht zu schnappen. Das Fenster ließ sich fast lautlos öffnen. Gute Musik, wirklich.

Er brachte sein Gesicht nah an das Fenster heran und versuchte durch den Spalt zwischen den Lamellen etwas zu erkennen. Ein großer Mann. Hey, das war Joe! Ach ja, es war schließlich Joes Büro. Ein anderer Mann stand neben ihm. Raspelkurze weiße Haare. Aufrechte Haltung, als hätte er einen Stock verschluckt. Coole Mucke. Die rosa Wirbel verflossen in seinem Kopf zu rhythmischen Mustern. Nicholas trommelte den Takt am Rahmen mit. Seltsam, dass die Männer so ernst waren. Richtig, richtig gute Musik. Aber … er kniff die Augen zusammen. Wieso hatte Joe einen Tiger im Büro, und warum streichelte den niemand? Der Tiger blickte Joe direkt an. Joe schien ärgerlich zu sein. Er lief hin und her, verließ dabei immer wieder Nicholas' Sichtfeld und kehrte zurück. Zu hören war er dafür kristallklar. M würde stolz auf ihren Agenten sein.

»Ach, kommen Sie, General, das sind doch Peanuts für Sie.« Das war Joe. Mutig, mutig, immerhin war der andere ein hohes Tier irgendwo.

Der andere: »Wir drehen uns im Kreis, Richardson. Die Antwort bleibt Nein.«

Nicholas Bond war versucht, die Lamellen zur Seite zu schieben. Worum ging es da?

»Ich will ganz offen sein, General.«

»Darum bitte ich.«

Ich auch, dachte Nicholas. Offen ist immer am besten.

»Mir liegt viel an diesem Projekt, zu viel, um unnötige

Risiken einzugehen. Und ich habe sehr viel investiert, um es zu verwirklichen. Persönlich und –«

»Kommen Sie zum Punkt, Richardson.«

Joe blieb gelassen. »Wie gesagt, die Mission der *White Cloud One* ist wichtig für mich, aber vor allem dient sie dem Wohl der Menschheit …«

Der General hustete ungeduldig. Der Tiger fauchte.

»… und der amerikanischen Bevölkerung, wenn Sie es zulassen«, brachte Joe seinen Satz ungerührt zu Ende.

»Jemand wird einen Preis für das große Ganze zahlen müssen. Ich bin sicher, Sie werden letztlich einsehen, dass es für alle Beteiligten das Beste ist, wenn Sie sich auf das einlassen, was ich verlange.«

»Geben Sie mir einen Grund, warum ich das tun sollte. Dass Sie offenbar größenwahnsinnig geworden sind, ist kein Argument, das mich überzeugt.«

»General, bitte. Wir sprechen hier immerhin über die mächtigste - und die eleganteste - Waffe der Welt. Es wäre doch schade, wenn die sich gegen Amerika richten würde, nur weil Sie zu geizig sind.«

Hey, die redeten da drin über Waffen! Das war gefährlich. Gut, dass Nicholas Bond an Ort und Stelle war. Ein Lkw fuhr dröhnend vorbei und verhinderte, dass Nicholas verstehen konnte, was der andere erwiderte. Dafür war die Musik wirklich richtig gut. Seine Schädeldecke fühlte sich an, als würde sie sich öffnen. Der Tiger wippte mit dem Kopf.

Joe klang auch total entspannt, aber er wippte nicht. »Die russischen Landwirtschaftsflächen vom Don bis zum

Ural sind derzeit genauso trocken wie die Sierra Nevada. Sie wissen, was das bedeutet. Es liegt an Ihnen, sicherzustellen, dass es so bleibt.«

Der andere wurde hörbar ärgerlich: »Machen Sie sich nicht lächerlich, Joe. Wir haben dieses Unternehmen finanziert.«

»Sie sind nicht die einzigen, und Sie werden sich entscheiden müssen: Wollen Sie zu den Gewinnern der Klimaveränderungen gehören oder zu den Verlierern? Es liegt in Ihrer Hand. Alles, worum ich Sie bitte, sind drei Milliarden Dollar.«

Der andere hustete. Kein schönes Geräusch. Es störte die Musik. Sehr. Der Tiger knurrte, aber keiner beachtete ihn.

»General, wir beide wissen, dass die Summe lächerlich ist im Vergleich zu dem, was Sie sonst ausgeben. Das Militärbudget dieses Landes beträgt weit mehr als sechshundert Milliarden Dollar. Erzählen Sie mir nicht, dass Sie das Geld nicht hätten. Sie haben es. Und Sie wären sehr gut beraten, es weise anzulegen.«

»Ich kann Sie töten lassen, Joe, das wissen Sie. Ein Wort von mir genügt, und Sie wachen morgen nicht mehr auf.«

»Wer würde Ihnen dann noch garantieren, dass Sie zu den Gewinnern gehören? «

»Joe, Sie lieben Ihr Vaterland doch auch. Das würden Sie nicht tun.«

»Auch am Schwarzen Meer lässt es sich gut leben, sobald es hier zu trocken wird.«

Ein Windstoß ließ die Vorhänge flattern, leise Schritte

näherten sich. Hui, jetzt aber schnell weg. Nicholas presste sich an die Wand neben dem Fenster. Sein Herz tanzte ein bisschen, aber selbstverständlich ließ er sich das nicht anmerken. 007 war cool wie ein Eisblock.

»Die Nachtluft ist ganz wundervoll, General«, sagte Joe im Zimmer. »Lassen Sie uns einen Moment vor die Tür gehen. Mit kühlem Kopf diskutiert es sich doch gleich viel leichter.«

Vor die Tür. Gute Idee. Oder meinte er etwa … den Balkon? Shit. Scheißidee.

Ihm blieben nur Sekundenbruchteile, um sich über das Geländer zu schwingen und so leise wie möglich auf dem Balkon des dritten Stockwerks zu landen.

NICHOLAS

Er schlief schlecht in dieser Nacht.

Elin kam aus dem Nebel auf ihn zu und sagte: »Tja, nicht alle haben ein Haus am Meer verdient.« Jemand rief: »Wasser, Nicholas, wir brauchen mehr Wasser.« Elin. Wo war sie hingegangen? Darriell schlug ihm ins Gesicht. Rebecca, die den Tesla in die Gemüsehalle fuhr, dass die Wände krachend über ihr zusammenstürzten. Joe, der ihm einen Joint anbot und sagte: »Das ist Medizin. Wird zwischen Don und Ural angebaut für lächerliche drei Milliarden.« Dann war da sein Vater, der ein langes Schwert in der Hand hielt und sich mit einem unbekannten Mann um eine Schatztruhe duellierte. Seine Mutter, deren Fingernägel auf einmal Messer waren, die ihm ins Bein ritzten und ihn am Laufen hinderten. Nicholas versuchte wegzurennen, fiel hin und stürzte in bodenlose Dunkelheit.

Wie gerädert stolperte er am nächsten Morgen ins Bad. Nach dem Duschen schlug er sich den kleinen Zeh am Türrahmen an, und als er fluchend in die Küche taumelte, stieß er mit seinem Vater zusammen, der gerade den Morgenkaffee zum Tisch trug.

»Au!« Heiße Flüssigkeit ergoss sich auf seinen Arm. Nicholas zog das bespritzte T-Shirt aus und schleuderte es auf den Boden, um damit die braune Flüssigkeit aufzuwischen.

»Kein so guter Tag heute?«, fragte sein Vater.

»Das Bad muss geputzt werden. Du bist dran.« Nicholas warf das dreckige T-Shirt auf die Terrasse vor den Wäscheraum.

»Willst du drüber reden?« Wie hilflos Papa aussah. Wie er dastand: wie ein begossener Pudel mit seiner Tasse in der Hand, als wäre er es, der den Kaffee abbekommen hatte.

»Ach, Scheiße.« Nicholas holte ein paar Mohrrüben aus dem Kühlschrank und legte sie neben den Entsafter. Ein Apfel dazu. Eine Rote Beete. Ein Stück Ingwer. Alles sauber nebeneinander. Äußere Ordnung bringt innere Ordnung. Theoretisch.

Wütend stopfte er die Rote Beete den Möhren hinterher und drückte alles mit Wucht nach unten. Der Entsafter kreischte und blieb mit einem Ruck stehen. Der Auffangkrug rutschte aus der Halterung. Orangeroter Saft ergoss sich über den Tresen und floss am Küchenschrank hinunter. Auf dem Boden bildete sich eine Lache.

»Fuck!« Die Jeans hatte auch etwas abbekommen. Sah aus wie Blut.

Wortlos reichte sein Vater ihm einen Lappen. Er sah zu, wie Nicholas fluchend den Saft aufwischte. Dann sagte er: »Deine Klamotten von gestern riechen nach Gras.«

»Papa!« Nicholas‘ Stimme überschlug sich fast, während er die dreckige Hose zu Boden trat. »Kümmer dich doch einfach um dein Drehbuch, okay? Damit mal wieder Geld ins Haus kommt.« Am besten zweieinhalb Millionen Dollar.

Sein Vater kniff kaum merklich die Lippen zusammen. »Wir haben genug zum Leben.«

»Ach ja?« Nicholas lachte hohl. »Hast du in der letzten Zeit Kontoauszüge geholt? Ich schon. Vorgestern, nachdem die Kasse bei *WholeFoods* meine Karte wieder ausgespuckt hat.«

»Und deswegen musst du dich zudröhnen?«

»Das war ein einziges Mal!«

»Ach komm, Nick. Erzähl mir nichts.«

»Was macht das Drehbuch? Kommt irgendwann Geld?« Angriff ist die beste Verteidigung.

Wieder wurden Papas Lippen schmal. »Wir haben ein Haus, wir haben ein Auto. Wir haben zu essen. Im Vergleich zu anderen geht es uns gut.«

Und wie lange haben wir noch ein Haus?, wollte Nicholas schreien. Wann ziehen wir in eine scheiß Mietwohnung irgendwo im Norden von Tustin? Weg vom Meer, weg von seinen Freunden, weg von allem, das ihm etwas bedeutete. Er schnaubte. *Es geht uns gut*. Klar. So gut, dass ich monatelang nicht im Kino war und mir jedes Mal überlegen muss, ob ich es mir leisten kann, ein Mädchen zum Eisessen einzuladen. So gut, dass ich von meinem letzten Lohn Essen gekauft habe und keine neuen Schuhe. Andere in meinem Alter kaufen Videospiele. Andere in meinem Alter finden auch keine Briefe von ihrer Mutter, in denen steht, dass sie sie leider aus dem Haus schmeißen muss.

Nicholas knallte den Lappen ins Spülbecken. Gläser und Geschirr schepperten aneinander. »Ich muss los. Rebecca wartet.«

Über dem Strand lag noch der Morgennebel, als er das Fahrrad aus dem Schuppen holte. Um zehn würde der Nebel verflogen sein und der sengenden Sonne Platz gemacht haben. Doch noch war die Luft kühl. Nicholas zog sie tief in die Lungen. Er schob das Rad über den kleinen Schotterweg neben dem Haus. Immer noch trotzten dort ein paar tapfere Löwenzähne der Dürre. Abgeblätterte Farbe lag in dünnen Fetzen zwischen den Steinchen. Das Haus brauchte dringend einen Anstrich.

Im Vorgarten von Earnest und Dorothy pflanzte einer der Gärtner schon wieder neue Wüstenpflanzen ein.

Es war ein merkwürdiges Gefühl, sich von Rebecca zu verabschieden. Drei Jahre hatte er für sie gearbeitet, manchmal mehrmals in der Woche. Er hatte seine Kamera von dem Geld gekauft, das er im ersten Jahr verdient hatte. Jetzt war das vorbei. Rebecca fuhr nach Colorado zu ihrem Bruder, die Farm wurde geschlossen.

»Alles Gute«, sagte Rebecca und zog ihn in eine schroffe Umarmung.

»Dir auch.«

Als Nicholas nach Hause radelte, fragte er sich, ob sie nach dem Sommer zurückkehren, ja, ob er sie je wiedersehen würde. In Gedanken versunken ließ er sich bergab rollen und bremste nur ab und zu, wenn ein Jogger den Pfad blockierte.

Der Porsche überholte ihn, als er schon fast zu Hause war. What the …? Eine Mischung aus Wut und Angst ließ seinen Puls in die Höhe schießen. Er trat in die Pedale und jagte hinter dem Panamera her. Das Auto war viel schneller, aber wenn die Ampel rechtzeitig umschaltete …

Die heiße Mittagsluft brannte in seiner Lunge, das verletzte Bein wurde schwächer. Nicholas biss die Zähne zusammen. Er würde jetzt nicht aufgeben. Dreihundert Meter vor ihm hielt der Wagen an der roten Ampel. Weiter. Bevor es wieder grün wurde. Er keuchte, holte auf. Noch war rot. Der Schweiß lief ihm den Rücken runter. An der Ampel brachte er das Rad quietschend zum Stehen, sprang ab und lief auf die Straße, bevor das Auto wieder anfahren konnte.

Der Mann, der ihn verblüfft ansah, als er die Fahrertür aufriss, hatte nichts mit Zacharys Beschreibung gemein. *Ein Schwarzer, ein Weißer. Beide ziemlich kahl geschoren, beide mit Sonnenbrillen.* Dieser Mann hier war nicht kahl geschoren. Ihm waren die Haare schlicht ausgegangen. Er war mindestens achtzig Jahre alt. Neben ihm auf dem Beifahrersitz saß eine ebenso alte, sehr zarte Frau. Ihre Augen waren vor Angst riesig.

»Bitte«, sagte der Mann jetzt leise und hob die runzligen Hände. »Wir haben kein Geld dabei …«

Nicholas stand wie gelähmt. Hatte er sich das alles eingebildet? Er fuhr sich mit der Hand über die Augen. »Entschuldigung. Ich habe Sie verwechselt. Glaube ich.«

Langsam klappte er die Autotür wieder zu und ging zu seinem Rad zurück. BESTMOM stand auf dem Nummernschild des Panameras.

Sein Vater telefonierte mit sorgenvoller Miene und ging ins Haus, als Nicholas die Terrasse betrat. Er folgte ihm, ohne sich dabei etwas zu denken.

Unwirsch sah sein Vater ihn an. »Was?«, fragte Nicholas lautlos.

»Moment.« Mit einer Handbewegung bedeutete sein Dad ihm, den Raum zu verlassen. Geheimnisse, wieder mal. Er hatte es so satt. So, so satt.

Er knallte seine Zimmertür zu, dass die Fliegengitter im Fenster schepperten, dann ließ er sich aufs Bett fallen und versuchte die Wut zu unterdrücken, die in ihm wuchs.

Atmen. Ganz ruhig. Nicht durchknallen jetzt. Vielleicht einfach mit Papa reden, über ein Geheimnis, das längst keins mehr war.

Er hatte den zerknüllten Brief von seiner Mutter vor dem Waschen aus der Hosentasche geholt, auf den Schreibtisch geworfen und seither nicht mehr angefasst. Gut. Entschlossen sprang er aus dem Bett. Dann war wohl der richtige Zeitpunkt, das Thema anzusprechen. Jetzt oder nie. Nächste Woche ging er auf das Schiff, und - wer weiß - am Ende standen vermutlich die Möbelpacker vor der Tür, wenn er wiederkam. Er strich den Brief glatt und ging zurück ins Wohnzimmer.

Papa telefonierte noch immer. Er zog auffordernd eine Augenbraue hoch und gestikulierte mit einer Kopfbewegung unmissverständlich: Verschwinde!

Nicholas lehnte sich an den Türrahmen zur Küche und verschränkte die Arme vor der Brust. In einer Hand hielt er den Brief, sodass sein Vater ihn sehen musste.

Papa drehte ihm den Rücken zu und sagte: »Ich muss Schluss machen. Wenn dir bis morgen noch etwas einfällt … Ja. Genau. Du auch.« Die Anspannung in seiner Haltung war deutlich, als er sich wieder umwandte. »Das Gespräch eben war sehr wichtig, und ich hätte es gern in Ruhe zu Ende geführt.«

Nicholas presste die Kiefer aufeinander. Zwischen Schweigen und Schreien erschien ihm Schweigen als die bessere Lösung.

»Also gut, was willst du?«

Nicholas erwiderte stumm den Blick und bewegte den Brief in der Hand.

Sein Vater nickte resigniert, als er das Papier erkannte. Müde ließ er sich auf das abgewetzte Sofa fallen. »Seit wann weißt du es?«

»Spielt das eine Rolle?«

Statt einer Antwort bedeckte sein Dad das Gesicht mit den Händen, und irgendetwas daran ließ die Wut in Nicholas' Innerem höher steigen. Das war wieder typisch. Jetzt tat Papa so, als wäre er das Opfer schrecklicher Umstände. Dabei war er es, Nicholas, der hier den Laden zusammenhielt so gut er irgendwie konnte. Um seinen Vater nicht ansehen zu müssen, ging er zum Kühlschrank und öffnete ihn. Mühsam beherrscht fragte er: »Wann wolltest du es mir sagen?«

»Nick.«

»Papa!« Er wandte sich um. »Das betrifft mich auch! Und zwar nicht nur irgendwie am Rande!«

»Ich muss dir wohl etwas erklären.«

Mit Genugtuung stellte Nicholas fest, dass sein Vater

unsicher aussah. Die belebende Wut in ihm stieg höher, und er versuchte nicht länger sie zurückzuhalten. Im Gegenteil. Er knallte den Kühlschrank zu und fauchte: »Wann hätte ich davon erfahren? Wenn die scheiß Möbelpacker im Wohnzimmer stehen?«

»Nick, es –«

»Warum erzählst du mir das nicht?«

»Es ist alles nicht so einfach.«

»Das weiß ich!«, brüllte Nicholas.

»Dann lass mich gefälligst ausreden!«

»Ich denke überhaupt nicht dran! Hast du mal eine verdammte Minute an mich gedacht?« Er wusste, dass es unfair war, aber er schleuderte seinem Vater die ganze Anspannung der letzten Tage ins Gesicht. »Du tust dir die ganze Zeit immer nur leid, und ich reiße mir den Arsch auf! Und dann verschweigst du mir das? Das?!« Bevor sein Vater auch nur Luft holen konnte, um zu antworten, schrie er weiter. Er brüllte und wütete so lange, bis sein Vater, kalkweiß im Gesicht, aufstand und auf die Terrassentür zeigte.

»Raus.«

Nicholas' Augen brannten, aber er schwieg.

»Raus«, wiederholte sein Vater. »Geh rennen oder sonst was. Du kannst wiederkommen, wenn du dich beruhigt hast.«

ELIN

Er hatte sie geküsst. Auf die Haare und außerdem ziemlich zugedröhnt, aber immerhin. Es machte den Tag gleich noch ein wenig glitzernder. Leider hatte er danach keine weiteren Anstalten mehr unternommen, sondern Zac und ihr im Detail von fauchenden Tigern und russischen Waffenhändlern erzählt. Wie konnte man so viel Phantasie haben? Sie musste so sehr lachen, dass sie kaum mitschreiben konnte. Zum Abschied hatte sie ihn umarmt, ziemlich fest. Vielleicht würde sie es heute noch einmal tun.

Sie hätte sich gern wieder in eine der Bugspitzen des Katamarans gestellt wie an den Tagen zuvor, doch Paul hatte das größte Boot seiner Flotte bereit gemacht, um alle Passagiere unterzubringen. Elin ließ ihren Blick über die Menschen schweifen, die jetzt an der Reling standen und das Meer absuchten. Die meisten Touristen schien der Wellengang nicht zu stören.

Für den Bruchteil einer Sekunde trafen sich Elins Blicke mit denen einer blonden Frau. Die Frau lächelte, fast als wären sie alte Bekannte, dann schoben sich wieder andere Köpfe zwischen sie.

Während sie nach Walen Ausschau hielt, überlegte sie, wo ihr die Frau schon einmal begegnet war.

»Da hinten!« Ein kleiner Junge neben ihr zeigte aufs Meer. Doch er hatte nur eine Welle gesehen, in der sich das Sonnenlicht brach.

»Arbeitest du hier?« Die blonde Frau war neben Elin aufgetaucht und wies fragend auf ihr T-Shirt mit Captain Pauls Logo.

»Ja. Wie kann ich Ihnen helfen?«

»Kennst du dich mit Walen aus?«

Jetzt war es an Elin, zu lächeln. »Ein bisschen. Ich lerne noch.«

Die Frau blieb neben ihr an der Reling stehen, stellte aber keine Fragen zu den Walen. Ihr Haar wehte im Wind, und plötzlich wusste Elin, warum sie ihr so bekannt vorgekommen war. Es war die Frau mit dem kleinen, wuscheligen Hund, die Nick neulich fast umgestoßen hätte. Am Tag darauf war sie auch am Hafen gewesen.

»Machen Sie Urlaub hier?«, fragte Elin.

Die Frau nickte. »Ja, zwei Wochen. Du kommst auch nicht von hier, oder?«

Elin berichtete bereitwillig, dass sie aus Deutschland kam und bei Paul ein Ferienpraktikum machte. Das schien die Frau zu interessieren, denn sie stellte immer mehr Fragen dazu und wollte auch alles über Elins Gastfamilie und Jennifers Umweltorganisation wissen.

Vielleicht hatte sie selbst eine Tochter, die sie hier herschicken wollte.

»Es war mir ein Vergnügen, mit dir zu sprechen«, sagte die Frau, bevor sie zurück im Hafen von Bord ging.

Abends erzählte sie Zachary und Nick bei *Coffee Importers* davon, und erst da fiel ihr auf, dass die Frau sich kaum für die Wale interessiert hatte. Sie schien nur an der Tour teilgenommen zu haben, um mit Elin zu sprechen. Das Wiedererkennen, als sich ihre Blicke getroffen hatten. Dann die Zielsicherheit, mit der sie zu ihr gekommen war. Die Fragen, die sie gestellt hatte. Es war alles sehr seltsam, und irgendwie rückte es Nicks krude Geschichte vom Vorabend in ein anderes, ein düstereres Licht.

»Fassen wir zusammen«, sagte Zachary. »Die blonde Frau taucht immer wieder in der Nähe auf, als wäre sie Elins persönlicher Schatten. Nick wird seit Tagen von zwei Typen im Panamera verfolgt und dann von diesem Reporter angesprochen.«

»Mein Chef führt nachts merkwürdige Gespräche über Geld und Waffen und vertrocknende russische Landschaften.«

Zac schüttelte zweifelnd den Kopf. »Du erinnerst dich schon noch, warum du mit dem Gras aufgehört ha –«

»Weiß ich selbst.« Nicholas sah plötzlich wütend aus.

»Motz mich nicht an.« Zac schleckte genüsslich sein Erdbeereis vom Löffel. »Du hast damals gesagt, dass du nicht mehr wusstest, was echt war und –«

»Hör auf, hab ich gesagt.«

Eine Weile schwiegen sie alle. Elin trank ihren Eiskaffee in winzigen Schlucken. Nicholas schob das Zitroneneis in der Schüssel mit dem Löffel hin und her.

Zachary brach schließlich das Schweigen. »Also, nochmal zurück zu eben. Du wirst möglicherweise beschattet.«

Er zeigte auf Elin, dann wanderte sein Zeigefinger zu Nicholas. »Und du wirst definitiv verfolgt. Dieser obskure Reporter will dich als Spion anheuern.«

»Und«, sagte Nick betont, »mein Chef führt nachts merkwürdige Gespräche über –«

»Und ignoriert den armen Tiger, der mit ihm tanzen will, ist klar.« Zachary schnaubte.

»Okay, der Teil war vielleicht nicht ganz logisch.«

»Du warst high, Nick!«

Nicholas warf Zac einen grimmigen Luftkuss zu. »Ich weiß, was ich gehört habe.«

Zac winkte ab. »Du bist fast geflogen, so high warst du. Es ist ein Wunder, dass du dir bei der Aktion gestern nicht alle Knochen gebrochen hast.«

Innerlich stimmte Elin ihm zu, während sie die letzten Tropfen Eiskaffee durch den Strohhalm schlürfte. Sie mussten das anders angehen. Irgendwo hatten sie noch etwas übersehen. »Weißt du, wann der Porsche das erste Mal aufgetaucht ist? Und wieso? Ist dir da etwas aufgefallen?«

Nick drehte seine Papierserviette in den Händen. »Das war an dem Abend, als ich aus Santa Ana gekommen bin.«

»War da irgendwas Besonderes?«, hakte sie nach.

»Das war der Tag, an dem ich zum Vorstellungsgespräch eingeladen worden bin. Und an dem mich die Typen beim Parkour zusammengeschlagen haben.«

Zac verzog das Gesicht. »Stimmt. Auch nicht gerade einer deiner Glückstage. Bist du sicher?«

»Absolut sicher. Ich bin ja hundert Jahre hinter dem hergefahren. Die Nummer war irgendwas mit 2COO7. Das weiß ich noch, weil mein Kopf die ganze Zeit versucht hat, da *too cool* draus zu machen.«

»Wartet«, sagte Elin, »am Tag danach haben wir uns kennengelernt, richtig? Das heißt, dein Vorstellungsgespräch bei *White Cloud Enterprises* hattest du erst hinterher.«

»Ja. Aber die Einladung dazu nicht.«

Zac dachte nach. »Das Einzige, was wir tatsächlich sicher wissen, scheint zu sein, dass ihr beide aus irgendeinem Grund unter Beobachtung steht. Vielleicht ist an mir auch einer dran, und ich habe es nur noch nicht gemerkt. Die Frage ist: Warum? Was ist an uns so interessant?«

»Was an Nick interessant ist, ist ja wohl klar«, sagte sie.

Zac grinste boshaft. »Seine schönen Augen.«

»Haha«, grummelte Nick, halb belustigt.

»Was? Du hast schöne Augen. Also, sagt Tammy.«

Elin musste lachen. »Aber abgesehen davon –«

»Siehste! Sie findet auch, dass du schöne Augen hast.«

»Abgesehen davon«, sie würde da jetzt nicht weiter drauf einsteigen, »ist es doch ziemlich wahrscheinlich, dass nicht nur eine Zeitung heiß auf Joes Geheimnis ist, oder? Vielleicht ist dein Clayton bloß einer von vielen, und du ziehst in Wirklichkeit einen ganzen Rattenschwanz von Presseleuten hinter dir her, die alle glauben, dass sie aus einem Teenager leicht was rausbekommen.«

»Und woher wissen die alle auf einmal, dass Joe mich eingeladen hat? Das wird er ja nicht im Internet verkündet haben.«

»Aber der Ansatz ist nicht schlecht.« Zac schob kratzend den Plastikstuhl zurück und ging Richtung Kasse.

»Bin gleich wieder da.«

Als wäre es ohne seinen Freund auf einmal unmöglich geworden, sie anzusehen, faltete Nicholas konzentriert seine Serviette zu einem Schiffchen. »Es macht alles keinen Sinn. Komische Zufälle, die kein Ganzes ergeben.«

»Vielleicht haben wir nur noch nicht an der richtigen Stelle angefangen zu denken«, sagte sie.

»Kann sein.«

»Wir müssten nochmal –«

»Wegen gestern«, sagte er ohne Übergang zu dem Papierschiffchen. »Es tut mir leid.«

»Was tut dir leid?«

»Ich hätte dich nicht einfach küssen dürfen, ohne zu fragen. Und vielleicht auch nicht … Es war nur, weil … Ich mag dich, aber …«

Wenn das kein abrupter Themenwechsel war! Ein aufgeregtes Lachen drückte von innen gegen ihre Kehle. Ihr Körper erinnerte sich offensichtlich sehr gern an diesen Kuss. *Langsam bis fünf zählen*, hätte Jasmin gesagt. Eins, zwei. »Es war schön«, sagte Elin.

Nick blickte auf. »Was?«

»Der Kuss. Das war schön.«

Er schüttelte den Kopf. »Wir waren high.« Das Serviettenschiffchen schien wieder sehr interessant zu sein. »Ich hab gehört, was Zac zu dir gesagt hat.«

Sie müsste jetzt etwas sagen, irgendwas Nettes. *Ich mag dich auch.* Ihn anlächeln. Allerdings würde er das sowieso nicht mitbekommen.

Er warf das Schiffchen mit einer frustrierten Geste

auf den Tisch und stand auf. »Zac hat recht. Da kommt er wieder. Lass uns gehen.«

Konnte der sich mal entscheiden, was er wollte? Erst baggerte er sie an, dann küsste er sie, dann behauptete er, es wäre ein Fehler gewesen, und jetzt traute sie sich nicht, ihm das Gegenteil zu beweisen. Mist.

Zachary schien nicht erwartet zu haben, dass sie ihm eine Lösung präsentierten. »Du solltest definitiv noch mal mit diesem Reporter reden«, sagte er stattdessen, als er zu ihnen zurückkehrte. »Vielleicht weiß der doch mehr. Hast du ihm jetzt eigentlich zugesagt?«

»Ich habe um Bedenkzeit gebeten.«

»Warum?«

Nick wand sich. »Weil ich das Ganze bisher nicht durchblickt habe. Es können immer noch alles blöde Zufälle sein.«

»Nach dem, was du da auf dem Balkon belauscht hast? Eher nicht.« Elin schüttelte den Kopf, aber Nick sah auf einmal kleinlaut aus.

»Wie Zac schon gesagt hat. Ich war ziemlich high.«

»Was nicht heißt, dass es nicht eine gute Idee wäre, nochmal mit dem Reporter zu reden.«

Nick zuckte die Achseln.

»Soll ich für dich anrufen?«, fragte Zac.

»Ich mach das schon. Ist ja mein Job. Und mein Geld. Wie viel soll ich verlangen, was denkt ihr? Fünfhundert?«

Jetzt lächelte Zac breit. »Großer, ich seh schon: Du brauchst einen Agenten. Dein Joe zahlt dir fünftausend? Sag dem Reporter, dass du das Doppelte willst.«

»Ist klar.«

»Ganz ernsthaft, Nick. Es ist die *Times*. Wenn die sich das nicht leisten können, wer dann?«

Zehntausend Dollar? Für die Fotos eines Siebzehnjährigen? Kalifornien war eine seltsame Welt. Elin erwartete, dass Nick Zacharys Vorschlag lachend ablehnte, aber er nickte zögernd.

Auf dem Weg zum Auto holte er eine Visitenkarte aus dem Portemonnaie und drehte sie nervös in den Fingern hin und her.

»Mach's jetzt«, sagte Zac. »Bevor du Angst bekommst.«

»Das ist doch alles komplett irre. Da geht der im Leben nicht drauf ein.«

»Was soll passieren? Mehr als Nein sagen kann er nicht.«

»Er wird mich auslachen.«

Elin fand das auch mehr als wahrscheinlich, aber sie sagte: »Immerhin hat er sich die Mühe gemacht, mit dir Kontakt aufzunehmen. Es ist ihm wichtig.«

»Hm.«

Zac grinste böse. »Sieh es mal so. Wenn da echt was komisch läuft bei deinem Laden – und Alter, wenn du da oben nicht krasse Halluzinationen hattest, scheint das mehr als wahrscheinlich -, dann bist du der Held, der das aufdeckt.«

»Weil ich ja auch unbedingt immer der Held sein will.«

»Willst du nicht?«

Die Visitenkarte fiel ins Gras. Elin hob sie auf. *The New York Times* stand in Frakturschrift darauf, darunter eine Adresse in New York und oben *Clayton D. Williams, Reporter.*

Sie reichte Nick die Karte zurück und berührte dabei, ganz leicht nur, seinen Zeigefinger. Er schenkte ihr ein blitzschnelles, kleines Lächeln. Der Anblick der Visitenkarte ließ das Ganze realer werden als alles, was zuvor geschehen war. Wenn eine Zeitung tausende von Dollar für Fotos zahlte, stellten die sich vielleicht als mächtig explosiv heraus – und das gesamte Unternehmen für Nicholas tatsächlich als gefährlich. Andererseits waren das Umweltfreunde. Wer sich für das Klima einsetzte, würde kaum über Leichen gehen. Das waren die Guten.

»Fragen kostet nichts, oder?«, hakte Zachary nach und unterbrach damit ihren Gedankenfluss.

Nick starrte sein Smartphone einen Moment lang an und wählte dann die Nummer auf der Karte.

Zac reckte den Daumen nach oben. »Fake it ´til you make it, Bruder.«

Nick richtete sich auf, atmete tief ein – und war auf einmal wieder der siegesgewisse Junge, der sich am ersten Tag auf dem Sofa neben sie gesetzt hatte. Er lächelte breit, als sich offensichtlich am anderen Ende jemand meldete. »Clayton? Hier ist Nick Hansen.«

Elin hätte gern gewusst, was der Reporter erwiderte.

»Ja«, sagte Nick. »Ich mach's.«

Zac nickt ihm aufmunternd zu. Nick lauschte, schluckte kaum merklich und lächelte dann wieder dieses Siegerlächeln. »Zehntausend.«

Lauschen. Siegerlächeln. Nur seine Finger, die an den Ecken der Visitenkarten herumpulten, verrieten ihn. »Neun.«

Elins Herz klopfte, als würde sie selbst diese Verhandlung führen.

Nick wippte mit dem Fuß, aber seine Stimme war ruhig. »Sieben. Und ein Praktikum bei der *Times*.«

Kurz darauf ließ er das Telefon sinken.

Er sah zwischen ihnen beiden hin und her.

Dann stieß er die Faust in die Luft und stieß ein Siegesgeheul aus, das Elin zuerst zusammenzucken und dann mit den Jungs mitlachen ließ, bis sie nicht mehr konnte.

NICHOLAS

Nicholas hatte feuchte Hände, als er an seinem ersten Arbeitstag das Gebäude von *White Cloud Enterprises* betrat. Nicht nur seine Absprache mit Clayton lag ihm auf der Seele, auch die James-Bond-Sache beschäftigte ihn. Der nächtliche Ausflug war seltsam irreal in seiner Erinnerung. Den Überwachungskameras würde es nicht so gehen, wenn es welche gab. Er war ein beschissener Betrüger. Joe bot ihm eine einmalige Chance, und er hinterging ihn. Vermutlich würden sie ihn gleich achtkantig hinaus komplimentieren.

Die Glastür schwang auf, bevor er klingeln konnte. An dem Empfangstresen saß Sylvie Richardson, die Sekretärin, die gleichzeitig Joes Tochter war. Er wischte die Hände an der Hose ab. »Hi.«

Sie blickte auf, das Gesicht ausdruckslos. »Nicholas. Guten Morgen.«

Unschlüssig blieb er vor dem Tresen stehen.

»Warte kurz. Es kommt gleich jemand.«

Der ihn rauswerfen würde. Oder dem FBI übergeben. Der Jemand war ein großer Mann mit beeindruckendem Vollbart. Seine Stirn glänzte. Es musste warm sein in dem dicken, dunklen Uniformhemd. Zu enge Ärmel spannten um massive Oberarmmuskeln. »Sven Morrisson«, stellte Sylvie ihn kurz vor. »Chef der Sicherheit.«

Nicholas' Herz hämmerte so laut, dass er sicher war, der Mann vor ihm müsse es hören.

»Nicholas Hansen, unser Neuzugang.«

»Joes Wunderknabe, ich hab von dir gehört.« Jetzt würde er ihn rausschmeißen. Ganz sicher. Doch der Bärtige reichte ihm die Hand. »Willkommen an Bord. Komm mit.«

Nicholas folgte ihm mit weichen Knien in einen fensterlosen Raum. Eine Wand war voller Monitore, davor stand ein Computer. Das Auffälligste jedoch war das kurze Laufband in der Ecke, ähnlich denen beim Sicherheitscheck am Flughafen.

»Hier ist die Sicherheitszentrale.«

War ja kaum zu übersehen. »Interessant.«

»Ja, ist ein guter Job.« Sven Morrisson sah in forschend an.

Einer der Monitore zeigte die Außenfassade mit den Balkonen. Nicholas lächelte höflich.

»Dann lass uns loslegen. Arme hoch, Beine breit.«

»Machen wir das jeden Morgen?« Nicholas konnte sich die Frage nicht verkneifen.

Desinteressiertes Schulterzucken war die Antwort. »Gehört dazu.«

Na, super.

Der Mann zog eine Schublade auf. »Dein Firmenausweis.«

Nicholas klippte das Plastikkärtchen an eine Gürtelschlaufe seiner Jeans. Sven hatte seinen Ausweis an der

Hemdtasche befestigt. Daneben war ein goldenes Logo in den Stoff gestickt, das er nicht kannte. Es sah ein bisschen aus wie ein Raubvogel im Sturzflug.

Sven reichte ihm eine Tüte. »Deine Firmen-T-Shirts für offizielle Anlässe. Hoffe, die Größe stimmt.«

»Danke.«

Die Augen des Sicherheitsmannes ruhten immer noch auf ihm, als würden sie nach etwas suchen. Dann holte er ein kleines Gerät heraus. »Für deine Fingerabdrücke. Rechte Hand zuerst.«

»Meine …?«

»Deine Fingerabdrücke. Routine-Maßnahme.«

Unwillig legte Nicholas einen Finger nach dem anderen auf den Scanner.

Währenddessen ratterte Sven Morrisson einen ganzen Katalog an Sicherheitsvorschriften herunter, die Nicholas zum einen Ohr herein und zum anderen wieder hinaus gingen. Erst ganz am Ende horchte er auf. »Wie? Mein Telefon abgeben?«

Der Mann schmunzelte. »Bleibt ja deins, keine Sorge. Kriegst du abends wieder.«

Nicholas war fassungslos. »Da ist meine Musik drauf, da sind Bilder drauf, Spiele … meine Freunde!«

»Tut mir leid. Befehl vom Chef.«

Fünftausend Dollar, dachte Nicholas. Plus sieben, wenn er fand, wonach Clayton suchte.

Sylvie streckte den Kopf zur Tür herein. »Bereit für deinen ersten Tag?«

»Ja. Fängt großartig an, der erste Tag.«

Sven Morrisson sortierte seinen Fingerabdruckscanner wieder weg. »Alles halb so wild, Kleiner. Wir beißen nicht.«

Nicholas folgte Sylvie zur Tür hinaus. Hinter ihm sagte der Wachmann: »Ach, warte. Eins noch. Bei der Arbeit keine Drogen und kein Alkohol. Wir testen.«

Das war‘s dann also doch. An jedem anderen Tag hätte er den verflixten Test bestanden. Nicholas öffnete den Mund und schloss ihn wieder.

»Verstanden?«, knurrte der Wachmann.

»Klar.« Nicholas wandte sich halb zu ihm um. Hoffentlich wirkte sein Lächeln nicht zu verkrampft. »Macht ja Sinn.«

»Kommst du, Nicholas?«, fragte Sylvie ungeduldig. Ihre Schuhe klapperten auf dem Steinboden, als sie ihn durch das Gebäude führte. Unten waren vor allem Abstellräume für alle möglichen Dinge, im ersten Stock dann der große Aufenthaltsraum, den Nicholas schon kannte.

Der Meeresbiologe Ivan Ruskov stand mit Joe zusammen neben der Kaffeemaschine. Er lächelte, als er Nicholas sah.

Joe kam auf ihn zu und gab ihm die Hand. »Herzlich willkommen. Ich freue mich, dass du da bist. Du kannst gleich bei Ivan loslegen.«

»Das mache ich.«

Ivan grinste. »Solange du mir dabei nicht im Weg rumstehst.«

Das würde er nicht, das tat er nie. Er wurde unsichtbar, wenn er fotografierte, deswegen sahen die Leute auf seinen

Fotos nie gestellt aus. Aber bevor er anfing, musste er das mit dem Telefon klären. Nicholas holte tief Luft. Je eher er es hinter sich brachte, desto besser. »Joe?«

Der große Mann lächelte. »Was gibt's?«

Plötzlich kam Nicholas sich albern vor. »Es ist wegen meines Smartphones. Der Wachmann hat es eingezogen.«

»Sven?«

»Ja, ich glaub, so heißt er. Jedenfalls -«

Joe ließ ihn nicht ausreden. »Ich kann verstehen, dass du nicht begeistert bist«, sagte er freundlich. »Aber so sind die Regeln bei uns.«

»Was ist, wenn sie mir nicht gefallen?«

Joe klopfte ihm auf die Schulter, wie Darriell es früher manchmal getan hatte, wenn Nicholas sich gegen seine Anweisungen zur Wehr setzte.

»Gewöhn dich dran. Wenn wir nächste Woche raus fahren, gibt es sowieso keinen Empfang auf See. Wir haben zwei Satellitentelefone, die jeder an Bord jederzeit nutzen kann, und selbstverständlich stehen der Crew internetfähige Computer zur Verfügung.«

Gutes Geld, dachte Nicholas. Stell dich nicht an. Was ist eine Woche ohne Telefon gegen fünftausend Dollar?

Doch ein Rest unguten Gefühls ließ sich nicht einfach beiseiteschieben, sondern setzte sich hartnäckig in ihm fest. Er fühlte sich seltsam nackt und blind ohne sein Telefon. Das Gefühl blieb auch dann noch, als er neben Ivan durch die Büros und Labore ging.

Er war froh, dass Sylvie es an Ivan abgegeben hatte, ihn herumzuführen. Der Biologe war ihm wesentlich sympathischer als sie. Er hatte ein offenes Gesicht, ein Blitzen in den Augen, und sein Mund sah aus, als ob er gern und viel lachte.

»So. Hier arbeiten die wirklich wichtigen Leute«, sagte Ivan und öffnete theatralisch die Tür zu einem unspektakulären Büro mit vier abgetrennten Arbeitsplätzen.

»Und wer sind die wirklich wichtigen Leute?«

»Das dürften wir sein.« Eine stämmige, indisch aussehende Frau gab ihm lächelnd die Hand. Sie mochte Ende dreißig sein. »Gretchen Gerloff. Atmosphärenwissenschaften. Und du?«

Nicholas deutete auf die Kamera, die immer noch unbenutzt an seiner Seite hing. »Ich soll Fotos machen. Nick Hansen.«

»Deutsch?«

»Mein Vater.«

»Mein Opa war auch aus Deutschland«, sagte sie.

»Meiner nicht.« Der junge Mann, der sich zu ihnen gesellte, war vielleicht Anfang dreißig und einen halben Kopf kleiner als Nicholas. »Matthew Nguyen. Matt.« Er schüttelte Nicholas die Hand und grinste vergnügt über das Offensichtliche. Matthew sah genau so vietnamesisch aus, wie sein Nachname vermuten ließ.

Mit Gretchen und Matt würde er gut klarkommen.

Bei der dritten Atmosphärenwissenschaftlerin war er sich nicht sicher. Caroline Daniolo schien ihn aus irgendeinem Grund nicht zu mögen. »Joes Wunderknabe«, sagte sie mit seltsamem Unterton, ebenso wie Sven Morrisson zuvor. »Du bist erstaunlich jung für so einen Job.«

Fake it ´til you make it. Er schenkte ihr sein schönstes Lächeln. »Ich bin auch erstaunlich gut.«

Den Vormittag verbrachte er im Wesentlichen damit, Ivan und die Atmosphärenwissenschaftler bei der Arbeit aufzunehmen. Nachdem sie sich an ihn gewöhnt hatten, lief es wie von selbst. Nicht anders, als wenn er Hochzeiten fotografierte – nur interessanter. Die spannendsten Motive bot Ivans Labor. Eine Wand bestand ganz aus hinterleuchtetem Milchglas, vor dem eine Reihe von Glaszylindern hing, in denen es in unterschiedlichen Grüntönen blubberte. Fasziniert blieb Nicholas davor stehen.

»Was ist das?«

»Cool, oder? Meine Freundin ist extrem eifersüchtig auf meine wunderschönen Algenkulturen. Sie behauptet, ich würde die mehr lieben als sie.«

»Und? Stimmt das?«

Ivan lachte. »Ich bin mir nicht ganz sicher. Diese Babys hier sind mir schon sehr heilig. Komm ihnen zu nahe, und es geschieht ein Unglück.«

Mit Ivan würde er definitiv klarkommen. »Was haben Algen mit diesem Projekt zu tun? Ich dachte, es ginge um Klimaverbesserungen.« Er richtete das Objektiv auf die blubbernden Säulen. Sehr cool. Wie aus einem Science-Fiction-Film.

»Was weißt du von unserem Projekt?«, fragte Ivan zurück.

»Wir sprühen irgendwie mit so Booten Salzwasser in die Luft und hellen damit die Wolken auf.«

»Mit *so Booten* – das hat Joe garantiert nicht zu unseren Prinzessinnen da draußen gesagt. Wir nennen die *Boote* Projekt SORAYA.«

»Soraya.«

»Solar Radiation Yacht – SORAYA.«

Richtig, das hatte Joe gesagt, und Nicholas hatte es auf der Homepage gelesen. Aber die technischen Erläuterungen dazu hatte er bloß überflogen. Es war nicht wichtig, um gute Bilder zu machen. Aber um zu begreifen, was hier passierte, sollte er sich dringend darum kümmern. »Aber wie funktioniert das im Detail?«

»Die Atmosphärenleute können das sicher besser erklären als ich«, sagte Ivan, »aber ich versuche es mal. Also: Wolken bestehen aus Wassertropfen. Soweit klar, oder?«

»Yep.« Es war fantastisch, wie Ivan beim Erklären gestikulierte. Schnell richtete Nicholas die Kamera aus. Fokus. Auslösen.

»Weißt du, dass es irritiert, wenn du das machst?«

Nicholas grinste entschuldigend. »Ich werde dafür bezahlt, also gewöhn dich besser dran.« Er hatte seine eigene Regel missachtet. Der Fotografierte darf die Kamera nicht mehr bemerken. »Wolken bestehen aus Wassertropfen. Und weiter?«

»Je kleiner die Wassertropfen, desto mehr Oberfläche hat die Wolke. Auch klar?«

»Ja.«

»Je größer die Oberfläche, desto mehr Licht wird zurück in die Atmosphäre gestrahlt. Diese Strahlkraft nennt man Albedo. Hörst du mir überhaupt zu?«

»Klar.« Nicholas war um Ivan herum gegangen, um einen besseren Hintergrund zu haben. Das Gesicht des Biologen wurde seitlich von der grün leuchtenden Wand beschienen. Perfekt. »Albedo. Größere Oberfläche, mehr Licht. Wann kommen deine Algen ins Spiel?«

»Gleich. Weißt du, wie Wassertropfen entstehen?«

»Das sind Wassermoleküle, die sich an Staub anlagern, oder?«

»So ungefähr. Hierfür reicht's. Okay. Ohne Staub keine Wassertropfen und dann auch keine Wolken.«

»Kapiert.«

»Durch das Salz in der Luft geben wir den Wolken extra Futter. Mehr Partikel, an die sich Wasser anlagern und kleine Tropfen bilden kann.«

»Das ist gut, oder?« Nicholas fragte mehr aus Höflichkeit. Kleine Tropfen gleich helle Wolken gleich Klimaabkühlung. Soviel konnte er sich merken. Das musste reichen.

Ivans Lächeln sah ein bisschen verrutscht aus. »Das versuche ich, herauszufinden. Zumindest, was die Algen betrifft.«

»Was ist das Problem? Das mit den helleren Wolken hört sich doch ganz logisch an.«

Ivan seufzte. »Das ganze Klimasystem ist so komplex, dass wir nicht wissen, was unsere hundert Schiffe hier für Auswirkungen anderswo in der Welt haben. Vielleicht trocknen wir gerade irgendwo das Land aus. Vielleicht verändern wir den pH-Wert des Wassers durch irgendeine Kettenreaktion. Es gibt tausend Vielleichts. Es kann auch irgendwas anderes passieren, an das wir gar nicht denken.«

»Aber warum die Algen?«

»Mit Algen kann man prima die Wasserqualität messen. Ändert sich die Wasserchemie, gedeihen andere Algen. Wir wissen ziemlich genau, was hier wachsen sollte, und ich versuche gerade herauszufinden, ob das noch so ist.«

»Warum sollte es nicht so sein?«

Ivan sah ihn forschend an. »Weil das ganze Klimasystem, wie gesagt, sehr komplex ist. Wir wissen nicht, welche Auswirkungen unsere Manipulationen haben. Ein veränderter pH-Wert im Wasser ist vielleicht das geringste Problem.«

ELIN

Elins erster Vormittag in Pauls Geschäft verging erstaunlich schnell. Sie war erst ein bisschen enttäuscht gewesen, dass Paul sie nicht wieder mit auf See nahm. Doch er hatte erklärt, dass sie auch die langweiligeren Jobs kennenlernen solle, um nicht auf die Idee zu kommen, sein Geschäft wäre »eine einzige große Party«. Sein Bart hatte gezuckt, als er das sagte. Sie war sich sicher, dass er sein Leben auf See als genau das empfand, trotz der Nebenarbeiten, die gemacht werden mussten.

Zu diesen Arbeiten gehörten auch der Ticketverkauf und die Touristenbetreuung. Tammy hatte so lange gebettelt, Elin einarbeiten zu dürfen, bis Paul die Schichten seiner Helfer umgestellt hatte, so dass die beiden Mädchen jetzt zusammen in dem kleinen Verkaufsraum saßen. Er war im ersten Stock eines der zweistöckigen Häuser am Hafen. Darunter hatte Paul eine Art Garage, in der zusätzliche Schwimmwesten für Touristen, Reparaturausrüstung für die Schiffe, selten gebrauchte Surfbretter und Seekajaks mitsamt Paddeln lagerten.

»Ich habe auch ein Kajak zu Hause. Früher bin ich Wildwasser gefahren.«

»Wir müssen dieser Tage mal rausfahren. Vielleicht kommen die Jungs auch mit.« Tammy ließ ihren Blick über das Wasser schweifen. »Ich glaube nicht, dass es heute noch klappt. Sieht aus, als ob's noch mächtig wellig wird. Komisches Wetter für diese Jahreszeit.«

Eine fünfköpfige Familie kam, um vorbestellte Tickets abzuholen. Routiniert händigte Tammy ihnen die Armbänder für ihre Tour aus, erklärte ihnen, wann sie sich wo einzufinden hatten und wünschte ihnen viel Spaß. Sie blieben nicht die einzigen Gäste, das Deck vor dem Verkaufsfenster füllte sich. In einer halben Stunde würden die nächsten beiden Boote auslaufen. Tammy suchte die Namen der Leute aus dem Computer, Elin überreichte ihnen die Farbbänder für ihre Tour. Allmählich bekam sie Routine. »Die blaue Tour trifft sich da drüben.« Sie zeigte zum Bootssteg. »Die gelbe Tour bitte dort rüber.«

Tammy neben ihr sagte gerade: »Tut mir leid, nur mit Vorbestellung. Morgen könnte ich euch etwas anbieten.«

Bis kurz vor Abfahrt der Boote arbeiteten die Mädchen schnell und konzentriert. Dann lehnte sich Tammy zurück und schnaufte. »Puh, was für ein Ansturm. Mehr hätten's nicht sein dürfen. Ich finde, dafür haben wir uns ein Eis verdient, oder?«

»Definitiv.«

Tammy ging auf die Terrasse hinaus und wühlte in der Truhe. »Komm her und guck, was du haben willst.«

Sie setzten sich nebeneinander auf zwei Holzstühle, legten die Beine auf die Reling um die Terrasse – Elins braungebrannte neben Tammys makellos weiße – und sahen den ablegenden Booten zu, während sie ihr Eis aßen. Die Sonne wärmte sie und der stetige Wind verhinderte, dass diese Wärme unangenehm wurde.

Elin schloss die Augen. Ihre Gedanken zogen angenehme, bedeutungslose Kreise. »Wie lange bist du schon mit Zac zusammen?«

»Ein halbes Jahr ungefähr.« Tammy klang genauso entspannt, wie Elin sich fühlte. »Vorher war ich in Nick verknallt. Na ja, es gibt wohl kein Mädchen hier, das nicht irgendwann mal in Nick verknallt war. Ich war halt jung und blöd.«

Elin merkte, wie sie rot anlief. Tammy musste nicht unbedingt merken, wie sehr sie alles, was mit Nicholas zu tun hatte, interessierte. Glücklicherweise kam in diesem Augenblick eine weitere Familie auf das Deck, und Tammy erhob sich, um zum Kassenhäuschen zu gehen und sie zu bedienen. Elin folgte ihr.

Die beiden Kinder schienen Tammy an etwas zu erinnern. »Bei uns zu Hause wird es demnächst eng«, sagte sie, während sie wartete, dass die Karten für die Familie aus dem Drucker kamen.

»Wieso?«

»Meine Tante, mein Onkel und meine beiden kleinen Cousins ziehen bei uns ein.« Tammy reichte den Touristen ihre Karten und Armbänder. »Die blaue Gruppe trifft sich um eins dort vorn an der Ecke. Viel Spaß!«

»So richtig, für immer?«

»Mal sehen. Ihr Haus ist ziemlich reparaturbedürftig. Aber das größere Problem ist, dass sie kein Wasser haben.«

Wirklich brennend interessierte das Elin nicht. Sie fragte nur, um freundlich zu sein. »Wie lange dauert das?«

»Was?«

»Na, bis das repariert ist?«

Tammy sah sie verständnislos an.

»Die Wasserleitungen«, sagte Elin. »Die wird doch jemand reparieren.«

»Es sind nicht die Leitungen. Es ist das Wasser selbst. Es ist alle.«

»Oh.« Doch bevor sie weiter darüber nachdenken konnte, kam die nächste Touristengruppe und wollte ihre Karten abholen.

Tammy fragte nach dem Namen und sagte »Reyes, blaue Gruppe« über die Schulter zu Elin.

Als Elin ihr die Karten nach vorne reichte, fiel ihr Blick auf die Strandpromenade. Die Frau mit dem wuscheligen Hund joggte wieder. Als sie merkte, dass Elin zu ihr hin sah, wandte sie sofort den Blick ab. Elin fällte eine schnelle Entscheidung. »Bin gleich wieder da«, sagte sie zu Tammy und lief auf die Terrasse hinaus.

Immer drei Stufen auf einmal nahm sie die Treppe nach unten. Der wippende Zopf der Frau war gerade noch hinter einer Touristengruppe zu erkennen.

Hinter sich hörte Elin Tammy rufen, aber darum konnte sie sich jetzt nicht kümmern. Sie flitzte hinter der Frau her, wich Touristen aus, rannte weiter. Sie würde herausfinden, was hier vor sich ging.

Jemand rempelte sie an, sie stolperte und fiel auf den Grasstreifen neben der Promenade. Schnell rappelte sie sich wieder hoch. Ein hochgewachsenes Mädchen stand vor ihr. »Sorry, das tut mir total leid.«

»Keine Zeit.« Sie lächelte entschuldigend und hetzte weiter. Immer wieder hüpfte sie hoch, um über die Köpfe hinwegzusehen.

Dort hinten war die Frau! »Hey, Sie da vorn mit dem Zopf! Halt!« Die Frau verschwand zwischen zwei Häusern.

Elin schoss hinterher. Doch die wenigen Sekunden Vorsprung hatten ausgereicht, die Frau wie vom Erdboden verschwinden zu lassen. Frustriert blieb Elin stehen.

Das Mädchen hatte aufgeholt. »Hat dir jemand was geklaut? Kann ich dir helfen?«

»Nein, alles okay«, japste sie.

»Nochmal sorry, dass ich dich umgerannt habe.«

»Ich dachte, ich hätte dich umgerannt.«

Das Mädchen lachte. Es klang nett. Zum ersten Mal sah Elin sie richtig an und unterdrückte einen kleinen Anflug von Neid. Wenn ihr das Mädchen ein paar Zentimeter Beinlänge und ein bisschen was von diesem irrsinnig sympathischen Lächeln abgeben würde, wäre sie immer noch mehr als gut versorgt. Die großen grünen Augen strahlten, und die Sommersprossen in dem blassen Gesicht gaben ihr etwas Ungezähmtes. Die durchgehend knallblau gefärbten Haare standen ihr in tausend Stacheln vom Kopf ab. »Du bist nicht von hier, oder?«, fragte das Mädchen.

»Ich bin aus Deutschland.«

»Und? Gefällt's dir hier?«

»Ja.« Es wurde Zeit, dass sie zu Tammy zurückkehrte, bevor die anfing, sich Sorgen zu machen. Schließlich war

Elin ziemlich plötzlich davongerannt. Bedauernd sagte sie: »Ich muss zurück.«

Das Mädchen ging einfach neben ihr her. »Bist du nicht im Urlaub hier?«

»Ich arbeite.«

»Das ist cool.«

»Ja.« War sie wirklich so weit gelaufen? Pauls Büro schien meilenweit weg zu sein.

»Wo?«

»Da vorn, bei Captain Paul.«

»Du arbeitest bei Paul?«, fragte das Mädchen begeistert. »Dahin wollte ich gerade. Du musst Elin sein. Ich bin Meaghan.«

Ach, du heilige Kröte! Nicholas' Ex, wenn sie das richtig verstanden hatte. »Ich hab von dir gehört«, stammelte sie.

Meaghan lachte. »Hoffentlich nur Gutes.«

Eigentlich gar nichts, dachte Elin. Sie wusste nur, dass es Meaghan gab. Und dass sie Nick angeblich hasste. Ab sofort war dazugekommen, dass Meaghan leider unglaublich schön und unglaublich nett war – und dass sie gegen ein derart perfektes Mädchen nicht den Hauch einer Chance hatte.

NICHOLAS

Alles an Jennifers Terrasse war wie immer. Nur in seinem Kopf war etwas anders. Und das musste er Zac erklären. »Mir ist nicht nach Surfen.«

»Wie jetzt?« Zac sah ihn fassungslos an. »Du warst der, der es vorgeschlagen hat! Wir sind verabredet. Elin und Tammy kommen direkt von der Arbeit zum Strand.«

»Ich weiß.« Nicholas fuhr sich mit der Hand durchs Haar. Die Sonne brannte. »Aber ich muss mit dir reden. Und mit Elin, die hat da einen ganz guten Blick, glaube ich. Ich bin mir mit vielem nicht mehr sicher.«

»Okay, was ist los?«

Wie sollte er Zachary das Chaos in seinem Kopf erklären? Sie waren alle so nett bei *White Cloud Enterprises*. Da war nichts Falsches dran. Das, was er tat, war falsch: Seinen Arbeitgeber ausspionieren. Hätten sie nur den elenden Joint nicht geraucht. Er versuchte sich an das Gespräch zu erinnern, das er danach auf Joes Balkon mit angehört hatte. »Es ist dieser Fotografenjob.«

»Ja?«

Nicholas versuchte, die Gedanken, die durch seinen Kopf wirbelten, in eine Reihenfolge zu bekommen. Der Reporter, sein Versteckspiel, der Porsche, deren Insassen er immer noch nicht einordnen konnte. Die Kontrollen bei der Arbeit. Der merkwürdige Tonfall, in dem diese Caroline ihn begrüßt hatte. Joes Gespräch in der Nacht – wenn es denn stattgefunden hatte. Und dann Ivan, Matthew, Gretchen.

»Ist das Agentenleben doch nicht das Richtige?«

Nicholas stöhnte. »Scheiße, Zac, das ist nicht witzig. Ich weiß echt nicht mehr, was ich denken soll.«

Zachary zog sein Smartphone aus der Tasche und checkte die Uhrzeit. »Ich sag's dir. Du und ich, wir gehen jetzt wie geplant den Weg zum Strand runter, du kriegst den Kopf klar, und danach erzählst du mir, was genau los ist. Beim Laufen kann man gut denken.«

Elin und Tammy waren schon dabei, den Sonnenschirm mit Captain Pauls Logo in den Sand zu schrauben, als sie kamen.

»Hey, Jungs, ihr kommt gerade richtig.« Tammy richtete sich auf. Nicholas begrüßte sie mit einer kurzen Umarmung.

Dann stand Elin vor ihm.

Er stopfte die Hände in die Hosentaschen. »Hi.«

»Hi.«

»Zac sagt, du willst surfen lernen.«

»Yep.« Zachary legte ihm den Arm um die Schulter. »Und ich dachte, es ist besser, wenn du Elin das zeigst, als wenn ich es tue.«

Nicholas musste grinsen. »Wahrere Worte wurden nie gesprochen.«

»Hey, so schlecht bin ich nicht!«

Er lachte nur, streifte Jeans und T-Shirt ab und hob sein

Board auf, um es zum Wasser zu tragen. Der Sand war warm und trocken unter seinen Füßen, der Himmel wolkenlos.

»Nick?« Tammy kam hinter ihm her. Seit der Sache mit Meaghan hatte sie ihn nicht mehr freiwillig angesprochen.

Er blieb stehen. »Was?«

»Ich will nur, dass du eins weißt. Elin und ich, wir haben uns angefreundet. Wenn du mit ihr deine Spielchen treibst, hast du ein Problem.«

Als wenn das gerade wichtig wäre. »Habe ich nicht vor.«

»Das hast du nie.« Sie warf die Haare zurück und ging. »Ach, übrigens. Meaghan kommt gleich noch. Sie holt bloß eben ihre Strandsachen.«

Nicholas sah Zac an, doch der hob nur abwehrend die Hände. »Ich wusste davon nichts«, sagte er. »Aber irgendwann muss ja mal Schluss sein mit eurem albernen Streit.«

Nicholas murmelte: »Ich hab damit nicht angefangen.« Außer ihm selbst hatte das vermutlich niemand gehört.

Er holte tief Luft.

Die Sonne schien.

Er war mit seinen Freunden am Strand.

White Cloud Enterprises und alles, was damit zusammenhing, musste jetzt Pause haben. Und vielleicht wurde es wirklich langsam Zeit, dass Meaghan und er wieder normal miteinander umgingen.

Zusammen mit Zachary hatte er gerade zwei Surfbretter zur Wasserkante getragen, als Meaghan auftauchte.

Sie legte ihr Board in den Sand, begrüßte Tammy mit Küsschen und nahm Elin in den Arm wie eine alte Freundin.

Woher kannten die sich denn jetzt schon wieder?

Er kannte Meaghan zu gut, um nicht zu merken, dass sie auch nervös war. Es war das erste Mal, dass sie sich wieder trafen, seit ihr Vorhaben, etwas anderes zu sein als Freunde, so kläglich gescheitert war. Hoffentlich würde sie jetzt nicht noch Elin irgendwas Fieses über ihn erzählen. Mädchen redeten ja immer schnell über sowas.

Schließlich konnten sie eine Begrüßung nicht mehr vermeiden. Sie standen sich gegenüber wie zwei feindliche Generäle, die sich nicht ganz sicher waren, ob die Schlacht geschlagen war.

Meaghan neigte leicht den Kopf. »Nick.« Ihre Hand zuckte, als wollte sie sie ihm reichen.

Nicholas verschränkte die Arme vor der Brust. »Meg.« Meaghans Augen wurden schmal. Sie musterte Nicholas von oben bis unten und grinste dann. »Ich wusste gleich, dass es eine blöde Idee war. Du bist und bleibst ein Arsch.«

Gegen seinen Willen musste Nicholas lachen. Er löste die Arme und boxte Meaghan sanft gegen die Schulter, wie früher, als sie noch Freunde waren. »Charmant wie eh und je.« Meaghan würde mitbekommen, wenn er auch nur das winzigste bisschen mit Elin flirtete. Und sie würde es gnadenlos kommentieren. Sicherer war, wenn er betont sachlich blieb. Er wandte sich an Elin. »Du wolltest surfen lernen, oder? Los, gehen wir.« Es kam noch sachlicher heraus, als er beabsichtigt hatte.

Meaghan lachte. »Du bist so leicht zu durchschauen.«

Er ignorierte sie und schenkte stattdessen Elin sein schönstes Lächeln. »Du wirst es mögen, das Surfen. Am

Anfang ist es nicht einfach, aber wenn man den Dreh raus hat, dann –«

»Nick?« Meaghan wieder.

Elin und er drehten sich gleichzeitig um. Ihre Hände berührten sich dabei.

»Sei nett, ja?«, rief Meaghan.

»Ich bin immer nett«, antwortete er so locker er konnte. Am besten, er machte ein Spiel draus. Er fragte Elin: »Bin ich doch, oder?«

»Absolut.« Er konnte ihren Blick nicht deuten und war erleichtert, als sie an der Wasserkante angelangt waren und er klatschend das erste der beiden Surfbretter ins seichte Wasser fallen lassen konnte. Er zeigte ihr, wie sie sich auf das Board legen musste – ohne sie zu berühren. Er zeigte ihr, wie sie am besten rauspaddelte – ohne sie zu berühren. Ihre Haut sah in der Sonne bronzefarben aus.

Im hüfthohen Wasser ließ er sie absteigen. Sie würde als erstes lernen müssen, auf das Brett zu kommen.

Meaghan hatte ihr Board ebenfalls ins Wasser gelegt und paddelte jetzt, bedeutungsvoll zu ihnen herüberschauend, aufs Meer, um auf ihre erste Welle zu warten.

»Was war das eigentlich mit Meaghan und dir?«, fragte Elin.

No way, auf das Thema würde er nicht einsteigen. Er grinste. »Ich dachte, wir wären hier, weil du surfen lernen wolltest.«

Sie ließ nicht locker. »Meaghan ist nett. Ich mag sie.«

»Meinst du, du kannst dich aus dieser Position auf das Board stemmen?«

»Ich bin mir nicht sicher. Wie muss ich die Beine setzen?« Sie spielte mit ihm! Sie nutzte seine dämliche Verklemmtheit aus, die ihm verbot, sie anzufassen und neckte ihn damit! Sie stützte sich an der Querseite hoch und lehnte sich zu ihm. »Erzählst du mir nachher, warum ihr euch gestritten habt?«

Im Leben nicht. »Vielleicht«, sagte er. Ein verwegener Gedanke kam ihm. Sollte Elin doch Meaghan selbst fragen, wenn sie sich traute! Er ließ den Blick über den Ozean gleiten. Meaghan hatte eine phantastische Welle erwischt. Sie war immer noch verdammt gut, besser, als Nicholas je werden würde. Wenn man Meaghan auf dem Board sah, war klar, dass lieber sie Elins Unterricht übernehmen sollte.

Er selbst konnte sich eine schöne große Welle suchen und dann mit Zac reden. Es wäre gar nicht so blöd, wenn er aus Elins irritierender Nähe wegkam. Sie würde sich vermutlich freuen, wenn Meaghan seinen Job übernahm, wo sie sie doch so nett fand. Dann konnten die beiden entspannt über ihn lästern, und er konnte sich selbst und Zachary beweisen, dass er absolut über den Dingen stand. Er hatte nichts gegen Meaghan. Sie war es, die sich mit ihm gestritten hatte, nicht andersrum.

Wieder holte er tief Luft. Als Meaghan aus der Welle fiel und ein paar Meter neben ihm zum Stehen kam, rief er hinüber: »Meg? Kannst du Elin das hier zeigen? Du kriegst das bestimmt besser hin als ich.«

Meaghan sah ihn verwundert an, akzeptierte das Friedensangebot jedoch sofort. »Kein Problem.«

»Wort?« sagte Elin mit hochgezogenen Augenbrauen.

»Ich? Eins? Mitreden?«

»Ich bin die Beste.« Meaghan ließ ihr strahlendes Lächeln auf Nicholas los. »Das weiß er.«

»Kommt drauf an, wobei.« An Elin gewandt, fügte er hinzu: »Aber es gibt echt niemanden, von dem du besser surfen lernen kannst als Meg.«

»Okay«, sagte sie bloß.

Nicholas warf sich auf sein Board und paddelte so schnell aufs Meer hinaus, dass ihm die Oberarme schmerzten. Er genoss das Gefühl, unter den herannahenden Wellen hindurchzutauchen und ihre Wucht über sich zu spüren. Dort, wo sie anfingen, sich zu brechen, wurde er langsamer und ließ sich treiben. Warum machte er eigentlich alles so kompliziert? Er schwebte mit seinem Board im Wasser und wartete auf die richtige Welle. Immer wieder sah er zum Strand. Meaghan zeigte Elin, wie sie unter einer Welle durchpaddeln konnte. Sie sahen zu ihm herüber. Sie lachten gemeinsam. Nicholas verpasste drei gute Wellen, und die vierte warf ihn ab, als hätte er noch nie auf einem Brett gestanden. Ihm wurde allmählich kalt. Die Welle, die er dann nahm, ritt er längst nicht so lange, wie es möglich gewesen wäre, sondern jagte, so schnell es ging, aufs Ufer zu.

»Lass gut sein, Großer. Meg wird ihr schon nicht erzählen, dass du kleine Kinder frisst.«

Nicholas sprang vom Brett. »Hast du nichts anderes zu tun, als auf mich aufzupassen?«

»Einer muss es ja tun.« Zachary deutete hinüber zu dem Sonnenschirm, wo Tammy auf dem Bauch lag, die Augen geschlossen. »Und Rücken eincremen ist erledigt. Da dachte ich, ich frage mal meinen besten Freund, was ihn vorhin so beschäftigt hat.«

Also erzählte Nicholas wild durcheinander alles, was ihm zum Thema *White Cloud Enterprises* seit dem Morgen durch den Kopf düste, egal, ob Zac Teile davon schon bekannt waren oder nicht. Als er geendet hatte, pfiff Zac durch die Zähne. »Also zweifelst du immer noch, was das Richtige ist?«

»Ich glaube, ja.«

Zac hob einen flachen Stein auf und ließ ihn über die Wellen hüpfen.

»Was war das denn Jämmerliches?« Nicholas grinste. »Mehr als drei Sprünge schaffst du nicht?« Er wartete, bis die Welle ausgelaufen war, und ließ dann seinen eigenen Stein springen. Fünf. Steigerungsfähig.

Elin und Meaghan zogen die Surfbretter auf den Sand.

»Angeber.« Zac sah sich nach einem weiteren Stein um.

Nicholas watete in die heranrollende Welle und griff ins Wasser. Er holte zwei Steine heraus und betrachtete sie.

»Ich nehm den.« Zac griff nach dem flacheren. Dann wurde er ernst. »Um auf eben zurückzukommen: Weißt du noch, was du an dem Abend da auf dem Balkon ganz, ganz genau gehört hast?«

»Als ich James Bond war?« Nicholas schüttelte unschlüssig den Kopf. »Ich hab's euch doch hinterher erzählt. Ich hatte gehofft, du würdest dir das besser merken können als ich.«

»Ich weiß noch, was du erzählt hast«, sagte eine helle Stimme hinter ihm.

Er drehte sich zu Elin um und versuchte, nicht zu erleichtert auszusehen. Offensichtlich hatte er es sich noch nicht ganz mit ihr verscherzt. »Moneypenny. Verlässlich wie immer.«

»Hey, ich hab mich super leise angeschlichen! Du hättest dich wenigstens erschrecken können.«

Zac lachte auf. »Er wusste die ganze Zeit auf den Zentimeter genau, wo du warst.«

»Genug gesurft?«, fragte Nicholas, um den peinlichen Moment zu überspielen.

»Für heute, ja.«

ELIN

Die Klimaanlage in Zacharys Zimmer brummte, aber Elin war dankbar, dass sie die Luft auf eine erträgliche Temperatur runterkühlte. Die letzte Viertelstunde hatte sie damit verbracht, den Jungs so detailliert wie möglich ihre Erinnerungen jener Nacht wiederzugeben. Sie hatte es sich dazu in einem riesigen Sessel gemütlich gemacht, Nick saß rittlings auf Zacharys Schreibtischstuhl und Zac lag bäuchlings auf dem Bett und schrieb mit.

»Irgendwo fehlt noch was.« Zac starrte auf das Papier und warf frustriert den Stift gegen die Wand, wo er abprallte. Nick versuchte ihn aus der Luft zu pflücken, griff aber daneben.

»Jämmerlich«, sagte Zachary.

»Der Wurf war scheiße.« Nick hob den Stift auf und drehte ihn in den Fingern hin und her.

»Wo ist denn jetzt eigentlich genau dein Problem?«, fragte Elin.

Nick seufzte. »Ich weiß es nicht. Die Leute da sind wirklich nett. Die sind ehrlich. Die wollen Gutes. Und ich fühle mich übel dabei, die zu hintergehen. Das ist nicht anständig.«

»Und du hast Angst, dass du auffliegst«, sagte Zac.

»Das auch, ja.«

»Dann lass es.«

»Ich brauche das Geld«, sagte er schlicht.

»Dann hör auf zu zweifeln. Du wirst rausfinden, was dahinter ist – ob was dahinter ist. Neulich Nacht hattest du ziemlich wilde Theorien.«

»Ich weiß.« Nicholas warf den Kuli auf den Schreibtisch.

So kamen sie nicht weiter. »Wenn man das Unmögliche ausgeschlossen hat, muss das, was übrig bleibt, die Wahrheit sein, so unwahrscheinlich sie auch klingen mag«, sagte Elin.

»Was?«, fragte Nick.

»Sherlock Holmes.«

»Ich weiß.«

»Also, was bleibt übrig?«, fragte sie. »Dazu müssten wir den Tiger rausrechnen.«

Zac schwang die Beine über den Bettrand. »Leute, ehrlich. Dann können wir gleich alles andere auch streichen. Keiner von uns weiß, wie viel von diesem nächtlichen Gespräch wirklich stattgefunden hat. Und wir werden es auch heute nicht rausfinden.«

»Was, wenn es wahr ist? Wenn die da echt irgendwelche krummen Sachen machen?« Nicks Grinsen war verschwunden. »Ich meine, die Wissenschaftler sind super, bis auf die eine, die kann mich nicht leiden. Aber bei Joe bin ich mir nicht immer so sicher, und ich mag den Gedanken nicht, dass das alles da eben nicht so toll sein könnte.«

Zac sah zweifelnd zu ihm auf. »Zumindest, ob dein Chef einen Tiger im Büro hat, dürfte einigermaßen leicht herauszufinden sein, oder?«

Nicholas

Er bemühte sich, entspannt zu erscheinen, als er sich Sylvies Empfangstresen näherte.

»Guten Morgen.«

Sie sah nur kurz auf. »Morgen, Nicholas. Joe wartet schon.« Sie wandte sich der Sprechanlage zu. »Er ist da.«

Nicholas holte tief Luft. »Sag mal, gibt es hier im Haus eine Katze?«

»Eine Katze?«

Gott, das war lächerlich. »Ja, ich dachte, ich hätte gestern eine gesehen.«

»Und wäre das schlimm?«

»Nee. Ich wüsste es nur gern. Ich bin allergisch gegen Katzen.«

Jetzt lächelte sie. »Keine Sorge. Es gibt hier keine Katzen.« Und vermutlich auch keine Tiger. Wieviel von dem ganzen Zeug hatte er sich mit seinem bekifften Kopf zurechtgesponnen? *Und was ist mit dem Reporter?*, fragte eine kleine Stimme in seinem Hinterkopf, *und mit den Typen im Panamera?*

Die Aufzugtür öffnete sich, und Joe betrat mit federnden Schritten den großen Eingangsbereich. Er warf einen vielsagenden Blick auf die teure Uhr. »Fünf nach halb neun.«

»Tut mir leid. Auf der 405 war Stau.« Und ich hab verschlafen, weil ich die halbe Nacht am Rechner gehangen und *Climate Engineering* recherchiert und mich durch Berge von wüsten Verschwörungstheorien gewühlt habe.

»Nächste Woche auf See kann dir das ja nicht passieren.« Joe legte ihm eine Hand auf die Schulter. »Hat alles gut geklappt gestern? Auch mit der Ablage der Fotos in die Cloud?«

»Alles gut.« Unschlüssig sah er Joe an. »Ich geh dann eben in die Kontrolle und meine Speicherkarte von Sven holen.«

»Vergiss die alberne Kontrolle.« Joe grinste wie ein Schuljunge, der etwas Verbotenes tat und sich diebisch darüber freute. »Sven kommt später und was er nicht weiß, macht ihn nicht heiß, oder? Sylvie?« Er sah zum Empfangstresen hinüber. »Weißt du, wo Sven die Speicherkarte für Nicholas' Kamera hat?«

Sylvie schloss die Sicherheitszentrale auf, wo die Monitore unbeobachtet die Bilder der Kameras zeigten, und öffnete eine Schublade. »Hier.« Sie reichte Nicholas die SD-Karte. »Viel Spaß.«

»Danke.«

Nicholas legte die Speicherkarte ein und folgte Joe Richardson in den Aufzug. Etwas war seltsam. Warum tadelte Joe ihn fürs Zuspätkommen und ging dann doch darüber hinweg? Und warum ordnete er Sicherheitskontrollen an und überging diese dann, wenn Sven nicht da war? Joe drückte auf den Knopf der vierten Etage, die Türen schlossen sich.

»Warum musste ich heute nicht durch die Kontrolle? Ich dachte, Sie wären der Chef und hätten das so bestimmt?«

»Ich freue mich, dass dein erster Tag offensichtlich ein Erfolg war.« Joe klang ein bisschen steif. Was wollte er wirklich sagen? »Bevor du heute loslegst, möchte ich dir gern ein bisschen was über unsere Firma erzählen, damit du weißt, worauf wir Wert legen.«

Nicholas wartete.

Die Aufzugtür ging auf.

Der Flur im vierten Stock sah nicht viel anders aus als in den Stockwerken darunter, doch als Nicholas Joes Büro betrat, musste er schlucken. Er hatte den Raum nur kurz gesehen, durchs Fenster, und er war nicht ganz Herr seiner fünf Sinne gewesen. Trotzdem beunruhigte es ihn nun, in diesem Zimmer zu sein. Der freundliche Joe, der neben ihm stand, der, der lächelnd die Sicherheitskontrollen für unnötig erklärt hatte, wurde überlagert von dem Joe jener Nacht, der mit harter Stimme sagte: »Wollen Sie zu den Gewinnern der Klimaveränderungen gehören oder zu den Verlierern? Es liegt in Ihrer Hand.«

Nicholas wischte sich über die Augen. Get a grip, verdammt.

»Magst du was trinken?«

»Wasser wäre gut.«

Joe ging zu einem Wasserspender in der Ecke. Nicholas' Blick fiel auf das Bild an der Wand daneben. Es war *Der Tiger* von Franz Marc.

Joe merkte hoffentlich nicht, wie erschrocken Nicholas das Bild anstarrte. Er füllte zwei Gläser. »Lass uns auf den

Balkon gehen, solange es noch nicht ganz so heiß ist. In frischer Luft redet es sich besser.«

Genau dasselbe hatte er zum General gesagt, oder? Nicholas hielt sich kurz am Türrahmen fest. Das hier war doch alles nicht real. Das passierte überhaupt nicht. Joe deutete auf eine Sitzgruppe unter einem Sonnenschirm, der in der Nacht zugeklappt gewesen war. »Nimm Platz. Ich wollte über Loyalität mit dir sprechen«, sagte er dann ohne Umschweife. »Wer für mich arbeitet, von dem erwarte ich unbedingte Loyalität, und ich möchte, dass das klar ist, bevor wir aufs Meer fahren.«

»Okay.«

»Was eigentlich selbstverständlich ist: Deine Daten bleiben hier und du sprichst mit niemandem über Firmeninterna und Geschäftsgeheimnisse. Mit niemandem. Über nichts. Auch nicht mit deinen besten Freunden. Verstanden?« Joes Blick hielt Nicholas' fest, als wolle er ihn hypnotisieren.

Nicholas versuchte ein Lächeln. »Klar und deutlich.«

»Gut. Dann hätte ich gern – reine Formalität – noch diese Geheimhaltungsvereinbarung hier von dir unterschrieben. Genaugenommen ist es eine eidesstattliche Erklärung, in der du dich verpflichtest, nichts nach außen dringen zu lassen, was du hier siehst.«

»Ich bin siebzehn.«

Joe grinste wieder dieses Schuljungengrinsen, das nette. »Unterschreib's einfach.«

Nicholas kritzelte seinen Namen auf das Papier. War das ein Fehler? Was hatte Joe zu verbergen, das diese Erklärung notwendig machte? Und ritt er sich damit noch tiefer hinein oder spielte eine Unterschrift auch keine Rolle mehr, wenn er tatsächlich irgendetwas herausfand, das für Clayton von Interesse war?

»Wir werden Spaß haben.« Joe klopfte ihm auf die Schulter. »Sylvie sagt dir alles Weitere.«

Sylvie schien für alles zuständig zu sein. Aber Sylvie würde ihm seine Frage nicht beantworten. Der gutgelaunte Joe vielleicht schon. Nicholas bemühte sich, seine Stimme möglichst neutral klingen zu lassen. »Sagen Sie, wer sind eigentlich die Männer in dem roten Panamera?«

Joe sah ihn verständnislos an.

»Zwei Männer«, wiederholte Nicholas. »Weinroter Porsche Panamera.«

»Was ist mit ihnen?«

Nicholas beobachtete Joe sehr genau. Langsam sagte er: »Sie verfolgen mich. Seit ich mich hier beworben habe.«

Joes Gesicht verriet nichts. »Warum sollte das jemand tun? Ich weiß nichts von einem roten Porsche.«

Er war zu cool, zu wenig überrascht. Zu gleichgültig dafür, dass Nicholas ihm gerade etwas ziemlich Wichtiges eröffnet hatte. Machte er sich keine Sorgen, wer die Männer sein könnten? Oder wusste er es? Wenn jemand über ihn, Nicholas, an Firmeninterna gelangen wollte, wie Elin vermutete, dann musste das Joe doch aufrütteln. Dass er so wenig reagierte, ließ nur einen Schluss zu: Joe Richardson log.

Die Atmosphärenwissenschaftler waren mitten in einer Diskussion, als Nicholas, immer noch nachdenklich, zu ihnen ins Büro kam. Er lehnte sich mit der Kamera im Anschlag in eine Ecke und beobachtete. Bevor er loslegte, wollte er ein Gefühl dafür bekommen, was in diesem nüchternen Büro fotografierenswert war. Hier gab es keine blubbernden Reagenzgläser wie in Ivans Labor. Das einzig Interessante war eine Weltkarte an der Wand, die mit verschiedenfarbigen Pin-Nadeln gespickt war. Er machte ein Foto davon und hörte dann mit halbem Ohr den Wissenschaftlern zu.

»Haben wir schon Modelle über die zu erwartenden Auswirkungen, wenn wir hier«, Gretchen deutete auf eine Stelle im Polarmeer nördlich von Sibirien, »und hier die Albedo ändern?«

»Ich prüfe das.« Matt klapperte auf seiner Tastatur. Über den Bildschirm liefen Zahlenreihen und Grafiken, die Nicholas nichts sagten.

»Von was für Modellen sprecht ihr?«

Erst jetzt schienen sie wirklich zu registrieren, dass er da war. Sie wechselten einen schnellen Blick, dann deutete Gretchen mit dem Kopf auf Matt. »Du.«

Matt wandte sich ihm zu. »Klimamodelle. Voraussagen, wie sich das Klima in den nächsten Jahren unter unterschiedlichen Voraussetzungen entwickeln wird.«

»Wie eine Wettervorhersage?«, fragte er und konnte ein spöttisches Lächeln nicht unterdrücken. »Die sind doch meistens falsch.«

»Nicht immer«, erklärte Gretchen, die dunklen Augen groß hinter der Brille. »Einiges können wir mit großer Genauigkeit prognostizieren. Anderes ist schwieriger. Klima ist extrem komplex.«

»Genau«, schaltete sich Matt wieder ein, »deswegen ist es eigentlich auch Wahnsinn, da dran rumzuschrauben.«

Caroline warf ihm einen schnellen Blick zu, als wäre es ihr nicht recht, dass Matthew das vor ihm auspackte.

»Aber das tun wir doch da draußen mit diesen Yachten, oder?«, hakte Nicholas nach. »Am Klima rumschrauben. Wenn es Wahnsinn ist, wieso seid ihr dann alle hier?«

Matt nickte bedächtig. »So einfach ist es leider nicht, weißt du? Der Klimawandel ist mächtig weit fortgeschritten. Wir befinden uns seit Jahren im schlimmsten Fall aller Vorhersagen unserer Klimamodelle – und niemand tut etwas dagegen. Alle diskutieren und schieben Verantwortung hin und her, aber handeln will keiner. Wir brauchen also globale Notfalllösungen, mit denen wir schnell eingreifen können, wenn zum Beispiel die Arktis ganz abschmilzt.«

Vielleicht sollte er sich doch lieber auf die Fotos konzentrieren. Aber falls er noch mit Clayton ins Geschäft kommen wollte, war es gut, wenn er verstand, was hier vorging. »Ich versteh das Problem nicht. Wenn alles so schlimm ist, dann ist es gut, dass jemand – wir – was dagegen tut. Oder nicht?«

»Das Schwierige daran ist –«, begann Gretchen, aber sie wurde von Caroline unterbrochen: »Weltweit gibt es viele Gruppen, die sich mit unterschiedlichen Möglichkeiten beschäftigen, das Klima wieder abzukühlen. Wir hier beobachten, was passiert, wenn wir an dieser Stelle die Wolken aufhellen. Die Luftströmungen hier liegen günstig, sodass sich unser gewünschter Kühleffekt im besten Fall gleichmäßig um den Globus verteilt.«

Gretchen und Matt warfen sich Blicke zu, die Nicholas nicht deuten konnte. Er würde einen von ihnen später danach fragen müssen. Matt sagte langsam: »Berechnen kann man natürlich viel, was im konkreten Fall dabei rauskommt, zeigt aber nur die Praxis.«

Caroline sah aus, als wolle sie etwas sagen, schwieg dann aber.

Nicholas erinnerte sich an eine Beobachtung, die ein ganzes Leben her zu sein schien, und endlich rastete ein Puzzleteil in seinem Kopf ein. »Ich war neulich am Strand bei uns, und ich fand, die Wolken sahen falsch aus. Aber sie waren eher zu dunkel als zu hell.«

»Wow, gut beobachtet.« Matt nickte anerkennend. »Besalzte Wolken sehen tatsächlich von unten etwas dunkler aus. Das liegt daran, dass am Oberrand mehr Sonnenlicht durch mehr kleinere Wolkentröpfchen zurückgestreut wird. Die hellere Wolke wirft also mehr Sonnenlicht in den Weltraum zurück und wirkt dadurch von unten dunkler.«

Der nächste Schritt ist aufs Klo zu gehen und das alles aufzuschreiben, dachte Nicholas. Er machte noch ein paar Alibifotos und versuchte es dann noch einmal. »Warum sagst du, es sei gefährlich, am Klima zu drehen? Ist es nicht gut, wenn wir Möglichkeiten haben, es gezielt abzukühlen?«

»Wäre besser, wenn das gar nicht erst nötig wäre, oder? Die Politiker diskutieren und diskutieren, dabei ist es so einfach. Der CO_2-Ausstoß gehört auf null gesenkt. Dann erholt sich das Klima.«

Nicholas ließ nicht locker. »Aber im Augenblick ist er ja nicht bei null, also ist das doch gut, was wir tun.«

Matt seufzte. »Ach, Junge. Was ist schon gut und was nicht? Wäre ich nicht der Meinung, dass dieses Teufelswerk hier vermutlich den Planeten rettet – oder uns zumindest ein paar Jahre raushandelt – dann wäre ich nicht hier.«

Wieder dieser schnelle Blick von Caroline.

»Wieso Teufelswerk?«

»Ich versuche, es ganz einfach auszudrücken. Stell dir die Erde als gigantischen Computer vor. Das Wetter und die ganzen kleinen Oberflächenerscheinungen sind sozusagen die Programme, die darauf laufen. Das Klima aber, das Klima ist das Betriebssystem. Und wenn wir das Klima manipulieren, dann murksen wir direkt am Betriebssystem des Planeten herum.«

»Oh. Okay.« Nicholas verstand nur halb.

»Weißt du, was mit einem Computer passiert, an dessen Betriebssystem sich Leute zu schaffen machen, die keine Ahnung davon haben?«

Nicholas nickte langsam. Ein falscher Befehl, ein profaner Tippfehler in einem Befehl – und die Kiste war aus. Unrettbar, es sei denn, man fing noch einmal ganz von vorn an. »Wir retten die Welt«, hatte Joe beim Vorstellungsgespräch gesagt. Die Leute in diesem Büro arbeiteten genau daran. An einer Chance für die Menschheit. Zumindest einer von ihnen glaubte, dass sie sich dabei an etwas zu schaffen machten, das zu groß für sie war. Und das – der Gedanke klang erschreckend logisch – gezielt gegen einzelne Länder gerichtet werden konnte? Er versuchte im Kopf zu sortieren, was er gerade gehört hatte und wie das mit Joes Worten aus der Agentennacht zusammenpasste. Tatsächlich gab es da ein paar beklemmende Schnittstellen. »Berechnet ihr diese Klimamodelle alle hier?«

Matthew lachte. »Nein, wir haben hier nur die wichtigsten aktuellen Ergebnisse gespeichert. Solche Berechnungen schaffen unsere Computer nicht. Das wird in gigantischen Rechenzentren gemacht, die irgendwo in Nordschweden stehen wegen der Kälte. Nur das Militär hat größere Rechner.«

ELIN

Den Vormittag verbrachte Elin mit Jennifer und Vincent im *Ocean Museum*. »Ich will, dass du alles mitbekommst, was es hier über die See zu wissen gibt«, hatte Paul gesagt. »Dazu gehört nicht nur, aufs Meer zu fahren.«

Elin war nicht hundertprozentig von der Idee überzeugt gewesen, aber als Vincent sie durch die Ausstellung zog, um ihr die verschiedenen Arten von Seesternen zu erklären, den Unterwasserroboter zu zeigen und sie dann in die Halle mit den Walskeletten zu führen, freute sie sich, mitgekommen zu sein.

Aus dem Obergeschoss des Museums hatte sie einen fantastischen Blick über den Hafen mit seinen Hunderten von Segelbooten, deren Masten sich leicht hin und her wiegten. Zwischen dem Yachthafen und dem Museum erkannte sie Pauls Anleger und direkt daneben einen großen Privatsteg, an dem eine riesige, verhüllte Yacht lag. Auf der nachtblauen Plane stand in großen grünen Lettern gedruckt: *Because we care*. Darunter ein Bild der Erde. Nicks Schiff.

Das Interessanteste war, dass sie von hier etwas erkennen konnte, was von unten nicht zu sehen war: Man hatte die Hülle oben offen gelassen und die Baumkronen ragten ein

Stück heraus. Im Inneren des Schiffes schienen tatsächlich echte Bäume zu wachsen! Sie zog ihr Smartphone aus der Hosentasche und machte durchs Fenster ein Foto von der Riesenyacht.

Sobald sie wieder zu Hause waren und Elin mit Zachary den inzwischen vertrauten Platz auf dem geblümten Sofa eingenommen hatte, durchsuchte sie das Internet nach allem, was mit *White Cloud Enterprises* zu tun hatte. Sie war nicht umsonst bei der Schülerzeitung diejenige, die am meisten recherchierte – schlicht, weil sie es am liebsten tat. Zumindest konnte es nicht schaden, ein bisschen nachzuforschen. Wenn sie doch nur irgendwie mehr erfahren könnte als das, was bei Wikipedia und auf anderen offiziellen Seiten stand!

Das Unternehmen *White Cloud Enterprises* gab es seit drei Jahren, las sie. Es war gegründet worden, um Erkenntnisse über positive Eingriffe in das Klimasystem der Erde zu erlangen, und hatte sich von einem Zwei-Mann-Laden zu einem Unternehmen mit über fünfzig Mitarbeitern entwickelt – nicht zuletzt dank der Finanzierung durch verschiedene große Firmen sowie das amerikanische Militär.

Elin dachte nach. »Was hat das Militär für ein Interesse daran, Klimaforschungen zu finanzieren? Wieso macht das nicht … keine Ahnung, die NASA oder so?«

»Frag mich was Leichteres«, murmelte Zachary, der neben ihr auf dem Sofa saß.

Sie zeigte ihm das Bild, das sie aus dem Museumsfenster gemacht hatte. »Sieht nicht so aus, als wären die irgendwie schräg, oder?«

»Nicht mehr als andere Ökos auch. Ich schätze, Nick hat einfach zu viele schlechte Kinofilme gesehen.«

»Ich gucke nie schlechte Kinofilme«, sagte Nicholas, der wie gerufen das Zimmer betrat. Zac drehte sich grinsend zu ihm um. »Und was war das neulich für einer mit diesen schleimigen Horror-Aliens, den du unbedingt sehen wolltest?«

»Der war gar nicht übel. Außerdem hatte ich da Freikarten, wenn du dich erinnerst.« Nick kam zu ihnen herüber und setzte sich im Schneidersitz auf den Teppich vor dem Sofa. Er nahm sich ein paar Legosteine, die unter dem Couchtisch lagen, und begann sie sorgfältig aufeinanderzusetzen. »Es gibt den Tiger.«

»Okay …«, sagte Zachary gedehnt und hörte sich ein bisschen an, als wolle er einen Irren nicht verärgern, bis die Leute mit den Zwangsjacken kamen. Elin konnte es ihm nicht verübeln, bis sie Nicholas' hartes, schmales Gesicht sah.

»Hörst du mir zu? Es gibt den beschissenen Tiger. Das bedeutet, dass alles andere auch real ist.« Er sprang auf und fing an, im Zimmer hin und her zu laufen. »Was wiederum heißt, dass Joe in Wirklichkeit vielleicht gar nicht versucht, das Klima zu reparieren, sondern es gezielt zu manipulieren!«

»Weil da ein *Tiger* im Büro ist.« Um Zacharys Mundwinkel zuckte es, ganz leicht nur, aber Nick schien es todernst zu meinen.

»Es ist ein Bild. Aber nichtsdestotrotz ist es da.« Nick blieb stehen, mit dem Rücken zu ihnen.

Sie wechselte einen Blick mit Zachary. Er hob hilflos die Schultern und verzog das Gesicht. *Abwarten*, sollte das wohl heißen.

Nicks Stimme war heiser und sehr leise, als er, ohne sich umzudrehen, sagte: »Ich schaff das nicht alleine.«

Am nächsten Morgen war Zachary zum ersten Mal wach, bevor Elin mit Paul zur Arbeit fuhr. Zusammen brachten sie die leeren Flaschen des Wasserspenders vor die Haustür und reihten sie an der Straße auf.

»Wenn Nick zugibt, etwas nicht allein zu schaffen, dann ist es schlimm.«

Was sollte sie darauf sagen, was ihr gestern nicht eingefallen war? Das einzig Sinnvolle, das sie beizutragen gehabt hatte – »An deiner Stelle wäre ich längst ausgestiegen. Das, was da stattfindet, ist nicht mehr lustig.« – hatte Nick mit einer ungeduldigen Geste beiseite gewischt. Es hatte sie ein bisschen verletzt, andererseits verabscheute sie es selbst auch, wenn Außenstehende ständig dachten, die Lösung auf alle Probleme zu haben. Entscheiden konnte man letztlich nur allein.

Zac schien keine Antwort von ihr zu erwarten. Er knurrte vor sich hin: »Wieso rutscht er eigentlich immer in irgendeine Scheiße rein und ich muss ihn da rausholen, kannst du mir das sagen?«

Schon wieder wusste sie keine Antwort. Sie hatte gestern noch lange mit Jasmin gechattet und danach wach gelegen und vergeblich versucht, ihre Gefühle für Nicholas und alles, was geschehen war, zu sortieren. Die einzige klare

Erkenntnis aus dieser Nacht war, dass sie tun wollte, was sie konnte, um Nick zu helfen. Egal, was zwischen ihnen war – oder eben nicht.

»Um wirklich rauszufinden, was da läuft, müsste man vermutlich in die Computer da eindringen«, sagte sie nachdenklich. »Aber dass wir das schaffen, ist leider nicht sehr realistisch.«

»Vermutlich. Und ziemlich verboten wäre es auch.«

»Ja. Aber mir fällt nichts Besseres ein. Dir?« Sie wollte, dass Zac Ja sagte. Ja, klar, kein Problem.

Er rieb sich das Kinn. »Im Moment noch nicht. Aber vielleicht ist das mit den Computern gar nicht so blöd. Das Problem ist nur: Selbst wenn ich mal eben ein Programm schreiben könnte, das Nick Zugang verschafft, müsste er es auch noch bedienen. Und wenn er das hinbekäme, bliebe immer noch die Frage: Wie bekommen wir es durch diese Sicherheitskontrollen?«

NICHOLAS

Nicholas saß neben Joe Richardson auf der Rückbank eines Autos und fuhr die 405 zurück nach Süden, in die Richtung, aus der er vor einer halben Stunde gekommen war. Joe wollte ihm das Schiff zeigen, hatte er gesagt, aber Nicholas wurde den Eindruck nicht los, dass es seinem Chef eigentlich darum ging, ihm auf den Zahn zu fühlen. Er hätte jetzt sehr viel um Zacs Einschätzung gegeben. Immer wieder sah er sich möglichst unauffällig um, aber sein weinroter Schatten schien sich nur dann für ihn zu interessieren, wenn er nicht mit Joe zusammen war.

Je besser Nicholas Joe kennenlernte, desto mehr wurde er für ihn zum Rätsel. »Er macht es einem leicht, ihn zu mögen«, hatte Jennifer gesagt. Das stimmte definitiv. Und doch war da etwas an ihm, das nicht zu der freundlichen Fassade passte. Ob ihm das auch aufgefallen wäre, wenn er den Reporter nicht getroffen und diese irrwitzige nächtliche Klettertour auf den Balkon unterlassen hätte?

Der Chauffeur parkte das Auto am Hafen. Während Joe zielstrebig den Privatsteg ansteuerte, an dem die *White Cloud One* lag, schielte Nicholas zu Pauls Anlegeplatz hinüber.

Elin würde gleich mit Paul rausfahren. Vielleicht konnte er einen kurzen Blick auf sie erhaschen.

Es war ein merkwürdiges Gefühl gewesen, Zac und sie um Hilfe zu bitten. Nicholas brauchte seit vier Jahren keine Hilfe mehr bei irgendetwas. Wer Hilfe brauchte, war schwach, und das konnte er sich nicht leisten. Nicht, wenn sein Vater immer wieder in diesen Depressionsschüben verschwand und sich jemand darum kümmern musste, dass Essen ins Haus kam und die Wäsche gewaschen wurde. Zacs Familie war während der ganzen Zeit Nicholas' Rettungsboot gewesen. Sie hatten ihn aufgefischt, ohne dass er darum gebeten hatte, einfach so. Er hatte sich ihre familiäre Wärme umlegen lassen wie eine schützende Decke – aber er hätte nie darum gebeten. Denn wenn er an den Strand zurückkehrte, wo nur noch sein Vater und er wohnten, war da auch keine Decke.

Nick Hansen kam allein klar. Beziehungsweise war er allein klar gekommen, bis er in einem Anfall von Größenwahn gedacht hatte, er könne tatsächlich mal eben genug Geld zusammenkriegen, um das Haus zu finanzieren. Sein Zuhause. Das, was ihm geblieben war.

»Kommst du, Nicholas?«

Er folgte Joe durch das Stahltor auf den Steg. Aus unmittelbarer Nähe sah das Schiff noch viel größer aus. Selbst der grüne Schriftzug über seinem Kopf wirkte riesig.

Ein kleiner Teil der Plane, die das Schiff verhüllte, wurde von innen zurückgeschlagen und ein südamerikanisch aussehender Mann trat heraus. Er trug die gleiche dunkle Uniform mit dem Raubvogellogo wie Sven Morrisson, doch sein Gesicht war freundlicher. »Joe.«

»Adrian.« Joe deutete auf Nicholas. »Das ist Nicholas

Hansen, unser Bordfotograf. Adrian Gutierrez, Sicherheit.«

»Freut mich.« Adrian reichte Nicholas die Hand.

»Mich auch.«

Im Inneren des Schiffes brauchte Nicholas all seine Selbstbeherrschung, um nicht wie ein kleiner Junge mit offenem Mund stehen zu bleiben. Das hier war kein Schiff, das war ein Park unter einer Glaskuppel. Es roch wie im Tropengewächshaus, nur war die Luft kühler und salziger. Schmale Holzwege wanden sich zwischen Bäumen, Farnen, Schilf und Blumen hindurch. In einigen der Baumwipfel erkannte er kleine Holzplattformen, die durch steile Leitern zu erreichen waren. Und war das tatsächlich echtes Vogelgezwitscher, oder kam es vom Band?

»Schön, oder?« Joe war sichtlich stolz. »Das Arboretum. Es ist auch eine der Klärstufen für das Wasser, selbst wenn's nicht so aussieht.«

»Das Abwasser vom Schiff wird hier durchgeleitet?« Keine sehr appetitliche Vorstellung.

Joe lachte. »Nein, die Wurzeln der Pflanzen reichen eine Etage weiter runter. Aber wir reinigen nicht nur unser Abwasser. Wir haben auch eine Anlage an Bord, um Plastik aus dem Meer zu fischen.«

Plötzlich erinnerte Joe ihn an Vincent, wenn er ein neues Legoraumschiff gebaut hatte. Kein Wunder. Das hier war ein ziemlich beeindruckendes Spielzeug.

Joe ging einige Stufen hinunter. Nicholas folgte ihm in einen weiteren großen Raum. Dieser war beinahe ringsum verglast. Der Boden glänzte graublau, als wäre er eine Fortsetzung des Ozeans, der draußen fast auf gleicher Höhe anschloss, wie man zwischen Plane und Fenster gerade noch erkennen konnte. Der Raum war jetzt dämmrig, aber mit freiem Blick durch die Fenster flutete das Sonnenlicht wahrscheinlich nur so durch ihn hindurch.

Ähnlich wie dort, wo Nicholas sich vorgestellt hatte, standen hier verschiedene Designerstühle und Tischchen gruppiert, vor den Fenstern zum Meer lagen Sitzsäcke und große Kissen.

»Genau wie an Land«, erklärte Joe und wies auf einen Tresen, den Nicholas vorher nicht gesehen hatte. »Da drüben stehen dann Kaffee, Wasser, Obst, Kekse. Alles zur freien Bedienung. Die Küche ist dort hinter der Tür, aber die ist jetzt nicht besetzt.«

»Wo arbeiten die Leute?«, fragte Nicholas, um endlich auch mal etwas zu sagen.

»Oh, auf dem ganzen Schiff. Die Labore sind größtenteils unter dem Arboretum, die Mannschaftsquartiere an den Seiten daneben.«

Während Nicholas hinter Joe eine Treppe nach oben ging, suchte sein Blick reflexartig die besten Bildausschnitte. Das hier würde ein Fest für ihn und seine Kamera werden, trotz allem. Sonnenlicht umfing ihn, als er aus der Tür am Treppenende trat. Die Plane war oben geöffnet. Vor ihm lag eine enorm große Holzbohlenterrasse, auf der vereinzelt Kübel mit Feigen- und Orangenbäumen standen. Darunter verteilt wieder Sitzsäcke und Stühle. Joe breitete die Arme aus. »Das hier ist das Oberdeck. Aussichtsplattform, Aufenthaltsort, Sonnenterrasse. Alles in einem. Gefällt's dir?«

Nicholas lächelte. »Und wie.«

Nach der Arbeit brachte er den Tesla nach Hause und machte sich mit dem Fahrrad auf den Weg zu Zac. Er musste nachdenken, und dazu brauchte er Wind um den Kopf.

Jennifer kochte in der Küche Kaffee, als er hereinkam. »Wie läuft's mit Joe?«

Er setzte sich auf den Küchentresen. »Gut.«

Sie stellte die Tasse ab und sah ihn an. »Wenn Zac in dem Tonfall ›gut‹ sagt, dann bedeutet das meistens tatsächlich ›gut‹. Wenn du es sagst, heißt es in der Regel ›die Welt bricht zusammen, aber misch dich bloß nicht ein‹. Hab ich recht?«

»Du hast immer recht.«

»Und?«

Nicholas musste lachen. »Misch dich bloß nicht ein.«

»Ach, Nick.«

»Ernsthaft, Jen. Joe ist okay. Es sind ein paar andere Sachen drumrum, die halt nicht so richtig laufen.« Wie zum Beispiel, dass Joe eben nicht nur nett ist und dass ich die ganze Zeit beobachtet werde und mich fühle wie ein Verräter und dass unser Haus verkauft werden soll und dass euer Gast eine Liga zu hoch spielt für mich. Kleinkram.

Zacs Zimmertür klappte, und kurz darauf lugte sein dunkler Lockenkopf um die Ecke. »Hab ich Stimmen gehört?«

»Nein, das hast du dir eingebildet.« Nicholas sprang vom Tresen. »Danke, Jen.«

»Du sagst Bescheid, wenn ich etwas tun kann, ja?«

»Mach ich doch immer.«

In Zacs Zimmer saß Elin im Schneidersitz auf dem Bett und hatte einen Notizblock auf dem Schoß. Neben ihr lagen drei zusammengeknüllte Blätter. Überhaupt war im ganzen Zimmer uncharakteristisch viel Papier verteilt.

»Setz dich«, sagte Zac und ließ sich auf den Drehstuhl plumpsen. »Wir haben uns was ausgedacht, um rauszufinden, was da wirklich vor sich geht.«

»Okay, Boss.« Der einzige Platz, der noch frei war, war der auf dem Bett, neben Elin. Und der Teppich. Nicholas lehnte sich mit dem Rücken an die Wand. »Lass hören.« Es war so verdammt anstrengend, Elin nicht die ganze Zeit anzusehen.

Als Zac geendet hatte, hob Nicholas eins der zerknüllten Blätter auf. Sich in die Computer von *White Cloud Enterprises* hacken zu wollen, war irre. Andererseits hatte Clayton ihm siebentausend Dollar versprochen und ein bezahltes Praktikum. Zusammen mit den fünf von Joe machte das zwölftausend. Vermutlich würde es immer noch hinten und vorn nicht reichen, um eine Bank dazu zu bekommen, ihnen Geld für das Haus zu geben, aber es wäre ein Anfang. Immerhin ein Anfang. Nicholas strich das Papier glatt. Geld hin oder her: Wenn Joe wirklich die SORAYA-Technik als Waffe verkaufen wollte, dann musste ihn jemand daran hindern, bevor es zu spät war. Und niemand außer ihm schien sich dazu berufen zu fühlen. Mechanisch begann er, einen Flieger daraus zu bauen. »Das ist doch Wahnsinn«, sagte er.

»Wahnsinniger, als nachts bekifft an einer Fassade hochzuklettern?«

»Um Einiges.« Der Flieger trudelte vor Elin aufs Bett.

Sie hatte bisher geschwiegen und auf ihrem Block Blumen gezeichnet. Jetzt nahm sie den Flieger, drückte ihn zurecht und ließ ihn zurück durchs Zimmer sausen, direkt auf Nicholas zu.

Er grinste. »Nicht schlecht. Okay. Angenommen, wir machen das –«

»Angenommen, du machst das.«

Nicholas schnitt Zac eine Grimasse. »Danke, Q. Angenommen, ich mache das –«

»Was ziemlich unmöglich ist, weil du keinen Plan von Computern hast –«

»Wofür ich ja dich habe.«

»Dann würde es bedeuten, dass du von einem Rechner aus, auf dem du keine Admin-Rechte hast, ein Programm installierst, das wir nicht dorthin transportieren können, um Beweise zu sichern, von denen du nicht weißt, wie du sie aus der Firma kriegen sollst, falls du sie überhaupt finden kannst. Richtig?«

»Und von denen ich nicht weiß, wie sie genau aussehen. Genau. Ich sag ja, es ist komplett irre.«

»Und außerdem müsste dieses Programm ja noch geschrieben werden. Mal eben.«

Nicholas lächelte. »Wenn das einer kann, dann du. Vermutlich hast du es schon halb fertig, oder?«

Eine Weile hörte man nur das gedämpfte Tschilpen des Kolibris vor dem Fenster, das Brummen von Zacs Computer und das Kratzen von Elins Kuli auf dem Papier.

»Was wäre denn«, Elin zeichnete zum zehnten Mal die Linien der Blume nach, »wenn wir uns gar nicht auf die

Rechner im Büro konzentrieren, sondern auf die auf dem Schiff? Da wird es doch auch welche geben, oder?«

Die Nacht lag samtig und warm über dem Hafen.

Bis auf das Zirpen ein paar vereinzelter Grillen und das leise Schwappen der Wellen am Pier war kein Geräusch zu hören. Nicholas zog sich die dunkle Kapuze seines Shirts über den Kopf. Lautlos bewegte er sich im Schatten der Häuser, bis er sie verlassen musste, um zu dem Stahltor zu gelangen, das den Liegeplatz der *White Cloud One* vom Rest des Hafens trennte.

Er schob die Kapuze zurück und lauschte.

Alles blieb still.

Auch als er sich in den Lichtkegel unter der Laterne am Ende des Stegs bewegte, rührte sich nichts, weder am Land noch auf dem Schiff. Wer immer dort Wache hielt, er würde nicht damit rechnen, dass jemand um zwei Uhr morgens auftauchte, um nichts weiter zu tun, als für eine Minute auf das Tor zu steigen.

Er huschte hinüber, stieg auf den Griff, zog sich am Rahmen hoch und stellte sich hin.

Das zusammengeknüllte Papier mit dem USB-Stick in seiner Faust brannte wie Feuer. Werfen war nie seine Stärke gewesen, und er hatte nur diesen einen einzigen Versuch. Der Rahmen des Tores erschien auf einmal sehr schmal unter seinen Füßen. Bis zum Oberdeck hinter der Plane waren es vielleicht fünfzehn Meter. Das musste zu schaffen sein.

Ein Geräusch hinter ihm ließ ihn herumfahren und die Balance verlieren. Einen Augenblick stand er mit rudernden

Armen auf dem Torrahmen, bevor er es schaffte, sich zusammenzukauern und festzuhalten, bis er wieder zu Atem kam.

Sein Herz klopfte bis zum Hals. Hier oben war er kaum zu übersehen. Und er würde sich bestimmt nicht damit rausreden können, nur einen kleinen Abendspaziergang zu machen.

Etwas löste sich aus dem Schatten des Hauses, in dem er sich selbst kurz zuvor verborgen hatte.

Nicholas hockte regungslos. Jetzt bloß keine Aufmerksamkeit auf sich lenken. Vielleicht wurde er übersehen. Vielleicht …

Die Gestalt war kleiner als ein Mensch und bewegte sich rasch auf allen Vieren. Vor Erleichterung lachte Nicholas auf. Ein Waschbär. Es war nur ein Waschbär.

Los, Nick, sprach er sich selbst Mut zu. Fünfzehn Meter. Du kriegst das hin. Er richtete sich wieder auf.

Das Papier in seiner Hand war feucht von Schweiß. Umso mehr würde es aussehen wie zufällig vergessener Müll. Nicholas versuchte sich selbst davon zu überzeugen, dass niemand das Deck putzen würde, bis er das nächste Mal das Schiff betrat. Los jetzt. Ein Versuch. Ein einziger Versuch.

Er nahm Maß und schleuderte den Inhalt seiner Faust in die Nacht.

Das Wurfgeschoss flog auf das verhüllte Schiff zu, zu flach, prallte mit leisem Plopp ab – und landete mitten auf dem Holzsteg vor dem Schiff.

Scheiße!

Er verlor das Gleichgewicht. Als er auf dem Pflaster vor dem Tor aufkam und sich abrollte, schickte er einen stillen Dank an Darriell, der ihm in endlosen Stunden das Fallen beigebracht hatte.

Das Papier auf dem Steg leuchtete im Dunkeln, als würde es angestrahlt. Es ging nicht anders, er musste da rein und das verfluchte Ding zurückholen. Je schneller er das hinter sich brachte, desto eher konnte er verschwinden. Rasch sah er sich noch einmal um und zog sich ein zweites Mal an der Gittertür nach oben. Ein Sprung nach unten, zwei Schritte auf den Steg … Auf den Parkplatz am Ende des Piers rollte ein unbeleuchtetes Auto. Leise zwar, aber der Motor war in der Stille der Nacht dennoch deutlich zu hören.

Und jetzt?

Zurück konnte er nicht, denn jeder, der sich näherte, würde ihn entdecken. Mit hämmerndem Herzen sah Nicholas sich um. Hinter ihm erhob sich das Schiff, vor ihm der Zaun, auf dessen anderer Seite der Weg, auf dem sich jetzt Schritte weicher Sohlen näherten. Vielleicht konnte er unter die Plane des Schiffes schlüpfen? Aber was, wenn die Leute, die dort hinten kamen, einen Schlüssel zum Tor hatten?

Es gab nur eine einzige Möglichkeit, sich in Sicherheit zu bringen, und die war nass, kalt und dunkel. Er bückte sich blitzschnell, um den eingewickelten USB-Stick aufzuheben, doch in seiner Panik griff er im Dunklen daneben. Das Papierknäuel rutschte in eine Ritze zwischen zwei Bohlen und bewegte sich dann weder vorwärts noch rückwärts. Verflucht!

Die Schritte auf dem Weg kamen näher, ihm blieben höchstens noch fünf Sekunden, bis sie ihn entdeckten. Verzweifelt rüttelte Nicholas an dem eingeklemmten Beweismaterial.

Erst im allerletzten Augenblick glitt er, so leise es ging, vom Steg hinunter ins Wasser, in den schmalen Spalt zwischen Schiff und Mole, und schwamm unter Wasser in Richtung Meer. In dem Steg hinter ihm klemmte noch immer Zacs Spionageprogramm.

NICHOLAS

Der Brief kam am nächsten Morgen. Zusammen mit einer Rechnung vom Stromversorger und ein paar Werbeblättern war er in der Post, ohne Briefmarke. Als Anschrift stand lediglich in Blockbuchstaben da: NICHOLAS HANSEN – PERSÖNLICH. Jemand musste den Umschlag direkt in den Kasten geworfen haben. Jemand musste am Pförtner vorbei in ihre Straße gelangt sein.

Nicholas riss den Brief auf, während er zurück in die Küche ging.

Ein ausgedrucktes Foto von Elin beim Ticketverkauf. Sie trug dasselbe hellblaue T-Shirt, das sie gestern angehabt hatte. Hinter dem Bild war noch ein Blatt Papier.

SEI VORSICHTIG.
WIR BEOBACHTEN DICH.
UND WIR WISSEN, WO DEINE FREUNDE WOHNEN.

Nicholas starrte das Papier an.

Weg hier.

Rennen.

Fliehen.

Seine Beine wollten laufen, die Hände ballten sich wieder und wieder zu Fäusten. Nicht das. Nicht Elin, nicht Zac. Er presste sich eine Faust vor den Mund, um nicht zu schreien.

Der Brief segelte zu Boden.

»Ist was Spannendes dabei?«, rief Papa aus der Küche. Es klang wie aus weiter Ferne, aus einem anderen Leben.

Nicholas lehnte sich an die Wand. Scheiße. Scheiße, scheiße. Und jetzt? Was für ein Albtraum.

»Nick?«

Er versuchte zu antworten, aber sein Mund war zu trocken. »Geht so«, brachte er schließlich krächzend hervor.

Wie in Trance hob er das Papier auf, steckte es zusammengefaltet in die Hosentasche und ging langsam zurück in die Wohnküche zurück.

»Alles okay?« Papa blickte nur kurz auf.

Nicholas machte den Kühlschrank auf. »Klar.« Seine Stimme klang fast normal.

»Lügner.«

Überrascht drehte Nicholas sich um. Seit wann merkte sein Vater, wenn etwas nicht in Ordnung war?

»Dich bedrückt doch was.«

Ach, nur das eine oder andere. Ihm war nach Heulen zumute. Laut und lange. Aber er würde Papa ganz gewiss nicht auch noch mit seinen Ängsten belasten, wo der sowieso nicht klarkam. Wenn er wüsste, was Nicholas tat, würde er sich bloß noch mehr Sorgen machen. Das Haus! Das Haus war die perfekte Erklärung für seine miese Stimmung.

»Es ist nur der Brief von Mom«, sagte er entschlossen. »Hast du schon mit der Bank gesprochen?«

Sein Vater betrachtete ihn prüfend.

»Hast du?«

»Die Sache mit dem Haus ist –«

»Sag's nicht.« Die eisige Lähmung in seinem Inneren wurde von heißer Wut beiseitegeschoben, die unvermittelt hochkochte. … *nicht so einfach*, hatte Papa sagen wollen, was auf *überhaupt nicht möglich* hinauslief. Garantiert. Musste er echt alles, alles selbst machen? Musste er die ganze beschissene Welt im Alleingang retten und dann auch noch sein Zuhause? *Wir wissen, wo deine Freunde wohnen.* Nicholas stieß einen frustrierten Laut aus und schob die Terrassentür auf.

»Würdest du mir einen Moment zuhören, bitte?«

Tief durchatmen. »Was ist da noch zuzuhören?«

»Ich hatte nicht vor, es dir überhaupt zu sagen«, sagte Papa leise.

Nicholas lachte höhnisch. »Ja, zaubert sich von allein weg, das Problem.«

»Cathy und ich versuchen eine Lösung zu finden.«

»Hat in den letzten Jahren ja immer super geklappt, eure Lösungsfindung.« Er knallte das Fliegengitter zu und ging laufen.

ELIN

Elin betrachtete sich in Jennifers großem Spiegel. Das neue, kurze Sommerkleid sah ungewohnt aus, aber nicht schlecht. Die Haare hatte sie offen gelassen und sich die Augen und Lippen leicht geschminkt. Es wurde Zeit für deutlichere Maßnahmen. Und mit Nick in der Mall bummeln zu gehen war schließlich fast so etwas wie ein offizielles Date, selbst wenn Zachary dabei war.

»Bist du soweit?« Zachary linste um die Ecke. Seine Augen weiteten sich anerkennend. »Wow. Du siehst toll aus.«

»Danke.«

Nachdenklich ruhte sein Blick auf ihr. »Willst du das Kleid wirklich anziehen?«

»Du hast eben gesagt, es sieht toll aus.«

»Das ist das Problem.«

Wieso sollte das ein Problem sein? Sie fühlte sich großartig in dem Kleid! Verständnislos schüttelte sie den Kopf.

Er lächelte schief. »Nick kann eh schon nicht klar denken, wenn du dabei bist, und im Moment wäre es ziemlich cool, wenn er das zur Abwechslung mal täte.«

»Du meinst, ich soll in Lumpen rumlaufen, damit er seine Hormone unter Kontrolle kriegt? Ich denk nicht dran. Da muss er dann wohl durch.«

Und ich auch, dachte sie, als Nicholas Zac und sie abholte. Was hatte er nur an sich, das sie so irritierte? Schatten lagen um seine Augen und er wirkte nervös und abgelenkt. Aber auch er trug nicht sein übliches T-Shirt, sondern ein weißes Hemd.

»Zum Kämmen hat‘s wohl nicht mehr gereicht?«, fragte Zachary grinsend.

Nicholas schnitt eine verunglückte Grimasse. »Hatte noch was anderes zu tun.« Unruhig fuhr er sich mit der Hand durchs Haar.

Zachary schüttelte den Kopf. »Das üben wir noch, oder? Das Hemd ist schon nicht schlecht, aber, mal ehrlich … *Jeans?*«

»Ist egal.« Nick zuckte abgelenkt mit den Schultern und schaltete dann ein Lächeln an. »Ich bin Künstler. Ich darf das.« Er verzog die Lippen. »Außerdem sind sie schwarz.«

Bisher war er ihrem Blick ausgewichen und als er sich ihr endlich zuwandte, machte Elins Herz einen unkontrollierten Hopser. Nicholas sah an ihr hinunter und wieder hoch, den Mund leicht geöffnet. Dann wurde sein Lächeln wärmer und echter. »Hi.«

Zachary neben ihr grinste. »Ich hab’s gesagt.«

Falls Nick mitbekam, worum es ging, ließ er es sich nicht anmerken. Trotz des Lächelns schien er mit seinen Gedanken woanders.

Zac öffnete ihr galant die Beifahrertür und setzte sich selbst auf die Rückbank. Nicholas schwieg während der Autofahrt, und ab und zu blickte er grimmig in den Rückspiegel.

Elin drehte sich zu Zac um, der auf der Rückbank saß. Er zuckte die Achseln.

»Was ist eigentlich los?«, platzte Elin heraus, und am liebsten hätte sie noch hinterher gesetzt: »Wieso bist du so blass? Was ist passiert?«

»Nichts.« Unvermittelt zog Nick den Wagen von der ganz linken Spur quer über den Freeway nach rechts und auf die Ausfahrt.

»Whoa!«, brüllte Zac von hinten. »Ich wollte noch länger leben!«

»Ich auch«, knurrte Nicholas. »Das kannst du glauben.«

Kurz darauf fuhren sie auf einen riesigen Parkplatz, nicht ohne dass Nicholas sich vorher alle drei Sekunden umgesehen hätte.

»Also, was war das eben?«, fragte Zachary beim Aussteigen.

»Was schon?« Nick lachte humorlos. »Das Übliche.« Er knallte die Autotür so heftig zu, dass Zac gequält das Gesicht verzog und den Kotflügel tätschelte, als müsse er den armen Wagen trösten.

»Der Porsche?«, fragte Elin, auf ein Nein hoffend.

»Der Porsche. Aber ich hab ihn an der Ausfahrt abgehängt.«

Während sie über den glühend heißen Parkplatz gingen, erwischte Elin Nick immer wieder dabei, wie er sie unverwandt ansah. Schließlich blieb er stehen. »Ich werde Clayton anrufen. Ich mach das nicht. Es geht nicht.«

»Wie, du machst es nicht?« Zachary war schon den ganzen Morgen über begierig gewesen zu hören, wie Nicks

Stunt am Hafen ausgegangen war. Zu gern würde er sein kleines Meisterstück auf die Schiffscomputer loslassen.

»Ich mach es nicht.« Nick zog die Schultern hoch und legte die Arme um den Oberkörper, wie um sich zu schützen. »Ich werde einfach genau das tun, wofür ich eingestellt worden bin: Die besten Fotos der Welt, und nach einer Woche fahre ich wieder nach Hause und schicke Bewerbungen fürs Kunstcollege raus. Ich brauche die *Times* nicht.«

Zac sah frustriert aus. »Du meinst, mein Baby darf nicht an die Rechner?«

»Nope.«

»Und wieso nicht?«

Nicks Gesichtsausdruck war sorgfältig neutral. »Das mit dem USB-Stick hat nicht geklappt.«

Ohne weitere Erklärungen ging er ihnen voran in Richtung Mall. Obwohl er alles andere als glücklich aussah, stellte Elin fest, dass ihr ein Felsbrocken vom Herzen fiel. Er gab auf! Er war sicher! Sicherer zumindest. Leichten Schrittes folgte sie ihm.

Als Zachary das Wort ›Shopping Mall‹ erwähnt hatte, war vor Elins innerem Auge ein gigantischer fensterloser Häuserblock aufgetaucht wie eins der Einkaufszentren, an denen sie auf dem Heimweg immer wieder vorbeifuhren, doch was sie hier erwartete, war ganz anders. Die Mall wirkte viel eher, als hätte man eine Fußgängerzone mit der Kulisse eines gemütlichen Mittelmeerstädtchens gekreuzt. Über ihnen strahlte der blaue Himmel. Sie liefen durch von vertrockneten Palmen gesäumte Torbögen. Ein kleiner Laden reihte sich an den anderen, immer wieder erklang aus einem davon Musik. In der Mitte des Weges war etwas, das aussah wie ein Wasserbecken, doch es war kein Wasser darin. Alles war peinlich sauber.

Zac verschwand in einem Computerladen, Nick und sie blieben davor stehen.

»Schön hier«, sagte sie.

»Ja.« Nick hatte sich ein wenig entspannt und lächelte auf sie herunter. »Freut mich, dass es dir gefällt.« Er holte tief Luft, als wenn er noch etwas sagen wollte, wandte sich dann aber ab und bohrte die Hände in die Hosentaschen. Über den Platz wehte leise Reggae-Musik.

Nicht einmal mehr drei Wochen, dachte Elin. Sie berührte ihn am Oberarm. »Nick?«

Zachary kam gut gelaunt zu ihnen zurück. »Ratet mal, was ich gekauft habe!«

Elin hatte noch nicht den Mund aufgemacht, als er schon weitersprach: »Eine nigelnagelneue 32GB SD-Karte.«

»Und?«, fragte sie gleichzeitig mit Nick. Er lächelte.

»Wie, und?«

»Wozu?«, wollte Nick wissen.

»Hab ich das nicht gesagt?« Jetzt war es an Zachary, verständnislos auszusehen.

»Nein.«

»Für deine Kamera. Nachdem du gestern Nacht geschrieben hast, dass du das mit dem USB-Stick vermasselt hast, brauchen wir ja ein anderes Transportmittel, oder?«

Nick schluckte. »Der Plan ist tot, Zac.«

»Und ich hab dir gerade eine Wiederbelebungsmaßnahme präsentiert.«

Nick wandte sich wieder ab. Er sah elend aus.

Ein kleiner Junge rannte kreischend hinter einem Luftballon her, der vor ihnen durch die Luft wirbelte. Nick streckte sich nach dem Ballon und gab ihn dem Jungen.

Zachary ließ sich so leicht nicht beirren. »Nicholas Hansen. Willst du echt nicht wissen, was da abgeht? Ist es dir auf einmal egal?«

»Hat einer Lust auf eine Cola? Oder wir könnten zu *Häagen-Dazs* reingehen.«

Zac öffnete den Mund, aber Nicholas wollte das Thema so eindeutig vom Tisch haben, dass er Elin fast leid tat. Sie warf Zachary einen strafenden Blick zu und hakte sich bei Nick ein. *»Häagen-Dazs.«* Plötzlich war es ganz einfach, so nah bei ihm zu sein.

Sie waren noch keine fünf Schritte gegangen, als Nick seufzte. »Na, großartig.«

Ein Mädchen kam ihnen entgegen.

Zachary stöhnte. »Kann man mit dir irgendwo hingehen, ohne dass –«

Nick schnitt ihm eine dieser freudlosen Grimassen. »Nö.« Er ließ Elins Arm los und ging auf das Mädchen zu. »Sylvie.«

»Nicholas! Das Leben ist voller Überraschungen.« Beim Näherkommen sah Elin, dass das Mädchen älter war, als sie erst gedacht hatte.

»Ich wohne hier in der Nähe. Zac, Elin – das ist Sylvie, meine … na ja, meine Chefin eigentlich nicht, oder?«

Die junge Frau lächelte. »Doch, so würde ich das nennen.«

Jetzt grinste Nick. »Sylvie – meine Freunde, Elin und Zachary. Genießt du auch einen freien Tag?«

Wieder einmal bewunderte Elin die Fähigkeit ihrer amerikanischen Freunde, sofort in den Small-Talk-Modus zu schalten.

Schließlich lächelte Sylvie wieder und deutete mit dem Kopf hinter sich. »Ich bin mit meinem Dad verabredet. Er will mir endlich seine Freundin vorstellen. Ich geh mal besser, er mag keine Unpünktlichkeit.« Sie zwinkerte Nick zu und wandte sich zum Gehen.

Nick hob zum Gruß die Hand. Seine Laune war deutlich besser als zuvor, was Elin einen hässlichen, kleinen Eifersuchtsstich ins Herz gab. Auf eine ganz andere Art als Meaghan war diese Sylvie mindestens ebenso hübsch. Und Nick lachte und witzelte mit ihr herum.

»Vorsicht!« Zac zog sie zur Seite und wich einer Gruppe lachender Teenager aus, die ihnen entgegen kam. Auf einmal wirkte er alarmiert. »Oh, oh. Lass uns da hinten nochmal gucken. Los, kommt. Ich hab was vergessen.«

Nicholas hob die rechte Augenbraue. »Und du sagst, ich wäre verplant?«

»Komm jetzt«, sagte Zac, inzwischen mit leichter Panik in der Stimme. »Na, los!«

»Zac, was …« Nick blieb plötzlich stehen und griff nach Elins Arm. Von einem Moment auf den anderen war er unter der Sonnenbräune blass geworden. Seine Augen glühten fast in dem bleichen, reglosen Gesicht.

»Nicholas, komm.« Zac versuchte seinen Freund zu sich umzudrehen.

Doch der antwortete nicht, sondern ging mit seltsam eckigen Schritten den Weg entlang auf einen silberhaarigen Mann zu, der Elin vage bekannt vorkam. Das Mädchen, mit dem sie vorher gesprochen hatten, war bei ihm, zusammen mit einer dunkelblonden Frau.

Der Mann breitete die Hände aus wie ein Showmaster, der einen besonders wertvollen Gast begrüßt. »Na, das ist ja eine nette Überraschung!« Jetzt fiel Elin ein, wer er war: Mr Richardson, Nicholas' Chef. Sie hatte bei ihrer Recherche massenhaft Fotos von ihm gesehen.

Nick starrte allerdings bloß die Frau neben Richardson an. Sie mochte Anfang 40 sein, hatte ein perfekt natürlich geschminktes Gesicht mit hohen, bogenförmigen Augenbrauen und lange Haare. Ihr zarter Körper war in enge schwarze Hosen und eine beigefarbene Strickjacke gekleidet, die elegant einen Babybauch umspielte. Sie hob leicht die Hände wie zu einer Umarmung, ließ sie dann aber wieder sinken, als Nick sich nicht rührte. Er stand da, als wäre er aus der Zeit gefallen. Reglos. Ratlos. Elin griff nach seiner Hand und drückte sie. Er gab den Druck zurück, kniff kurz die Augen zusammen und schaltete dann ein nichtssagendes Lächeln an.

»Meine Liebste«, sagte Joe Richardson, »darf ich vorstellen: Nicholas Hansen, der begnadetste Nachwuchsfotograf, den das Land je gesehen hat. Und das, Nicholas, ist meine entzückende Lebensgefährtin Doktor Cathy Brown. Und unser Kind, kaum zu übersehen. Ich freue mich, dass ihr euch endlich kennenlernt, es war nämlich Cathys Idee, einem Nachwuchskünstler eine Chance zu geben.«

»Wir kennen uns«, sagte Nicholas tonlos. Sein Lächeln sah so schrecklich fehl am Platz aus, dass es Elin das Herz zusammenzog.

»Ach, das ist ja gleich noch ein großartiger Zufall«, sagte Joe Richardson. »Die Welt ist so klein! Woher kennt ihr euch?«

Die Hände der Frau zitterten. Ihr Mund verzog sich zu einem Zahnpastawerbelächeln, Nicks gar nicht unähnlich. »Wir haben beide mal in der Beach Road gewohnt. Das ist diese wunderbare, niedliche Straße unten in Dana Point, direkt am Meer.« Das Lächeln der Frau bröckelte. »Was für ein netter Zufall. Wie geht es denn deinem Vater, Nicholas?«

Nick presste Elins Finger zusammen, dass es wehtat, aber sie sagte nichts. Seine Augen verengten sich zu schmalen Schlitzen. »Gut, danke. Er hat gerade eine große Sache für *Netflix* laufen. Und bei dir? Wann ist es denn so weit?« Mit einer mechanisch wirkenden Geste deutete er auf ihren Bauch.

Joes Freundin sah zu Nick auf. »In drei Monaten.«

»Na, dann alles Gute.« Er wandte sich zum Gehen und zog Elin mit sich. Zachary ging rechts hinter Nick, als wäre er sein persönlicher Bodyguard.

»Nicholas! Nick!«, rief die Frau.

Nick hielt an und schloss die Augen.

»Warte! Bitte …«

Langsam drehte er sich um. »Was?«

Die Frau kam auf sie zu, fast schüchtern. »Ich dachte, du freust dich, wenn … Können wir vielleicht mal reden?«

»Warum?«

»Nicky, bitte. Ich weiß, dass viel passiert ist.«

Er schüttelte müde den Kopf. »Nicky gibt es nicht mehr. Das ist lange vorbei.«

NICHOLAS

Immer wieder spürte Nicholas Elins fragenden Blick auf sich. Zachary wusste, was los war und dass es klüger war, nicht daran zu rühren. Elin dagegen dachte so laut über das Zusammentreffen eben nach, dass er es beinahe hören konnte. Mehr als einmal öffnete sie den Mund, um zu fragen, und mehr als einmal hinderte Zac sie wortlos daran. Nicholas war dankbar dafür. Am Ende würde er noch vor ihr losheulen oder so. Nein, besser er beließ es dabei, ihr keine Erklärung zu geben. Nicht jetzt. Nicht, wenn ihm noch mindestens eine Woche auf dem Schiff bevorstand. Mit *Joe*. Nicht, wenn er morgens nach dem Aufstehen Drohbriefe fand. Er konnte zusammenbrechen, wenn das alles vorbei war, allein, hinter verschlossener Tür. Jetzt würde er sich beherrschen. Aber vielleicht sollte er Zac und Elin von dem Drohbrief erzählen. Es betraf sie ebenso wie ihn, und wenn er das verschwieg, war er nicht besser als sein Vater, der meinte, die Sache mit Mom und dem Haus klären zu können, ohne mit ihm darüber zu reden.

Mom. *Ich dachte, du freust dich*. Worüber? Dass sie ihn zufällig in der Mall treffen würde, hatte sie kaum vorher wissen können. Sie konnte nur den Scheißjob meinen, der ihn zermürbte, noch bevor er richtig angefangen hatte. Es kostete ihn Mühe, den Kopf nicht gegen die nächste Scheibe zu schlagen. Zac hatte recht gehabt. Sie hatte ihm den Job besorgt. Er hatte den nicht etwa deswegen bekommen, weil er gut war.

Antriebslos ließ er sich von Zachary zu *Häagen-Dasz* schleifen, dankbar, dass sein Freund Normalität vorgaukelte. Er lachte über Zacharys bemühte Witze. Er machte sogar selbst Witze. Er funktionierte.

Earnests Geburtstag fiel ihm erst wieder ein, als sie auf dem Weg zum Auto waren und Zachary eine Textnachricht von Jennifer bekam, ob Zac mit Elin und Nicholas schon dort sei. Nicholas warf Zac den Autoschlüssel zu und stieg hinten ein. Meine Güte, warum schrottete ihn das Zusammentreffen mit seiner Mutter so? Wahrscheinlich war es einfach alles zusammen, das ihm langsam über den Kopf wuchs. Zeit, die Notbremse zu ziehen. Er musste Clayton nicht mal absagen, er brauchte sich nur einfach nie bei ihm zu melden. Alles ganz einfach.

Nicholas legte den Kopf an die kühle Fensterscheibe. Dass etwas einfach war, tat ihm zwischendurch ganz gut. Wenn er Earnests Geburtstag vergaß, bedeutete das, dass er sehr dringend ein wenig Einfachheit brauchte. Seit er sich erinnern konnte, gehörten Earnests Geburtstage zum Leben in der Beach Road dazu wie der Strand und das Meer. Jedes Jahr lud Earnest Nachbarn und Freunde und Freunde von Nachbarn und Freunden ein, um mit ihnen zu feiern. Es wurde gegessen und getrunken, gelacht und Musik gemacht. In der Dämmerung entzündete Earnest ein Lagerfeuer und erleuchtete den Strand mit Fackeln. Es war eins der Highlights des Jahres. Wenn die Dinge normal waren und die Welt nicht auseinanderbrach.

Als Nicholas, Zac und Elin ankamen, war es fast dunkel und das Fest schon in vollem Gange. Papa spielte zum ersten Mal seit Jahren wieder Saxophon. Earnest zupfte dazu auf der Gitarre und Bernie aus dem Haus nebenan trommelte. Dorothy steckte mit einer Frau die Köpfe zusammen, die Nicholas nicht kannte und die sich ihm als Susannah vorstellte. Ben und seine dauerbekifften Surferfreunde hockten am Wasser, und mindestens dreißig andere Nachbarn und Freunde wiegten sich auf der Terrasse zur Musik oder bedienten sich an dem reichhaltigen Buffet. Fast war die Atmosphäre entspannt genug, um auch Nicholas zu beruhigen. Aber wer wusste schon, ob unter all den Leuten jemand war, der ihn, Elin oder Zac beschattete. Der heimlich Fotos machte und Drohbriefe verschickte und garantiert noch zu ganz anderen Sachen in der Lage war.

Jennifer und Paul waren mit Vincent gekommen. Vince schnappte sich eine weitere Trommel und setzte sich neben die Musiker. Alle waren so gut gelaunt. Alle außer ihm.

Jennifer blickte forschend zu ihm herüber. Bevor er lange darüber nachdachte und es sich anders überlegte, holte Nicholas tief Luft und ging zu ihr hinüber. »Kann ich dich kurz sprechen?«

»Sicher. Was ist? Magst du auch eins?« Jennifer bot ihm ein blumenförmiges Stück Ananas auf einem Holzspieß an.

Hier waren so viele Leute. Nicholas wollte niemandem die Stimmung verderben. »Allein?«

Endlich verstand Jennifer. Gemeinsam gingen sie ins Haus. Im Wohnzimmer war es angenehm kühl. Der Raum war mit Dekoration überladen, aber ordentlich wie immer, jedes von Dorothys Porzellanhündchen fein säuberlich abgestaubt. »Also, was ist los?«, fragte Jennifer.

Nicholas schluckte. All die entsetzliche Angst, Wut und Traurigkeit, die sich seit dem Nachmittag in seinem Inneren angesammelt hatten, drängten mit Macht an die Oberfläche und schnürten ihm die Kehle zu. »Warum hast du mir wirklich von dem Job erzählt? Obwohl du Joe gar nicht magst?«

»Nick …«

»Bitte, Jen.«

»Wie kommst du da jetzt drauf?«

Sie wollte es nicht sagen. Dabei wäre eine ehrliche Antwort so einfach gewesen. Es stimmte also. Er verdankte den Job seiner Mutter. Es drängte ihn danach, die Porzellan-Dekohündchen an die Wand zu werfen, eins nach dem anderen. »Und ich Blödmann dachte ernsthaft, die hätten mich genommen, weil ich gut bin.« Seine Stimme zitterte verräterisch. Scheiße.

»Aber du bist gut.«

»Klar.« Nicholas drehte sich um und stapfte zurück auf die Terrasse. Gab es außer Elin irgendeinen Menschen auf diesem beschissenen Planeten, der ihn in letzter Zeit nicht betrogen hatte? Er presste die Fingerspitzen auf die Augen. Rennen. Am besten wäre es, er würde nochmal laufen gehen. Sehr schnell und sehr weit. Weg von hier, bevor er durchdrehte.

Jemand zog ihn am Arm. Reflexartig zuckte er zurück.

Es war Tammy. »Was ist denn los mit dir? Na los, komm. Tanzen.«

»Nee.«

»Wenn ich mit dir hätte tanzen wollen, wäre ich jetzt echt beleidigt, weißt du das? Nicht mit mir, Dummbatz. Mit ihr.« Sie deutete mit dem Kopf auf Elin, die wie verzaubert neben Zachary am Strand stand und der Musik lauschte. »Ich glaube, du würdest ihr eine Freude machen.« Es kostete Tammy sichtlich Überwindung, den letzten Satz hinzuzufügen.

»Klar, warum nicht.« Er lächelte, dass ihm das Gesicht wehtat. Er würde mit Elin tanzen, und er würde Elin küssen. Er brauchte nur noch ein paar Minuten, bis er wieder auf der Höhe war. Alles um ihn herum war immer noch so seltsam surreal. Als hätte sein Gehirn beschlossen, nicht nur den Schmerz auszublenden, sondern gleich das restliche Leben mit. Ob Papa es merkte, wenn er zu Ben rüberging, ganz kurz nur? Ben hatte garantiert irgendwelches Zeug, das ihn vergessen ließ. Danach würde er umso besser tanzen.

Sein Blick fiel auf die Bar neben dem Buffet, hinter der zwei vornehm gekleidete Männer gekonnt Getränke mischten. Vergiss Ben, dachte er. Es gab andere Möglichkeiten, sich gepflegt die Lichter auszuschießen.

Das Saxophon hörte auf zu spielen, als er zur Bar ging. »Du bist erst siebzehn, Sohn!«, sagte sein Vater grinsend. »Mach keinen Unsinn!«

Nicholas brauchte eine Weile, bis er die Ironie verstand. Er hatte bisher nie großes Interesse an Alkohol gehabt. Seit er aufgehört hatte, mit Ben abzuhängen, machte sein Vater sich im Gegensatz zu anderen Eltern eher Sorgen, dass sein Sohn zu wenig Spaß hatte im Leben.

»Ach komm, Thomas, sei kein Spielverderber.« Earnests Bart zitterte amüsiert in seinen Mundwinkeln. »Unser Nicholas ist ein guter Junge. Der raucht nicht, der macht nichts mit Drogen und der trinkt doch sonst auch nix. Nun lass ihm den Spaß. Wir haben das in dem Alter auch gemacht.« Er zwinkerte Nicholas' Vater zu.

Der seufzte, gespielt ergeben. »Wenn du meinst.« Das Saxophon stimmte wieder in die Musik mit ein.

»Was soll es sein, der Herr?« Die Barkeeper wirkten, als wären sie direkt einem altmodischen Film entsprungen.

Nicholas studierte die Karte. »Sex on the Beach. Das passt doch.« Er merkte selbst, dass sein Lachen zu laut war.

Das erste Glas goss er in einem Zug hinunter. Fast unmittelbar danach breitete sich eine wohlige Wärme in ihm aus. Der Schmerz in seinem Inneren kreischte nicht mehr ganz so laut und mit Elin zu tanzen, fühlte sich schon beinah machbar an. »Noch einen. Doppelt.«

Das Saxophon seines Vaters sang.

Der Rhythmus der Trommel dazu pulste durch die Nacht.

Zachary, Tammy, Elin und ein paar andere bewegten sich jetzt am Strand zur Musik. Im Hintergrund rauschte das Meer. Nicholas lehnte an dem Felsen, der Earnests Grundstück von ihrem trennte. Er sah nur Elin. Elin tanzte. Das Mondlicht spiegelte sich in ihren Haaren, und ihr Gesicht wurde vom Fackelschein erleuchtet. Weiße Zähne blitzten, als sie über etwas lachte, das Tammy ihr ins Ohr flüsterte. Sie bewegte sich schneller zur Musik und die Haare flogen um ihren Kopf.

Sein Inneres war ruhig geworden. Ganz warm. Hin und wieder sah sie zu ihm herüber, wie zufällig. Dann lächelte er ihr zu.

»Noch einen?« Der Barkeeper kam mit einem Tablett herum und versorgte die Gäste. Nicholas hatte nicht mitgezählt, wie oft er sich schon bedient hatte. Viermal, fünfmal? Oder öfter? »Klar, wieso nicht?«

Alles war in Ordnung. Die Musik füllte seinen Kopf aus. Es war gut, Elin beim Tanzen zuzusehen. Wie ihr Kleid um sie herum wirbelte! Wäre ein cooles Foto. Er hatte ihr etwas erklären wollen, aber er konnte sich nicht daran erinnern, was es war. Die Gedanken in seinem Kopf waren so undeutlich.

Jetzt wurde die Musik ganz langsam. Elin drehte sich um sich selbst und hob die Arme zum Himmel. Sie wiegte sich im Takt. Sie sah ihn an. Vielleicht konnte er doch mit ihr tanzen. Ein bisschen nur. Er wollte zu ihr gehen. Er musste einfach zu ihr gehen und sie in den Arm nehmen, aber etwas stimmte mit seinen Beinen nicht. Elins Umrisse zerfaserten. Der Boden war irgendwie nicht fest. Besser, er blieb, wo er war.

Die Musik veränderte sich, nur noch die Gitarre und die Trommel waren zu hören. Das Saxophon hatte aufgehört zu spielen. Er drehte mühsam den Kopf, um zu sehen, was los war. Aus weiter Entfernung nahm er wahr, dass Jennifer mit seinem Vater sprach und in seine Richtung deutete. Sein Vater fluchte.

Er hörte Wortfetzen. »Besser nach Hause«. »Morgen«. Dann war Elin weg und Zachary auch. Nicholas versuchte die Hand nach ihnen auszustrecken. Sie sollten nicht weggehen. Vor allem Elin nicht.

Sein Vater tauchte neben ihm auf. Wütend. »Hab ich dir das so vorgemacht?«, zischte er. »Hat irgendwer dir beigebracht, dass man sich sinnlos volllaufen lässt, sobald sich die Gelegenheit bietet?«

Das Gesicht seines Vaters schwamm aus seinem Blickfeld. Jemand griff ihn am Arm. Es fiel ihm wieder ein. Er musste auch seinem Vater etwas sagen. Seine Stimme gehorchte ihm nicht.

»Hoch mit dir jetzt. Los, hilf mal ein bisschen mit.«

Er versuchte Papa anzusehen. Immer wieder schwamm sein Gesicht weg.

»Schwngr«, flüsterte er. »Sieisschwanger.« Dann erbrach er sich auf Earnests Terrasse.

NICHOLAS

Wieso lag er auf dem Sofa und nicht in seinem Bett? Und wieso stach das Licht so? Nicholas' Kopf dröhnte. Das Wohnzimmer drehte sich um ihn. Scheiße, war ihm übel. Wasser. Er brauchte Wasser und eine Dusche.

»Na, ausgeschlafen?« Sein Vater stand an der Saftpresse und drückte ihm gleich darauf ein Glas Wasser mit Zitrone in die Hand. »Hier. Trink das. Und dann nimm dir einen Eimer und geh die Sauerei draußen wegmachen.«

Gierig stürzte Nicholas den Saft hinunter. Er versuchte ein entschuldigendes Grinsen. »Mir ging's gestern nicht so gut.«

»Das hab ich gemerkt.« Wieso sah sein Vater ihn so seltsam an? Ja, er hatte sich betrunken. Ein verfluchtes Mal im Leben. Na und? Da war er nun wirklich nicht der Erste oder Einzige, der das tat. Er holte sich den Putzeimer. Sollte Papa doch gucken, wie er wollte.

Die Terrasse zu putzen war nicht so schlimm, wie er gedacht hatte. »Hab gestern schon Wasser drüber gekippt«, gestand Earnest ihm schmunzelnd. Nicholas nickte ihm dankbar zu. Brutal hell war die Sonne heute morgen. Trotzdem blieb er länger draußen, als nötig gewesen wäre. Doch ewig konnte er seinem Vater nicht aus dem Weg gehen.

Er fühlte Papas Blick auf sich, als er Cornflakes in eine Schale kippte. Er spürte ihn im Rücken, als er den Löffel aus der Schublade holte. Und er sah ihn, als er sich hinsetzte. Etwas sehr Weiches und Besorgtes lag im Blick seines Vaters.

Schließlich hielt Nicholas es nicht länger aus. »Was ist?«, fragte er gereizt. »Was siehst du mich den ganzen Morgen schon so komisch an? Mann, ja, ich hab was getrunken. So what? Geht jetzt davon die Welt unter, oder was?«

»Erinnerst du dich daran, was du mir gestern erzählt hast?«

Nicholas sah auf seine Cornflakes. »Es ist alles ein bisschen verschwommen.«

»Du erinnerst dich an gar nichts?«

Er versuchte die verworrenen Bruchstücke des Abends zusammenzusetzen. »Da waren viele Leute. Ihr habt Musik gemacht. Ziemlich coole Musik. Und Elin … ein paar haben getanzt.«

»Ach, Kleiner.« Sein Vater hatte immer noch diesen Ausdruck im Gesicht. Er drehte den Salzstreuer auf dem Tisch so, dass das Etikett in die gleiche Richtung zeigte wie das des Pfefferstreuers. Dann sah er auf. »Wer ist schwanger, Nick? Wenn du Hilfe brauchst, dann lösen wir das.«

Nicholas' Löffel fiel in die Cornflakes. Er starrte seinen Vater verständnislos an.

»Ich weiß, dass wir uns gestern gestritten haben, aber irgendwie hätte ich trotzdem gedacht, dass du genug Vertrauen hast, um mir so etwas auch nüchtern zu erzählen«, fuhr sein Vater fort. »Ich hatte eigentlich nicht geplant, mit sechsundvierzig Großvater zu werden, aber wir kriegen das schon hin.«

»Papa! NEIN!«

»Nicht?« Die Erleichterung stand seinem Vater ins Gesicht geschrieben. »Was hat dich dann gestern so aus der Bahn geworfen?«

Alles, was der Alkohol so gnädig betäubt hatte, schlug wieder über ihm zusammen. Das verfluchte Schiff. Der Drohbrief. Und Nicholas wusste auch wieder, was er seinem Vater jetzt noch einmal nüchtern sagen musste. »Ich hab Mom gestern getroffen«, sagte er leise. »Sie ist schwanger.«

Sein Vater starrte ihn an. Eine ganzer Schwall an Gefühlen spiegelte sich innerhalb kürzester Zeit auf seinem Gesicht: Traurigkeit, Schmerz, Sehnsucht, Fassungslosigkeit, aber auch etwas wie Schadenfreude und Erleichterung.

Dann passierte etwas, womit Nicholas in seinen kühnsten Träumen nicht gerechnet hätte: Sein Vater lachte. Er lachte, dass es ihn schüttelte. »Cathy …«, Lachtränen liefen ihm die Wangen hinunter. »Cathy ist …« Er prustete und schlug Nicholas auf die Schulter. »Schwanger!« Er hielt sich den Bauch und japste. Seine Stimme überschlug sich fast vor Lachen. »Von wem?«

»Joe. Meinem Chef.«

Papas ganzer Körper bebte. Er konnte überhaupt nicht wieder aufhören zu lachen. »Joe!«, quietschte er. »Ausgerechnet Cathy!«

Nicholas begriff nicht, was sein Vater daran so komisch fand, aber er musste auf einmal auch lachen. Sobald sie wieder ein bisschen zu Atem gekommen waren, kicherte sein

Vater erneut los. »Auf die Unabhängigkeit!«, johlte er und wischte sich die Lachtränen aus den Augen. Dann zeigte er mit seinem Kaffeelöffel auf Nicholas. »Das, mein Kleiner, ist wirklich kein Grund, dem armen Earnest die Terrasse vollzukotzen.«

»Wahrscheinlich nicht.« Nicholas schüttete nochmal Cornflakes in die Schüssel. Alles andere schon, dachte er. Aber damit würde er allein klarkommen.

ELIN

»Kannst du schon wieder Autofahren?«

Nick guckte ein bisschen zerknittert. »Ich bin mit dem Rad da.«

Elin betrachtete ihn genauer. Der gestrige Abend hatte kaum Spuren hinterlassen. Nick wirkte nicht mal verkatert, sondern klarer als den ganzen gestrigen Nachmittag über. Welcher Orkan auch immer in ihm getobt hatte, er schien gebannt zu sein. »Tut mir leid wegen gestern«, murmelte er.

»Och.« Zachary grinste. »Du warst sehr niedlich.«

Elin musste kichern.

»So schlimm war's nicht, oder?«, fragte Nick unsicher.

»Total zerstört warst du!«

»Hab ich Blödsinn erzählt?«

»Lass mal nachdenken.« Zac überlegte genüsslich.

»Weißt du es noch, Elin? Aaalso … du hast uns gestanden, dass du jede Nacht von Stephanies Zitroneneis träumst. Und dann hast du nackt auf dem großen Felsen getanzt und anschließend …«

Sie warf ihm ein Kissen an den Kopf.

Nicholas schaute keinen von ihnen an. »Ich weiß echt nicht mehr viel. Mir ging's nicht gut.«

Zac schien bereit, seinen Freund noch ein bisschen zappeln zu lassen, aber Elin fand, dass es Zeit wurde, ihn zu erlösen. »Du hast überhaupt gar nichts Blödes gesagt oder gemacht. Du hast einfach nur da gestanden.« Und auch noch verdammt gut ausgesehen dabei. Und du hast mich die ganze Zeit angeguckt.

»Jep«, sagte Zac. »Du warst sehr dekorativ da an deinem Felsen. Willst du drüber reden?«

»Nein.«

Während der Vormittag verging, merkte Elin, dass der Sturm in Nicholas' Augen zurückkehrte, doch er versuchte, es sich nicht anmerken zu lassen. Er balgte mit Vincent, ärgerte die Katzen und machte mit Jennifer zusammen Pizza. Tammy und Zac spielten auf dem Sofa Computer.

Nach dem Mittagessen saßen alle auf der Terrasse. »Das war eine echt gute Pizza«, sagte Zachary zufrieden. »Danke. Jetzt ein Mittagsschläfchen.«

Seine Mutter lachte. »Jetzt, mein Lieber, kannst du die Spülmaschine einräumen. Und du auch, Vincent. Nick hat gekocht, der braucht nicht. Und Elin und Tammy sind Gäste.«

Tammy stand auf, streckte sich und küsste Zachary auf den Mund. »Ich helfe mit.« Ohne viel Begeisterung folgte Zac ihr nach drinnen.

Nick grinste sie an. Lange Wimpern, die trotzdem so gar nichts Mädchenhaftes hatten, die Haare, die ihm ungekämmt in die Stirn fielen. Und die Augen. Mein Gott, diese Augen. »Sieht so aus, als wären wir übrig, Klettermädchen.«

»Sieht so aus.«

»Hast du Lust auf einen Ausflug?«

»Kommt drauf an, wohin.«

»Du wirst es da mögen.« Ohne auf ihre Antwort zu warten, rief er ins Haus: »Jen, kann ich für zwei Stunden dein Auto haben?«

Zachary betrat die Terrasse, als Jennifer aus der Küche antwortete: »Kein Problem! Ich brauche es erst heute Abend!«

Zac war hinter Nicholas stehen geblieben. Seine Stimme klang gepresst. »Die Klippe, oder?«

Nick wandte sich zu seinem Freund um und nickte langsam. »Ja.« Es war eine Herausforderung.

Was passierte da zwischen den beiden? Was wollte Nick ihr zeigen, das Zachary irgendwie nicht recht war?

Zac warf einen Blick in Richtung Haus und flüsterte: »Alter, ich bin irgendwie für sie verantwortlich, oder?«

»Zac. Das ist wichtig für mich. Gestern …«

»Ich war dabei.«

»Dann weißt du, dass –«

»Ich weiß, dass das irgendwann mal ein Ende haben muss. Du kannst nicht jedes Mal, wenn –«

»Zac. Bitte.«

»Ich find's nicht gut.«

Nick stieß gereizt Luft aus. »Dann sag's doch deiner Mama«, zischte er. »Ich bringe sie in einem Stück wieder, okay?«

Konnten die beiden vielleicht mal aufhören, in Rätseln über ihren Kopf hinweg zu reden, als wäre sie nicht da? Sie war keine hilflose Dreijährige! Sie konnte immer noch selbst entscheiden, wann sie mit wem wohin ging. Elin erhob sich ebenfalls und stellte sich neben Nicholas. Obwohl sie ihn nicht berührte, spürte sie überdeutlich, dass er da war, ganz nah. »Zac«, sagte sie, »ich pass schon auf mich auf. Es ist total lieb, dass du dir solche Sorgen machst, aber es ist nicht nötig. Ehrlich. Ich kann selbst entscheiden, wenn mir mal jemand mitteilen würde, worum es eigentlich geht.«

»Nur ein Ausflug zu meiner Lieblingsbucht«, sagte Nick.

Zachary gab einen abfälligen kleinen Laut von sich. »Gott, ja, du bist so unschuldig. Weißt du, was er da vorhat, Elin?«

Nein. Aber jetzt wollte sie es wissen.

Eine Weile sagte keiner von ihnen etwas. Zac sah Nicholas an und schüttelte wieder den Kopf wie der Vater eines trotzigen Kleinkindes. »Macht doch, was ihr wollt«, knurrte er dann. »Aber dass mir nachher keiner heult.«

Das Kribbeln in ihrem Bauch hörte nicht auf, als sie neben Nick im Auto saß. Falls er das auch merkte, ließ er nichts davon erkennen. Nur einmal sah er sie aus dem Augenwinkel an. Dann blickte er wieder auf die Straße.

»Scheiße!«, zischte er plötzlich. »Jetzt reicht's echt.«

»Was?«

»Halt dich fest.« Er ließ den Motor von Jennifers altem Van aufheulen und jagte ihn über eine große Kreuzung. Die Gegenrichtung der Straße war durch Bäume und Büsche abgetrennt, ab und zu unterbrochen durch Einfahrten in Nebenstraßen.

Nicholas warf einen Blick in den Rückspiegel. »Komm schon, komm schon, komm schon«, knurrte er. »Na los!«

Elin drehte sich um und versuchte den roten Porsche zu entdecken.

Nicholas ließ das Auto langsamer werden und sah konzentriert in den Rückspiegel. Dann gab er Gas, raste viel zu schnell die Straße entlang, trat ruckartig auf die Bremse und schlug das Lenkrad ein. Das Heck des Wagens schleuderte herum, und sie schossen auf die Gegenfahrbahn. Elin kreischte auf. »Bist du irre?«

Nick lachte triumphierend auf und boxte gegen das Lenkrad. »Die wären wir los.«

Elins Atem beruhigte sich erst allmählich. »Der Porsche? Ich hab ihn nicht gesehen.«

Nick bog in eine Nebenstraße ein. »Dieselben Typen, anderes Auto.«

Den Rest des Weges fuhren sie schweigend. Ihr Herzschlag normalisierte sich, doch Nick schaute immer wieder in den Rückspiegel, bis er aufatmend den Van auf einen staubigen Parkplatz rollen ließ.

»Hier ist es.« Er drehte sich lächelnd zu ihr um. Seine Hand hob sich, als wollte er ihr Gesicht berühren, dann wandte er sich abrupt zur Tür und stieg aus. »Den Pfad da lang«, sagte er sachlich. »Ist nicht weit.«

Von wegen nicht weit!

Seit bestimmt zehn Minuten stapfte sie jetzt durch diese Einöde. Bei jedem Schritt wirbelten ihre Füße Staub auf. Ihre Beine waren schon ganz grau. Kein bisschen Schatten gab es auf dem Pfad. Ein paar niedrige Büsche, ab und zu eine harte kleine Wüstenblume, sonst nichts außer Sonne und Staub und dem Meeresrauschen aus der Ferne. Nick hatte wieder die Hände in die Hosentaschen gestopft und schwieg. Von Zeit zu Zeit huschte sein Blick zu ihr rüber. Sie hätte gern etwas gesagt, um die Stille zu durchbrechen, aber sie hatte das Gefühl, dass ihre Worte einfach an ihm abprallen würden. Still trottete sie neben ihm her. Merkte er nicht, dass die Magie zwischen ihnen gerade zu verdampfen drohte?

Sie hatte Durst, ihr T-Shirt klebte am Rücken, und allmählich bereute sie, dass sie mitgegangen war. Sie hatte sich das Ganze irgendwie romantischer vorgestellt als gefühlte hundert Jahre durch die Hitze zu stapfen.

Endlich drehte er sich zu ihr um. »Wir sind gleich da.«

Der staubige Pfad bog scharf nach links ab, während auf der rechten Seite eine steile Holztreppe zum Meer hinunter führte. Sie blieb stehen, um den Blick in sich aufzunehmen. Weit unter ihr lag tiefblau der Pazifik. Vereinzelte weiße Punkte: Wellenkämme, Möwen, Boote. »Es riecht nach Meer«, sagte sie.

Er lächelte traurig, die Hände immer noch in den Hosentaschen. »Ja.«

Sie war sich fast unheimlich seiner Nähe bewusst. »Die Insel da draußen sieht ganz nah aus, als könnte man rüber schwimmen.«

Jetzt lachte er. »Da schwimmt man aber ziemlich lange. Das ist Catalina. Man kann dort super schnorcheln und Kajak fahren. Und campen. Es gibt ein paar Buchten, wo man nur mit dem Boot hinkommt. Total einsam. Wenn du willst, fahren wir mal hin.« Er mied ihren Blick.

Sie schauten aufs Meer hinaus. Hielten sorgfältig ein paar Zentimeter Abstand voneinander. Die Luft zwischen ihnen knisterte so sehr, dass Elin glaubte nicht mehr atmen zu können. Merkte er das nicht? Sie hätte gern seine Hand berührt, aber dazu hätte er sie aus den Taschen holen müssen. Oder sollte sie ihn einfach küssen, so ein bisschen nur, auf die Wange? So, wie sie ihre kleine Schwester küsste? So einen kleinen Freundschaftskuss müsste die kalifornische Elin doch hinkriegen!

»Kennst du *Die Insel der blauen Delfine*? Das ist ne wahre Geschichte. Die spielt da draußen. Oder auf einer von den Nachbarinseln.«

Wieso wurde sie das Gefühl nicht los, dass er nur redete, um nicht sagen zu müssen, warum sie wirklich hier waren? »War es das, was du mir zeigen wolltest? Den Blick hier?«

»Nein.« Jetzt sah er ihr direkt in die Augen. Ohne Lächeln.

Sie merkte, wie ihr Atem schneller ging.

Er streifte das T-Shirt ab, ohne sie aus den Augen zu lassen, und öffnete seinen Gürtel. Oh mein Gott. Der wollte doch nicht jetzt und hier …? *Nick ist kein guter Umgang für Mädchen.* Neinneinnein. So ging das nicht! *Weißt du, was er da vorhat?* Wieso waren hier keine Leute? Konnte jetzt mal jemand kommen und stören? Ging niemand mit seinem Hund spazieren? Wie hypnotisiert starrte sie seinen sehnigen Oberkörper an, seine Hände, die die Knöpfe seiner Jeans öffneten.

Nicholas schien nicht zu merken, dass sie vor ihm stand wie ein Kaninchen vor der Schlange. Er schaute sie nur immer noch mit diesem seltsamen Blick an. Dabei zog er die Jeans aus, sachlich, wie in der Umkleidekabine.

»Ähm.« Sie räusperte sich. »Was soll das hier werden?«

Er reichte ihr seine Kleider. »Kannst du das mal eben halten?«

»Was?!«

»Kannst du die Sachen nehmen? Vorsicht, in der Hosentasche ist der Autoschlüssel.«

»Klar«, krächzte sie.

Jetzt war es an ihm, verwirrt zu sein. »Was ist los mit dir?«

Sie lachte. »Das ist zu peinlich.«

»Was?«

»Na ja«, sie stammelte ein paar zusammenhanglose Worte, und es dauerte etwas, bis er verstand. Als er es tat, trat er fluchend gegen eine Zaunlatte, dass das Holz ächzte, und starrte dann lange auf den Horizont. Doch plötzlich lachte er auch, ein bisschen wackelig, ein bisschen zu laut. »Herrje, was hat Zac dir erzählt?«

Elin war sich ziemlich sicher, dass er das ganz genau wusste. Sie öffnete den Mund, um das zu sagen, doch er war schneller.

Seine Augen blitzten boshaft, als er sagte: »Für das, was du denkst, gibt's hier viel zu viele Klapperschlangen. Nein, ich will dir was zeigen. Und wenn du Lust hast, machst du mit.«

»Okay. Um was geht es?«

»Hat was mit Klettern zu tun.«

Sie sollte die Treppe zum Strand hinuntergehen und dort auf ihn warten, hatte er gesagt. Er würde den direkten Weg nehmen. Was das hieß, war nicht schwierig zu erraten.

Doch mit jeder Stufe, die sie hinunterstieg, kam ihr sein Vorhaben wahnwitziger vor. Das Gestein war schroff und zerklüftet und die Felswand ragte inzwischen bedrohlich hoch auf, während unter ihr riesige Wellen gegen den Stein donnerten.

Am Ende der Treppe war eine winzige Bucht mit weichem, weißem Sandstrand, gleich daneben erhob sich die Felswand. Gischt durchnässte ihr T-Shirt, während sie mit den Blicken die Klippe absuchte.

Da oben! Bestimmt zehn Meter oder noch mehr über ihr klammerte Nicholas sich fest. Neben ihr krachte die Brandung an den Stein. *Weißt du, was er da vorhat?*

Der Typ war eindeutig wahnsinnig!

Er schaute zu ihr runter, direkt in ihre Augen, das konnte sie sogar aus der Entfernung erkennen. Sie merkte kaum, dass die nächste Welle auf das Ufer zurollte und sich gleich darauf mit Tausenden von Tröpfchen über sie hermachte. Nicholas oben am Fels lachte, als er es sah, vergnügt wie ein kleiner Junge. Dann sprang er. Segelte mit ausgebreiteten Armen durch die Luft, rollte sich zusammen, streckte sich dann wieder wie ein Kunstspringer und verschwand mit den Füßen zuerst im Wasser.

Neben Elin leckten die Wellen hungrig am Gestein.

Sie wartete unendliche Sekunden, die sich dehnten und zu Minuten wurden.

Wo war Nick? Warum kam er nicht wieder hoch?

Zac hat gewusst, dass er das macht, sagte sie sich. Das bedeutet, dass er es schon öfter getan hat. Und das wiederum bedeutet, dass er gleich auftauchen wird. Alles wird gut. Aber warum dauerte das so furchtbar lange? Wie lange konnte ein Mensch überhaupt unter Wasser bleiben? Eine Minute? Zwei? Sie presste seine Kleider an ihren Körper, als könne sie ihn damit festhalten. Trotz der sengenden Sonne war ihr auf einmal kalt.

CLAYTON

Clayton Williams saß einigermaßen gemütlich im Schatten in einem schäbigen Strandcafé gegenüber des Eingangs zur Beach Road, gut verborgen hinter einem Kübel mit einer vertrockneten Palme. Er hatte sein Laptop aufgeklappt und versuchte an dem Text über das Projekt SORAYA weiterzuschreiben. Doch seine Hauptaufmerksamkeit galt nicht dem Text, sondern dem Gittertor, das die kleine Privatstraße vom Pacific Coast Highway trennte. Irgendwann musste der Junge doch nach Hause kommen.

Clayton las noch einmal die Textnachricht, die Nicholas ihm geschrieben hatte. Zwei Wörter nur. *Bin raus.*

Verflucht.

Er musste mit dem Jungen reden. Zumindest rausfinden, was ihn zu diesem Rückzieher bewogen hatte.

Treffen?, tippte er. *Selbe Stelle?*

Auf dem Schotterparkplatz des Cafés parkte ein silbergrauer Buick. Im Stundenabstand kam einer der beiden Insassen herein und kaufte Kaffee. Clayton lachte leise in sich hinein. Auffälliger ging es ja wohl kaum. Soweit er wusste, hatte ihn selbst keiner der beiden hinter seiner Palme wahrgenommen. Er war bloß ein Gast, ein Freischaffender, wie es hier viele gab. Ab und zu gönnte er sich mit Hilfe eines kleinen Spiegels einen Blick auf den Parkplatz. Die Männer im Buick starrten unablässig auf das Tor, als könnten sie es durch bloße Willenskraft dazu bringen, sich zu öffnen und Nicholas Hansen durchzulassen.

Wie gut, dass er selbst nur einfach warten musste, bis der Junge nach Hause kam, um ihm dann am Strand einen Besuch abzustatten.

ELIN

Als Nick auftauchte, hatte er ein seliges Grinsen im Gesicht. Er watete durch die Wellen zu ihr ans Ufer und schüttelte sich wie ein junger Hund. Wassertröpfchen sprühten in der Sonne und glitzerten auf seinem Körper. Seine Augen leuchteten, und sein Atem ging schwer.

»Du bist echt durchgeknallt«, sagte sie anerkennend, als er neben ihr stand.

Er grinste. »Willst du auch?«

»Ich bin doch nicht lebensmüde!«

»Du verpasst was.«

»Ich will nicht, dass Jennifer und Paul mich in Einzelteilen nach Deutschland zurückschicken müssen.«

»Wäre schade.«

»Wegen Jennifer und Paul?« Sie blitzte ihn an.

»Ja, die Armen haben eh schon so viel zu tun.«

»Blödmann.« Sie reichte ihm seine Kleider.

»Guck weg, ja?«

Wie süß. »Glaubst du, ich hab noch nie einen nackten Typen gesehen?«

»Ich will dich nicht mit meiner Schönheit blenden.« Er schaute sich nach einer geschützten Stelle in der kleinen Bucht um. Es stimmte also, die Amis waren prüde, was das anging. Sie ging ein paar Meter von ihm weg und setzte sich dann mit ausgestreckten Beinen in den Sand. Genüsslich legte sie den Kopf in den Nacken und ließ ihr Gesicht von der Sonne wärmen. Kurz darauf ließ Nick sich neben sie fallen, wieder in Jeans und T-Shirt. Die Haare, noch feucht vom Salzwasser, fielen ihm in die Stirn. In den Wimpern des linken Auges hing ein Wassertropfen. Er wischte ihn mit dem Handrücken weg und legte dann den Arm wieder um die angezogenen Knie.

Eine Weile schwiegen sie beide, ein ruhiges, friedliches Schweigen, in dem keine Worte nötig waren.

»Machst du das öfter?«, fragte sie dann.

Auf einmal sah er ernst aus, und sehr jung. »Ich komme hierher, wenn ich Angst habe. Dann spring ich runter und … überlebe. Und dann ist irgendwie alles nicht mehr so schlimm.« Er lachte rau auf. »Hat wahrscheinlich was mit Adrenalin zu tun.«

»Und Zac weiß, dass du das machst?«

»Er ist der einzige, der es weiß.«

»Und ich.«

»Ja.«

Sie wusste nicht, was sie sagen sollte. »Warum ich?«, fragte sie schließlich.

Er antwortete nicht.

»Nick. Warum hast du mir das gezeigt?«

»Du weißt, warum.«

Ich glaube, ja, dachte sie, und das Herzklopfen schnürte ihre Kehle zu. Aber ich will, dass du es sagst. »Und in den letzten Tagen hattest du Angst?«

»Hmm.« Es klang, als wollte der Laut eigentlich nicht ausgesprochen werden. »Ich hab verdammte Angst, dass ich was entdecke, was ich eigentlich gar nicht wissen will. Ich hab Angst, dass wir uns mit was angelegt haben, was zu groß für uns ist und dass irgendwas ganz Schlimmes passiert. Ich hab Angst, dass Leute Verbrecher sind, denen ich vertraue. Vertrauen will.« Er fuhr sich mit den Fingern durchs Haar und fasste dann in den Sand zwischen ihnen. »Ich hab Angst um dich.« Der letzte Satz war so leise, dass sie sich nicht sicher war, ob er ihn wirklich gesagt hatte.

Sie beobachtete seine Hände, die den warmen Sand durch die Finger rieseln ließen. Immer wieder. Greifen. Rieseln. Der Sand fing an, sich zu einem kleinen Kegel aufzutürmen. Nicholas betrachtete sein Werk, hochkonzentriert. Greifen. Rieseln. Er sah sie nicht an, als er flüsterte: »Pass bloß auf dich auf.«

Sie hätte ihn gern geküsst. Bevor sie zurück nach Deutschland flog, würde sie es tun. Sie wollte wissen, wie sich diese Lippen anfühlten. Aber jetzt war nicht der richtige Zeitpunkt dafür. Sie tastete nach seiner Hand. »Das generelle Aufpassen, oder ist was Bestimmtes passiert?«

Als sie sich berührten, verschränkte er seine Finger mit ihren. »Ich habe einen komischen Brief bekommen. Wir wissen, wo deine Freunde wohnen. Mit einem Bild von dir.«

»Oh.«

»Ja.«

Es müsste sich schlimmer anfühlen. Sie müsste Angst haben. Aber sie konnte nur wenig davon in sich finden, als ließe die neue Nähe zwischen ihnen das nicht zu, als wäre es unmöglich, Angst zu haben mit seiner Hand in ihrer, so vertraut, als gehörte sie dort selbstverständlich hin. »Ich halte die Augen offen.«

Als Antwort drückte er nur ihre Hand.

»Die Frau in der Mall, diese Doktor Brown. Was war mit der?« Sie wusste selbst nicht, wie sie plötzlich auf diese Frage kam.

Er zog die Hand weg. »Nicht so einfach«, sagte er knapp. »Gleich, okay?«

Er legte wieder die Arme um die Knie und sah aufs Meer. Immer wieder setzte er an, etwas zu sagen, und schwieg dann doch, die Kiefer aufeinander gepresst. Plötzlich sprang er abrupt auf und stapfte zur Wasserlinie. »Es ist vorbei!«, brüllte er den Ozean an. »Vergangenheit!« Er hob einen Stein auf und schleuderte ihn in die Wellen. »Und ihr Haus …« Noch ein Stein. Er lief ins Wasser. »Kann sie auch …« Den nächsten Stein warf er noch weiter hinaus als die anderen. »Behalten!«

Elin wäre gern woanders gewesen. Etwas an der rohen, nackten Wut, die er herausschrie, war so persönlich, dass es ihr unangenehm war, Zeuge davon zu werden. Nachdem Nicholas ein Dutzend Steine geworfen hatte, hörte er auf einmal auf damit. Schwer atmend wie nach einem Sprint stand er vorn übergebeugt da. Seine Jeans war bis über die Knie nass. Langsam richtete er sich auf und watete mit schweren Schritten zu ihr zurück, das Gesicht bleich. Fahrig strich er sich die Haare aus der Stirn.

Elin wusste nicht, was sie sagen sollte, wohin sie gucken,

was sie tun sollte. Sie wusste nicht, ob es sicher war, ihm entgegen zu gehen, ob er das wollte. Ob sie es wollte.

»Tut mir leid.« Er grinste schief. »Aber das musste raus.«

»Ist schon okay.« Sie setzte sich in den Schneidersitz und sah ihn abwartend an.

Er nahm neben ihr Platz. Mit Sicherheitsabstand. Als er anfing zu sprechen, geschah das ganz ruhig, beinahe gleichgültig. »Doktor Brown ist meine Mutter.«

Elin nickte, um zu zeigen, dass sie zuhörte. Das hatte sie vermutet.

»Sie hatte Krebs. Und dann hat sie beschlossen, dass es besser ist für sie und ihre Heilung« – es klang bitter – »wenn sie erst mal Pause von der Familie macht. Eine Weile. Sie fühlte sich eingesperrt.« Seine Stimme war immer noch seltsam flach. Er schnippte ein Stück Holz zur Seite, das neben ihm lag. »Ich war zwölf. Manchmal muss man Sachen tun, die anderen wehtun, hat sie gesagt. Und dass ich das später verstehen würde. Was für ein Scheiß. Jedenfalls haben wir dann alle viel geheult, und dann ist sie gegangen.«

»Und du hast nie wieder was von ihr gehört?«

Er lachte hart. »Ich hab die Briefe nicht aufgemacht.«

»Oh.«

Er zuckte die Schultern und biss auf seiner Unterlippe herum. Eine ganze Weile schaute er nur aufs Meer hinaus. Dann zeigte er mit einer vagen Handbewegung auf die Felsen, die sich neben ihnen erhoben, und sagte in gleichgültigem Ton: »Damals bin ich das erste Mal runtergesprungen. Hat nur nicht so geklappt, wie ich mir das gedacht hatte.«

NICHOLAS

Grottenpeinlich, dass Elin gesehen hatte, wie kaputt er wirklich war. Trotzdem war sie nicht zurückgeschreckt. Sie war bei ihm sitzen geblieben, und es hatte sich einfach nur gut und richtig angefühlt, ebenso, wie jetzt neben ihr zu sitzen und sinnfrei auf seinem Smartphone herumzuwischen, während sie las und Zachary am Laptop zu tun hatte. Es war auch klug gewesen, ihr von dem Drohbrief zu erzählen, und gar nicht so schwer wie gedacht.

»Ich habe noch eine Idee, wie du mein Programm auf deinen Luxusliner bringen kannst«, sagte Zac unvermittelt, als wären sie mitten im Gespräch darüber. Hatte er nicht klar und deutlich gesagt, dass er das bescheuerte Programm nicht anfassen würde?

Er seufzte. »Vergiss es.«

»Bitte, ich will so gern wissen, ob es funktioniert.«

»Das ist keins von deinen blöden Computerspielen, Zac. Das hier ist beschissener Ernst.« *Wir wissen, wo deine Freunde wohnen.*

»Hörst du dir meinen Vorschlag wenigstens an? Ich weiß, dass Spionage nicht ganz ohne ist –«

»Nicht ohne?«, unterbrach Nicholas ihn kopfschüttelnd. »Im echten Leben ist das kein bisschen romantisch, und

›Ich will wissen, ob das funktioniert‹ reicht nicht als Argument.«

»Du *musst* es ja nicht einsetzen. Aber falls du *willst*, könntest du dann. Falls du doch noch meinst, dass du die Welt retten musst oder so.«

Zac war irre. Das konnte im Leben nicht funktionieren.

»Die Idee ist gar nicht blöd«, meinte Elin genau in dem Augenblick, als Nicholas sagte: »Die Idee ist absolut hirnrissig.«

Sie sahen sich an. Nicholas grinste. »Hirnrissig.«

»Nein, es ist echt nicht blöd.«

»Natürlich nicht«, sagte Zac. »Es ist von mir.«

»Aber derart offensichtlich … das geht nicht.«

Elin nickte. »Doch! Gerade deswegen. Alle wissen, dass externe SD-Karten verboten sind. Niemand wird glauben, dass du so dreist sein könntest, irgendwas in deiner Kamera direkt an ihnen vorbeizutragen, geschweige denn ein Programm, um dich da in die Rechner zu hacken.«

»Vermutlich nicht«, gab Nicholas zu. Er hatte Zac und Elin nicht erzählt, dass der USB-Stick noch in dem Steg geklemmt hatte, als er ins Wasser geflohen war, im Mondlicht quasi leuchtend. Machte das Zacs Plan, das Programm auf der SD-Karte zu transportieren, sicherer oder noch wahnsinniger?

Andererseits: Was sollte schon passieren? In dem Augenblick, in dem er aufflog, würde Joe ihn feuern. Gehen Sie nicht über Los, ziehen Sie keine fünftausend Dollar ein. Aber solange er nicht erwischt wurde, war er mit Zacs Idee noch im Spiel und hatte eine Chance einzugreifen, wenn sich sein Verdacht bestätigte und Joe tatsächlich krumme Geschäfte drehte.

Er stand auf. »Ich überlege mir das, okay?«

Der Sturm, so häufig in letzter Zeit, war wieder stärker geworden. Staub und trockene Blätter flogen Nicholas ins Gesicht, doch er merkte es kaum. Die Golden Lantern Road fiel steil ab. Er bremste nicht, sondern ließ sich auf seinem Fahrrad einfach abwärts rollen, immer schneller, bis der Lenker in seinen Händen schlackerte und die Umgebung verwischte.

Als er zu Hause sein Telefon aus der Tasche zog, blinkte es. Ohne hinzusehen, wischte er über das Display.

Treffen?, hatte der Reporter geschrieben. *Selbe Stelle?*

Nicholas schloss die Haustür auf und schrieb dabei: *Okay. Bin zu Hause.*

Im Flur lag eine Notiz von seinem Vater, dass es spät werden würde. Nicholas war das ganz recht. Er legte sich aufs Sofa und sah zu, wie draußen die Dunkelheit dichter wurde. Sein letzter Abend an Land. Der Tag war nicht schlecht gewesen, mit Elin am Strand.

Ein Blick auf die Uhr sagte ihm, dass es Zeit wurde, sein Zeug zu packen und das Haus aufzuräumen. Kleines Geschenk für Papa. Er schaltete iHeart Radio ein und begann zu putzen.

Eben war er dabei, den Herd abzuwischen, als es am Fenster zur Terrasse klopfte. Er zuckte zusammen, obwohl er Clayton erwartete. Vermutlich wurde er ein bisschen paranoid. In der Nacht ließ sich nicht erkennen, wer dort wartete – aber jeder konnte von außen alles sehen, was hier drin stattfand. Wie hatte er so blöd sein und nicht wenigstens die Vorhänge zuziehen können? Er nahm das große Messer aus der Spüle und tat, als würde er es abtrocknen.

Die Terrassentür stand offen, nur durch das Fliegengitter geschützt. Der Jemand klopfte noch einmal. »Clayton?«, fragte Nicholas. Handtuch in der einen, Messer in der anderen Hand, ging er zur Tür.

»Ja, ich bin's.«

Er ließ das Fliegengitter aufschwingen und bat den Reporter herein. Der lächelte. »Was meintest du mit ›bin raus‹? Ich dachte, du wärst bereit für das große Abenteuer?«

Nicholas zuckte die Schultern und legte das Messer in die Schublade zurück. Er musste Clayton reinen Wein einschenken, was seinen Entschluss anging. »Ich werd's nicht machen«, sagte er. »Für euch spionieren, meine ich.«

»Warum auf einmal nicht?« Clayton war verblüfft – und ärgerlich. »Ich dachte, wir wären uns einig? Hätte ich gewusst, dass ich auf dich nicht zählen kann, hätte ich mir was anderes überlegt.«

»Es geht einfach nicht, es fühlt sich nicht richtig an.«

»Dann pass bloß auf, dass dein Gefühl dich da nicht trügt. Mein Angebot steht noch. Ich finde, es ist ein mehr als faires Angebot.«

Nicholas schüttelte den Kopf. »Ist es. Aber es geht nicht. Meine Freunde werden bedroht.«

Bis zu diesem Zeitpunkt war sich Nicholas nicht hundertprozentig sicher gewesen, ob er Clayton vertraute, doch der Gesichtsausdruck des Reporters war derartig geschockt, dass jetzt kein Zweifel mehr an seiner Aufrichtigkeit bestand. »Scheiße.«

»Das trifft's ganz gut.«

»Und du glaubst, dass es etwas ändert, wenn du mir absagst?«

»Es wäre zumindest einen Versuch wert.«

Clayton dachte nach. »Wenn du wirklich der Meinung bist, dass deine Freunde deswegen in Gefahr sind, weil du mit mir zu tun hast, solltest du mir nicht hier im stillen Kämmerlein absagen, sondern das der Welt kundtun.«

Nicholas versuchte ein Lächeln. »Ich werde nachher vor dem Haus laut mit meinem Freund deswegen telefonieren.«

»Das wäre eine Idee. Und falls du dich umentscheiden solltest …«

»Höchst unwahrscheinlich.« Solange Joe das gepimpte Klima nicht als Waffe verkaufte.

»Gehen wir trotzdem ein Stück am Strand entlang? Über dem Rauschen der Wellen kann uns niemand belauschen. Nur, damit du für den Fall der Fälle einen Plan B hast.«

NICHOLAS

Nicholas schlief schlecht in der nächsten Nacht. Seine Mutter und Joe, Joe und der General, Clayton, Elin – alle zischten sie durch seinen Kopf, während er in der Unlogik des Halbschlafes mit ihnen zu reden versuchte.

Übernächtigt kam er am nächsten Morgen in die Küche getaumelt.

»Morgen, Sohn.«

»Morgen, Papa.« Er streckte sich und gähnte. Erst dann bemerkte er, dass sein Vater nicht allein war. Großes Kino. Er hatte sich schon immer gewünscht, nur mit Schlafanzughose bekleidet und ungekämmt eine fremde Frau in der Küche vorzufinden, die in aller Seelenruhe mit seinem Vater Kaffee trank, Händchen hielt und ihn verliebt anschaute. »Äh.« Das Blut schoss Nicholas ins Gesicht.

Um Papas Mundwinkel zuckte es verdächtig. »Entschuldige, ich hätte dich vorwarnen sollen.«

»Das hättest du.« Er riss sich zusammen und reichte der Frau die Hand. »Hi, ich bin Nick. Schön, Sie kennenzulernen. Wenn auch etwas unerwartet.«

Ihr Lächeln war warm und freundlich. »Wir haben uns neulich Abend schon kurz gesehen. Ich bin Susannah.«

Ach ja. Der Abend, von dem er nicht mehr viel wusste. »Da habe ich bestimmt einen prima ersten Eindruck abgegeben«, murmelte er.

Sie lächelte immer noch.

»Fährst du mich nachher zum Hafen, Papa?«

»Hab ich doch versprochen.«

»Hattest du.« Nicht, dass das immer viel heißen würde. Er überließ die beiden Turteltauben sich selbst und ging nach draußen. In dem dürren Busch neben der Terrasse zwitscherte ein Kolibri.

Einmal noch die Füße ins Meer stecken, noch einmal am Strand sein, bevor er zurückkehrte in die Höhle des Löwen … Er machte sich nicht die Mühe, die Pyjamahose hochzukrempeln, sondern ging einfach ins Wasser und ließ es seine Unterschenkel umspülen.

Eine Gruppe Pelikane zog ihre langsame Bahn über ihn hinweg.

Die Wellen schwappten gleichmäßig ans Ufer.

Hinter der ersten Welle entdeckte er eine vertraute Rückenflosse mit einem kleinen gezackten Riss an der Seite. Seine Delfine waren gekommen. Er bildete sich ein, dass sie immer dann vorbeikamen, wenn er sie am nötigsten brauchte. Aber vielleicht fielen sie ihm auch nur dann besonders auf.

»Danke, Leute«, flüsterte er.

ELIN

Der Hafenplatz war voller Menschen. Dicht drängten sie sich, um einen Blick auf das sensationelle Schiff zu erhaschen, das vor ihren Augen mit Hilfe mehrerer Kräne enthüllt worden war. Fahrbereit sah es beeindruckend aus, ein bisschen wie eine Kreuzung zwischen Riesenwal und Raumschiff. Der Rumpf schimmerte in mattem Silbergrau und aus der Mitte des elegant geschwungenen Oberdecks ragten Baumwipfel. Obwohl Elin diese bereits gesehen hatte, konnte sie noch immer kaum glauben, dass im Inneren des Schiffes richtige Bäume wuchsen. Am Bug öffnete sich eine riesige Fensterfront zur Imitation eines Walmauls.

Elin stellte sich auf die Zehenspitzen, um besser sehen zu können. Monitore waren entlang der Mole aufgestellt worden, die direkt übertrugen, was vorn am Schiff geschah. Gerade wurde Nicks Chef, Joe Richardson, von einem Reporter interviewt. Mit ansteckendem Lächeln sprach er genau in die Kamera: »… nicht nur für die Zukunft unseres eigenen großartigen Landes, sondern zum Wohl der gesamten Menschheit. Eine neue Ära ist angebrochen, und ich fühle mich geehrt, dass Sie alle heute hier sind, um diese mit uns einzuläuten. Ich bitte jetzt um ganz herzlichen Applaus für meine phantastische Crew!«

Tosender Beifall erklang rings um Elin herum. Begeistert jubelten die Menschen dem ungewöhnlichen Schiff und seiner Besatzung zu. Zachary und Tammy hatten mit ihr zusammen Position bezogen und beobachteten das Geschehen. Irgendwo in der Menge standen auch Nicholas' Vater und Jennifer mit Vincent. Niemand hatte sich das Spektakel entgehen lassen wollen.

Während sie warteten, dass die *White Cloud One* auslief, zeigten die Monitore Detailbilder des futuristischen Schiffsrumpfes und der beeindruckenden Innenausstattung, immer wieder unterbrochen von Gute-Laune-Clips mit springenden Delfinen oder wogenden Palmen. Dazu erklang eine mitreißende Melodie.

»Trotz allem gigantisch schön, oder?«, sagte sie zu Zachary.

Er antwortete nicht.

Elin sah sich um. Er konnte nicht antworten, denn die Menge hatte ihn und Tammy ein paar Meter abgedrängt.

Direkt neben ihr befand sich stattdessen ein hochgewachsener junger Mann, dessen dunkle Haut in Kontrast zu seinem schneeweißen Hemd stand. Er hatte einen Fotoapparat mit einem riesigen Objektiv auf das Schiff gerichtet.

Offenbar dachte er, sie hätte mit ihm gesprochen, denn er blinzelte sie durch eine kleine Goldrandbrille an, die Kamera noch auf Augenhöhe. Er stimmte ihr zu: »Sie machen eine gute Show.«

»Ein Freund von mir fährt mit«, sagte sie.

Er betrachtete sie genauer. »Der Junge mit der Kamera.« Er nickte. Sie hatte bestätigt, was ihm bereits bekannt war.

Woher wusste er das? Ungebetene Eindrücke schoben sich vor die sonnige Szene am Hafen. Die quietschenden Autoreifen beim Abschütteln der Verfolger, die Unruhe in Nicholas‘ Stimme, als er gesagt hatte: »Ich habe Angst, dass das eine Nummer zu groß für uns ist.« Wer war der Mann? Am Ende einer der Typen, die hinter Nicholas her waren?

Der Mann neben ihr richtete das Objektiv wieder auf das Schiff. Elin wollte sich an ihm vorbeischieben, um zu Zachary und Tammy zu gelangen, als er plötzlich fragte: »Wie heißt du?«

Was ging ihn das an?

»Entschuldige bitte, ich hätte mich vorstellen sollen. Ich vermute, Nicholas hat von mir erzählt. Clayton Williams. Clay.« Das also war der Siebentausend-Dollar-Reporter. Er reichte ihr die Hand.

Zögernd erwiderte sie den Händedruck. »Okay, Clay. Sehr … nett. Ich geh rüber zu meinen Freunden.«

Er nickte. Aber bevor sie sich durch die Leute schieben konnte, holte er eine Visitenkarte aus der Hosentasche und gab sie ihr. *The New York Times* stand in altmodischen Lettern darauf, und oben rechts in der Ecke sein Name: *Clayton Williams, Reporter*. Er sah sie eindringlich und sehr ernst an. »Wenn du Hilfe brauchst, ruf mich an. Das hier ist meine Mobilnummer. Ich bin rund um die Uhr erreichbar.«

»Warum glauben Sie, dass ich Hilfe brauchen könnte?«

Sein Lächeln wirkte bemüht. »Nicholas hat da ein paar Andeutungen gemacht.« Er wandte sich wieder dem Geschehen im Hafen zu. »Wenn irgendwas ist, ruf an«, sagte er noch einmal.

NICHOLAS

Der einzige weiße Fleck, der das hölzerne Grau der Gangwaybretter unterbrach, war ein Möwenschiss. Kein Papier weit und breit, kein verdammter Fitzel. Und schon gar kein USB-Stick, der in das Papier gewickelt dort festklemmte.

Sie hatten das Scheißding gefunden.

Und er lief ihnen geradewegs in die Falle.

Der Schiffsrumpf ragte bedrohlich vor ihm auf, die Eingangsluke ein schwarzes Loch, hinter dem ein Fallbeil wartete. Einfach weiterzugehen wurde mit jedem Schritt schwieriger, doch natürlich geschah überhaupt nichts, als er aus dem gleißenden Sonnenlicht ins kühle Halbdunkel trat. Lediglich die üblichen, flughafenähnlichen Sicherheitskontrollen warteten in dem Vorraum.

Nicholas reihte sich als letzter der Crew hinter Ivan ein, legte seinen Rucksack und die Kamera in die Plastikkisten auf dem Rollband, zog mechanisch den Gürtel aus der Hose.

Eine Minute noch. Fünfzig Sekunden.

Fünfundvierzig Sekunden, dann würden die Kontrolllampen der Durchleuchtungsgeräte blinken und der Alarm durchs ganze Schiff schrillen, und alle würden ihn anstarren, und dann würden Sven und Adrian ihn rechts und links an den Oberarmen fassen, von Bord schleifen und windelweich schlagen. Oder den Cops übergeben. Wieviel Jahre bekam man wohl als Jugendlicher so für Industriespionage?

Vierzig Sekunden.

Seine Canon in der Kiste auf dem Rollband erschien ihm plötzlich wie eine rot pulsierende Bombe.

Ivan hatte die Hände nach oben gestreckt und ließ sich von Sven Morrisson abtasten, während er entspannt mit Nicholas plauderte. Hoffentlich lachte er an den richtigen Stellen. Er wischte sich die Hände an der Hose ab. Dreißig Sekunden, dann würde Zacs bescheuerte Idee ihn den Job kosten. Gekostet haben. Und hoffentlich nur den Job.

Zwanzig. Nicholas schluckte. Bisher war nichts passiert.

Ivan sagte irgendetwas zu Sven, beide lachten.

Zehn.

»So, Kleiner. Dann wollen wir mal.« Bestimmt bildete er sich nur ein, dass Sven ihn lauernd ansah. Bestimmt hatte er Ivan und alle anderen ganz genauso angeschaut.

»Kein Problem.«

»Was schmuggelst du heute?«

»Wie?«

Sven lachte. »Hast dich mächtig erschrocken, was?«

Nicholas' Grinsen misslang.

»Also, was ist es heute?«

»Nur Meth und ein bisschen Gras.« Wahnsinnig komisch, Mr Hansen. Preisverdächtig. Er hob die Arme und ließ sich abtasten.

»Na, dann ist es ja gut. Bist sauber.«

Nicholas nahm die Kamera aus der Kiste, als wäre es selbstverständlich, und griff nach seinem Smartphone.

Sven sah ihn mit schief gelegtem Kopf und hochgezogenen Augenbrauen an. »Haben wir eine Kleinigkeit vergessen?«

»Was?«

»Dein Telefon, bitte.«

Schweigend reichte er Sven das Smartphone. Drei Sekunden. Gleich würde der Wachmann die Hand nach der Kamera ausstrecken, und dann war's das.

Sven nahm das Telefon entgegen und nickte Nicholas zu. »Tut gar nicht weh, oder?«

Jetzt nicht zu offensichtlich erleichtert aussehen! »Ich find's immer noch daneben«, grummelte er. Die Anspannung in ihm wurde zu einem irren Lachen, das unbedingt nach draußen wollte. Als Sven noch sagte, die Teenies wären ja heutzutage alle handysüchtig, kicherte er unbeherrscht los.

Zacs bescheuerter Plan hatte funktioniert!

Er hatte das Programm direkt vor Svens Augen auf das Schiff gebracht. Selbst wenn er es niemals nutzen würde. Aber jetzt könnte er. Theoretisch.

In diesem Augenblick betrat Joe den Raum, sichtlich erfrischt von seinem Bad in der Menge. Er klatschte in die Hände und breitete dann die Arme aus. »Okay, Leute. Alle sind an Bord. Wir gehen an Deck und winken, bis wir aus dem Hafen raus sind, dann könnt ihr die Kabinen beziehen, und danach gibt es eine kleine Lagebesprechung und einen Empfang zum Kennenlernen.«

Elin war schon lange nicht mehr in der Menge auszumachen. Mit jedem bisschen, das die Leute am Hafen kleiner wurden, schrumpfte das Hochgefühl, das Nicholas nach der Kontrolle gehabt hatte, und die Einsamkeit in ihm wuchs. Um ihn herum herrschte Partystimmung. Er lächelte und winkte mit den anderen, bis er glaubte, die Gesichtsmuskeln würden ihm einfrieren und die Arme abfallen. Er war auf sich allein gestellt.

Im Gemeinschaftsraum war ein reichhaltiges Buffet angerichtet, aber Nicholas war zu nervös zum Essen.

Nicholas kannte solche Empfänge durch den Job seines Vaters, sie langweilten ihn, aber er hatte schon sehr früh gelernt, sich trotzdem entsprechend zu benehmen. Er lächelte und unterhielt sich hier und da über das tolle Schiff und die großartige Mission.

Ein älterer Mann, mit dem er am Pier zusammengestanden hatte, sprach ihn an. Jim Sonderberg stand auf seinem Namensschild. »Prachtschiff, oder, Jungchen?«

»Hm.«

Jim winkte eine Frau in seinem Alter herüber. »Karry. Meine Frau.« Die beiden sahen sich an, als wären sie frisch verliebt. Wie lange mochten sie zusammen sein? Fünfzig Jahre? Er konnte sich nicht vorstellen, jemals mit einem Mädchen so lange Zeit zu verbringen. Normalerweise reichte ihm eine Woche. Karry und Jim erzählten, dass sie sich als Freiwillige für die Mission gemeldet hatten. Zusammen mit den drei Mexikanerinnen namens Rosa, Elena und Yolanda kümmerten sie sich um Verpflegung und Sauberkeit auf dem Schiff. Außerdem waren noch vier Leute für die Technik an

Bord. Sie waren verschwunden, bevor er ein einziges Wort mit ihnen gewechselt hatte. Auch Captain Roberta Wilson und ihren Steuermann Kev Sullivan bekam er nur sehr kurz zu Gesicht.

Die Sicherheitskräfte kannte er bereits: Sven Morrison sowie den jüngeren, athletisch gebauten Adrian Gutierrez mit seinem militärisch kurzen Haar.

Nicholas schwirrte der Kopf von den vielen Namen. Mit Glück würde er sie am Ende der Woche draufhaben. Nett, dass sich jemand die Sache mit den Namensschildern ausgedacht hatte, aber vermutlich trug die ab morgen schon niemand mehr.

Joe gab durch nichts zu erkennen, dass sich zwischen ihnen etwas verändert hatte. Er ging von Grüppchen zu Grüppchen, hörte aufmerksam zu, erzählte intelligente Witze und lachte sein ansteckendes Löwenlachen. Nicholas schob die Bilder von Joe und seiner Mutter entschieden zur Seite, die sich in seine Gedanken drängelten. Wem auch immer er den Job zu verdanken hatte: Er war hier, um Fotos zu machen, und das würde er verdammt nochmal tun. Den Sektempfang konnte er gut als Aufwärmübung nutzen.

Zunächst positionierte er sich etwas abseits und sah den anderen nur zu. Mit Mühe gelang es ihm, die Szenen neutral zu betrachten, was für seine Arbeit unerlässlich war. Was für ein cooles Szenario: die ganz unterschiedlichen Menschen mit denselben T-Shirts in diesem supermodernen Raum! Er ließ die Kamera über Gesichter und Hände gleiten, erwischte Gelächter und angeregte Diskussionen, portraitierte Joe Richardson, der wie ein vom Volk verehrter Herrscher mit der Crew plauderte, und versuchte durch Panoramabilder und ausgesuchte Details die Großartigkeit dieses Schiffes einzufangen.

Abends lag er bäuchlings auf einem der Sitzsäcke im Gemeinschaftsraum, ein Notebook vor sich. *White Cloud Enterprises* hatte, hier genau wie an Land, an nichts gespart – selbst Zacharys Rechner hätten mit dem schlanken, schnellen Gerät nicht mithalten können, und das hieß schon was. Auch die Bildbearbeitungssoftware war vom Feinsten, super schnell und so bedienerfreundlich, dass er nicht lange brauchte, um sie zu verstehen.

Er sortierte die Bilder vom Nachmittag, löschte alles, was seinen Anforderungen nicht genügte und schob die Übrigen in die schiffseigene Cloud, Freigabe für Joe Richardson. Dann lag er eine ganze Weile bloß da, spürte das leise Schwanken des Schiffes unter sich und blickte ins Leere.

Nicholas Hansen an Elin Tién, 21.23h:
Hi Elin,
ich wäre jetzt sehr gern bei dir und
Löschen.

Nicholas Hansen an Elin Tién, 21.28h:
Hi Elin,
es ist eine doofe Idee, dir zu schreiben. Ich kann das auch nicht gut. Aber ich liege hier gerade an Deck und denke daran, wie wir neulich am Strand gesessen haben.
Löschen.

Nicholas Hansen an Elin Tién, 21.44h:
Hi Elin,
das ist die dritte Mail, die ich an dich anfange. Es nervt mich, dass ich hier bin und nichts tun kann außer den Ball flach zu halten und harmlos zu sein. Bitte, ich will keinen
Löschen.

Nicholas Hansen an Elin Tién, 21.49h:
Hi Elin,
wie ist es bei dir? Hast du nochmal Delfine gesehen, als du heute mit Paul gefahren bist?
Wir sind immer noch nicht an der Stelle, wo wir dann bleiben. Wir sind jetzt vor St Nicolas Island und fahren heute Nacht noch weiter nach Norden und aufs offene Meer. Der Sonnenuntergang war unglaublich. Ich glaube, dass dir das auch gefallen würde. Kannst ja Paul fragen, ob er mal zum Sonnenuntergang mit dir rausfährt.
Senden.

Aus reiner Gewohnheit griff er nach seiner Kamera, um sich die Bilder von Elin auf dem Katamaran anzusehen. Erst als das Display schwarz blieb, fiel ihm ein, dass er wie vor jedem neuen Auftrag die Speicherkarte leergeräumt hatte und selbst die Fotos von heute schon in der Cloud waren.

In seiner Kabine legte Nicholas Kamera und Notebook auf den Tisch und streifte das T-Shirt ab.

Als er es auf das Bett werfen wollte, sah er den Zettel. Auf seinem Kopfkissen. Dieses Mal waren zwei Fotos darauf. Elin und Zachary bei der Verabschiedung am Pier, daneben Elin und … Clayton. Scheiße.

AUF SCHIFFEN KANN VIEL PASSIEREN.
EBENSO WIE AN LAND.

NICHOLAS

Es war vielleicht nicht die schlimmste Nacht in seinem Leben, aber sie war nah dran. Nach der dämlichen, nichtssagenden Gute-Laune-Sonnenuntergangs-E-Mail hatte er noch eine geschrieben, eine kurze nur: *Pass auf dich auf. Bitte.*

Die Nacht hatte er damit verbracht, sich hin und herzudrehen, in der Kabine auf und ab zu laufen, den Schreibtisch mühsam mit einer Münze vom Boden abzuschrauben und vor die Tür zu schieben und schließlich doch erschöpft einzuschlafen, obwohl der Wind auffrischte und das Schiff stärker schwankte. Angst, Schlafmangel und hoher Seegang führten dazu, dass er am nächsten Morgen wieder einmal den Teller leer ließ.

Dem alten Jim Sonderberg entging es nicht. »Bist blass um die Nase, Jungchen. Iss was.«

Nicholas schüttelte den Kopf.

»Willst du nem alten Seemann widersprechen? Da drüben steht Zwieback. Nimm dir einen.«

Nicholas wurde allein bei dem Gedanken an Essen schon wieder schlecht. Aber er musste die Leute auf diesem Schiff kennenlernen, er musste wissen, wem er trauen konnte und wem nicht. Gehorsam an seinem Zwieback knabbernd setzte er sich wieder zu dem alten Mann. »Sind Sie so richtig zur See gefahren, Mr Sonderberg?«

»Jim.«

»Jim, ja. Danke.«

»Was heißt richtig? Ich habe meinen Teil der Welt gesehen, das kann man wohl sagen. Jetzt ist meine Karry dran, auch was zu erleben. Und das hier ist besser als jede Kreuzfahrt, oder?«

Oh ja, ganz großartig. Nicholas gab sich Mühe zu lächeln. Der alte Mann stellte mit Sicherheit keine Gefahr dar. Der war genauso blauäugig in die Sache reingeraten wie er selbst. Automatisch suchte sein Gehirn den richtigen Bildausschnitt, um das freundliche, runzlige Gesicht in Szene zu setzen. Zu blöd, dass ihm so speiübel war. »Gibt es irgendeinen Seemannstrick gegen die Übelkeit?«, fragte er.

»Außer Zwieback essen und den Horizont fixieren, meinst du?« Jim schmunzelte. »Es gibt eigentlich nur zwei Möglichkeiten: Entweder die Seekrankheit besiegt dich oder du besiegst sie.«

»Und wie besiege ich sie?«

»Iss Zwieback und guck auf den Horizont.«

Nicholas lachte. »Kann ich gleich ein paar Bilder von Ihnen machen? Und Sie verraten mir dabei, wie das mit dem Besiegen funktioniert?«

Jim streckte eine knorrige Hand aus und tippte Nicholas mit dem Zeigefinger gegen die Stirn. »Alles hier oben. Du *willst* hier auf dem Schiff sein, oder?«

Oh sicher, mehr als alles andere. Mist. »Ja.« Fünftausend Dollar.

»Dann *sei* hier.«

Der Horizont war nicht sichtbar, als Nicholas im Takt der Wellen zu seiner Kabine schwankte. Es versuchte es damit, das Ende des Flures in den Blick zu nehmen. *Du willst hier sein, oder?* Nein, verflucht. Er wollte am Festland sein und wieder bei Zac rumhängen, als wäre alles noch wie früher. Er wollte am Strand laufen gehen statt auf dem blöden Laufband im Fitnessraum, er wollte nicht verfolgt werden und keine Drohbriefe bekommen, und er wollte, dass das Schwanken unter ihm aufhörte. Elin hatte immer noch nicht auf seine E-Mails geantwortet.

Er warf sich auf sein Bett und starrte an die Decke. Fotos machen war die Aufgabe, für die er Geld bekam. Von Joe. Und von Clayton, wenn er sich traute. Darauf würde er sich konzentrieren. Sich leidtun konnte er nächste Woche noch.

Karry Sonderberg drückte ihm eine Tablette gegen Reisekrankheit in die Hand, als er zurück in den Gemeinschaftsraum kam. Jim zwinkerte ihm zu. Karrys Gesicht war genauso faltig wie das ihres Mannes. Nicholas schätzte die beiden auf weit über siebzig. Sie erzählten ihm ihre Geschichte ebenso entspannt, wie sie mit seiner Kamera umgingen. Nicholas blickte durch den Sucher. Die beiden sahen sich verliebt an. Klick. Ihre runzligen, altersfleckigen Hände waren ineinander verflochten. Klick. Sie machten es ihm leicht. Instinktiv wusste er, dass er die richtigen Ausschnitte traf, die passenden Stellen fokussierte. Und mit jedem Foto ließ die Angst, die sein Innerstes umklammert hielt, ein wenig nach. Vielleicht war das seine Rettung auf der Reise: dieser Zustand, in dem alles andere unwichtig wurde und selbst der schrägste Vogel vor seiner Kamera zum schönsten aller Geschöpfe. Er bat die beiden, sich ihrer Arbeit zu widmen, damit er sie dabei aufnehmen konnte. Karry, rotwangig, beim Kochen. Jim, der o-beinig in der Tür zum Arboretum stand. Jim, wie er stolz und ernst mit einem Besen in der Hand posierte, die verschwommene Tätowierung auf seinem Unterarm sichtbar unter dem aufgekrempelten Hemdsärmel. Karry und Jim Hand in Hand an der Reling des Oberdecks mit Blick aufs Wasser. Für die beiden schien die Reise Abenteuerexpedition, Job und Honeymoon in einem zu sein. Sie hatten keine Ahnung.

Der Nachmittag ging in den Abend über. Nicholas stand auf dem Oberdeck und hatte den Blick auf den Horizont gerichtet. Sein Magen hob und senkte sich mit den Wellen, obwohl schon längst nichts mehr darin sein konnte. Über den Tag hatte er sich an die Angst gewöhnt. Nichts war geschehen. Alle waren ihrer Arbeit nachgegangen und er hatte das dekorativ dokumentiert. Vielleicht hatten sie den USB-Stick in seinem Papierknäuel schlicht für Müll gehalten und weggeworfen.

An Backbord waren die ersten Salzwassersprayer aufgetaucht: Schlitten, die auf den Wellen tanzten. Wo auf einem Schlitten ein paar Kinder hintereinander gesessen hätten, ragten bei den Salzwasserbooten hohe Röhren nach oben, aus denen Meerwasser in die Höhe schoss. Beim Näherkommen hörte es sich an wie das Dauerrauschen eines großen Wasserfalls.

Der Himmel im Westen hatte sich in Lila- und Orangetönen verfärbt, die weißen Schiffe schimmerten im Abendlicht und der Mond leuchtete silbrig und beinah voll. Es würde entweder das kitschigste Bild werden, das er je gemacht hatte - oder das Beste. Nicholas rief sich alles in Erinnerung, was er je über Sonnenuntergangsfotografie gelernt hatte. Er stellte die Kamera ein. Jetzt noch stabilen Stand finden …

Keine hundert Meter von der *White Cloud One* entfernt bewegte sich etwas im Wasser, auf das ein Teil von ihm instinktiv reagierte und sein Herz rascher schlagen ließ. Da! Nochmal. Orcas! Mindestens drei. Yessss! Er richtete die Kamera neu aus. Fokus auf die Wale. Jetzt! Übelkeit und Angst waren wie weggeblasen, es gab nur noch ihn, die weißen Boote und die Orcas. Sie feierten die Schönheit des Abends, spielten, sprangen, jagten sich. Und er machte ein Bild nach dem anderen. Wenn nur eins dabei war, das taugte, wäre allein das seine fünftausend Dollar wert.

Als es zu dunkel wurde zum Fotografieren, stand Nicholas noch lange an der Reling und sah aufs Meer. »Danke, Leute«, rief er den Walen zu, bevor er hineinging.

Nick Hansen wusste wieder, wer er war.

Elin Tién an Nicholas Hansen, 21.32h:

Hallo Nick,

danke für deine Mails. Hier war so viel los, dass ich nicht vorher antworten konnte. Ich hab heute mit Tammy bei Paul Tickets verkauft, und am Nachmittag waren wir in Irvine in der Mall und im Kino. Zachary hat mich

eingeladen, das war echt nett von ihm. Meaghan hat für alle Bonbons und Eis gekauft. Der Film war aber ziemlich dumm.
Ach so, Zac lässt fragen, warum du nicht von deiner normalen E-Mail-Adresse schreibst.
Elin

Nicholas Hansen an Elin Tién, 21.33h:
Wieso warst du ausgerechnet mit Meaghan im Kino?!
Löschen.

Nicholas Hansen an Elin Tién, 21.37h:
Ich vermiss dich. Ich will mit dir ins Kino gehen.
Löschen. Löschen. Löschen.

Nicholas Hansen an Elin Tién, 22.09h:
Hi Elin,
Meine normale E-Mail funktioniert hier draußen nicht. Hab auch kein Telefon. Jeder von der Crew hat eine offizielle White Cloud One-Adresse bekommen.
Mir sind heute drei Orcas begegnet. Ich habe ihnen gesagt, sie sollen zu dir schwimmen und dich von mir grüßen.
N.
Senden.

ELIN

»Ist der echt so naiv oder ist er inzwischen total gehirngewaschen?« Zachary schüttelte fassungslos den Kopf. »Warum bitte sollten Mails von seiner Privatadresse nicht gesendet werden können, wenn es von dieser Firmenadresse aus geht? Das hat doch nichts damit zu tun, dass er da draußen auf dem Meer ist.«

Bevor Elin etwas sagen konnte, grummelte er schon weiter: »Das hat schlicht damit zu tun, dass das jemand so eingestellt hat. Jemand will nicht, dass er seine private Adresse nutzt, weil die andere leichter zu überwachen ist.«

Vor zwei Wochen noch hätte sie die Vorstellung als lächerlich abgetan, dass irgendjemand Interesse daran haben könnte, die E-Mails eines Jungen zu lesen, der ein paar Bilder machte. Aber da war sie auch noch nicht dabei gewesen, wie dieser Junge mit dem Auto verfolgt wurde. Da war sie noch nicht selbst verfolgt worden. Da hatte sie noch keine seltsamen Geschichten von Waffen und Russland und Tigern gehört, und dieser Junge hatte nicht in ihrem Beisein von der New York Times eine Zusage für siebentausend Dollar für Undercover-Recherchen bekommen. Hier ging es um etwas Großes. Nick war nicht naiv. Wollte er sie in

Sicherheit wiegen? Oder traute er sich nicht, etwas anderes als Urlaubsgeplänkel zu schreiben?

Elin Tién an Nicholas Hansen, 22.35h:
Hi Nick,
danke, dass du die Orcas geschickt hast. Mal sehen, ob sie Lust haben, uns hier einen Besuch abzustatten.
Ich weiß nicht, ob ich in den nächsten Tagen viel zum Schreiben komme. Wir wollen mit Tammy und Meaghan und ein paar anderen zur Kartbahn, und Paul gönnt mir bei der Arbeit keine Pause. Morgen fahre ich wieder mit ihm raus. Ich freue mich schon.
CU,
Elin

NICHOLAS

Das Treffen mit den Orcas hatte ihm gut getan. Er hatte immer noch grüne Schatten um Augen, und Mund und um das Frühstück machte er einen weiten Bogen, aber dennoch schien das Leben jetzt wieder heller und freundlicher zu sein. Zeit für die nächste Runde.

Statt zu frühstücken, stieg er in die Katakomben unter dem Arboretum, um Ivan Ruskov in seinem Labor aufzusuchen. Der Seegang hatte über Nacht noch zugelegt. Ivans enges Labor war eine echte Herausforderung für seinen Magen, aber es bot gute Motive.

Ganz ähnlich wie auf dem Festland war eine Wand voll mit grün blubbernden Algenzylindern. Das in Zusammenhang mit dem Ozeanblau, das durch das Bullauge zu sehen war phänomenal. Fast schade, dass die Algen bloß ein Nebenschauplatz waren. »Hast du die mitgebracht?« Blöde Frage. Natürlich hatte Ivan das getan, der Versuchsaufbau würde kaum von allein hierher geflogen sein.

Ivan sah von seinem Mikroskop auf. Der Drehstuhl, auf dem er saß, war am Boden angeschraubt. Sonst wäre er vermutlich synchron zu den Wellen quer durch den Raum gerutscht. »Ja. Es war keine Kleinigkeit, die alle mitzunehmen, aber ich konnte die Versuche ja schlecht unterbrechen.«

Der grüne Schimmer in Ivans Gesicht ließ die Szene futuristisch und ein bisschen unheimlich wirken. Phantastisch. Nicholas überprüfte das Bild auf dem kleinen Display und ließ dann die Kamera sinken. Er versuchte sich an das zu erinnern, was Ivan vor einigen Tagen erzählt hatte. Algen als Frühwarnsystem für Klimaveränderungen. »Gibt es neue Erkenntnisse?«, fragte er.

»So schnell geht das nicht.«

»Weihst du mich ein, wenn du was Spannendes rausfindest?«

»Du meinst, wenn ich feststelle, dass die Konzentration an Nannochloropsis extrem hoch ist, oder –«

Nicholas lachte. »Genau.«

Nach dem Besuch bei Ivan stieg er aufs Oberdeck. Es war Zeit für einen sehr ausgiebigen Blick zum Horizont.

Lange stand er an der Reling, schaute in die Ferne und ließ seine Gedanken treiben. Am Festland wäre heute Parkour-Training gewesen, bevor das Wasser ausging. Wie es Darriell wohl jetzt erging? Wie funktionierte das Leben überhaupt ohne Wasser? Er sollte im Internet die Nachrichten verfolgen.

Parkour.

Wasser.

Dürre.

Dürre! Die Jungs in Santa Ana! *Jeden verfluchten Tag tust du uns was! Ihr. Klaut. Unser. Wasser*. Natürlich hatte der Typ, der ihn vermöbelt hatte, nichts von *White Cloud Enterprises* oder dem Projekt SORAYA gewusst. Er hatte einfach gemeint, dass das reiche South Orange County mit den Pools und Rasensprengern mehr verbrauchte, als ihm zustand. Und das war natürlich so, das war seit Jahren so. Aber was, wenn … Endlich rastete in Nicholas Kopf etwas ein und die Puzzleteile fügten sich zusammen. Er wusste wieder, was Ivan gesagt hatte. *Vielleicht trocknen wir irgendwo anders das Land aus.*

Und Joe, in der James-Bond-Nacht. *Vom Don bis zum Ural sind die russischen Landwirtschaftsflächen derzeit genauso trocken wie die Sierra Nevada. Es liegt an Ihnen, sicherzustellen, dass das so bleibt.*

Scheiße. Scheiße, scheiße, scheiße.

Warum hatte er vorher nicht begriffen, was das wirklich bedeutete? Die Dürre war kein Zufall. Der Wassermangel in der Stadt war kein Zufall. Klar, es hatte immer schon trockene Jahre gegeben. Seit er denken konnte, war das so. Er war aufgewachsen mit Wüstenklima und Waldbränden, die durch die Canyons fegten. Aber dieses Jahr war es besonders schlimm. Und wenn es natürlich gewesen wäre, hätten ihm die falschen Wolken nicht auffallen dürfen. Ob den Wissenschaftlern diese unmittelbare Auswirkung bewusst war – wenn sie denn existierte und er sich da nicht nur etwas zusammenkonstruierte, was in Wirklichkeit viel komplizierter war?

Er hatte Clayton gesagt, dass er raus war. Er hatte es sich selbst versprochen. Er wollte seine Freunde nicht in Gefahr bringen. Aber er wollte auch noch in den Spiegel schauen können.

Am Nachmittag fand er die drei Atmosphärenwissenschaftler in Gretchens Büro. Es bereitete ihm fast körperliche Schmerzen, nicht gleich mit den Fragen herauszuplatzen, die er am dringendsten stellen wollte. Er hing ein bisschen rum, schaute sich die Weltkarte mit den Pin-Nadeln an und versuchte herauszufinden, wo genau die »russischen Landwirtschaftsflächen« zu finden waren und worum es sich dabei überhaupt genau handelte. Ab und zu machte er ein Alibi-Foto von den Wissenschaftlern. Meistens waren es nichtssagende Details – Finger auf der Tastatur, eine Kaffeetasse auf dem Schreibtisch. Nichts, wofür er sich anstrengen musste.

Irgendwann konnte er nicht mehr an sich halten. »Wie ist das eigentlich ...«, fragte er, so beiläufig wie möglich. »Könnte man, wenn man es drauf anlegt, auch ganz gezielt bestimmte Regionen aufheizen oder abkühlen oder … was weiß ich … zum Beispiel austrocknen oder so?«

Caroline sah ihn forschend an.

Matthew nickte. So ernst hatte Nicholas ihn noch nie gesehen. »Du hast das Problem erkannt.«

Nicholas gab vor nachzudenken. Dann fragte er, als würde ihm das jetzt erst einfallen: »Und wer bestimmt, welche Regionen die Gewinner und welche die Verlierer sind?« Er dachte an die Typen in Santa Ana und an Darriell und daran, dass Rebecca jetzt in Colorado war, weil Kalifornien immer mehr austrocknete. Je mehr er von der ganzen Sache begriff, desto beklommener wurde ihm.

»Das ist eine wichtige Frage«, sagte Matthew mit demselben ernsten Blick wie vorher.

Fast hätte Nicholas geschrien. Mit Mühe riss er sich zusammen. »Wie könnt ihr hier seelenruhig an etwas arbeiten, das als … als *Waffe* eingesetzt werden kann? Das vielleicht Millionen von Leuten die Lebensgrundlage nimmt?«

Bei dem Wort ›Waffe‹ ging ein kollektives Zucken durch den Raum.

Gretchen sagte vorsichtig: »Weil das, woran wir arbeiten, eventuell auch Millionen von Menschen den Lebensraum erhalten wird. Keiner von uns, die die Klimaprognosen kennen, mag einfach die Hände in den Schoß legen, verstehst du? Dafür sind sie zu erschreckend. Wir *brauchen* eine Möglichkeit zum schnellen Eingreifen, es geht nicht mehr ohne.«

»Aber …«

Matt wiegte den Kopf. »Ich verstehe, was du meinst, Nick. Aber sollen wir deswegen nichts tun und den Planeten vor die Hunde gehen lassen? Das ist keine Option.«

»Aber was passiert, wenn dieses Wissen von den falschen Leuten benutzt wird?«

Wieder sah Matt ihn sehr ernst an. »Das willst du nicht wissen.«

ELIN

Als Elin vor der Kartbahn aus dem Auto stieg, schlug ihr die Hitze fast körperlich entgegen. Über dem schwarzen Asphalt flimmerte die Luft. Neben ihnen hielt ein anderes Auto. Meaghan und Tammy winkten ihr durch die Scheibe zu. Gleich darauf kamen sie herübergelaufen und begrüßten Zac und Vincent und dann auch Elin, als wären sie alte Freundinnen. Gemeinsam gingen sie in das große Gebäude, in dem sich die Kartbahn befand. Nach der Hitze auf dem Parkplatz war es drinnen angenehm kühl und dunkel. Elins Augen brauchten einen Moment, um sich daran zu gewöhnen.

In einer großen Halle war mit gelben und schwarzen Plastikabsperrungen sowie vielen gestapelten Reifen eine Rennstrecke aufgebaut. Laute Musik erfüllte die Halle, so dass man kein Geräusch von den drei Elektrokarts hören konnte, die dort rasend schnell hintereinander her jagten.

Sie folgte den anderen zu einem Billardtisch in einer Ecke hinter der Kasse. An der Wand waren Spielautomaten und einer für Getränke aufgestellt. »Die Kleinen fahren die ersten Runden«, erklärte Zac. »Dann müssen sie nicht so lange warten und keiner von uns überfährt sie.«

Elin lachte. »Ihr werdet mich mindestens rammen. Ich bin bestimmt die letzte Schnecke.«

»Und wenn schon«, schaltete sich Meaghan ein. »Dann überholen wir dich eben. Fahr so schnell, wie es für dich passt.«

Die Musik wurde leiser, eine Stimme klang aus den Lautsprechern: »Die letzte Runde!« Die drei Kartfahrer auf der Bahn fuhren die Runde zu Ende und rollten aus.

Es dauerte eine Weile, bis Vincent, Ian und andere jüngere Kinder Helme trugen und sich in die Karts gesetzt hatten. Elin ging näher heran und sah zu, wie Vincent sich zum Losfahren bereitmachte. Während die Karts mit ihren Elektromotoren an den Start rollten, war nicht viel mehr als das Geräusch der Gummireifen zu hören. Als sie starteten, klang es dennoch, wie Elin sich ein Rennen am Nürburgring vorstellte, denn das Aufheulen von Motoren wurde über die Lautsprecher eingespielt. Acht Karts jagten auf die Rennstrecke. Es kribbelte ihr jetzt schon freudig im Bauch, gleich selbst einzusteigen und loszufahren.

»Spielst du mit?« Meaghan war neben sie getreten. Sie lächelte Elin an und hielt ihr fragend einen Billardqueue entgegen. Die Billardkugeln waren schon zum Dreieck aufgebaut.

»Klar.« Im Billard hatte sie bisher noch jeden geschlagen.

Zachary nickte ihr zu. »Du bist der Gast. Du stößt an.«

Elin setzte den Queue an. Doch bevor sie ihn mit Wucht zwischen die Kugeln stoßen konnte, vibrierte der Billardtisch unter ihren Ellenbogen. Rings um sie herum ertönte ein tiefes Brummen, wie das Donnern eines heftigen Gewitters. Es hallte in ihren Knochen wider, in ihrem Bauch, in ihrem Schädel. Verwirrt sah sie sich um. Die anderen schienen es auch zu merken. Der Blick, den Tammy Zac zuwarf, sprach Bände. Überraschung lag darin, Angst und auch etwas wie: »Muss das jetzt sein?«

Die Kugeln auf dem Billardtisch klapperten aneinander und rollten dann quer über den Tisch, ohne dass sie jemand berührt hätte. Über dem Tisch wackelte die Lampe und aus dem Getränkeautomaten hörte Elin ein seltsames Rattern. Der Billardtisch hopste auf sie zu.

Von einer Sekunde auf die andere kippte die Stimmung.

Die Musik ging aus.

Der Kassierer sagte über den Lautsprecher: »Sofort die Karts anhalten, Leute! Und dann bitte zügig und geordnet raus. Es ist nur ein Erdbeben. Kein Grund zur Panik.«

Von wegen kein Grund zur Panik! Der Boden unter Elin schwankte immer noch. Ihr Herz klopfte bis zum Hals. *Raus!*, brüllte ein Urinstinkt in ihrem Inneren. *Weg hier!* Das Gefühl, dass der Boden unter ihr nicht mehr sicher war, ging tiefer als alles, was sie je vorher erlebt hatte. Sie hielt sich an dem wackelnden Billardtisch fest, um nicht umzufallen. Einzig das Verhalten der anderen ließ sie beherrscht bleiben und nicht in kopfloser Hast nach draußen rennen.

Zachary war über die Absperrung gesprungen und half Vincent aus seinem Kart zu steigen. Die Gedanken jagten Elin ungeordnet durch den Kopf. Raus, bloß raus. Aber alle mussten raus. Sollte sie auch zu den kleineren Kindern hinübergehen, um zu helfen? Der Boden zitterte immer noch. Ihre Knochen schienen zu brummen, die Lampen wackelten. Neben ihr krachte eine Lampe zu Boden und zersprang.

Elin keuchte auf vor Schreck. Sie wollte laufen, doch es war, als wären ihre Beine vor Schreck erstarrt. Wenn die Erde sie nicht mehr trug, wo sollte sie hin? Sie konnte sich kein bisschen bewegen.

Meaghan fasste sie an der Hand. »Los, raus hier.« Unfähig, selbst eine Entscheidung zu fällen, ließ sie sich mitziehen.

Draußen trafen sie die plötzliche Helligkeit und die Hitze wie ein Schlag. Der schwarze Asphalt flimmerte noch mehr als vorher. Wann hörte das endlich auf? Nie vorher hatte sie etwas derart Bedrohliches erlebt.

»Alle hier rüber, weg von den Gebäuden!« Jennifers Stimme war laut und entschieden, aber auch bei ihr hörte Elin Angst heraus. »Und zählt durch! Wir müssen wissen, ob alle da sind.«

Elin war wie gelähmt, doch Meaghan zog sie über den schwankenden Boden hinüber zu Jennifer. Hektisch zählten alle Familien ihre Angehörigen durch. Aus der Erde tönte weiter das tiefe Brummen.

Dann ein ohrenbetäubendes Krachen, als würde ein riesiger Baum gefällt. Der Asphalt vor dem Gebäude wölbte sich nach oben wie ein zusammengeschobener Teppich. Eine Ecke der Kartbahnhalle wurde nach oben gehoben und stürzte ein. Staub überall. In Sekundenschnelle lag der Parkplatz unter einer Staubwolke begraben, die das Atmen schwer machte. Elin hustete. Der Boden schwankte. Rings um Elin herum erklangen Schreie. Mütter pressten ihre weinenden Kinder an sich. Es war, als wäre sie plötzlich in einen Katastrophenfilm geraten. Nur, dass die Katastrophe echt war und sie mitten drin. Elin merkte erst, dass sie schluchzte, als Meaghan ihr ein Taschentuch reichte. »Hey. Alles gut. Es ist bloß ein blödes Erdbeben. Alles wird wieder gut.«

Endlich, endlich hörte der Boden auf zu beben, aber ihre Knie blieben auch dann noch weich, als der Staub sich legte.

NICHOLAS

Trotz seiner neuen Erkenntnisse und der Erinnerung an Matthews ernsten Blick merkte Nicholas, dass seine Wachsamkeit und Anspannung nachließen. Was auch immer hier gespielt wurde – er konnte momentan nichts tun, und bisher war ihm nichts geschehen.

Die Wissenschaftler schienen mit sich im Reinen zu sein, niemand von ihnen wirkte angespannt, als Nicholas abends mit Matthew, Ivan und Gretchen auf dem Oberdeck Poker spielte. Wenn Joe ihre Arbeit wirklich als Waffe verhökerte, wussten sie mit an Sicherheit grenzender Wahrscheinlichkeit nichts davon. Sie schienen es nicht mal für vorstellbar zu halten.

Der Wind wehte nur leicht, die See lag ruhig, und die Sonne schenkte ihnen wieder eines ihrer prächtigsten Schauspiele, während sie sich langsam auf den Horizont zubewegte. Zischend verrichteten die SORAYAs ihre Arbeit.

Vor Nicholas hatten sich beachtliche Türmchen verschiedenfarbiger Jetons angesammelt, die ihn bedauern ließen, dass sie nicht wirklich um Geld spielten.

»Nächstes Mal krieg ich dich dran«, sagte Matt.

Nicholas grinste. Er teilte die Karten in zwei Stapel auf und ließ sie mit den Daumen ineinander fallen. »No way.«

»Wirst schon sehen.«

»Garantiert nicht.«

Die Tür zum Innenraum wurde geöffnet, Joe betrat das Deck. Er streckte die Arme genüsslich zu beiden Seiten aus. »Großartiger Abend, Leute, was?«

»Und wie«, stimmte Ivan zu. »Spielst du eine Runde mit?«

Nicht, dachte Nicholas. Nicht jetzt, wo gerade alles gut war.

»Was spielen wir?«, fragte Joe.

»Poker.«

»Na, dann.« Joe rieb sich die Hände und ließ den Blick über den Tisch schweifen. Nicholas' Jeton-Türmchen gönnte er ein anerkennendes Nicken. »Du bist gut im Pokern, was?«

Nicholas hielt seinem Blick stand. »Ja.«

»Dann zieh dich warm an. Ich nämlich auch.«

NICHOLAS

Es war nur ein Spruch gewesen. Nicholas korrigierte sich. Für die anderen hatte es so ausgesehen, als wäre es nur ein Spruch gewesen. Pokerspieler zu Pokerspieler. Aber er hatte noch etwas anderes gehört: für Joe war das hier genauso wenig eine Kreuzfahrt wie für ihn.

Er brauchte einen Plan und inzwischen hatte er zumindest eine erste, vage Idee. Sylvie war mehr als nur die Sekretärin. Bei ihr liefen die Fäden zusammen. Also musste er als erstes Sylvie aushorchen. Als zweites würde er Zacs Programm zumindest in Betracht ziehen.

Doch als er am nächsten Morgen auf der Suche nach Sylvie den Aufenthaltsraum betrat, kam er nicht einmal dazu, sich nach ihr umzusehen. Die Stimmung war nervös und aufgepeitscht.

»Hast du das mit dem Erdbeben mitbekommen?«, fragte Gretchen, als Nicholas seine Cornflakes-Schüssel auf den Tisch stellte.

»Was für ein Erdbeben?«

Gretchen war aus Boston, für sie mochte es etwas Besonderes sein, wenn es mal ein bisschen wackelte. Nicholas persönlich fand das schwankende Schiff immer noch unangenehmer als jedes Erdbeben, das er bisher erlebt hatte.

Matthew gesellte sich zu ihnen. »In Silverado hat's gebebt. Und zwar richtig.«

»Ist was kaputt gegangen?«

»Nicht nur ein Haus«, sagte Gretchen. »Genaues hab ich auch noch nicht mitbekommen, aber es hat wohl ein paar große Gebäude und Brücken zerlegt.«

Nicholas schob sich neben den beiden an den Tisch. Die Kartbahn war in Silverado. Er musste nachher Zac fragen, ob alles okay war. »Es war aber nicht das Große, auf das wir seit Jahren warten, oder?«

Ivan kam zu ihnen herüber und nahm rittlings auf einem der Stühle Platz. »Gibt es irgendeinen Ort in Kalifornien, der nicht darauf wartet? Sechs komma neun auf der Richterskala, sagen sie. Klein ist auf jeden Fall was anderes.«

Gretchen und Matt diskutierten angeregt über das Erdbeben. Doch sie nutzten zu viele Fachbegriffe, als dass er ihrem Gespräch wirklich hätte folgen können. Er widmete sich seinem Frühstück und versuchte so viel wie möglich mitzubekommen.

»Bei dir im Meer alles in Ordnung?«, wandte sich Matt an Ivan.

»Werd ich gleich sehen.« Er biss herzhaft in eine Scheibe Toast und sagte kauend: »Das war schon ein ziemlich großes Ding gestern.«

Matthew pustete in seinen Kaffee. »Die Dürre hat es nicht besser gemacht.«

Nicholas horchte auf. »Warum?«

»Ist doch offensichtlich, oder? Was ist schwerer? Ein nasser Schwamm oder ein trockener?«

Er zuckte die Schultern. »Ein nasser.«

Matthew nickte. »Ganz genau. Und das ist mit dem Land nicht anders. Land, das vollgesogen ist mit Wasser, ist schwer. Ausgedörrtes Land wiegt viel weniger. Und trockenes Land absorbiert Stöße schlechter und verstärkt dadurch den Effekt noch.«

Nicholas verzog das Gesicht. »Das ist jetzt Science-Fiction, oder?«

Gretchen schüttelte den Kopf. »Es ist tatsächlich so, wie Matt sagt. Genau wissen wir es noch nicht, aber ein paar kluge Kollegen haben die Theorie aufgestellt, dass die Erdbeben durch die Dürre noch stärker werden.«

»Und in diesem Fall«, übernahm Matthew wieder, »war das erst der Anfang.«

»Wenn die Klimaerwärmung nur für schönen Sonnenschein sorgen würde, hätte vermutlich auch keiner was dagegen«, sagte Gretchen.

Vor den Fenstern rings um sie herum schwamm die Flotte der Salzwassersprayer. Alle diese Menschen hier, die so fest davon überzeugt waren, etwas Gutes zu tun – waren sie mit schuld? Er war ein Teil dieser Crew. Machte ihn das auch schuldig? Caroline sprach mit Joe und Sven Morrison. Sie sah ernst aus. Joe klopfte ihr auf den Arm. Es sah aus, als wolle er sie beruhigen, doch Sven blickte düster zu dem Tisch herüber, an dem Nicholas mit den anderen saß.

Dann erhob Joe sich und ließ einen Löffel an sein Glas klingeln.

»Hört, hört.«

»Ruhe, Leute, der Chef hält eine Rede«

»Morgen, Joe!«

»Was gibt's, Joe?«

So richtig respektvoll waren sie alle nicht.

Joes tiefe Stimme hatte keine Mühe, den Raum zu füllen. »Guten Morgen, Crew!«

»Morgen, Joe!«, dröhnten sie im Chor. Es klang wie damals in der ersten Klasse in Deutschland, als sie alle brav »Guten Morgen, Frau Fiedler« gesagt hatten. Joe, der gute Chef. Er spielte seine Rolle perfekt.

»Wir haben einen planmäßigen Start hingelegt, und wie ich aus den einzelnen Abteilungen gehört habe, liegen wir hervorragend in der Zeit. Damit das so bleibt, erwarte ich auch weiterhin, dass ihr euch alle ins Zeug legt.« Er machte eine kleine Pause. Nicholas sah sich um. Niemandem außer ihm schien die Anspannung aufgefallen zu sein, die sich bei den letzten Worten in Joes Stimme geschlichen hatte.

Joe fuhr fort: »Ich werde heute hohen Besuch bekommen und bin den Vormittag über im Meeting. Wenn jemand ein dringendes Problem hat, kann er sich an Sylvie wenden. Also, ab an die Arbeit, Leute. Spätestens um neun will ich hier keinen mehr von euch sehen.«

Als Nicholas seine Schüssel an ihm vorbeitrug, winkte Joe ihn zu sich. »Wie sieht's bei dir aus, Junior? Hast du dich schon eingelebt?«

»Ja, alles gut. Es sind schon ein paar echt coole Bilder dabei.«

»Freut mich. Warst du schon im Maschinenraum?«

Nicholas schüttelte den Kopf.

Joe schlug ihm auf die Schulter. »Geh da heute mal runter. Du wirst phantastische Motive finden.« Es war kein unverbindlicher Vorschlag.

Der Lärm der Rotorblätter war nicht zu überhören. Der Helikopter würde auf dem Oberdeck landen. Nicholas beobachtete aus dem Fenster seiner Kabine, wie er sich näherte. Maschinenraum? No way. Das glaubte Joe doch im Traum nicht, dass er sich das hier entgehen ließ. Lackschwarzer Hubschrauber auf futuristischem, weißem Schiff. Bisschen harte Kontraste vielleicht, da musste er aufpassen. Entschlossen machte er sich auf den Weg nach oben. Bevor er jedoch auch nur die Treppe betreten konnte, versperrte ihm Sven den Weg.

»Kein Zutritt heute, Kleiner.«

Fake it 'til you make it, Bruder. »Ich bin der mit der Kamera, weißt du noch?«

»Und?«

»Ich werde bezahlt, um sowas wie Hubschrauberlandungen zu fotografieren.«

»Nicht diese.«

»Das ist nicht dein Ernst.«

»Willst du es drauf ankommen lassen?«

Etwas schnappte in Nicholas' Innerem um, als hätte es seit Tagen darauf gewartet. Was auch immer hier passierte, es war nicht in Ordnung. Er würde kein Teil davon sein. Er würde herausfinden, was vor sich ging, was tatsächlich hinter SORAYA steckte und Clayton würde seine Ergebnisse mit Kusshand nehmen, obwohl er ihm abgesagt hatte. Wenn der offizielle Weg zum Oberdeck versperrt war, würde er eben den inoffiziellen nehmen. Die Bäume im Arboretum wuchsen nicht umsonst bis zur Decke, und die Kuppel wurde freundlicherweise nur bei schlimmem Sturm und Regen geschlossen. Er würde bloß aufpassen müssen, dass er nicht vom Dach rutschte und ins Wasser fiel.

Der Weg zum Arboretum war menschenleer. Kein Wunder – alle gingen ihren Tagesaufgaben nach, auf die Joe bei seiner kleinen Ansprache so dringlich hingewiesen hatte.

Warum durfte er keine Bilder machen?

Weil niemand erfahren sollte, wer da zu Besuch kam?

Nicholas stieg die Leiter zu einer der obersten Plattformen zwischen den Bäumen hoch. Von dort aus war es bis zu der runden Öffnung nicht mehr weit. Der Stamm über der Plattform schien glatt und dünn und nicht besonders vertrauenerweckend. Niemand würde damit rechnen, dass es möglich war, daran aufs Dach zu klettern. Aber hier wusste natürlich auch niemand, dass Nicholas bei Darriell gelernt hatte. Er schob sich die Kamera auf den Rücken. Dann sprang er an den Stamm, legte die Hände darum und stemmte die Fußsohlen dagegen. Der starke Anpressdruck und die ungewohnte Dehnung ließ einen Schmerz in seinen Oberschenkel zischen. Die Wunde hatte er fast schon vergessen. Trotzdem tat sein Körper automatisch das Richtige. Innerlich dankte er Darriell für den stundenlangen Drill.

Die Öffnung zu erreichen war Kinderkram. Das Problem war, erst das Dach und später vom Dach aus den Stamm zu fassen zu bekommen. Die Kante war bestimmt einen Meter fünfzig von seinem spillerigen Bäumchen entfernt, und er hatte die schwere Kamera dabei. Sein Rückzug musste unter Umständen schnell vonstattengehen, denn wenn der Hubschrauber wieder startete, würden die Insassen ihn auf dem Schiffsdach in jedem Fall sehen. Es war ein Risiko, das er eingehen musste.

Der Druck der nachdrehenden Rotorblätter brachte seinen Baumstamm zum Wanken. Das Dröhnen war jetzt unbeschreiblich.

Staub flog ihm in die Augen.

Das Dach, einhundertfünfzig unendliche Zentimeter von ihm entfernt.

Nicholas gab sich einen Ruck. Was war ein Meter fünfzig? Darriell hätte ihn ausgelacht, wenn er sein Zögern gesehen hätte. Er schob die Kamera nochmal zurecht, damit sie ihm nicht im unpassendsten Moment von der Schulter rutschen konnte, dann sprang er von seinem Baum an die Dachkante. Einen endlosen Augenblick lang baumelte er hilflos an den Fingerspitzen, unter ihm zehn Meter Luft. Mindestens. Dann zog er sich hoch, schwang ein Bein über die Kante und robbte auf das Dach. Schwer atmend blieb er liegen. Geschafft.

Schräg unter ihm auf dem Oberdeck stand der schwarze Helikopter mit drehendem Rotor. Joe betrat das Deck und schritt auf den Hubschrauber zu, mit dem Rücken zu ihm. Nicholas lag platt auf das Dach gepresst da, fotografierte und hoffte, dass niemand nach oben sah, wenn er den Kopf und die Kamera anhob, um seine Bilder zu machen. Der

Besucher musste bloß im unpassenden Moment seinen Blick schweifen lassen, um das Schiff zu bewundern, und er würde ihn entdecken. Nicholas' Pulsschlag dröhnte beängstigend laut in seinen Ohren.

Zwei uniformierte Typen – Soldaten? – sprangen aus dem Helikopter, gefolgt von einem Mann mit raspelkurzen weißen Haaren. Er hielt sich aufrecht, als hätte er einen Stock verschluckt. Nicholas' Hände wurden feucht. Er war an dem Abend auf dem Balkon klarer gewesen, als er angenommen hatte. Zumindest den General hatte er sich ganz und gar nicht ausgedacht. Er trug eine Uniformjacke mit vier Streifen und Insignien, die ihm nichts sagten. Army? Navy? Irgendein Geheimdienst? Nicholas hatte sich noch nie für das US-Militär interessiert, aber er würde es später herausfinden. Er drückte auf den Auslöser, als Joe seinen Besucher förmlich mit Handschlag begrüßte und sich die beiden zum Gehen wandten. Dann stellte er die Kamera auf Video und ließ sie laufen. Vielleicht konnte er später anhand der Lippenbewegungen herausbekommen, was sie sagten. Oder Clayton konnte es.

Einer der Soldaten patrouillierte überflüssigerweise um den Hubschrauber herum, der andere ließ den Blick über das Schiff schweifen. Hektisch schob sich Nicholas zurück in Deckung. Er rutschte in einer unkontrollierten Bewegung seitlich mit den Beinen in den Luftraum, bis er nur noch mit den Händen an der Dachkante hing. Die Kamera schlug ihm in die Seite, die Kante schnitt ihm in die Finger. Nicholas unterdrückte einen panischen Fluch. Seine Schultergelenke schrien vor Schmerz.

Das Schwierigste jedoch stand ihm noch bevor. Er musste zurück zu dem kleinen Baumstamm gelangen. Sonst würde er abstürzen, und wenn er mit gebrochenen Knochen im Arboretum herumlag, würde das sicherlich mehr als eine Frage aufwerfen. Er schaukelte an den schmerzenden Händen hin und her, um Schwung zu nehmen. Nochmal. Dann ließ er los und segelte durch die Luft. Im Flug warf er sich herum und griff nach dem Stamm.

Mit Darriell hatte er solche Stunts hundert Mal geübt. Allerdings über Matten oder allenfalls mit dem Risiko, zwei, drei Meter tief zu fallen. Andererseits war er ausgesprochen selten gefallen. Trotzdem lag er kurz darauf keuchend auf der Plattform und versuchte wieder zu Atem zu kommen. Sein Bein tat fast unerträglich weh, als wäre die Wunde wieder aufgerissen. Auf der Jeans zeichneten sich dunkle Flecken ab. Er hoffte nur, dass sich das Ganze gelohnt hatte und mit den Fotos etwas anzufangen war.

Vom Maschinenraum ein paar Alibi-Bilder zu machen, war dagegen ein Spaziergang. Nicholas unterhielt sich mit den Technikern, knipste ein bisschen, spielte mit dem Licht herum und ging dann in seine Kabine.

»Wenn jemand ein dringendes Problem hat, kann er sich an Sylvie wenden«, hatte Joe gesagt. Na dann, Joe. Irgendwo musste er anfangen zu suchen, und wenn sein Problem vielleicht nicht dringend war, dann aber auf jeden Fall wichtig. Zumindest würde Sylvie ihm sagen können, wie lange die Salzwassersprayer schon arbeiteten. Das konnte er dann vielleicht mit Daten über die kalifornische Dürre abgleichen.

Und was hatte Joe über die Anbauflächen in Russland gesagt? Er müsste Zac oder Elin eine Mail schicken, damit sie in ihre Notizen schauen konnten, doch was, wenn die seine Mails checkten? Auch das Foto, das er von Matthews Karte mit den Pins darin gemacht hatte, musste er später genauer ansehen.

In der Mittagspause tauchte Joe im Gemeinschaftsraum auf, als wäre nichts geschehen. Er scherzte mit Karry, gab Jim einen freundschaftlichen Klaps auf den Rücken und setzte sich mit einem riesigen Teller Linsensuppe zu Ivan und Nicholas an den Tisch. Nicholas konzentrierte sich auf das Umrühren seiner Suppe, um seinen Chef nicht anstarren zu müssen. Er versuchte seinen Atem und seine Hände ruhig zu halten. Das hier war Joe, der gleiche Joe, mit dem er seit vier Tagen auf dem Wasser war. Der Joe, der schmunzelte, wenn man auf Drehstühlen Karussell fuhr. Der Joe, der abends mit ihm, Gretchen und Ivan Poker spielte. Der lachte, scherzte und seine kleine Crew trotzdem mit klarer Hand führte. Der mit Nicholas' Mutter ein Kind bekam und sich im Verborgenen mit diesem zwielichtigen General traf.

»Wie war dein Vormittag?«, fragte Joe.

Nicholas drehte die Hände so, dass Joe die von der Dachkante zerschrammten Finger nicht sehen konnte. »Prima. Sehr interessant.«

»Warst du erfolgreich im Maschinenraum?«

Er nickte. Sein Mund war trocken. »Sind ein paar nette Bilder dabei, glaube ich.«

»Kann ich sie sehen?« Joes Blick ruhte auf ihm, ohne zu blinzeln. Er beobachtete Nicholas' Reaktion ganz genau. Nein, Joe Richardson war nicht das Unschuldslamm, für das er sich ausgab. Doch sein Tonfall blieb freundlich, als handle es sich um ein normales Tischgespräch. Keiner der anderen würde merken, was hier gerade zwischen ihnen passierte.

Nicholas bemühte sich gleichgültig zu klingen. »Klar, ich schiebe die Bilder nachher in die Cloud, wie immer.«

»Ich würde sie gern jetzt sehen.« Es war ein Befehl. »Hast du sie dabei?«

Die Kamera lag in seiner Kabine, den Göttern sei Dank! »Hole ich gleich nach dem Essen.« Demonstrativ pustete er in seine Suppe.

»Dann hab ich den nächsten Termin«, sagte Joe freundlich. »Hol sie doch einfach gleich.«

Nicholas' Knie waren weich, als er zu seiner Kabine ging. Mit fliegenden Fingern fummelte er die Speicherkarte aus der Kamera und schob sie in den Rechner. War das Ding immer schon so langsam gewesen? Hektisch verschob er die Bilder vom Helikopter und vom General auf den Computer und von da auf seine geheime, zweite Speicherkarte. Bloß nicht vergessen, alles vom Rechner wieder zu löschen. Zac hatte mal gesagt, dass Daten, die man einfach nur löschte, nicht weg waren, sondern für jeden, der sich halbwegs damit auskannte, wiederherstellbar blieben. Das war jetzt nicht zu ändern. Joe hatte garantiert nicht mehr Ahnung von Computern als er selbst, und das, was für ihn nicht sichtbar war, würde es für Joe ebenso wenig sein. Die Speicherkarte mit den Helikopterbildern legte er unter seine Matratze. Was für ein einfallsloses Versteck! Er musste sich später unbedingt ein besseres ausdenken, aber jetzt blieb keine Zeit, wenn er nicht auffallen wollte. Die Kamera unschuldig an seiner Seite baumeln lassend, lief er zurück in den Gemeinschaftsraum.

»Du hast lange gebraucht.«

Nicholas grinste verlegen. »Ich war noch auf dem Klo.«

»So genau wollte ich es nicht wissen.« Joe lachte.

Nicholas schaltete das Kameradisplay an, sodass Joe die Bilder ansehen konnte. Alles war wie immer. Joe fand die Bilder gut, die auch er mochte. Joe zeigte auf die richtigen Details. Wie immer. Joe war begeistert von seiner Arbeit. Wie immer. Der einzige Unterschied war die vom Anblick des Generals aktivierte Dauerschleife in Nicholas' Kopf: *Wollen Sie zu den Gewinnern gehören oder zu den Verlierern?*

Die Gelegenheit, mit Sylvie zu sprechen, ergab sich erst beim Abendessen, wo sie allein an einem Tisch saß und in einem Buch blätterte. Nicholas' Hände waren feucht, als er sich einen Teller mit Salat belud. Noch nie vorher hatte er sich so elend dabei gefühlt, mit einem Mädchen zu flirten. Weil sie ihn überhaupt nicht interessierte. Er wollte über Sylvie bloß Informationen über ihren Vater bekommen und kam sich schäbig vor. Dass sie mindestens fünf Jahre älter war als er, trug nicht zu mehr Selbstvertrauen bei. Vermutlich würde sie ihn auslachen und ihm den Kopf tätscheln wie einem Kleinkind.

Und wurde sie jetzt, da seine Mom ein Kind von Joe bekam, eigentlich so was wie seine Stiefschwester?

Er straffte die Schultern.

Es gab keinen Grund, so aufgeregt zu sein. Das hier war bekanntes Territorium. Er wusste, wie das Spiel funktionierte. Er war verdammt noch mal sogar ganz gut darin. Das heißt, er war gut darin gewesen, bevor Elin ihn zu einem unsicheren, stammelnden Trottel gemacht hatte. Aber Sylvie war nicht Elin, und wenn sie nicht mitspielte, würde er sich eben etwas anderes ausdenken.

Er setzte sich ihr gegenüber und fragte: »Glaubst du, dass man die Zukunft vorhersagen kann?«

»Glaubst du das?« Immerhin, sie war auf das Gespräch eingestiegen, wenn sie ihn auch ansah, als wäre er ein schlecht erzogener Hund, von dem sie nicht wusste, ob er gleich versuchen würde, ihr Bein zu begatten.

»Ich weiß es.« Er schenkte ihr sein bestechendstes Lächeln. Offensichtlicher ging es kaum, aber das war jetzt eben so. Warum auch nicht? Sylvie war attraktiv und sicher daran gewöhnt, angebaggert zu werden.

»Das kann ich mir kaum vorstellen.« Sie wandte sich wieder ihrem Buch zu.

»Hast du nie Hawking gelesen? Zeit ist nicht linear.« Ha! Er hatte sie. Sie lächelte. Ein bisschen herablassend, aber sie lächelte. Gut so. Weiter. »Ich kann dir was über deine Zukunft sagen.«

»Ach, und was soll das bitte sein? Dass ich reich und berühmt werde?« Sie klappte das Buch zu.

Nicholas schüttelte ungeduldig den Kopf. »Das geht nicht einfach so. Was denkst du denn? Ich muss in deiner Hand lesen.«

Sie sah ihn spöttisch an, aber sie reichte ihm die linke Hand über den Tisch. Er nahm sie in seine und strich dabei über ihre Finger.

Sie zog die Hand nicht weg, aber sie seufzte: »Was soll das werden?«

Er kniff die Augen zusammen. »Leise, ich muss mich konzentrieren … Ich sehe … Wow! Ich sehe deine unmittelbare Zukunft! Ich sehe heute Abend!«

Sie lachte. »Lass mich raten. Ich werde heute Abend mit einem pubertierenden Schuljungen und einem Haufen Wissenschaftler auf einem Kahn sitzen und mich langweilen.«

»Falsch. Neuer Versuch?« Er sah ihr tief in die Augen. Sie hatte immer noch keine Anstalten gemacht, ihm ihre Hand zu entziehen.

»Ich werde in meiner Kabine sitzen und mich dort langweilen.«

Er wiegte den Kopf. »Tut mir leid. Auch falsch.«

»Dann sag's mir.«

Er ließ ihre Hand los und stand auf. »Das geht nicht. Es würde dich beunruhigen.«

Er ging zum Buffet hinüber. Mit dem Rücken zu ihr gestattete er sich ein triumphierendes Grinsen. Mit einem Körbchen Baguettebrot zum Salat kehrte er an den Tisch zurück.

Kein bisschen herablassend, sondern eher verschmitzt, lächelte sie ihm entgegen. »Gut, dann sag's mir, auch wenn die Nummer echt plump ist. Offenbare mir die Zukunft, großer Meister.«

»Bist du sicher?«

»Absolut.«

Er senkte die Stimme. »Dann lass dir sagen, oh edle Suchende, dass heute deine ganz eigene Nacht der Nächte ist. Du wirst heute Abend mit einem sehr«, er hob eine Augenbraue, »sehr attraktiven, jungen Künstler auf dem Oberdeck einer Luxusyacht mitten im Pazifik Sternschnuppen zählen.«

»Das glaube ich kaum.«

Er griff nach ihrer Hand. Gut, dass das hier niemand von seinen Freunden mitbekam. Langsam trug er ein bisschen sehr dick auf. »Du kannst mit deinem Schicksal hadern, aber es wird dir nichts nützen. Guck, dort«, ganz zart strich er ihr über die Handinnenfläche, »und dort steht es unmissverständlich geschrieben.«

»Dass heute die Nacht der Nächte ist?« Sylvie zog die Hand weg. Sie nahm ihn kein bisschen ernst, aber sie hatte auf jeden Fall Spaß an seinem Spiel.

»Yep.«

Sie legte den Kopf schief. In ihrer Wange bildete sich ein Grübchen, als sie lächelte. »Ich bring den Wein mit.«

Er hasste Wein.

NICHOLAS

Es war viel weniger unangenehm, mit Sylvie in die Sterne zu gucken, als er gedacht hatte. Sie war ausgesprochen scharfsinnig und witzig und vermutlich sah sie auch richtig gut aus, wenn man nicht ein deutsches Mädchen mit windzerzausten Haaren, abgeschnittenen Jeans und Mandelaugen im Kopf hatte. Bei einer Flasche Wein hatte sie es nicht belassen, sondern brachte gleich zwei mit, dazu Cracker und Oliven. Und sogar gebügelte Leinenservietten. »Hat mir alles Karry gegeben«, sagte sie entschuldigend.

Sie breiteten das Picknick zwischen sich auf den Brettern des Decks aus und ließen sich jeder auf einem Sitzsack nieder. Sylvie war es, die die Flasche entkorkte. Er hätte sich vermutlich ziemlich blamiert bei dem Versuch. Besonders viele Weinflaschen hatte er in seinem Leben noch nicht aufgemacht. Sie war es auch, die einschenkte und ihm ein Glas reichte. »A votre santé, Monsieur.«

Nicholas neigte den Kopf und hob das Glas. »Madame.« So schlimm war der Wein gar nicht.

Sylvie lächelte. »Danke für die schöne Idee. Ich hätte sonst vermutlich tatsächlich in meinem Zimmer gesessen und mich gelangweilt.«

»Gern.« Es fiel ihm erstaunlich leicht, zurückzulächeln. Er hatte nur keine Ahnung, wie er das Gespräch unverfänglich auf Joes geheime Geschäfte lenken sollte. Schweigend nippte er an seinem Glas.

»Ich hab nachgeguckt«, sagte sie unvermittelt. »Es gibt heute überhaupt keinen Sternschnuppenschwarm.«

»Hab ich behauptet, es gäbe einen? Ich sprach davon, sie zu zählen. Im schlechtesten Fall zählen wir null.«

»Grins nicht so unverschämt. Du hast mich mit Sternschnuppen geködert.«

»Ich dachte, ich hätte dich damit geködert, dass du mit einem phantastisch attraktiven jungen Mann Wein trinken kannst.« Er nahm noch einen Schluck. Joe, dachte er. Irgendwie müssen wir zu Joe kommen.

»Eingebildet bist du nicht, oder?«

»Nein. Wieso? Aber komisch, dass du das sagst, von meinem Vater höre ich das auch immer. Wie war Joe denn so als Vater?«, fragte er. Wahnsinnig elegante Überleitung, Mr. Bond. Preisverdächtig.

»So gut wie nie da. Meine Eltern haben sich getrennt, als ich vier war. Warum?«

»Nur so. Weil er ja jetzt wohl wieder Vater wird.«

»Ja. Unglaublicherweise.« Sie seufzte. »Ist ein merkürdiges Gefühl mit unseren Eltern, oder?«

»Ziemlich.« Und ›merkwürdig‹ war noch absolut untertrieben.

»Als Chef ist Joe halbwegs in Ordnung, aber als Vater war er leider eine Katastrophe.« Sie reichte ihm ihr Glas zum Nachfüllen.

»Wo kommt das ganze Geld für SORAYA eigentlich her?« An seiner Fragetechnik musste er noch feilen, ganz klar. »Wer finanziert *White Cloud Enterprises*?«

Sie zuckte die Achseln. »Wir haben eine ganze Reihe einflussreicher Sponsoren. Musst mal auf der Website gucken.«

»Das habe ich.« Er versuchte sich an das zu erinnern, was er dort über die Firma gelesen hatte. »Und wie kam er dazu?«

Sylvie streckte die Beine aus und lehnte sich zurück. »Dad hat diese Idee mit den Sprayern zusammen mit einem Freund ausgetüftelt, vor vielen Jahren und, ganz dem Klischee entsprechend, in der Garage ohne Kohle wie Steve Jobs. Kennengelernt hatten sie sich bei irgendeiner Umweltschutzorganisation. An den Plänen für die Sprayer haben sie eine Weile zusammengearbeitet, dann gab es wohl einen Streit um die Forschung oder Uneinigkeiten bezüglich der Ergebnisse, ich weiß es nicht mehr. Joe sagte damals, dass schon genug geredet und diskutiert worden sei. Er wolle endlich handeln und hat *White Cloud Enterprises* dann allein gegründet.«

Nicholas tunkte den rechten Zeigefinger in sein Weinglas und ließ ihn über den Rand kreisen, bis das Glas einen hohen Ton von sich gab. Sylvies Geschichte von Joe, dem Umweltaktivisten, passte nicht zu dem, was er auf dem Balkon – vielleicht – belauscht hatte. Und nicht zu dem, was Clayton von ihm wollte. Und nicht zu den Drohbriefen.

»Kannst du damit aufhören?«, fragte Sylvie mit gequältem Lächeln.

»Sorry.« Nicholas hob den Finger vom Glasrand. »Und dann?«

»Wie, und dann?«

»Was ist dann passiert? Wie ist die Firma von einer Garagenbastelei zu dem geworden, was sie heute ist?« Er nahm noch einen Schluck von dem Wein.

»Dad wusste, dass er viel Geld brauchen würde, um seinen Traum zu verwirklichen. Also hat er sich Investoren gesucht.«

Nicholas verschluckte sich. Ihm war plötzlich wieder eingefallen, was Jennifer gesagt hatte. Zwischen zwei Hustern fragte er: »Und da hat er sich das Militär ins Boot geholt.«

Sylvie grinste schief. »Nicht direkt. Zuerst holte Dad sich eine Absage nach der anderen. Dann stieg ein größeres Schiffsbauunternehmen ein, die an die Idee glaubten. Und plötzlich wollten eine ganze Menge Leute was vom Kuchen haben.«

»Das Militär auch?«

»Glaub ja. Die wissen ja auch, dass wir nicht mehr viel Zeit haben, das Klima wieder zu drehen.«

Nicholas nickte langsam. Er hatte zwar keine Erklärung, aber zumindest ein paar Puzzleteile mehr bekommen. Wesentlich weiter würde er mit Sylvies Hilfe vermutlich nicht kommen. Er versuchte, das Gespräch darauf zu lenken, was sie mit der *White Cloud One* und SORAYA wirklich taten, aber entweder Sylvie wusste wirklich nicht mehr darüber als die Wissenschaftler oder sie war noch zu nüchtern, um offener zu reden.

Nach einer Stunde verbuchte er die Mission *Sylvie aushorchen* als mit mäßigem Erfolg abgehakt.

»Was ist mit dir?« Sie leerte ihr Glas. »Trinkst du nichts mehr?«

Er rappelte sich mühsam auf die Füße. Seine Knie waren erschreckend weich. »Wenn ich noch mehr trinke, sing ich unanständige Lieder, und glaub mir, das willst du nicht erleben.«

»Nur unanständige Lieder?« Sie lächelte anzüglich.

»Auch das willst du nicht erleben.« Gott, er hatte einen im Tee. Und er musste noch Zachary anrufen.

Er reichte Sylvie die Hand. »Lass uns reingehen. Wir können ja morgen vielleicht nochmal nach Sternschnuppen suchen.«

Die Wissenschaftler saßen noch zusammen, diskutierten und lachten. Gretchen und Caroline waren jetzt auch dabei. In einer anderen Ecke spielten die Wachmänner Sven und Adrian mit den Technikern Karten. Nicholas überlegte, sich zu den Forschern zu setzen, entschied sich aber dafür, ein paar Bilder zu machen, auf denen er die gelöste Stimmung einfing. Dann lümmelte er sich in einen der Sitzsäcke, betrachtete die Fotos vom Tag, sortierte schlechte aus und behielt die, die auf dem kleinen Display einen guten Eindruck machten. Ab und zu klang lautes Lachen von einem der Grüppchen zu ihm herüber und einmal fing er einen sehr eigenartigen Blick von Sven Morrison auf.

Es wurde später und später. Nicholas merkte nicht viel von dem Kaffee. Die Wachleute und Techniker verabschiedeten sich, doch die Wissenschaftler hatten mehr Sitzfleisch. Weit nach Mitternacht legte Nicholas die Kamera zur Seite. Er dämmerte gerade in einen angenehmen Leichtschlaf hinüber, als Matt ihm zurief: »Wir machen Schluss, Nick. Machst du gleich das Licht aus?«

Mit einem Schlag war er wieder hellwach. Er würde allein im Gemeinschaftsraum sein. Allein mit dem Telefon.

Ein Gespräch mit Zachary war überfällig, allerdings bestand weiterhin ein Problem, für das er keine Lösung fand. Die Telefone wurden garantiert abgehört. Er brauchte eine Art Code. Zachary im Klartext zu sagen, was er belauscht hatte und mit ihm Lösungen zu besprechen, war nach allem, was er sich inzwischen zusammenkonstruiert hatte, der blanke Wahnsinn. Sie würden ihn danach für den Rest der Reise einsperren. Mindestens. Wenn sie ihn nicht gleich über die Reling warfen. Tragischer Hochseeunfall. Leider ist der jugendliche Fotograf über Bord gegangen, und wir konnten nichts mehr für ihn tun. Sehr traurig.

Er rief auf Zacs Handy an. Irgendwas würde ihm einfallen. Nach dem zehnten Klingeln schaltete sich die Mailbox an. Komm schon, Zac, dachte er nervös, du pennst doch nie um die Zeit. Bei seinem zweiten Versuch wurde der Anruf schon beim dritten Klingeln beantwortet, leise, als würden alle im Haus schon schlafen: »Hallo?« Es war nicht Zac.

»Elin? Bist du das?«

»Nick! Es ist ein Uhr morgens! Ist was passiert?«

So unvorbereitet ihre Stimme zu hören verschlug ihm die Sprache. Sein eigener Herzschlag klang plötzlich sehr laut.

»Ist alles okay bei dir?«

»Klar. Alles prima«, stammelte er und versuchte sich zu erinnern, was in ihrem Leben gerade los war. »Wie ist es bei dir?«

»Jetzt ist alles gut, aber das Erdbeben war ziemlich schlimm. Ich hab noch nie solche Angst gehabt. Dieses ganz tiefe Brummen … und dann der Krach, als die Halle eingestürzt ist.« Sie verstummte.

»Das erste Erdbeben ist immer krass«, sagte er unbeholfen. »Aber man gewöhnt sich irgendwann dran.«

»Rufst du deswegen mitten in der Nacht an?«

Er lachte leise. »Nee. Ist Zac da?«

»Der schläft.«

»Mist.«

»Soll ich ihn wecken?«

»Nein, warte.« Elins deutscher Akzent hatte ihn auf eine Idee gebracht. Er hatte einen Code zur Verfügung. Er brauchte bloß deutsch mit ihr sprechen. Natürlich würde das keiner näheren Überprüfung standhalten – Joe benötigte vermutlich nicht einmal drei Minuten, um jemanden aufzutreiben, der ihm die Aufnahmen ihres Gesprächs übersetzte –, aber zumindest würden potenzielle Überwachungsprogramme nicht sofort bestimmte Schlüsselbegriffe aus dem herausfiltern können, was er sagte.

Seine Gedanken überschlugen sich. Wie konnte er ihr mitteilen, was er herausgefunden hatte, ohne dass jemand anders daraus schlau wurde? Er durfte nicht in die Tiefe gehen, nichts erklären. Aber vielleicht konnte er ihr sagen, was er brauchte.

»Nick? Bist du noch da?«

»Ja.« Er sprach jetzt Deutsch. »Weißt du noch, welches Buch du an dem Tag gelesen hast, als wir uns das erste Mal gesehen haben?«

»Ja, das war –«

»Okay. Also, ich muss gerade ständig an diese Geschichte denken. Kannst du das Zac erzählen?«

Elin blieb stumm. Hoffentlich dachte sie an das richtige Buch; das von den jugendlichen Spionen.

»Elin? Kannst du das tun?«

»Ich dachte, du fandest das Buch blöd.«

»Ja, ich hatte Angst, es aufzuschlagen. Da wusste ich noch nicht, wie es sich entwickeln würde.«

Sie schwieg. Nicholas wollte sich schon verabschieden, als sie langsam sagte: »Wie hat es sich denn entwickelt?«

Nicholas drückte das Kreuz durch. »Ich sollte da nicht drüber reden. Ich würde dich spoilern.«

»Wie du meinst. Geht es dir gut? Ist alles okay?«

Er lächelte. »Du bist doch die mit dem Erdbeben.«

»Ich hab aber nicht mitten in der Nacht angerufen.«

»Guter Punkt.« Wenn sie ihm bis hierher gefolgt war, würde sie weitere seltsame Andeutungen hoffentlich auch verstehen. »Sag mal, als wir neulich Abend den Ausflug gemacht haben, da war doch dieses neue Restaurant. Don … Don … irgendwas Russisches. Oder Italienisches. Wir sollten da nächste Woche mal essen gehen. Vielleicht kannst du schonmal reservieren und schauen, was die so auf der Karte haben. Meine Möglichkeiten sind ja hier im Vergleich zu deinen ein wenig eingeschränkt.«

Er hörte förmlich, wie sie nachdachte, bevor sie sagte: »Schöne Idee. Ich gebe dir dann Bescheid, was sie haben.«

»Danke.«

»Was meintest du mit ›Pass auf dich auf‹?«

»Pass auf, dass Struppi nicht wieder nach dir schnappt.« Dass er damit die Frau mit dem kleinen Hund meinte, begriff sie gewiss.

»Und auf den wilden, amerikanischen Verkehr, nehme ich an.«

»Ja.« Seine Stimme kratzte im Hals. »Auf den auch. Und sprich mit Zac.«

»Klar, mache ich als Erstes morgen früh.« Nach einer kurzen Pause: »Bist du sicher, dass alles in Ordnung ist?«

»Alles gut.« Er lachte und hoffte, dass es einigermaßen echt klang.

Nichts war in Ordnung. Gar nichts.

NICHOLAS

MEHR ALS DREI WARNUNGEN
GIBT ES NICHT.

Nicholas knüllte den Zettel zusammen, der unter der Tür durchgeschoben worden war, und schleuderte ihn in die Ecke. Er musste rausfinden, wer die Dinger schrieb. Es musste jemand sein, der entweder Zugang zu den Überwachungskameras hatte, das Telefon abhörte oder sich an seinem Rechner zu schaffen gemacht hatte. So groß war die Auswahl da nicht.

Von Sven und Adrian hatte er noch keine Fotos gemacht.

Das war dann wohl heute dran.

Die Klimaanlage lief wieder auf Hochtouren. Oder bildete er sich bloß ein, dass es heute im Gemeinschaftsraum kühler war als sonst? Fröstelnd zog Nicholas seinen treuen alten Hoodie über, bevor er sich Cornflakes und Obst holte.

Sylvie winkte ihm, sich zu ihr und Ivan an den Tisch zu setzen, von dem sich Joe gerade erhob. Er deutete mit dem Zeigefinger auf Nicholas, bevor er ging: »In fünfzehn

Minuten in meinem Büro, Mr Hansen. Wir haben was zu besprechen.«

So musste sich ein Ladendieb fühlen, der zum Kaufhausdetektiv geschleppt wurde. Ich muss die Polizei rufen, geben Sie schon mal den Schmuck her.

Mit Mühe gelang es Nicholas, sein Frühstückstablett auf den Tisch zu stellen, ohne dass seine zitternden Hände dafür sorgten, dass er die Hälfte verschüttete. Sein Hals war wie zugeschnürt.

Sylvie lächelte ihn an. »Wie war die Nacht?«

»Kurz«, sagte er knapp.

»Noch lange gearbeitet?«

»Ja.«

Sein Mund war trocken und die Cornflakes schmeckten pappig. Mehr als die Hälfte der Schüssel brachte er nicht hinunter. Ruhig, Nick, dachte er. Ganz ruhig. Vielleicht war alles ganz harmlos. Joe hatte nicht unfreundlich oder gar zornig ausgesehen. Nervös wackelte Nicholas mit den Knien, bis es Zeit war, zu Joe zu gehen. Sylvie und Ivan waren in ein Gespräch über Seesterne vertieft.

Es war das erste Mal, dass er Joes Büro auf dem Schiff betrat. Der Raum lag direkt neben seinem eigenen Quartier, war aber mindestens doppelt so groß und natürlich ausgestattet mit den modernsten Möbeln, die man diesseits des Pazifiks finden konnte. Die Wand gegenüber der Tür bestand ebenso wie die des Gemeinschaftsraumes ganz und gar aus Glas, so dass die Trennung zwischen Schiff und Meer fast aufgehoben wurde und er noch stärker als dort bei jeder Welle, die gegen die Scheibe spritzte, das Gefühl hatte, zurückweichen zu müssen. Eine gemütliche Sitzgruppe aus dunkelblau-gemusterten Sesseln und einem üppigen Sofa bot Blick auf das Wasser.

Joe deutete darauf. »Nimm Platz. Magst du einen Saft?«

»Danke, gern.« Nicholas legte die Hände ineinander, um sie am Zittern zu hindern.

Als sie beide saßen, sah Joe ihn durchdringend an.

Nicholas hielt dem Blick stand, wenn auch mit Mühe.

»Sea Shepherd, eh?«, fragte Joe.

»Was? Ach so, mein Pullover.«

»Was hältst du davon?«

Nicholas dachte sehr schnell nach. Worauf wollte Joe hinaus? Was war jetzt die richtige Antwort? Immerhin war Joe mal Umweltaktivist gewesen. Er entschied sich für die Variante *Stammelnder Schuljunge*. »Naja, sie … sie setzen sich echt ein für die Wale und so … das finde ich gut.«

Joes Blick wurde lauernd. »Wie weit, denkst du, darf man gehen für ein Ideal, an das man glaubt?«

»Kommt immer drauf an, oder?«

»Das ist keine besonders präzise Antwort.«

»Es war auch keine besonders präzise Frage.« Hörte Joe, dass seine Stimme unter der Rotzigkeit wackelte?

Joe lachte. Er hatte die Ellenbogen auf die Knie gestützt und die Fingerspitzen aneinander gelegt. »Stimmt. Ich frage präziser: Wenn du die Möglichkeit hättest, etwas zu tun, von dem du glaubst, dass es gut und notwendig ist, von dem du glaubst, dass es *richtig* ist, und wenn du gleichzeitig wüsstest, dass andere, die du für Schurken hältst, dabei zu Schaden kommen könnten – würdest du es tun?«

Mit einem Mal war es ganz einfach, Joe in die Augen zu sehen. »Ja«, sagte Nicholas. »Ja, das würde ich.«

Joe nickte bedächtig. Er lehnte sich zurück und sah aus dem Fenster. Eins der Salzwasser-Schiffe zog langsam seine Bahn durch ihr Blickfeld und schwenkte dann um in Richtung Horizont.

Es war Joe, der als Erstes wieder sprach: »Du warst lange wach gestern.«

»Du auch, wenn du das mitbekommen hast.«

Joe lachte auf. »Touché. Ich hatte noch Verwaltungsarbeit. Und du?«

Die Überwachungsdateien würden es sowieso zeigen. »Ich hab noch Fotos sortiert. Und telefoniert.«

»Um die Uhrzeit?«

Flucht nach vorn. Nicholas grinste so unverschämt, wie er konnte. »Ich hab bei Freunden angerufen. In unserem Alter ist die Uhrzeit noch kein Problem.«

»Werd nicht frech.« Joe lachte wieder, aber unter dem Lachen lag etwas Bedrohliches. »Mit wem hast du telefoniert?«

»Ist das ein Verhör?«

»Nur etwas, das ich in meiner Funktion als Sylvies Vater wissen möchte.«

Oh, bitte! Wollte er ihm das ernsthaft weismachen? Nicholas kaufte ihm den besorgten Papa keinen Moment lang ab. Trotzdem breitete sich die Erleichterung wie eine angenehm kühle Flüssigkeit in ihm aus. Es ging nicht um den

Inhalt seines Gesprächs mit Elin. Noch nicht. Den hatte Joe vermutlich noch nicht übersetzen lassen. Es ging hier offiziell um das kleine Date mit Sylvie.

»Hast du mit einem Mädchen telefoniert?«, hakte sein Chef nach.

»Ja.« Nicholas merkte selbst, dass es trotzig klang. »Dies ist ein freies Land, oder?«

»Ich weiß zufällig, dass du gestern mit Sylvie einen, sagen wir, romantischen Abend verbracht hast.«

»Den größten Teil des Abends habe ich gestern gearbeitet«, sagte er abweisend. »Dafür werde ich bezahlt.«

Joes Blick war jetzt hart. »War das Mädchen am Telefon deine Freundin?«

Bevor Nicholas sich entschieden hatte, ob er geheimnisvoll lächeln oder irgendetwas sagen sollte, fuhr Joe fort: »Auf jeden Fall musstest du ja mitten in der Nacht mit ihr sprechen, was ein wenig seltsam ist, das wirst du zugeben.«

Nicholas grinste, so breit er konnte. »Es war die Art von Gesprächen, die besser keiner mithört.«

»Das kann ich mir vorstellen.« Joe seufzte. »Du weißt, dass ich dich wirklich gern mag, Nicholas. Aber wenn ich auch nur den geringsten Verdacht haben muss, dass auf meinem Schiff jemand mit gezinkten Karten spielt, dann werde ich verdammt ungemütlich.«

»Ich spiele nicht falsch, Joe.«

»Das hoffe ich für dich. Sylvie hat Ehrlichkeit verdient.«

Gott, was für ein Pathos! Der glaubte doch nicht allen Ernstes, dass Nicholas ihm seine väterlichen Sorgen auch nur eine Sekunde abgenommen hatte! Aber er konnte das Spiel mitspielen, kein Problem. »Sylvie ist mindestens drei Jahre älter als ich. Meinst du nicht, dass sie ganz gut auf sich selbst aufpassen kann?« Er stand auf. »Ich bin gleich mit den Jungs von der Technik verabredet. Sie haben versprochen, mir und meinem Schätzchen hier« – er klopfte auf die Kamera – »noch mehr von den Wundern des Schiffes zu zeigen. Danach will ich noch zu Sven.«

Er hatte die Klinke schon in der Hand, als Joe hinter ihm noch einmal fragte: »Wie weit würdest du gehen, Nicholas?«

Nicholas blieb stehen.

»Würdest du dein Leben einsetzen für etwas, an das du glaubst?«

Das Material der Tür vor ihm schimmerte mattgrau. Es hatte eine feine Rillenstruktur.

Er drückte die Klinke nach unten. »Keine Ahnung.«

ELIN

Elin konnte sich nicht vorstellen, dass sie je genug davon bekommen könnte, mit Paul aufs Meer hinaus zu fahren. Nach ihrer ersten Tour hatte sie nicht wieder so viele Delfine auf einmal gesehen. Es tat ihrem Glück keinen Abbruch. Allein das Gefühl, vorn im Bug zu stehen, den Fahrtwind im Haar, die Sonne auf der Haut! Es war, als würde das Meer den Schrecken des Erdbebens aus ihr rausspülen, ebenso wie die bedrückenden Gedanken der vergangenen Tage. Tief sog sie die salzige Luft in die Lunge. Nicks nächtlicher Anruf wirkte auf einmal irreal und die Leute, die sie zu verfolgen schienen, kamen ihr sehr weit weg vor. Selbst der Krach, als die Kartbahn zusammenbrach, die schreienden Menschen um sie herum, der Staub – alles schien aus ihr hinaus zu fließen. Sie war glücklich damit, an der Reling zu stehen und aufs Wasser zu sehen und die Leichtigkeit in sich zu spüren.

Wenn sie dann auch noch Tiere sah – umso besser. Sie konnte inzwischen tatsächlich Tümmler von Glattdelfinen unterscheiden, und sie wusste auch, dass Seelöwen sich anders verhielten als Seehunde. Die auf der Mole sitzenden Pelikane und Reiher hielt sie ohne Probleme an der Silhouette auseinander.

Paul stand selbst am Megaphon. Sie waren seit fast vierzig Minuten unterwegs und Elin sah den Touristen an, dass sie zwar die Fahrt genossen, einige von ihnen jedoch unruhig wurden. Sie hatten sich beim Losfahren entzückt angestoßen und über die Seelöwen gefreut, die an ihrem üblichen Platz am Ende der Mole schliefen oder auf der Fahrwassertonne in der Sonne brieten. Doch hauptsächlich waren sie hier, um Wale und Delfine zu sehen. »Es kommt so gut wie nie vor, dass wir gar keine Sichtung haben«, hatte Paul ihr erklärt. »Wenigstens ein paar Delfine sehen wir eigentlich immer.« Sollte heute einer dieser ganz seltenen Tage sein, an denen die Hoffnungen der Touristen enttäuscht wurden? Auch Paul merkte die Unruhe. »So ist das, wenn wir es mit wilden Tieren zu tun haben«, sagte er durchs Megaphon. »Sie haben ihre eigenen Pläne und die passen nicht immer mit unseren zusammen. Aber wir geben nicht auf. Halten Sie weiter mit Ausschau!«

Elin beschattete die Augen mit der Hand, um besser sehen zu können. Sie machte sich keine Illusionen. Niemand würde von hier unten, direkt über dem Wasser, eher Delfine entdecken, als Paul von seiner erhöhten Warte aus. Noch dazu hatte Paul nicht nur seine Fernsichtgläser, sondern auch mindestens zwanzig Jahre Übung darin, Meeressäuger zu erspähen. Er wusste genau, worauf er achten musste.

Wieder fiel der Bug des Katamarans in ein Wellental, und Elin wurde von oben bis unten nass gespritzt. Die Frau neben ihr juchzte auf. Elin lachte. »Großer Spaß, oder?«

Das Megaphon knisterte. »Okay, liebe Leute«, sagte Paul. »Wir haben eine Gruppe von Tümmlern auf zwei Uhr.

Sie kommen direkt auf uns zu – wahrscheinlich wollen sie ein bisschen Menschen angucken spielen.«

Keine Minute später waren die Delfine bei ihnen. Wieder sprangen sie um das Boot herum. Sie surften ein paar Minuten in der Bugwelle und im Kielwasser und verschwanden dann, so schnell sie gekommen waren.

Die Touristen waren begeistert.

»Wie der gesprungen ist!«

»Und hast du gesehen, wie schnell sie waren?«

»Sogar unter dem Boot waren sie.«

All die glücklichen Gesichter um sie herum! Jeder Mensch sollte das einmal erleben, dachte sie. Sie würde Paul später fragen, ob er nicht eine Tour extra für die Leute aus der Clique anbieten konnte, die bei dem Erdbeben in der Kartbahn gewesen waren. Ihnen allen würde sie gönnen, den Staub und die Angst hier auf dem Meer zu lassen.

Als Paul das nächste Mal durch das Megaphon sprach, klang er hörbar aufgewühlt. »Wow«, sagte er. »Wow. Wow. Wow. Ich habe noch eine ganz besondere Überraschung für euch, ihr unfassbaren kleinen Glückspilze. Etwa eine halbe Meile vor uns schwimmen ein paar Wale, die um diese Jahreszeit hier so selten sind wie Diamanten in einem Silberbergwerk. Im Sommer haben wir sie das letzte Mal vor zehn Jahren gesehen.«

Elin strengte ihre Augen an und suchte den Ozean ab. Da vorn! Der Wal war fast so schnell wie ein Delfin, aber viel größer. Sein schwarz-weißer Körper hob sich so leicht zum Sprung aus dem Wasser, als könne er fliegen und kam mit beeindruckendem Platschen wieder auf.

Paul lachte vergnügt. »Wer kann mir sagen, was das für Wale sind?«

Elin hielt sich mit beiden Händen an der Reling fest. »Orcas«, flüsterte sie.

NICHOLAS

Sven und Adrian bei der Arbeit zu fotografieren dauerte keine halbe Stunde. Er zögerte das Ganze noch ein bisschen hinaus, indem er Adrian den silbernen Faltreflektor in die Hand drückte und Sven vor den Computern posieren ließ. Schöne, kalte, technische Atmosphäre. Es waren gute Bilder – leider bekam er auch nicht mehr als das. Was hatte er sich eingebildet? Dass sie ihm gegen ein hübsches Lächeln gestanden: »Tschuldigung, Junge, wir wollten dich mit den Drohbriefen nicht erschrecken«?

Nicholas zog sich in seine Kabine zurück. Jeglicher gesunde Menschenverstand sagte ihm, dass er vorsichtiger sein musste und die ganze Action am besten vergessen sollte. Aber er wollte es besser verstehen. Er versuchte sich in Erinnerung zu rufen, was Joe über die russischen Anbaugebiete gesagt hatte. Jegliche Suchanfrage, die er über die Schiffsrechner ins Internet schickte, würde aufgezeichnet werden, doch was könnte er sonst tun?

Suchmaschine: *anbauflächen russland landwirtschaft karte* … Er ließ den Finger über der Entertaste schweben. Nicht schlau, überhaupt nicht schlau. Er musste denen nicht auf dem Silbertablett servieren, was er wusste. Er brauchte nur einfach ein wenig Geduld.

Elin hatte sonst immer abends geschrieben. Er öffnete dennoch das Mailprogramm, nicht wirklich davon ausgehend, Neuigkeiten von ihr oder Zac zu lesen. Doch er hatte sich getäuscht.

Elin Tién an Nicholas Hansen, 6:05h:
Hi Nick,
ich habe vor Aufregung kaum schlafen können. Es wäre sehr schön, mit dir essen zu gehen. Das Restaurant, das du erwähnt hast, habe ich mir angeschaut. Die servieren im Wesentlichen Getreidespeisen. Ich weiß noch nicht, ob mir das so gefällt.
Bis bald,
Elin

Im Wesentlichen Getreide. Klar, dachte er bitter. Sie gehen gleich auf die Hauptnahrungsmittel. Wenn schon, denn schon. Ich weiß sehr gut, dass mir das nicht gefällt.

Er rief die Bilder in der Cloud auf. Irgendwo musste doch dieses Bild sein, das er noch am Festland bei Matt und Gretchen im Büro aufgenommen hatte, das Bild von der Weltkarte mit den Pin-Nadeln. Ivans Labor - Gretchen am Computer - Matt, wie er stirnrunzelnd aufblickte ... Dazwischen musste es sein. Er war sich absolut sicher, dass es dort sein musste. Doch es war nicht dort. Er scrollte fünfmal durch alle Bilder. Das Bild der Weltkarte fehlte. Und er hatte es nicht gelöscht.

Nicholas klappte den Computer zu. Dann holte er die Speicherkarte unter seiner Matratze hervor. Kurz überlegte er, wo er sie sinnvoller verwahren konnte, aber seine Kabine gab kein kreativeres Versteck her als seine schmutzigen Socken und war im Nullkommanichts komplett durchsucht. Er beschloss, die Karte ab sofort bei sich tragen.

Den Nachmittag verbrachte er damit, Musik aus der Schiffscloud zu hören und dabei immer wieder die Speicherkarte in seiner Kamera zu wechseln, bis er es selbst mit der linken Hand in unter fünf Sekunden schaffte.

Die Karte, die Sylvie ihm gegeben hatte, würde er für *White Cloud One* Werbematerial nutzen. Die zweite war ab sofort für alles andere, was ihm auffiel. Du schuldest mir was, Clayton, dachte er, als er sich auf den Weg zu den Atmosphärenforschern machte.

Matt sah als Einziger auf. Für den Bruchteil einer Sekunde glaubte Nicholas, Erschrecken in seinem Gesicht zu sehen, doch dann glätteten sich seine Züge. Erfreut über seinen Besuch wirkte der Wissenschaftler allerdings nicht. »Nick, wir haben hier echt zu tun.«

Kein guter Zeitpunkt, um sich lange mit Fotos aufzuhalten. »Okay«, sagte Nicholas. »Bin auch gleich wieder weg.« Er machte schnell ein paar Aufnahmen zur Ablenkung sowie ein neues Bild von der Weltkarte, dieses Mal mit seiner eigenen Speicherkarte. Diese Aufnahme würde nicht in der Cloud landen.

Caroline war nicht im Raum, Gretchen schrieb konzentriert an ihrem Computer.

»Was bedeuten eigentlich diese Nadeln auf eurer Karte genau?«, fragte Nicholas, an niemand Bestimmten gerichtet.

Matts Augen flackerten. »Du wirst bezahlt, um Fotos zu machen, oder?«

»Ja«, sagte Nicholas zögernd. Was war denn dem über die Leber gelaufen?

»Dann schlage ich vor, du tust das und überlässt das Klima den Klimawissenschaftlern.«

Nicholas nickte langsam. So leise, dass nur Matt es hören konnte, und ohne die Lippen zu bewegen, sagte er: »Du hast auch einen Brief bekommen.«

Etwas lag in Matthews Blick, das ihm das Blut in den Adern gefrieren ließ.

JOE

Joe Richardson betrachtete den Monitor und hoffte, wie er noch nie etwas gehofft hatte, er möge träumen. Auf dem Weg zum Frühstück hatte Sven Morrison ihn angesprochen. »Hast du eine Minute?«

»Jetzt?«

»Jetzt.«

Im Zeitraffer hatte der Wachmann die Aufnahmen der Überwachungskameras durchlaufen lassen. Joe sah sich selbst, wie er die Treppe zum Oberdeck hochstieg. Caroline und die anderen Wissenschaftler in den Laboren bei der Arbeit. Sven, der die Treppe zum Oberdeck bewachte. Nicholas, der kam und mit Sven sprach.

Dann hatte Sven das Video auf normale Geschwindigkeit gestellt und kaugummikauend gesagt: »Jetzt kommt's.« Joe hatte das Gefühl gehabt, dass es ihm ausgesprochenes Vergnügen bereitete.

Ihm, Joe, bereitete es kein Vergnügen. Ihm wurde kalt, als er die Aufnahmen sah. Das Arboretum. Nicholas, der sich umsah und dann blitzschnell zur hohen Plattform emporstieg. Der sich nochmal umsah, die Kamera zurechtrückte und an dem mickrigen Stamm neben der Plattform nach oben kletterte, bis er den Erfassungsbereich der Kamera verließ. Kurz darauf Nicholas, dessen Füße am oberen Bildrand auftauchten und hin- und herschwangen, bevor er auf die Plattform zurücksprang. Dann der Gang zu den Quartieren und seinem Büro. Es gab keine Aufnahmen davon, wie er mit dem General zusammen über das Schiff gegangen war. Er hatte gewusst, dass der Kleine nicht sauber war, aber Cathys wegen hatte er beschlossen, darüber hinwegzusehen. Solange er sich auf dem Schiff befand, war Nicholas ungefährlich, und danach – nun, danach würden sie sich eben etwas einfallen lassen müssen.

Sven drückte die Fingerknöchel der rechten Hand mit der linken und gleich darauf die der linken Hand mit der rechten. Es knackte beeindruckend. »Das war gestern«, sagte er schleppend, als wenn Joe das nicht selbst erkannt hätte. »Und es ist nicht alles. Wir haben vom Festland Aufnahmen, die belegen –«

»Danke, Sven.« Joe erwachte aus seiner Starre. Jetzt war es wichtig, dass klar blieb, wer der Chef auf diesem Schiff war. Und das war gewiss nicht Sven Morrison. Er erhob sich und fasste dem Wachmann kollegial auf die Schulter. »Gute Arbeit. Ich kümmere mich darum.«

»Das solltest du besser. Dein Goldjunge ist kein Stück weit so unschuldig, wie du denkst.«

Joe straffte die Schultern. Sogar ein gönnerhaftes Lächeln gelang ihm. »Offensichtlich nicht. Gibt es sonst noch was?«

Sven schien nur darauf gewartet zu haben, dass er diese Frage stellte. Triumphierend zog er eine Schublade auf und entnahm ihr einen kleinen Gegenstand.

Joe durchzuckte die Frage, wie der Wachmann wohl ohne seine unüberlegte Höflichkeitsfrage den Übergang dazu geschafft hätte. Unverwandt betrachtete er den Stick in Svens Hand. »Was ist das?«

»USB-Stick«, sagte Sven schleppend. Das Kaugummi in seinem Mund knackte dabei.

Joe richtete sich zu seiner vollen Größe auf und schaute den Wachmann so überheblich an, wie er nur irgend konnte. »Und?«

»Haben wir auf dem Steg gefunden.«

»Auf welchem Steg?«, fragte Joe ungeduldig.

»Hafenmole.«

»In ganzen Sätzen! Was ist das, und warum zeigst du es mir erst jetzt, wenn es auf der *Hafenmole* lag? Das wird kaum vor einer Stunde gewesen sein.«

Sven hob betont gleichgültig die Schultern. »War so viel los hier, hat keiner mehr dran gedacht.«

Von wegen! Er musste seit Tagen darauf gewartet haben, diesen Trumpf auszuspielen.

»Ist ganz interessant, was drauf ist. Und was die Kameras am Hafen dazu aufgezeichnet haben.«

Joe brachte sein Gesicht sehr nah an das des Wachmannes. »Dann zeig es mir. Jetzt.«

Zehn Minuten später schlug Joe wutschnaubend gegen die Wand des Sicherheitsbüros. Er war wütend auf Nicholas, wütend auf sich selbst und vor allem wütend auf Sven Morrison mit seinem aufsässigen, siegesgewissen Lächeln. »Es ist ein Unding!«, schrie er. »So etwas zu vergessen darf! Nicht! Vorkommen!«

Er hätte den Kleinen überhaupt nicht mitgenommen, wenn ihm klar gewesen wäre, *wie* unverschämt er wirklich war. Das hier waren keine aus Versehen an die falsche Adresse geschickten Pressefotos mehr, das war vorsätzliche Spionage.

NICHOLAS

Das Meer tobte wieder.

Nicholas‘ Seekrankheit war zurück. Karry gab ihm ein Kaugummi gegen die Übelkeit. »Das ist nicht ganz so hart wie die Tabletten«, sagte sie. Hoffentlich half es. Er holte sich noch ein paar Stückchen Zwieback aus der Küche und kletterte damit auf die hohe Plattform im Arboretum.

Während unter ihm das Schiff schwankte, lag er auf dem Rücken, die Hände hinter dem Kopf verschränkt, und sah in den Himmel mit seinen merkwürdigen Wolken. Er fühlte sich wie vor einer unüberwindbaren Mauer.

Was konnte er schon groß machen? Er war ein Siebzehnjähriger mit einem Fotoapparat. Er war nicht beim FBI und er war leider auch nicht James Bond. Bis auf den Besuch des Generals und die Weltkarte war auf seiner geheimen Speicherkarte nicht viel drauf.

Sein Blick glitt durch das Arboretum. Hatte er es schon in all seiner Schönheit aufgenommen? Es war so unwichtig. Trotzdem suchte sein Gehirn wie auf Autopilot nach Bildausschnitten und Blickwinkeln.

Und dann sah er es.

Ein kleines schwarzes Gerät an einem der Baumstämme. War die Überwachungskamera schon da gewesen, als er von hier aus aufs Dach gestiegen war? Mit Sicherheit. Und wer sah, was das Ding aufnahm? Joe? Die Sicherheitsfuzzis Sven und Adrian? Captain Roberta und der Steuermann?

Es war lächerlich, das wusste er. Die Reaktion eines trotzigen Kleinkindes. Diese Kamera war vermutlich eine von dreiundsiebzig. Aber er konnte nicht anders. Er steckte Karrys Kaugummi in den Mund, biss ein paarmal darauf herum und überlegte dabei, wie er am einfachsten zu der Überwachungskamera gelangen konnte.

Er hatte genug davon, abgehört und überwacht und kontrolliert zu werden.

Es reichte.

Als Gretchens Stimme eine Viertelstunde später unter ihm erklang, lag er wieder auf der Plattform und sah in die Wolken. Die verschorfte Wunde an seinem Oberschenkel pochte von der Klettertour auf den Baum, aber die Überwachungskamera war sauber mit einem Kaugummi gegen Seekrankheit außer Gefecht gesetzt. Nehmt das.

»Alles okay mit dir, Nick?«

»Ja. Ich brauch bloß ne Pause.«

»Kann ich hochkommen?«

»Meinetwegen.«

Gretchen würde er ertragen können, vielleicht als einzige Person auf diesem Schiff. Sie war immer nur freundlich gewesen. Er hörte, wie sie ächzend die Leiter hochkletterte, dann ließ sie sich neben ihn sinken. »Seekrank?«

Er musste lachen. »Sieht man das etwa?« Er setzte sich auf und legte die Arme um die Knie.

Sie beugte sich vor und tätschelte tröstend seine Hände. »Wird schon wieder.« Ihre Hand war warm und weich. Sie schob ihm einen kleinen, harten Gegenstand in die Hand und sagte kaum hörbar: »Viele Grüße von Matthew.«

Er schloss die Finger um den Gegenstand. Ein USB-Stick? »Das, was ich denke?«

Sie nickte.

»Mir ist echt richtig übel. Ich glaub, ein bisschen frischer Wind auf dem Oberdeck würde mir guttun. Kommst du mit?« Der Wind heulte dort im Augenblick so laut, dass er jegliche Überwachungsmikrofone stören würde.

»Woher weißt du, dass du mir vertrauen kannst?«, fragte er, während sie nebeneinander auf die stürmische See hinausblickten.

Ihre Augen wurden noch dunkler, als sie ohnehin waren. »Das weiß ich nicht. Aber Matt und ich haben beschlossen, es zu versuchen. Wir können nicht länger nichts tun.« Das hatte sie schon mal zu ihm gesagt.

»Was ist auf dem Stick?«

»Antworten auf deine Fragen, Teil I. An Teil II arbeitet Matt noch.«

»Ich würde es der *New York Times* geben.«

Sie versuchte ein Lächeln. Tröpfchen von Gischt hatten sich auf ihrer Brille niedergeschlagen. »Wir sind Wissenschaftler. Wir analysieren Daten und konzentrieren uns auf ein Problem. Der für die kreativen Lösungen bist du.«

»Auf jeden Fall muss ich das alles von Bord kriegen, an Svens Scanner vorbei. Hast du eine Idee?«

»Hätten wir eine gute, würden wir es selbst tun. Das ist dein Job.«

Eine Weile schwiegen sie beide. Die See tobte.

Dann sagte Gretchen: »Ich habe einen Lehrauftrag in Harvard. Mein Mann und die Kinder sind schon dort und sehen sich nach einem Haus um. Es ist mir wichtig, dass sie in Sicherheit sind. Na ja, und sie brauchen ihre Mutter, wenn du verstehst, was ich meine.«

Er nickte stumm. Harvard. »Wie viele Kinder hast du?«

»Drei.« Beim Gedanken an ihre Kinder wurde Gretchens Gesicht ganz weich. »Ich vermisse sie scheußlich. Tom ist vier, Jeremy sieben und Tina ist letzten Monat neun geworden. Ich hab ein Foto dabei.«

Nicholas betrachtete höflich das Foto.

Fremde Kinder.

Das Papier flatterte im Wind. Bevor er es verlieren konnte, gab er das Bild Gretchen zurück, die es wieder an sich nahm, als wäre es der größte Schatz auf Erden. Seltsam. Nichts vorher hatte ihm so bewusst gemacht, dass auf diesem Schiff Menschen mit Geschichten arbeiteten, wie diese kleine Geste, als sie das Foto wieder an sich nahm. Dass das alles hier kein theoretisches Problem war, sondern etwas, das Menschen direkt betraf. Nicht nur die Menschen auf diesem Schiff, sondern viele Menschen in der ganzen Welt. Nicht mal durch die Wassernot in Santa Ana oder die Jungs, die ihn zusammengeschlagen hatten, war es ihm so klar geworden.

Vielleicht war das Bild von Gretchens Kindern, die fröhlich und unschuldig in die Kamera lachten, nur das letzte

Puzzleteil gewesen, das sein Gehirn brauchte, um wirklich, wirklich zu verstehen, worum es ging. Er würde alles tun, was in seiner Macht stand, damit Gretchens Schatz erhalten blieb. Wenn er auch keine Ahnung hatte, wie er das anstellen sollte.

ELIN

Der Sturm ließ einen Gartenstuhl über die Terrasse poltern und gegen die Schuppentür krachen, doch niemanden schien das zu stören. Zac jedenfalls sah nicht mal auf.

Elin recherchierte, wieder einmal. Ihre Beine wurden langsam warm von dem Notebook, das sie darauf abgestellt hatte. Ihr Kopf brummte schon von all den Informationen, die sie in kurzer Zeit aufgesaugt hatte.

Zac hockte vor seinem Computer am Schreibtisch und tippte. Plötzlich lehnte er sich stöhnend zurück. »Ach. Du. Scheiße.« Elin sah zu ihm hinüber. »Das Programm, das ich Nick mitgegeben habe, hat einen Fehler.«

»Das heißt, es wird nicht funktionieren?«

»Im besten Fall nicht.«

»Und im schlimmsten?«

»Das weiß ich nicht.«

»Über diese Schiffs-E-Mail-Adresse würde ich ihm das nicht sagen«, sagte Elin. Der Gedanke gab ihr einen Stich. Sie würde Nick gern alles Mögliche sagen, über diese Adresse oder über eine andere.

»Nee, wohl nicht.« Zachary lächelte grimmig. »Aber hast du eine bessere Idee?« Er öffnete sein Mailprogramm. »Was soll ich schreiben?«

Elin drückte die Schultern durch. »Nick und ich haben so eine Art Code –«

»Ihr habt einen Code?«

»Ja. Er hat mit dem Buch zu tun, das ich gelesen habe, als wir uns kennengelernt haben. Vielleicht könnten wir ihm schreiben: ›Ich habe das Buch durch. Es ist nicht empfehlenswert.‹?«

»Besser als nichts. Meinst du, das versteht er?«

Sie wartete, bis er zu Ende geschrieben hatte und sagte dann: »Ich hab ein bisschen über dieses SORAYA-Projekt herausgefunden. Willst du es wissen?«

Er nickte. »Sollen wir zum Strand runterfahren oder uns irgendwo ins Café setzen? Ich werde wahnsinnig, wenn ich hier noch länger drinbleibe.«

Elin grinste. Wenn er das sagte, musste es wirklich schlimm sein. Sie kannte Zachary inzwischen recht gut und wusste, dass seine blasse Gesichtsfarbe nicht daran lag, dass er zu viel Sonnencreme auftrug. Sie sprang vom Bett. »Ich bin für einen Strandspaziergang.«

Die Wellen türmten sich höher auf, als sie es je vorher gesehen hatte. Elin war immer noch fasziniert davon, wie sie direkt vor dem Strand so hoch sein konnten und dann am Ufer ins Nichts verliefen. Der Wind fegte ihr die Haare aus der Stirn und die Worte aus dem Mund. Sie musste laut sprechen, um dagegen anzukommen.

Während sie nebeneinander über den feuchten Sand an der Wasserkante liefen, berichtete sie Zachary, was sie nachgelesen hatte. »Die Idee, ins Klima einzugreifen, ist überhaupt nicht neu. Seit den 50er Jahren gibt es Überlegungen dazu. Man nennt das Geoengineering oder Climate Engineering. Schon damals gab es Leute, die gewarnt haben, dass wir das Klima aufheizen, wenn wir zu viel CO_2 rauspusten.« Sie musste kichern. »Zum Teil waren das echt abgefahrene Ideen damals. Ein paar wollten echt die Erde auf eine andere Umlaufbahn schießen. Und ein Typ hat vorgeschlagen, einen riesigen Spiegel in den Weltraum zwischen Erde und Sonne zu hängen, um das Sonnenlicht zu reflektieren.«

Zac lachte. »Wie hätten sie den wohl da hoch kriegen wollen? Und woher hätten sie das Material genommen?«

»Ja, das hat man dann auch schnell eingesehen. Das war aber nicht mal das Krasseste, was ich gefunden habe.«

»Sondern?«

»Die wollten allen Ernstes versuchen, die Erde auf eine andere Umlaufbahn zu schießen, weiter weg von der Sonne.«

»Wie cool ist das denn? Anstatt, dass sie sich mal eine umweltfreundlichere Technik ausgedacht hätten.«

»Genau. Jedenfalls ist das, was die da draußen mit diesen Salzwasser-Schiffchen machen, im Vergleich völlig harmlos. Es gibt auch heute viel heftigere Sachen. Ein paar Leute sind dafür, Schwefel in die Atmosphäre zu pusten. So, als wäre ein Vulkan ausgebrochen. Dann kommt nicht so viel Sonnenlicht durch.«

»Das ist doch gar nicht so blöd.«

»Nee. Nur ist der Himmel dann auch nicht mehr blau. Wer will das denn? Außerdem muss man es immer wiederholen, weil es abregnet.«

»Klingt auch recht ungesund.«

Sie fuhr fort: »Andere haben versucht, den Ozean mit Eisen zu düngen, damit mehr Algen wachsen, die CO_2 binden und dann absinken.«

»Auch ganz schlau, oder nicht?«

»Hat aber nicht funktioniert.«

»Wieso nicht?«

Sie zuckte die Achseln. »Weiß ich nicht mehr. Das eigentlich Wichtige ist, dass das alles wohl nicht auf Dauer funktioniert.« Sie bückte sich und versuchte die Kurve im Sand aufzumalen, die sie im Internet gefunden hatte: die Vorhersagen der Jahrestemperaturen in den nächsten zwanzig Jahren. »So ungefähr würde sich das Klima auf der Erde entwickeln, wenn wir einfach so weitermachen.« Sie malte eine zweite Kurve, die in der Mitte abknickte und auf einer Temperatur stabil blieb. »Und so wäre es, wenn sich jemand irgendeine coole Lösung einfallen ließe, um das Klima abzukühlen.«

»Also eine richtig coole Lösung.«

Sie lachte auch. »Genau.«

»Was ist daran auszusetzen?«

Klar, dass er, der Techniker, auf die technischen Lösungen stand. »Daran auszusetzen ist, dass es nur funktioniert, solange man die Technik – welche auch immer – angeschaltet lässt. Egal, ob man den Ozean düngt oder irgendwelche Partikel in die Atmosphäre einbringt: In dem Moment, in dem man damit aufhört, passiert das hier.« Ihre Kurve im Sand schoss steil nach oben, bis sie wieder deckungsgleich war mit der vorherigen und sie sogar überholte.

»Oh oh«, sagte Zachary.

»Genau. In dem Moment, wo man aufhört, wird es schlimmer als vorher. Und vor allem geht das dann so irrsinnig schnell, dass die Natur überhaupt keine Zeit hat sich anzupassen.«

»Nicht gut, oder?«

»Nicht gut.«

Eine Weile liefen sie schweigend nebeneinander her. Elin fiel auf, dass Zachary nur auf den Sand trat. Sie selbst mochte das Gefühl, wenn die angespülten Riesentangblasen unter ihren nackten Füßen zerplatzten. Zwar war Zachary jetzt im Bilde darüber, was sie alles Überflüssiges recherchiert hatte, aber seinem Problem waren sie damit keinen Schritt nähergekommen.

Zac trat frustriert in einen kleinen Schaumhaufen. »Das, was du mir gerade erzählt hast, das kann jeder Hans und Franz im Netz rausfinden, oder?«

»So ziemlich.«

»Darüber müsste sich Nick also nicht aufregen.«

»Nein, es geht ihm um etwas anderes. Er hat gesagt, er hätte Angst, das Buch aufzuschlagen, aber die Geschichte hätte sich so entwickelt, dass er es tun müsse. Was hoffentlich bedeutet, dass er dein Programm noch nicht gestartet hat.«

CLAYTON

Der Sturm rüttelte an den Fliegengittern vor dem Fenster. Staubwolken wirbelten durch die Luft.

Clayton Williams stellte seine Kaffeetasse zur Seite und lehnte sich in dem feudalen Sessel in seinem Hotelzimmer zurück. Die Redaktion ließ sich seinen Aufenthalt hier etwas kosten, das Hotel lag direkt am Strand. Es wäre gut, wenn er Ergebnisse liefern könnte, sobald Nicholas zurück kam.

Der Sturm da draußen entsprach ungefähr der Verfassung in seinem Inneren. Er hatte die letzten Tage damit verbracht, sein Netzwerk von befreundeten Journalisten zu aktivieren. Er hatte Artikel geschrieben und ein – in aller Bescheidenheit – wirklich gutes Video zusammengeschnitten. Alles war bereit, auf sein Signal hin online zu gehen. Er war nicht umsonst für seine gute Nase bekannt. Und er hatte nicht umsonst seit einem Jahr mit Wissenschaftlern gesprochen und die unterschiedlichsten Quellen untersucht. Dass er sich SORAYA betreffend irrte, war so gut wie ausgeschlossen. Ihm fehlten nur noch ein paar unanfechtbare Beweise. Wenn er mit nichts als wilden Verschwörungstheorien und heißer Luft kam, konnte er sich jetzt schon mal nach einem ruhigen Job bei einer Dorfzeitung in Iowa umsehen.

Das Mädchen hatte sich bisher nicht gemeldet. Natürlich konnte das viele Gründe haben. Er machte sich nichts vor. Wenn er die Kleine in ihrem Whale-Watching-Büro aufsuchte, würde er auffallen wie ein bunter Hund, das hatte er ja bereits einmal erfahren. Das hier war das Land reicher weißer Leute in Jeans und Flipflops. Seine elegante Kleidung, die beinahe »New York« schrie, konnte er austauschen. Seine Hautfarbe nicht. Würde er sie auf die Spur des Mädchens bringen, wenn er es aufsuchte? Würde er sie dadurch noch weiter gefährden? Andererseits: Sie waren ja sowieso bereits hinter der Kleinen her, das war schließlich der Grund für Nicholas‘ Rückzieher gewesen. Viel falsch machen konnte er also kaum. Außerdem spielte er hier den Touristen. Und welcher Tourist ließ sich eine Wal-Tour entgehen?

Clayton legte die Hände zusammen, sah zu, wie der Sturm draußen wütete und dachte nach.

Das Wetter lud nicht gerade zum Wandern ein, aber er konnte sein Hotelzimmer bald nicht mehr ertragen. Er sah wieder aus dem Fenster, ließ den Blick über den Strand schweifen – und zuckte zusammen. Das Mädchen vom Pier! Der dunkelhaarige Junge war bei ihr. Er war auch am Hafen gewesen. Clayton zögerte nicht lange. Er griff den Zimmerschlüssel vom Tisch und lief hinaus.

Als er aus dem Hotel trat, war von den beiden Jugendlichen nichts mehr zu sehen.

Verflucht!

Ein Strandspaziergang würde ihm trotzdem gut tun. Laufen beflügelte das Denken, und bei dem Wetter fühlte er sich fast wie zu Hause. Er zog die Kapuze über den Kopf.

Nicht viele Menschen waren am Strand unterwegs. Ein paar wenige unermüdliche Surfer in Neopren-Anzügen, vereinzelte Jogger. Er genoss es, mit sich allein an der Wasserkante entlang zu gehen und die Gedanken treiben zu lassen. Umso mehr erschrak er, als er das Kurvendiagramm entdeckte, das jemand in den Sand gemalt hatte. Eine Ecke war vom Wasser überspült, aber er erkannte dennoch auf den ersten Blick, was es bedeutete. Die Kinder hatten recherchiert. Nicholas war also trotz allem doch dran geblieben.

Dann sollte er wohl besser die Redaktion benachrichtigen.

NICHOLAS

Nicholas hatte es sich mit Ivan und Matthew auf den Sitzsäcken auf dem Oberdeck gemütlich gemacht.

Vier Tage noch. Er würde vier weitere Tage James Bond spielen. So lange würde er überleben, und er würde in der Zeit so viel herausfinden, wie er konnte. Dann würde er fünftausend Dollar von Joe und siebentausend von Clayton kassieren und das alles vergessen. Er würde wieder einfach nur Nicholas Hansen sein, zum Parkour gehen, Hochzeiten fotografieren und für den Eingangstest fürs College lernen. Vier Tage noch, bis er sein altes Leben zurückbekam.

Die Freude nach dem erfolgreichen Vorstellungsgespräch schien ein ganzes Leben her zu sein. Begierig auf die große Chance und das Wunderschiff war er gewesen, und er hatte geglaubt, Teil einer wirklich guten Sache zu sein. Jetzt fühlte er sich wie ein Gefangener auf dem Schiff. Ob das den anderen ebenso ging? Er suchte in Matthews Gesicht nach Anzeichen von Spannung, doch der Wissenschaftler verbarg seine Gefühle entweder gut oder er hatte keine weitere Drohung erhalten. Nicholas war dankbarer über Matthews Gesellschaft, als er ihm je würde sagen können. Mit Matthew und Gretchen wusste er wenigstens noch zwei weitere Personen an seiner Seite, die dem Frieden hier ebenfalls nicht trauten. Sie waren der Beweis, dass seine Skepsis berechtigt war.

Bisher war nichts passiert.

Joe war nicht zu ihm gekommen, um ihn danach zu fragen, was er auf dem Dach getan hatte. Keiner hatte ihm ein Messer an die Kehle gehalten und die geheime Speicherkarte verlangt, auf der ja nicht nur die verbotenen Fotos waren. Es war Wahnsinn, diese relative Sicherheit zu gefährden, indem er Zacs Spionage-Programm laufen ließ. Er hatte mehr Glück als Verstand gehabt, dass er es auf der Kamerakarte durch die Kontrollen hatte bringen können. Sollte er das jetzt riskieren? Wofür? »In die Rechner einbrechen« hatte sich so verwegen angehört, so logisch – und im Nachhinein so kindisch. Er musste doch erstmal wissen, wonach er suchte. Er konnte Zac – oder Clayton – nicht wahllos irgendwelche Datenberge schicken. Es musste etwas sein, was auch für Normalsterbliche verständlich war. Versteckte Bankverbindungen oder E-Mails, die bewiesen, dass … Blödsinn! Joe würde kaum seine Deals mit dem General schriftlich festgehalten haben. »Eine Kopie von Joes Rechner ziehen.« Was hatten sie sich dabei gedacht? Andererseits war es besser als nichts und Zac war gründlich, was Computer anging. Er würde es tun. Zac hatte alles vorbereitet, es waren bloß ein paar Klicks.

»Wisst ihr schon, was ihr nach der Forschungsreise macht?«, riss Ivan ihn aus seinen Gedanken. Ivan selbst würde weiter für *White Cloud Enterprises* forschen, das hatte er Nicholas schon erzählt.

Matthew warf eine faustgroße Muschel in die Luft und fing sie mit der anderen Hand wieder auf, wie er es schon seit fünf Minuten tat. »Ich werde hier ja noch weiter gebraucht, aber in Teilzeit geh ich nach Berkeley. Hab da eine Vorlesungsreihe über Atmosphärenwissenschaften und Ethik.«

Nicholas verzog den Mund. »Wie passend.«

»Ja, oder? Das Thema ist echt wichtig. Und es ist ne große Chance für mich.« Matthew warf ihm die Muschel zu. »Was ist mit dir?«

»Nächstes Jahr mach ich den Schulabschluss. Und danach … keine Ahnung. Vielleicht geh ich aufs Kunstcollege. Oder nach New York.« Er dachte an Gretchens Kinder. New York war kein ganz schlechter Ort. Man konnte dort Dinge bewegen.

Joe hatte Nicholas beim Mittagessen sehr eigenartig angesehen, ihm aber nur kurz zugenickt. Später hatte Nicholas Captain Roberta und ihren Steuermann bei der Arbeit fotografiert und sich danach mit seinem Laptop in seine Kabine zurückgezogen.

Seit über einer Stunde saß er jetzt vor dem Gerät, kämpfte gegen leichte Übelkeit und traute sich nicht, den Befehl zu tippen, den Zac ihn wieder und wieder hatte aufsagen lassen, damit er ihn im Schlaf eingeben konnte. Was, wenn er etwas falsch machte? Seine Hände waren feucht und er glotzte wie hypnotisiert auf den Bildschirm. Das hier war schlimmer, als in eine Achterbahn zu steigen. Totaler Kontrollverlust. Eine Achterbahn konnte immerhin gestoppt werden, wenn ein Passagier kotzte oder in Ohnmacht fiel. Hier würden nach seinem Klick tausende von elektronischen Informationen hin- und herflitzen, die er weder verstand noch kontrollieren geschweige denn aufhalten konnte. Was würde mit ihm geschehen, wenn er aufflog? Was würde mit Zachary geschehen - und mit Elin?

Nicholas' Finger schwebten über der Tastatur. Es war ganz einfach. Nur Tasten antippen. Die Übelkeit schnürte ihm den Hals zusammen. Seine linke Hand ballte sich zur Faust. Es ging nicht.

Er klappte den Computer zu und holte seine Laufschuhe aus dem Spind. Er brauchte dringend ein vernünftiges Versteck für sein ganzes verbotenes Zeug.

JOE

»Siehst du, funktioniert alles wie geschmiert.« Sven Morrisson sah ihn an, als erwarte er ein Lob.

Joe seufzte. Es war selbstverständlich, dass die Überwachungskameras taten, was sie sollten, dafür waren sie da. Die Wartungsleute hatten sogar den Kaugummi von der Kamera im Arboretum wieder runtergepult. Das war nicht der Grund für seinen Besuch in der Sicherheitszentrale. »Gibt es eine Möglichkeit, dass ihr mir die Bilder der Kameras live auf den Rechner in meinem Büro spielt?«

Sven runzelte die Stirn. »Ich glaube nicht, dass das den Vorschriften entspricht.«

»Ich habe gefragt, ob es möglich ist.«

»Joe, die Vorschriften.«

Er brachte sein Gesicht ganz nah an das des Sicherheitsmannes und zischte: »Es interessiert mich nicht, was auf irgendwelchen Vorstandstreffen entschieden wurde. Auf diesem Schiff mache ich die Vorschriften. Ich will die Überwachungskameras auf meinen Rechner haben. Verstanden?«

Der bärtige Mann verschränkte die Arme. »Ich muss das melden.« Es klang wie eine Drohung.

»Tu das, wenn es dich glücklich macht. Solange du mir die Bilder auf den Rechner spielst.« Sollte Sven melden, was er wollte. Das hier war mal seine, Joes, Firma gewesen, und sie würde es wieder werden. Und das Erste, was Joe dann tun würde, war Sven Morrisson zu feuern.

»Noch was, Joe. Wir haben die Computer kontrolliert.«

Als er eine halbe Stunde später den Raum verließ, knallte Joe die Tür hinter sich zu. Ein unbefriedigendes Geräusch von Holz, das von weichen Gummilippen gedämpft auf Plastik trifft. Sein Kopf wollte zerplatzen. Die ganze Geschichte lief langsam aus dem Ruder.

Cathy hatte im Nebensatz erzählt, dass Nicholas' bester Freund schon als kleiner Junge mit Computern gespielt hatte. Offensichtlich tat er das immer noch. Aber dass er tatsächlich versuchen würde, in die Schiffsrechner einzudringen, das war schon ziemlich kaltblütig. Widerstrebend zollte Joe dem kleinen Computerfreak – wenn er es denn war – Respekt. Wenigstens schien Nicholas bisher nicht mehr damit angerichtet zu haben als den Datenträger, auf dem das Programm war, in den Computer zu schieben. Wie auch immer er es geschafft hatte, das Ding an Bord zu bringen.

Bevor Nicholas ernsthafte Schwierigkeiten verursachte, würde Joe handeln müssen. Auch wenn es Cathy nicht gefallen dürfte.

NICHOLAS

Nachdem er sich eine halbe Stunde auf dem Hightech-Laufband warm gelaufen hatte, machte Nicholas Sit-ups und Liegestütze, bis er glaubte, die Arme würden ihm abfallen. Das Gefühl des Gefangenseins ließ nicht von ihm ab. Er wollte nach Hause, an seinen Strand. Er lief wieder los. Schnell. Bergauf. Er rannte, bis ihm der Schweiß lief, trieb sich weiter. Seine Lunge brannte. Er stellte das Gerät erst aus, als ihm schwarz vor Augen zu werden drohte. Japsend hielt er sich am Handgriff des Laufbands fest, um nicht umzukippen.

Auf dem Weg zu seiner Kabine traf er Sylvie. »Lust auf ein Familientreffen?«, fragte sie amüsiert.

»Lust auf eine Dusche.« Und auf ein Bad im Meer, aber das würde er wohl nicht so bald bekommen.

»Später?«

»Vielleicht.«

»Ich würde den Wein mitbringen.«

»Lass mal.« Er würde den Rest des Tages wieder einmal auf dem Oberdeck damit verbringen, auf den Horizont zu sehen.

Während das warme Wasser über seinen Körper rann, dachte er nach. Es gab auf diesem Schiff entschieden zu viele Datenträger mit verbotenem Inhalt, und sie alle warteten darauf, dass er etwas mit ihnen tat. Zu gern wüsste er, was auf dem Stick war, den Gretchen ihm zugesteckt hatte. Vielleicht machte das ja Zacharys Programm überflüssig. Immerhin fanden die Wissenschaftler in den Massen von Daten sicherlich eher das, was wichtig war.

Nicholas stellte die Dusche aus und trocknete sich ab. Er *könnte* – was natürlich extrem dreist wäre, aber eine verschickte E-Mail ließ sich nicht zurückholen – er könnte einfach alles, was auf Gretchens Datenträger war, in einen E-Mail-Anhang werfen und es Clayton schicken, oder Zac. Klar, die Mails wurden kontrolliert, deswegen hatte das wahrscheinlich keiner von den Wissenschaftlern gewagt. Aber er hatte nichts zu verlieren. Er war leider entsetzlich gut dafür geeignet, den Helden zu spielen. Bis dahin brauchte er ein Versteck. Eins, das leicht zugänglich war und dennoch sicher. Er konnte zumindest dafür sorgen, dass die Daten nicht in falsche Hände gerieten, und Sylvies Anblick hatte ihn auf eine grandiose Idee gebracht.

Es gab einen Ort auf diesem Schiff, der offen zugänglich war und an dem garantiert niemand nach verbotenen Datenträgern suchen würde. Dieser Ort war nicht in seiner Kabine.

Nicholas Hansen an Zachary Vanderloh, 22:03h:
Ich werde lieber ein anderes Buch lesen denke ich. Dieses hier ist nicht mehr interessant.

White Cloud Enterprises an Nicholas Hansen, 22:04h:
Dies ist eine automatisch generierte E-Mail. Ihr Konto ist zurzeit deaktiviert. Wenden Sie sich bitte an Ihren zuständigen System-Administrator.

Er war abgeschnitten von der Welt.

ELIN

Elin Tién an Nicholas Hansen, 20.43h:
Hey, Nick, wieso schreibst du nicht? Ist alles okay bei dir? Wir müssen dringend reden.

Elin Tién an Nicholas Hansen, 21.08h:
Hm. Hast du meine Mail jetzt nicht bekommen, oder hast du nur keine Lust oder keine Zeit zum Antworten? Es gab einen Unfall. Vincent ist im Krankenhaus. Bitte melde dich, wenn du kannst!

NICHOLAS

Kein Brief dieses Mal, sondern ein Zeitungsausschnitt. Wieder unter der Tür durchgeschoben, der schwere Schreibtisch hielt also immerhin ungebetene Eindringlinge ab.

> *UNFALL IN LAGUNA NIGUEL*
> *In den frühen Abendstunden kam ein Wagen vom Crown Valley Parkway ab und prallte gegen einen Baum. Die Fahrerin des Van, Jennifer V., war mit ihrer Familie auf dem Heimweg, als nach ihrer Aussage »wie aus dem Nichts« ein Auto neben ihr auftauchte und sie von der Fahrbahn abdrängte. Der Sohn der Frau, Zachary, V. (17) sowie eine Gastschülerin aus Deutschland bestätigten diese Aussage, andere Zeugen jedoch sagten aus, der Van sei ohne jeden Fremdeinfluss von der Fahrbahn abgekommen. Der jüngste Sohn der Familie, Vincent (8), befindet sich schwer verletzt im Krankenhaus und war zum Zeitpunkt der Drucklegung nicht vernehmungsfähig. Die Polizei ermittelt weiter.*

Sie hatten sich an seiner Familie vergriffen.

Sie hatten sich verdammt nochmal an seiner Familie vergriffen. Vincent war im Krankenhaus. Seinetwegen.

Weil er hier bescheuerte Agentenspielchen spielte.

Und nun?

Weitermachen, jetzt erst recht? Aufgeben?

Jedes Mal, wenn er versuchte, eins von beiden logisch bis zum Ende zu durchdenken, verhedderten sich seine Gedanken irgendwo. Er wünschte sich nichts mehr, als sich mit Zac zu besprechen – und zu hören, was genau mit Vincent war.

Auf dem Weg zum Frühstück musste er den Impuls unterdrücken, alle drei Sekunden über die Schulter zu sehen, ob ihm jemand folgte. Das ist Quatsch, machte er sich bewusst. Niemand würde hinter ihm hergehen. Die Überwachungskameras erledigten das viel unauffälliger.

Er ließ den Blick über die Crew schweifen und suchte nach Anzeichen, die den Briefschreiber verrieten: betonte Freundlichkeit, Unruhe, Gleichgültigkeit. Doch niemand verhielt sich anders als sonst.

Außer ihm anscheinend, denn Ivan fragte: »Was ist los, Nick?«

Nicholas zuckte zusammen. »Nichts.«

»Sicher?«

»Ja.«

Der Sonne nach zu urteilen, war es ungefähr neun Uhr morgens, und der Tag war bereits gelaufen. Keine E-Mails, dafür Leute, die sich in sein Zimmer schlichen, um dort hinterhältige Briefe und Zeitungsausschnitte zu deponieren. Und Vincent im Krankenhaus, der Unschuldigste von allen. Und in ihm dieser hilflose Zorn auf das alles, der sich minütlich steigerte, ohne dass er ihn aufhalten konnte. Er sollte wirklich Zac anrufen, Reality-Check. Am unauffälligsten war es wahrscheinlich, das gleich zu tun, solange zumindest ein paar Leute noch beim Frühstück saßen. Niemand würde annehmen, dass er etwas Verbotenes tat, wenn er ganz offen zu Hause anrief. Vermutlich war es sogar auffälliger, wenn er das nicht tat.

Das Telefon stand immer in der Basisstation auf einem extra Tischchen neben dem Buffet. Alle Crewmitglieder waren angehalten, es dort wieder hinzustellen. Jetzt konnte er nicht nur das Telefon, sondern auch die Basisstation nirgendwo entdecken.

Ein hässlicher, heißer Klumpen fiel in seinen Magen. Noch einer.

Was zu viel war, war zu viel.

Sie konnten nicht alles mit ihm machen.

Wutentbrannt stapfte er zu Sylvies Bürotresen. »Das Telefon im Gemeinschaftsraum ist weg.«

Sie sah nicht besonders erstaunt aus. »Keine Gespräche aufs Festland.«

Er merkte, wie seine Augen zu schmalen Schlitzen wurden und gab sich keine Mühe, das zu ändern. Sie sollte ruhig sehen, dass er wütend war.

»Anweisung von oben. Hat wohl was damit zu tun, dass wir in Mexiko sind.«

»Für wie blöd hältst du mich?«, fauchte er.

»Nick, bitte. Hör mir einen Moment zu.«

»Nein, du hörst mir zu!« Seine Stimme klang furchtbar schrill in seinen Ohren. Atmen, dachte er. Atmen. »Ich bin hier, um Fotos zu machen. Ich hab nicht unterschrieben, mich hier einsperren zu lassen.« Oder meine Familie fertigmachen zu lassen.

Sylvie sah fast ängstlich aus – etwas, das er sich an ihr bisher nicht mal ansatzweise hatte vorstellen können. Die Wut, die aus ihm hervorbrodelte, musste beeindruckend sein. Es überraschte ihn nicht, als sie im Lehrerinnentonfall sagte: »Ich habe das nicht entschieden. Wende dich an Joe, wenn du dich beschweren willst.«

»Weißt du was?«, zischte er. »Genau das werde ich tun.« Er wirbelte herum und lief davon.

»Nick, warte!«, rief Sylvie ihm hinterher. »Nicht jetzt! Joe ist gerade …«

Den Rest hörte er nicht mehr.

Er stürmte durch den Gang zu Joes Büro. Erstaunlich, dass die Luft um ihn herum keine Funken schlug. So sehr kochte die Wut in ihm, dass er das Gefühl hatte, alles, was er berührte, müsse sofort in Flammen aufgehen. Doch auch Joes Bürotür flog nicht in die Luft, als er sie aufstieß, ohne anzuklopfen.

Joe stand am offenen Fenster und telefonierte. Zornig zog er die Augenbrauen zusammen, als er seinen unangemeldeten Besucher sah. Er sagte etwas, das so ähnlich klang wie »Sndoschku poschaljuschda« und knurrte dann: »Jetzt nicht! Raus hier.«

Nicholas warf ihm einen finsteren Blick zu und verließ den Raum, nicht ohne die Tür so laut zuzuknallen, wie er konnte. War das Russisch gewesen, was Joe gesprochen hatte? Auf jeden Fall irgendeine slawische Sprache.

Weil er nicht wusste, was er sonst tun sollte, betrat er

sein eigenes Quartier neben dem von Joe. Auch hier stand das Fenster offen, und die Luft war angenehm frisch vom noch kühlen Seewind. Er lehnte den Kopf an den Fensterrahmen und sah aufs Meer hinaus. Die Wut machte einer verzweifelten Erschöpfung Platz. Er konnte nicht mehr.

Er wollte nicht mehr.

Er wollte nur noch, dass es vorbei war.

Nebenan hörte er Joe telefonieren. Es musste Russisch sein.

Etwas klickte in Nicholas' Kopf.

Von einer Sekunde zur anderen war er wieder wach.

Fiebrige, wahnwitzige Gedanken brachen sich Bahn. Er brauchte ein Aufnahmegerät. Sein Telefon war weg. Ein Diktiergerät hatte er nicht. Und wie sollte er überhaupt nahe genug herankommen?

Über seinem Fenster war ein Vorsprung in der Schiffshülle, nicht breiter als vierzig Zentimeter. Sein Blick flog durchs Zimmer. Etwas zum Aufnehmen … Was die konnten, konnte er auch. Auf dem Bett lag die Kamera. Eine Sekunde später hatte er sie gegriffen, und drei weitere Sekunden später zog er sich auf den Vorsprung über dem Fenster hoch. Er war so aufgekratzt, dass er kaum merkte, wie sein Herz jagte und sein Atem schwerer ging. Er lag schräg auf die abgerundete Schiffshülle gepresst, während der Rumpf sich unter ihm hob und senkte. Eine starke Welle, und er war erledigt. Seine Finger krallten sich in winzige Ritzen in der metallenen Haut, während die Füße sich Zentimeter um Zentimeter rüber zu Joes Fenster schoben. Wieso hatte er nicht daran gedacht, die Kamera vorher anzuschalten?

Als er versuchte, eine Hand vom Schiff zu lösen, rollte eine Welle von Panik über ihn, die ihn versteinern ließ. Auf einmal konnte er sich kein bisschen mehr bewegen.

Komm, Nick, machte er sich Mut. Ein Stück noch. Du kannst das.

Aber keiner seiner Muskeln war willens, sich noch weiter in Gefahr zu begeben. Der Blick nach unten auf das schäumende Wasser jagte ihm einen Schauer über den Rücken. Seine Hände krampften sich umso fester an kaum vorhandene Vorsprünge. Er würde hier an der Schiffshülle kleben bleiben, atemlos, reglos, bis das Schiff ihn abwarf und der Ozean ihn verschlang.

Mach den Kopf aus, sagte Darriells Stimme in seinem Kopf. Bebend fing er wieder an zu atmen. In Zeitlupe löste er die linke Hand vom Schiff und schaltete die Videofunktion der Kamera ein. Er wusste nicht, ob er über Joes Fenster oder noch daneben war. Das, was er mit seinen Ohren von dem Gespräch im Inneren hören konnte, war laut genug. Es würde auch für das Kameraohr genügen müssen. Rauschen und Windgeräusche ließen sich ausfiltern, und es ging hier schließlich nicht um eine Studioaufnahme.

Nachdem Joe aufgehört hatte zu telefonieren, war es trotz des Windes, der um das Schiff fegte, erschreckend still.

Nicholas‘ Finger verkrampften sich. Joe würde in der plötzlichen Stille sein abgekämpftes Keuchen hören und ihn entdecken. Ein Schlag aus dem Fenster mit einem Besenstil und Nicholas wäre erledigt.

Doch wie durch ein Wunder blieb unter ihm weiter alles ruhig.

Der Rückweg war entsetzlich schwer.

Nachdem die Wut verraucht war, die ihn auf diesen Vorsprung und über Joes Fenster getragen hatte, erkannte Nicholas, wie irrsinnig das ganze Unternehmen gewesen war. War er lebensmüde? Wie war er hier überhaupt hochgekommen? Er war nicht Spiderman! Niemand würde ihn aus dem Wasser holen, wenn er fiel – was nur zu wahrscheinlich war. Niemand würde ihm auch nur einen Rettungsring hinwerfen. Er würde elendig ertrinken. Das Wasser war warm, kein schneller Tod. Nicholas' Knie fingen an, bedenklich zu zittern, als er die Gefahr erkannte, in die er sich gebracht hatte.

Quälend langsam schob er sich zurück dorthin, wo er seine Kabine vermutete.

Wie sollte er jemals wieder zurück nach unten kommen? Es war unmöglich. Genauso unmöglich, wie es nach allen Gesetzen der Physik gewesen wäre, hier überhaupt hochzukommen.

Nackte Angst ließ ihn minutenlang bewegungslos verharren. Tief aus seinem Inneren stieg eine uralte Erinnerung auf. Papa und er auf einer Wanderung in den Bergen. Nicholas war ungefähr in Vincents Alter gewesen. Er jammerte und maulte und hatte keine Lust mehr. Papa hockte sich vor ihm hin und sagte nur sanft: »Wir können hier stehen bleiben und weinen und dann weitergehen, oder wir können direkt weitergehen.«

Er war damals weitergegangen.

Er würde jetzt weitergehen.

Es gab ja keine andere Möglichkeit.

Dieser Möwenschiss auf der Schiffshülle war ihm vorhin aufgefallen. Er war also an der richtigen Stelle. So dicht an das Schiff gepresst, wie er nur irgend konnte, ging er breitbeinig in die Knie und griff nach der Kante unter ihm. Mach den Körper weich. In einer Bewegung, die er hinterher nicht mehr hätte erklären können, glitt er um den Vorsprung herum, bis er an den Händen hing und sich ins Zimmer fallen ließ.

Er schob den Tisch vor die Tür, ließ sich auf sein Bett sinken und schlief beinahe sofort ein.

ELIN

»Die grüne Gruppe trifft sich in einer Viertelstunde dort vorn.« Elin wusste nicht, wie oft sie diesen oder sehr ähnliche Sätze schon gesagt hatte. Gerade holten die letzten Touristen ihre vorbestellten Karten ab. Gleich würde es für die nächste halbe Stunde etwas ruhiger werden – Gott sei Dank. Es war schwer, nach dem Unfall einfach weiterzuarbeiten. Wieder und wieder hatten sie alle ihre Geschichte ausgesagt, aber die Polizei fahndete nur halbherzig nach dem roten Auto, das sie abgedrängt hatte. Jennifer und Zac waren zu Vincent ins Krankenhaus gefahren. Doch Pauls Geschäft duldete gerade im Sommer keine Pause.

Elin wandte sich zu Tammy um. »Und jetzt?«

Tammy verzog das Gesicht. »Paul würde sich sicherlich freuen, wenn wir den Quittungsstapel da noch erledigen. Wenigstens etwas, das wir für ihn tun können.«

Es war eine eintönige Arbeit, die Papiere, die sich während der letzten Woche angesammelt hatten, nach Datum zu sortieren und abzuheften. Eine Zeitlang arbeiteten sie schweigend, jede in ihre Gedanken versunken.

Als sie Schritte vor dem kleinen Verkaufsfenster hörte, streckte Elin die Arme nach oben und räkelte sich, bevor sie aufstand.

»Kann ich spontan noch eine Fahrt buchen?«

Sie erkannte den Mann vor dem Fenster sofort. Clayton Williams. Sie hatte ihn vollkommen vergessen gehabt. »Woher wissen Sie, dass ich hier bin?«

Er lächelte. »Das ist mein Job. Hast du was von deinem Freund gehört?«

»Nein.«

»Magst du ein paar Schritte mit mir gehen?«

Sie sah Tammy fragend an. Viel war gerade nicht los. Tammy würde klarkommen.

Der Reporter kam gleich zur Sache, als sie an der Promenade nebeneinander her schlenderten. »Ich habe von dem Unfall gehört.«

Sie sagte nichts. Natürlich hatte er das. Jeder hatte davon gehört.

»Wie geht es dem kleinen Jungen?«

Durfte sie darüber reden? »Den Umständen entsprechend«, antwortete sie schließlich.

Clayton Williams schien zu bemerken, dass er das Thema lieber meiden sollte. »Seit wann hat dein Freund sich nicht mehr gemeldet?«

»Seit ein paar Tagen.«

»Verdammt. Hast du versucht, ihm zu schreiben?«

Elin checkte zehnmal am Tag ihre Mails, in der Hoffnung, dass Nick sich meldete. »Er antwortet nicht.«

Mit Sorgenfalten auf der Stirn sah er sie an. Er erzählte ihr, dass er die Zeichnung gefunden hatte, die sie für Zachary in den Sand geritzt hatte. »Wir sollten uns zusammensetzen und den Stand der Dinge vergleichen, was meinst du?«

NICHOLAS

Nicholas fand Ivan in seinem Labor. Der Biologe tropfte mit einer Pipette grüne Flüssigkeit auf einen Objektträger. Die blubbernden Glaskolben warfen ein schauriges Licht auf sein Gesicht. Ohne aufzusehen, sagte er: »Mach die Tür zu, ja?«

Er schob den Objektträger unter das Mikroskop. Mehr aus Gewohnheit denn aus einem echten Bedürfnis heraus stellte Nicholas die Kamera ein und hockte sich hin, um Ivan auf Augenhöhe aufnehmen zu können. Sofort geriet er wieder in den angenehmen Zustand, in dem der Mensch, den er vor der Linse hatte, zum schönsten Menschen auf Erden wurde. Ivans Augen, grün und gerahmt von dunklen Wimpern, vor dem Mikroskop. Sein kantiges Gesicht mit dem dunklen Fünftagebart. Die Stirn, die sich in konzentrierte Falten legte. Der Grauwal auf seinem Unterarm, der beinahe aussah, als wolle er auch einen Blick auf den Objektträger erhaschen.

Nach dem sechsten Bild blickte der Biologe auf. Nicholas drückte auf den Auslöser.

Ivan lächelte ergeben und deutete mit einer leichten Kopfbewegung auf einen Stuhl neben sich. »Ich brauch noch fünf Minuten. Setz dich so lange da hin und lass das Geknipse.«

Er tat, worum Ivan ihn gebeten hatte. Ohne den Blick durch die Kamera fiel es ihm schwer, einfach nur zu warten. Alles in ihm wollte jetzt sofort über Joes Telefonat sprechen, und am liebsten auch gleich noch über den Brief. Fünf Minuten waren eine Ewigkeit. Jede einzelne seiner Zellen stand wieder unter Spannung.

Dass seine Beine unruhig wippten, merkte er erst, als der Mann neben ihm knurrte: »Und hör auf rumzuzappeln.«

Nicholas stand auf und schaute sich im Labor um. Seine Gedanken kreisten um Joe. Wieso tat Joe das? Was trieb ihn? Und welcher Joe war der echte? Der, der mit seiner Crew scherzte? Der ihm – Nicholas wurde bei der Erinnerung gleich wieder schlecht – mit sichtbarem Stolz seine Lebensgefährtin vorgestellt und zärtlich den Babybauch gestreichelt hatte? Oder der, der sich mit Militärs anlegte und dabei arg hoch pokerte? War es das? Pokerte er einfach nur? War das alles ein Spiel?

»So.« Ivan riss ihn aus seinen Gedanken. »Ich komme sowieso nicht weiter, wenn du das hier als Sporthalle benutzt. Was gibt's?«

»Kannst du Russisch?«

»Leidlich. Mehr verstehen als sprechen. Wieso?«

Nicholas holte tief Luft. »Weil ich ein russisches Video habe – glaube ich –, dessen Text ich gern übersetzt hätte. Muss nicht genau sein. Nur so ungefähr.«

Der Biologe seufzte und sah sehnsüchtig zu seinem Versuch hinüber. »Jetzt? Kann das nicht bis heute Abend warten? Ich habe hier wirklich noch zu tun.« Ein Blick in Nicholas' Gesicht ließ ihn aufseufzen. Er deutete auf die Kamera. »Da drauf?«

»Hm.«

»Ist es viel?«

»Hm«, sagte Nicholas noch einmal.

»Dann komm nachher in mein Quartier, und wir schauen uns das an.«

In Nicholas' eigenem Quartier war es nicht wohnlicher als in einem Hotelzimmer. Bis auf seine Kleidung, die in einem unordentlichen Haufen auf dem Stuhl lag, und die Laufschuhe in der Ecke gab es keine persönlichen Gegenstände. Bei Ivan sah das anders aus. Das Quartier war aufgeräumt. An der Wand hing ein Poster mit einer Walfluke. Auf dem Nachttisch neben dem Bett entdeckte Nicholas einen Bücherstapel und ein gerahmtes Bild. Er ging näher heran. Das Bild zeigte Ivan, lachend, zusammen mit einer jungen Frau, irgendwo im Wald. Die beiden hatte die Arme umeinander gelegt und blinzelten gegen die Abendsonne. Vor ihnen saß ein hellbrauner Hund.

Ivan folgte seinem Blick. »Meine Verlobte.« Liebevoll und stolz klang es. »Im Oktober wollen wir heiraten.«

»Hübscher Hund.«

»Oh ja. Und er hat es faustdick hinter den Ohren. Vor allem bei meiner Liebsten versucht er immer wieder rauszukriegen, wer der Chef ist. Bei mir geht's.«

»Der hat Angst vor deinem Bart, wetten?«

Ivan lachte. »Wahrscheinlich.« Er wurde wieder ernst. »Aber deswegen sind wir nicht hier. Also, was hast du da?«

Nicholas suchte das Video heraus und reichte Ivan die Kamera. »Zum Abspielen bloß hier drücken.«

Er ging zum Fenster und sah hinaus. Der Blick aufs Meer half ihm, nicht auch noch in Ivans Quartier hin und herzulaufen wie ein Tiger im Käfig. Hinter sich hörte er Joe sprechen, leise und ein bisschen quäkend drang es aus dem kleinen Lautsprecher der Kamera. Er hörte »milliarda« und »dollarov«. Zwischendurch schnappte Ivan nach Luft.

Wieder Joe.

Dann Stille.

Er drehte sich zu Ivan um.

Der Biologe saß auf dem Rand seines Bettes, blass unter dem dunklen Bart. Lange starrte er vor sich auf den Boden. Nicholas konnte fast sehen, wie es in Ivans Kopf arbeitete. Vermutlich waren es dieselben Gedanken, die er selbst gehabt hatte, als ihm nach und nach klar wurde, was hier mit SORAYA gespielt wurde. Bloß, dass Ivan bestimmt schneller eins und eins zusammenzählte. Und dass es ihn härter traf. Er war Wissenschaftler, und er hatte hier für etwas angeheuert, an das er glaubte. Dieser Glaube zerbröckelte vor Nicholas' Augen.

»Ich wusste, dass die Technik Nachteile hat. Haben kann.« Die Bitterkeit in Ivans Stimme war nicht zu überhören. »Dass sie gefährlich sein kann. Das wussten wir alle.«

Vor dem Fenster zog eins der SORAYA-Boote seine Bahn.

»Aber ich hätte nie gedacht, dass Joe …« Ivan verstummte wieder und dachte nach. »Du weißt, was du mir da zum Übersetzen gegeben hast, oder?«

Unsicher zuckte Nicholas mit den Schultern. »Hab eine Vermutung. Was sagt er?«

In Zeitlupe sah Ivan zu ihm auf.

»Bist du irre?«, fragte er dann leise. »Bist du total durchgeknallt?«

»Ich …«

»Was?« Ivan sprang auf. Er hatte ganz klar Mühe, nicht zu schreien. »Scheiße, Nick! Wo hast du das her? Weißt du, was passiert, wenn irgendjemand erfährt, dass du diese Aufnahme hast?« Er fing an, seinerseits auf und ab zu laufen und dabei immer wieder die Fäuste zu ballen.

Nicholas traute sich kaum zu fragen, aber er musste Gewissheit haben. »Ist es das, was ich denke? Ivan, ich glaube, dass dieses Projekt hier – SORAYA – nur als heldenhafte Klimarettung verkauft wird. In Wahrheit ist es eine Waffe, richtig? Und was ich da aufgenommen habe – das ist eine Erpressung oder eine Kriegsdrohung oder so etwas. Hab ich recht? Sag mir bitte, dass ich mich irre!«

Ivan sah ihn nur düster an. Dann sagte er sehr langsam und deutlich, als spräche er zu einem kleinen Kind: »Ich habe keine Ahnung, was du darüber denkst und es interessiert mich auch nicht. Ich sage dir, was du jetzt machst. Du nimmst diese Speicherkarte und versenkst sie im Meer. Du hast mich nie danach gefragt, und du denkst dir einen verdammt guten Grund aus, warum du unbedingt mir reden musstest. Raus jetzt.«

»Hast du Angst?«

»Du solltest besser welche haben. Das dient manchmal der Lebenserhaltung.«

NICHOLAS

Weder am Nachmittag noch am Abend wechselte Ivan ein einziges Wort mit ihm. Beim Essen setzte Nicholas sich wie schon so oft zu Ivan und Matt an den Tisch, doch der Biologe warf ihm nur einen schnellen Blick zu und stand auf.

Er musste eine Heidenangst haben. Wenn er doch nur wüsste, was genau Joe da gesagt hatte!

»Was ist denn mit dem los?« Sylvie war hinter ihn getreten.

»Keine Ahnung«, log Nicholas. »Hat wahrscheinlich einen Kaktus zum Abendessen gehabt.«

Sie setzte sich zu ihm. Nach dem Auftritt in ihrem Büro hätte er sie sich sicherlich nicht als Tischgesellschaft ausgesucht, doch jetzt war er dankbar für ihre Anwesenheit. Ivan musste Matthew von den Kameraaufnahmen erzählt haben, denn auch der Klimawissenschaftler schien ihn zu meiden.

Sylvies Gesellschaft war gerade besser als keine Gesellschaft.

»Und du?«, fragte sie. »Du siehst auch so aus, als wärst du ein bisschen stachelig.«

Hatte sie ernsthaft schon vergessen, dass er sie vor ein paar Stunden angeschrien hatte? Und den Grund dafür auch?

»Ist das so?«, fragte er. »Warum sollte ich? Ich bin auf einem tollen Schiff mit gutem Essen und Sonnenschein. Was spielt es für eine Rolle, dass ich keine Mails schreiben und nicht telefonieren kann und bei jedem Schritt überwacht werde wie im Knast?« Seine Stimme war zum Ende hin schärfer geworden.

Sie sah ihn ernst an. »Glaubst du mir, wenn ich dir sage, dass mir das auch nicht gefällt?«

Er schnaubte. »Du arbeitest doch für die.«

»Du auch.«

»Ich … das ist doch was völlig anderes!«

»Ist es?« Ihre Stimme war sanft.

Ihm blieb der Mund offen stehen. Natürlich war das was anderes, das war doch offensichtlich! Sie war Joes Tochter! Sie hing voll mit drin, sie war Teil dieses Spiels, in das er bloß irgendwie zufällig reingestolpert war.

»Hast du mit Joe darüber gesprochen?«, fragte sie, als er nichts sagte.

»Nein«, antwortete er knapp. Er würde es auch nicht tun. Sie winkte über seinen Kopf hinweg jemandem zu. »Hey, Dad! Komm mal eben.«

Oh nein. »Lass mal. Das muss nicht sein.«

Doch Joe war schon auf dem Weg zu ihnen, und jetzt aufzustehen und zu gehen wäre nicht das Schlaueste. Er würde es durchstehen müssen. Joe wandte sich ihm zu wie ein Schuldirektor, der einem ungezogenen Schüler eröffnet, dass er soeben von der Schule geflogen ist. »Was gab es denn heute Morgen so Dringendes, dass du in mein Büro rennen musstest, als wäre eine Herde Büffel hinter dir her?«

»Nichts«, seufzte Nicholas.

»Er war sauer, dass das Telefon weg ist«, erklärte Sylvie.

»Und dass mein Mail-Account abgeschaltet wurde.« Wenn schon, denn schon.

Joe sah ihn unverwandt an. Nach einer Weile fragte er, sehr ruhig: »Und du kannst dir nicht vorstellen, warum diese Maßnahmen nötig waren? Dir fällt kein Grund ein?«

Nicholas hielt seinem Blick stand. »Nein«, sagte er.

Joe setzte sich. Sein breiter Oberkörper wirkte riesig in dem kleinen Stuhl. Er schloss kurz die Augen, als müsse er sich sehr konzentrieren. »Ich weiß nicht, was ich mit dir machen soll«, sagte er dann. »Du unterläufst jede Regel auf diesem Schiff, du hältst dich nicht an die Abmachungen, du –«

»Ich habe ziemlich gute Bilder gemacht!«

»Darum geht es längst nicht mehr, und das weißt du«, flüsterte Joe. »Sag mir bitte, was du an meiner Stelle tätest. Wir versuchen hier, etwas wirklich Großes, wirklich Gutes aufzuziehen. Wir können keine Querschläger brauchen.«

»Was wirklich Großes, hm?« Nicholas wusste selbst nicht, woher er den Mut nahm, das zu sagen.

Joe knipste ein Lächeln an, breit und falsch, als würde ein hungriger Hai lächeln. »Letzte Chance. Nur, weil ich deine Mutter mag. In dem Moment, wo du noch irgendetwas tust, das auch nur das winzigste bisschen gegen die Regeln verstößt, verbringst du den Rest der Fahrt im kleinsten, finstersten Lagerraum, den wir finden können. Haben wir uns verstanden?«

Nicholas nickte. Was hätte er auch sonst tun sollen?

Nicholas erwachte, weil ein Helikopter über dem Meer um das Schiff kreiste. Durch das Fenster sah er, wie Suchscheinwerfer über das aufgewühlte Meer strichen. Was war jetzt schon wieder los?

Er warf einen Blick auf die Uhr an der Wand. Zwei Uhr morgens. Ohne weiter nachzudenken, zog er seine Jeans über die Boxershorts, griff sich die Kamera und lief barfuß aufs Oberdeck.

Das Deck war hell erleuchtet. Neben dem Schiff schwebte dröhnend der Hubschrauber in der Luft. Captain Roberta brüllte Befehle über den Rotorenlärm hinweg. Ihm fiel auf, dass er sie sonst kaum außerhalb ihrer Brücke gesehen hatte. Adrian Gutierrez lief hektisch an der Reling hin und her und blickte aufs Wasser hinaus, während sein Kollege Sven Morrisson gestikulierend auf einen sehr blassen Joe einredete.

Kurz hintereinander kamen Caroline und Matthew auf das Deck gelaufen. »Was ist los?«, fragte Caroline. »Keine Ahnung.«

Sven redete immer noch auf Joe ein. Um Joes Mund lag ein harter Zug. Er sagte etwas zu Sven, der gleich darauf begann, wie Adrian mit zusammengekniffenen Augen das Meer abzusuchen.

Was war hier los?

Was tat der Hubschrauber hier?

Joe war zu ihnen herübergekommen. Zum ersten Mal, seit Nicholas ihn kannte, sah er alt und müde aus. »Alle Augen aufs Wasser«, sagte er nur. »Ivan ist über Bord gefallen.«

Eine eisige Hand fasste nach Nicholas' Herz. Nicht Ivan. *Du solltest besser Angst haben.*

Er dachte an das, was Paul einmal gesagt hatte, als Zac und er noch sehr klein gewesen waren: »Seht zu, dass ihr immer angeleint seid. Wer über Bord geht, ist tot.« Inzwischen wusste Nicholas, dass das nicht ganz stimmte. Man konnte Leute wiederfinden. Tagsüber, bei glatter See. Da draußen war es außerhalb des Lichtkegels, den der Hubschrauber warf, stockfinster, und die See war aufgewühlt.

Er ließ den Blick über das Meer gleiten. Machte ihn weit und weich, wie Paul es ihm gezeigt hatte. Es war zu dunkel. Jedes Mal, wenn er glaubte, etwas zu erspähen, das ein menschlicher Kopf sein könnte, entpuppte es sich als Welle. Die Kehle schnürte sich ihm zu.

Warum war es so verdammt dunkel da draußen? Die verfluchten Sprayer sorgten dafür, dass Wolken den Mond verdunkelten. Hatte schon jemand einen Rettungsring rausgeworfen? Er sah sich um. Etwas Leuchtendes schwamm auf dem Wasser. Ein Rettungsring. Leer.

Ivan.

Ivan, der einen Grauwal auf dem Arm trug. Wie konnte er ins Wasser fallen?

Die Kreise des Hubschraubers wurden größer.

Neben Nicholas tauchte Sven Morrison auf. »Wie lange ist Ivan schon da draußen?«, fragte Nicholas. Wenn der Hubschrauber es in der Zeit vom Festland oder von wo auch immer bis hierher geschafft hatte, suchten sie vielleicht an der ganz falschen Stelle. Der Sicherheitsmann bedachte ihn mit einem eigenartigen Blick. »Wir wissen, wo er über

Bord gegangen ist. Es war hier in der Nähe. Vor über einer Stunde.«

Nicholas schaute aufs Meer. Die Nachtluft war kalt, aber er wollte keine Minute damit vergeuden, sich etwas zum Anziehen zu holen. Inzwischen war die gesamte Crew des Schiffes auf dem Deck versammelt, und alle suchten nach Ivan.

Paul hatte ihm beigebracht, Muster auf dem Wasser zu erkennen, wie sie durch Wale oder Delfine entstanden. Die Schwimmbewegungen eines Menschen würden zu schwach sein, um Muster zu hinterlassen - falls Ivan in einer Verfassung war, in der er schwimmen konnte. Vielleicht trieb er längst bewusstlos irgendwo und ertrank.

Bis auf das Dröhnen des Helikopters war es still geworden. Nicholas sah in die Gesichter der Menschen um sich herum. Offensichtlich war er nicht der Einzige, dem immer mehr die Hoffnung schwand.

JOE

Joe merkte förmlich, wie sich die Schlinge um seinen Hals zuzog.

Das mit Ivan hätte nicht passieren dürfen.

Er musste etwas tun.

Die kleine Ratte war eindeutig einen Schritt zu weit gegangen. Hätte er das nur gestern schon gewusst, als er mit Nicholas redete! Es wurde Zeit, dass er ihn aufhielt. Den ganzen Tag schon hatte er ihn beobachtet. Kalkweiß war er beim Frühstück erschienen. Alle waren blass und übernächtigt, und alle hatte Ivans Verschwinden mitgenommen. Aber Nicholas schien es nicht nur mitgenommen zu haben. Er wirkte, als würde er gleich selbst über die Reling springen. Er redete mit niemandem, er reagierte kaum, wenn ihn jemand ansprach. Sein Gesicht war wie eine steinerne, weiße Maske. Einzig die zitternden Hände hatten Joe verraten, dass es hinter der Maske brodelte.

Er hatte nichts gegessen, nur ein paar Schlucke getrunken. Danach war er verschwunden, ein kalter, blasser Geist, und zwei Stunden später schweißgebadet aus dem Fitnessraum gekommen.

Jetzt stand die Sonne hoch am Himmel, und Nicholas lag, nach allem, was Joe auf den Überwachungskameras hatte sehen können, seit mindestens einer Stunde auf der hohen Plattform im Arboretum und starrte vor sich hin.

Joe piepte Sylvie über das interne Telefon an und bat sie, den Jungen zu ihm zu bringen. Er beobachtete, wie sie die Leiter zur Plattform emporstieg und ihn ansprach. Er wandte nicht den Kopf und reagierte auch sonst in keiner Weise. Sylvie hockte sich neben ihn und redete eindringlicher auf ihn ein. Sie ging sogar so weit, ihn am Arm zu packen und zu schütteln. Er rollte sich bloß auf die Seite von ihr weg.

Sylvie blickte direkt in die Kamera und zuckte hilflos die Achseln.

Joe seufzte. Er ließ seinen Drehstuhl rotieren und stemmte sich hoch.

Mühsam kletterte er ein paar Minuten später selbst auf die Plattform. Aus seiner Jugend hatte er senkrechte Leitern nicht so anstrengend in Erinnerung. Nicholas lag auf dem Rücken und regte sich nicht. Er starrte auch noch weiter in den Himmel, als Joe sich vor ihm an die Reling lehnte und auf ihn hinabsah. Die Wut in Joe stieg höher. Wer weiß, was noch alles passierte, wenn er den Jungen nicht endlich zur Vernunft brachte. Ihm war danach, ihn zu packen und so lange zu rütteln, bis die trotzige Fassade zusammenbrach. Joe ballte die Fäuste.

Als hätte er seine Gedanken gelesen, sah Nicholas ihn an. Seine Augen waren unnatürlich hell. Heiser fragte er: »Ivan … haben sie ihn gefunden?«

Joe schüttelte den Kopf.

Nicholas wandte den Blick wieder ab.

Joe sah, wie er die Kiefer aufeinanderpresste.

Plötzlich war er zerrissen zwischen dem Wunsch, dem Jungen etwas Tröstliches zu sagen und dem, seinen sturen Kopf zu packen und auf die Holzplattform zu donnern. Doch er konnte sich nicht gehen lassen, weder in die eine noch in die andere Richtung. Er war hier, um den Kleinen endlich in seine Schranken zu weisen, und vielleicht war dessen Schock über Ivans Unfall die einzige Chance, die er dafür bekam.

Joe hockte sich neben Nicholas auf den Boden und bewegte den Mund nah an sein Ohr. »Schuld ist ein schlimmes Gefühl, nicht wahr?«, flüsterte er.

Die grauen Augen zuckten kurz zu ihm und wanderten dann wieder blicklos nach oben. Joes Fingernägel schnitten in seine Handflächen. Es musste doch einen Weg geben, zu dem Jungen durchzudringen. Er versuchte es noch einmal. Es kostete ihn viel Mühe, ruhig zu sprechen. »Denkst du nicht auch, dass es Zeit wird, aufzugeben?«

Keine Reaktion.

Joe wandte sich ab und begann, auf der kleinen Plattform hin- und herzulaufen. Er wusste nicht, wieviel Zeit verging. Er wusste nur, dass er nicht mehr lange würde ruhig bleiben können. Er setzte nach: »Nun?«

Als Nicholas weiter schwieg, seufzte er. »Ab sofort keine Fotos mehr. Keine Aufnahmen irgendwelcher Art. Ich erwarte, dass du mir in fünf Minuten Kamera und Datenträger für den Rest der Fahrt übergibst.«

»Ich hab die Bilder noch nicht nachbearbeitet«, sagte Nicholas müde. »Die Kamera bring ich dir nachher.«

»Herr im Himmel, Nicholas!« Er schrie jetzt. Und endlich, endlich wandte sich der Junge ihm zu. »Reicht dir das noch nicht, was passiert ist? Das war keine höfliche Bitte eben! Das war eine Anweisung, und du wirst sie, verdammt noch mal, befolgen!«

Nicholas stieß einen verächtlichen kleinen Laut aus. »Und sonst? Lässt du mich auch von Bord werfen? Wie Ivan?« Er schloss die Augen.

Nur mit Mühe gelang es Joe, ihn nicht doch noch zu schütteln. Ruckartig drehte er sich um und ging zurück zur Leiter.

ELIN

Alle, die auf der Kartbahn dabei gewesen waren, hatten auf Vincents Gips unterschrieben, und jetzt stand der Kleine wie ein Piratenkapitän mit Hakenhand stolz in der Bugspitze des Katamarans. Paul hatte Wort gehalten und eine gesonderte Tour für Zacharys Clique organisiert.

Elin hatte die Hände auf die Brüstung der Bordwand gelegt und ließ den Blick über das Meer schweifen. Und wieder war es, als spülte die hochspritzende Gischt ihre Sorgen ein Stück weit weg. Wie sollte sie zu Hause jemals wieder ohne diese Weite, ohne die Sonne und den Wind leben?

Meaghan tauchte neben ihr auf. »Alles okay?«

»Ja. Nein.«

»Wieso nicht? Es ist ein grandioser Tag.«

Sie wusste, dass es undankbar klang. »Weil es nicht mal mehr zwei Wochen sind, die mir hier bleiben.« Und weil jemand uns angegriffen hat, Vincent gerade erst aus dem Krankenhaus raus ist und Nick sich nicht gemeldet hat. »Ich mache mir Sorgen um Nick«, gab sie schließlich zu.

»Du magst ihn.«

»Ja.«

»Klar. Wer nicht?« Meaghan schüttelte gutmütig den Kopf. »Er hat ja durchaus auch nette Seiten.«

Eine Weile standen sie schweigend und sahen aufs Wasser hinaus. Dann sagte Elin: »Weißt du, dass ich es erst komisch fand, dich kennenzulernen?«

»Weil?«

Das war doch wohl offensichtlich! »Du bist …«

»Die Ex.« Meaghan lachte. »Weißt du, Nick und ich waren wesentlich länger Freunde als alles andere. Und vielleicht sind wir das irgendwann auch wieder. Warum machst du dir Sorgen um ihn?«

Elin zögerte. Zac und sie hatten bisher niemanden eingeweiht. Aber es war unglaublich verlockend, sich einfach mal alles von der Seele reden zu können, ohne ständig zu rätseln oder nach Lösungen zu suchen, wo es keine gab. Also erzählte sie.

»Wow«, sagte Meaghan schließlich. »Das ist heftig.«

»Ja.«

Der Lautsprecher knisterte. Pauls Stimme erklang. »So, liebe Leute. Wir sind jetzt seit zwanzig Minuten unterwegs und haben schon Pelikane und Seelöwen gesehen. Wer von euch hat Lust auf Delfine?«

Eine Bootsladung voller Kinder und Jugendlicher johlte.

Paul lachte. »Das ist gut, denn wir halten genau auf eine Gruppe von ihnen zu, und ich bin mir sicher, sie werden euch mögen.«

Es waren ungefähr zwanzig Delfine, die gleich darauf rings um das Boot das Meer aufspritzen ließen. Die anderen waren ebenso begeistert, wie Elin es erwartet hatte. Bestimmt zehn Minuten lang begleiteten die Delfine das Boot. Wieder und wieder sprangen sie neben dem Rumpf hoch oder jagten dahinter durch das Kielwasser.

Elin beugte sich über die Bordwand, um besser sehen zu können. Meaghan neben ihr tat es ihr gleich. »Sie sind toll«, sagte sie. »Guck mal, der kleine Kerl da!«

Elin antwortete nicht. Sie beobachtete den jungen Delfin, der auch Meaghan aufgefallen war. Er schien besonders neugierig zu sein. Immer wieder kam er nahe an das Boot heran und legte den Kopf zu Seite. Sie sah ihm in das ihr zugewandte Auge. *Als würde dein Herz schmelzen.*

Bestell Nick viele Grüße, wenn du ihn siehst, dachte sie. Bitte.

Meaghan berührte sie am Arm. »Elin? Als wir kleiner waren, Nick, Zac und ich, da haben wir im Hotel von meinen Eltern oft Einbrecher gespielt. Und Nick war der Einzige, der immer entkommen ist.«

Elin nickte. Meaghan meinte es lieb, aber das, was Nick im Augenblick tat, ging wesentlich über Kinderspiele hinaus.

»Er ist bockig und stur und manchmal ein echter Kotzbrocken«, fuhr Meaghan fort, »aber wenn er eins kann, dann ist es überleben. Versuch dir nicht so viele Sorgen zu machen, ja? Nick ist verdammt zäh.«

Elin Tién an Nicholas Hansen, 18.53h:
Ich hab dir einen Delfin vorbeigeschickt. Ich hoffe, er findet dich.

NICHOLAS

Als die Sonne hinter dem Horizont versank und den Himmel rot färbte, ließ die Schockstarre nach, in die Nicholas nach Ivans angeblichem Unfall gefallen war. Sie wurde zu einem dumpfen Schmerz in seinem Brustkorb, der sich dort hartnäckig festkrallte. Ständig sah er Ivans Gesicht vor sich. *Du solltest besser Angst haben. Das dient manchmal der Lebenserhaltung.*

Ivan hatte Angst gehabt.

Jetzt war er tot.

Und er, Nicholas, war schuld daran, ebenso, wie er schuld war, dass sie Jennifers Wagen gerammt hatten und Vincent im Krankenhaus lag, mit wer weiß wie schlimmen Verletzungen. Er konnte sich nicht einmal nach ihm erkunden.

Hätte er nur diese Aufnahme nicht gemacht, wäre er damit nur nicht zu Ivan gegangen! Er war sicher, dass Ivan dann noch an Bord wäre und gemütlich unten im Labor seine geliebten Algen betrachten würde.

In Nicholas' Hosentasche brannte die Speicherkarte mit Joes Telefonat und den Bildern vom General. Für den USB-Stick, den ihm Gretchen in die Hand geschoben hatte, musste ihm sowieso noch etwas einfallen. Die Sache mit dem E-Mail-Anhang hatte sich ja jetzt erledigt. Nur was blieb sonst? Sobald Joe ihn filzen ließ – und das konnte nur eine Frage der Zeit sein – war er geliefert.

Mit seiner Fähigkeit zu denken kehrte auch seine Angst zurück. Er musste aufpassen. Er würde genau darauf achten, was er aß und trank. Er würde nur dann aufs Oberdeck gehen, wenn viel Betrieb war. Viele Zeugen. Er würde die Tür zu seiner Kabine abschließen und über Nacht zusätzlich wieder mit einem Möbelstück verbarrikadieren. Und er musste endlich die wachsende Anzahl seiner verbotenen Datenträger sicher unterbringen.

Er hatte sich auf einem der Sitzsäcke im Gemeinschaftsraum zusammengerollt. An einem der Tische saßen Sylvie, Matt und Caroline und unterhielten sich leise. Niemand sprach laut. Alle Gespräche waren gedämpft und niedergeschlagen. Selbst die beiden Wachmänner und die Techniker ließen sich nicht zu groben Witzen oder Lachern hinreißen. Karry deckte schweigend das Abendbuffet auf, Jim konnte er nirgends entdecken. Auch Joe hatte Nicholas nicht mehr gesehen, seit er ihn auf der Plattform besucht hatte.

Jetzt war so gut wie jeder andere Moment. Er gähnte demonstrativ und stand auf. »Ich hau ab. Gute Nacht.«

Matt hob die Hand, Caroline nickt ihm nur kurz zu, und Sylvie sagte knapp »Nacht«. Perfekt. Er brauchte nur noch eine Ablenkung.

Was waren die naheliegendsten Verstecke in seiner Kabine? Unter der Matratze. Im Schrank. Unter der Schreibtischplatte. Für alle würde er Tesafilm brauchen. »Sylvie?«, rief er so laut, dass es alle mitbekommen mussten, »kann ich mir das Tape leihen?«

»Wenn du es zurückgibst.«

»Klar.« Er ging um den Tresen herum und holte die Tape-Rolle. Mit Glück würde niemand mehr im Raum sein, wenn er sie zurückbrachte.

Es war Wahnsinn, das wusste er.

Sinnloser, leichtsinniger, überflüssiger Wahnsinn. Als hätte es nicht gereicht, dass er das Schicksal schon zweimal herausgefordert und es sich ihm zweimal gnädig erwiesen hatte. Trotzdem hatte der Gedanke sich im Laufe des Tages in seinen verängstigten Gehirnwindungen festgesetzt und war nicht beiseite zu wischen. Sie mussten zu Hause erfahren, was hier passierte. Sein Vater, Zac, Clayton – irgendjemandem musste er von Ivan erzählen. Schon deswegen, weil es auch ihn selbst immer noch erwischen konnte. Wer würde dann dafür sorgen, dass Ivans Tod untersucht wurde? Und sein eigener gleich dazu ... Falls sie ihn erledigten, wollte er, dass Papa wusste, dass es kein Unfall gewesen war. Und es war wichtig, dass sie alle wachsam blieben.

Sollte er seinen Vater direkt anrufen? Der hatte bisher nur wenig Ahnung von dem, was auf dem Schiff vorging. Er würde sich entsetzliche Sorgen machen. Die Nummer von dem Reporter hatte Nicholas nicht im Kopf. Warum war er nicht wie Zachary, der Zahlen nur einmal sehen musste und sie behielt? Zacharys Festnetznummer kannte er nur deswegen, weil er sie schon jahrelang angerufen hatte. Er würde Zac anrufen. Zac konnte Elin warnen, Clayton aufsuchen und im schlimmsten Fall Papa alles erklären. Außerdem musste Nicholas wissen, was mit dem Kleinen war.

Das Problem bestand darin, an ein Telefon heranzukommen. Eins hatte er auf der Brücke gesehen, eins auf Sylvies Schreibtisch und eins in Joes Büro. Ungesehen auf die Brücke zu gelangen, würde schwierig werden, die war immer besetzt. Von Sylvies Ecke aus zu telefonieren war schier unmöglich, ihr Tisch war von allen Seiten zu gut einzusehen. Blieb Joes Büro. Nicht die dümmste Idee, Joe überwachte sich mit seinen Kameras vermutlich nicht selbst. Nicholas unterdrückte einen neuen Anflug von Panik. Es ging nicht anders. Das hier war wichtig.

Er warf noch einen kurzen Blick auf die Crew, dann schlurfte er durch den Raum. An Sylvies Bürotresen nahm er unauffällig zwei Büroklammern mit.

Jims kleine Werkstatt war verlassen. »Jim?«, rief Nicholas, als würde er den alten Mann suchen. »Bist du hier?« Sein Blick flog durch den ordentlich organisierten Raum. Er brauchte eine Zange. Zange. Zange. Na los, Jim. Irgendwo musst du die doch hingetan haben … Da! Viel besser als eine Zange. Nicholas sah sich schnell um, dann ließ er das Multitool in seiner Hand verschwinden.

Es konnte losgehen.

Als wäre er enttäuscht, Jim nicht gefunden zu haben, trottete Nicholas zurück zu seinem Sitzsackrefugium. Jetzt musste er nur noch auf den richtigen Zeitpunkt warten.

Die einzige Überwachungskamera im Flur befand sich direkt am Eingang, über der Tür. Es würde ein Leichtes sein, sich einmal kurz am Türrahmen hochzuziehen, bevor er den Flur betrat, und sie in altbewährter Manier mit einem Kaugummi auszuschalten.

Endlich tauchte Joe im Gemeinschaftsraum auf. Blass und unrasiert sah er aus, stellte Nicholas mit leiser Genugtuung fest. Sein Appetit schien allerdings nicht gelitten zu haben. Er belud sich den Teller bis obenhin und setzte sich zu den Sicherheitsleuten. Mit einer Kopfbewegung bedeutete er Caroline, sich zu ihnen zu gesellen.

Jetzt oder nie.

Nicholas drückte sich aus dem Sitzsack hoch und ging zur Tür. Er hatte den ganzen Tag mit niemandem gesprochen. Es würde nicht auffallen, wenn er jetzt verschwand.

Sobald er den Raum verlassen hatte, bewegte er sich schneller.

Die Kamera abzukleben dauerte keine fünf Sekunden.

Joes Tür war verschlossen, natürlich. Aber das würde Nick Hansen nicht aufhalten. Nicht ihn, der, als er dreizehn gewesen war, monatelang mit Zachary und Meaghan geübt hatte, Schlösser aller Art zu knacken, nachdem sie bei Youtube gesehen hatten, dass das ein regelrechter Trendsport mit eigenen Meisterschaften war. Meaghans Dad hatte ihnen damals sogar sein Hotel zur Verfügung gestellt.

Für eine Meisterschaft hatte es nie gereicht, und ein bisschen aus der Übung war er auch, aber es war kein besonders kompliziertes Schloss. Büroklammer zurechtbiegen – check. Sie in zwei Teile teilen – check. Gut, lief doch. Er schob den umgebogenen Teil, der als Spanner diente, ins Schloss und drückte mit dem geraden Draht die Verriegelungsstifte runter. Ruhig, ganz ruhig.

Einen nach dem anderen.

Er brauchte viel zu lange.

Der Spanner rutschte ihm aus der feuchten Hand und fiel zu Boden. Nicholas warf einen hektischen Blick zur Flurtür.

Nochmal von vorn.

Spanner ins Schloss. Dann die Stifte. Mit Gefühl. Den ersten. Es klickte leise. Gut. Den zweiten. Den dritten. Langsam. Viel zu langsam. Den vierten.

Klick. Das war's. Er drückte den Spanner herum. Lautlos betrat er den Raum und zog die Tür hinter sich zu.

Auf dem großen Schreibtisch stand das Telefon.

Mit zwei langen Schritten hatte er es erreicht.

Nicholas' Herz schlug ihm bis zum Hals, als er Zacs Nummer wählte.

Mit jedem Klingeln wurde er nervöser. Geht ran, Leute. Bitte. Die Sekunden verrannen und schienen in seinen Ohren zu ticken. Was, wenn Joe doch plötzlich keinen Hunger mehr hatte?

»Hallo, hier ist Vincent.«

»Vince?« Fast hätte er vor Erleichterung losgeheult. Der Kleine war okay. Er war in Ordnung! Sogar schon wieder zu Hause. »Hier ist Nick. Geht es dir gut?«

»Klar. Wusstest du, dass ich im Krankenhaus war?«

»Ja.« Er hätte sich so gern alles angehört, aber dafür war keine Zeit. »Holst du mal schnell Zac, bitte?«

»Ich habe einen echt dicken Verband am Kopf und am Arm. Am Arm, das ist ein Gips. Elin hat schon was draufgemalt.«

Nicholas atmete schwer. »Sieht bestimmt gut aus. Kannst du jetzt Zac holen?«

»Zeig ich dir, wenn du wieder da bist, ja?«

»Ja. Ja, das ist toll, Vinny, ich freu mich drauf. Aber bitte hol jetzt Zachary. Schnell. Es ist wirklich, wirklich wichtig.«

Gedämpft drangen Vincents Rufe nach seinem Bruder aus dem Telefon, so dass Nicholas das Geräusch im Flur fast überhört hätte.

Mist, verfluchter! Was jetzt?

Hektisch beendete er das Gespräch.

Sein Blick flog durch den Raum. Er brauchte ein Versteck. Wieso war hier alles so glatt und steril? Keine Kanten, keine Ecken, nicht mal einen Vorhang gab es. Hinter dem Schreibtisch? Nein.

Ihm blieb nur eine Möglichkeit.

Er glitt zur Tür und presste sich mit dem Rücken gegen die Wand. Sein Atem ging keuchend. Er öffnete den Mund und ließ die Luft ein- und ausströmen. Leise. Und nicht einen Wimpernschlag zu früh.

Die Tür schwang auf.

Jemand betrat den Raum und ging zielstrebig auf den Schreibtisch zu.

Doch es war nicht Joe.

Es war Sylvie.

Nicholas schob sich zur Tür, um leise den Raum zu verlassen, doch Sylvie hörte ihn. Bevor sie Alarm schlagen konnte, war er bei ihr, umklammerte sie von hinten und presste ihr die rechte Hand auf den Mund. Den Zeigefinger der Linken drückte er hart in ihren Rücken. »Ein Ton, und du bist tot.«

Sie gab ein unterdrücktes Wimmern von sich.

Er zog ihren Kopf noch ein Stück zurück. »Still, habe ich gesagt.«

Sie versuchte in seine Hand zu beißen. Er drückte härter zu. »Hör auf, ja? Ganz ruhig.«

Sie schien nicken zu wollen.

»So ist es gut.« Seine Gedanken fuhren Karussell. Was sollte er jetzt tun? Er konnte sie nicht den ganzen restlichen Tag hier festhalten. »Hör zu.« Er drückte ihr den Finger fester in den Rücken. »Ich lasse dich los, wenn du versprichst, nicht zu schreien. Wenn du schreist, bist du Fischfutter. Wie Ivan. Verstanden?«

Wieder bewegte sich ihr Kopf unter seiner Hand, in dem Versuch zu nicken.

»Gut, dann lasse ich jetzt los.«

Sobald er seinen Griff lockerte, riss sie sich los und wirbelte zu ihm herum. Ihre Faust traf ihn ins Auge, und bevor er reagieren konnte, tänzelte sie zurück und verpasste ihm einen Sidekick in den Magen, dass er sich zusammenkrümmte und auf den Boden fiel. Er japste nach Luft.

Eine Hand auf sein Auge gepresst, sah er zu ihr hinauf.

Mit zusammengezogenen Brauen und geballter Faust stand sie über ihm. Die korrekte, kleine Sylvie. Sie hatte genau gewusst, was sie tat, er schien nicht ernsthaft verletzt zu sein.

»Das ist irgendwie sexy, weißt du das?«, wisperte er.

»Willst du dir noch einen einfangen?« Heißer Schmerz raste durch sein Schienbein, als sie mit voller Wucht dagegen trat. »Idiot.«

Er rollte sich auf die Seite und stand ächzend auf.

»Raus hier«, knurrte sie. »Bevor dich jemand sieht. Ich muss Joe diese Unterlagen bringen. Dann komme ich zu dir, und du erklärst mir, was das sollte.« Sie schubste ihn zur Tür.

Er wehrte sich nicht. Halb blind trottete er vor ihr her in den Flur.

Sie verschloss die Tür zu Joes Büro. »In dein Quartier. Und rühr dich da nicht weg, bis ich wieder da bin. Sonst: Fischfutter. Du weißt Bescheid.«

Was würde sie mit ihm anstellen?

»Sylvie?«, krächzte er.

»Was?«

»Warum tust du das?«

Ihre Augen schleuderten Blitze. »Das weiß ich selbst nicht. Rein in dein Quartier, bevor ich es mir anders überlege.«

ELIN

»Wie, du hast noch nie gegrillte S'mores gegessen?«, fragte Meaghan. »Dann wird es dringend Zeit.« Mit Hingabe verteilte sie Kekse auf dem Grillrost, der an einem großen Dreibein über dem Lagerfeuer hing.

Tammy legte auf die eine Hälfte der Kekse Schokolade und auf die andere Marshmallows. »Der Welt bestes Essen.«

Das Feuer knisterte. Die Schokolade schmolz und die Marshmallows blubberten.

Ein paar Minuten später hielt Elin ein knuspriges Schokoladen-Marshmallow-Sandwich in der Hand und pustete hektisch auf ihre Finger. »Heiß ist das!«

»Und wie«, sagte Tammy undeutlich. Sie hauchte, um ihren Mund abzukühlen.

Vincent kam aus dem Haus. Er blieb neben dem Feuer stehen und betrachtete es fachmännisch. Dann holte er zwei Holzscheite aus dem großen Korb neben der Feuerstelle und platzierte sie vorsichtig darauf. »Krieg ich auch einen?«

Meaghan hielt ihm den Teller mit den fertigen S'mores hin. »Vorsicht. Heiß.«

Er rollte die Augen. »Glaubst du, ich esse zum ersten Mal S'mores, oder was?« Genüsslich biss er in den Keks. Die

Marshmallow-Masse verteilte sich rings um seinen Mund. »Eben hat Nick angerufen«, sagte er kauend.

Elin fuhr hoch.

»Wie, Nick hat angerufen?«, fragte Zachary. In seiner Stimme lag dieselbe Unruhe, die auch sie empfand. »Wieso hast du mich nicht geholt?«

Vincent wischte sich den Mund ab und streckte die Hand erneut nach dem Teller mit den S'mores aus. »Wollte ich«, sagte er seelenruhig. »Aber dann hat er wieder aufgelegt.«

Elin sah Zachary an. Seine Augen spiegelten, was in ihr vorging.

NICHOLAS

Ohne zu fragen, setzte sich Sylvie im Schneidersitz auf das Fußende seines Bettes und sah Nicholas abwartend an. »Nun?«

Er stand unschlüssig vor dem Bett. Dann zog er die Decke über das Kopfkissen und setzte sich ans Kopfende. »Was willst du wissen?«

Sie schnaubte. »Was du Obervollidiot in Joes Büro gemacht hast.«

»Die Wahrheit?«

Sie hob nur eine Augenbraue.

»Ich hatte Angst«, sagte er schlicht.

»Oh, und da dachtest du, dann mach ich doch gleich das nächste Bescheuerte, das Joe richtig verärgert, damit ich dann weniger Angst haben muss?«

»Lass mich doch mal ausreden.« Er blickte auf die graugestreifte Bettdecke vor ihr.

Sie schwieg.

»Ich musste mit jemandem sprechen. Ich hatte Angst, dass ich der Nächste bin, der …«

Immer noch schwieg sie.

»Ich wollte, dass sie zu Hause wissen, dass ich nicht aus Blödheit gestorben bin, wenn es mich auch erwischt.«

»Sagst du gerade das, von dem ich glaube, dass du es sagst?«

War es ein Fehler, offen zu Sylvie zu sein? Für Nicholas war es so eindeutig, so unzweifelhaft klar, warum Ivan über Bord gefallen war. Über Bord gestoßen worden war. Er hatte gar nicht darüber nachgedacht, dass Sylvie vielleicht ein ganz anderes Bild hatte.

»Ich hab keinen erreicht«, sagte er. »Nur den kleinen Bruder von meinem Freund, der versprochen hat, mir seinen Kopfstand vorzuführen, wenn ich zurück bin.« Er lachte frustriert.

»Was hast du eben impliziert?«

Nicholas sah ihr fest in die Augen. »Ich glaube, dass Ivan etwas wusste, das er nicht hätte wissen sollen, und dass er deswegen sterben musste.«

»Das ist eine ziemlich heftige Anschuldigung.« Warum blieb sie so ruhig? Warum schnappte sie nicht entrüstet nach Luft, nannte ihn einen Verrückten oder starrte ihn ungläubig an, wie sie das getan hätte, wäre dies hier ein Film gewesen und nicht entsetzliche Wahrheit?

»Verpetzt du mich jetzt?«

»Nein.«

»Warum nicht?«

»Darauf muss ich nicht antworten, oder?«

Er zuckte die Schultern.

»Du bist schräg, weißt du das?« Sie sah nicht mehr zornig aus und auch gar nicht mehr perfekt. Nur noch neugierig. »Wir sind alle fertig wegen Ivans Unfall, aber du …«

»Es war kein Unfall.«

Sie betrachtete ihn beinahe mitleidig. »Nick. Hör mir zu. Ivan hatte am Abend zu viel getrunken, und er ist runtergefallen. Es war ein Unfall.« Deswegen war sie so ruhig geblieben. Sie dachte, er phantasierte.

Ivan hätte nie im Leben so viel getrunken, dass er von dem riesigen Oberdeck fiel. Nie. So besoffen konnte man überhaupt gar nicht sein. »Was macht dich so sicher?«, fragte er.

Sylvie streckte die Beine aus und schwang sich vom Bett. »Was macht dich so sicher, dass es keiner war?«

Nicholas atmete tief durch. Und dann erzählte er. Nicht von Clayton, nicht von dem, was er auf dem Balkon gehört hatte. Aber von der Dürre und davon, dass SORAYA sie möglicherweise verursacht hatte. Er erzählte von den Drohbriefen und dem Unfall. Von Vincent, der fast sein kleiner Bruder war und der glücklicherweise nur einen Gips am Arm und einen Verband um den Kopf hatte.

An ihrer Mine war nicht abzulesen, ob sie ihm glaubte, aber jetzt, wo er einmal angefangen hatte, drängten die Worte nur so aus ihm heraus. Er berichtete von dem Telefonat zwischen Joe und dem Russen, wobei er es so aussehen ließ, als hätte die Tür zufällig offen gestanden. Und schließlich von Ivans entsetzter Reaktion auf diese Aufnahmen. »Du könntest mir helfen. Vielleicht würde Joe dir die Wahrheit sagen, wenn du ihn fragst.«

Sylvie war sehr still geworden, ihr Gesicht unlesbar. »Du meinst das tatsächlich ernst, oder?«

»Yep.« Er nickte. »Ich wollte es zuerst nicht wahrhaben, weil ich Joe mochte. Aber es gibt keine andere Erklärung.

Joe nutzt SORAYA nicht nur für das, was hier alle denken. Ich glaube, er betreibt Erpressung in einer Größenordnung, neben der die sizilianische Mafia aussieht wie eine Kinderbande auf dem Schulhof.«

Sie nahm sich den einzigen Stift, den er auf dem Tisch liegen hatte. »Nochmal ganz langsam. Du hintergehst meinen Vater, weil du dir da ein wahnwitziges Fantasiegebilde zusammengebaut hast, und du willst, dass ich dir helfe und alles aufs Spiel setze, was Joe und ich mühsam an Beziehung aufgebaut haben – für nichts als deine abstruse Verschwörungstheorie?«

»So in der Art, ja.« Es ist keine abstruse Verschwörungstheorie, wollte er schreien. Es ist beschissene Realität! Mach doch die Augen auf! »Ich habe Beweise dafür.«

»Beweise?« Immer noch schaute sie zweifelnd.

»Ja«, sagte er. »Wie gesagt, ich habe Joes Gespräch mit diesem Russen und Bilder davon, wie er sich mit irgendeinem General trifft. Und jede Menge eindeutige Klimadaten. Glaub ich.«

Sylvie schüttelte den Kopf. »Nick, echt, das ist doch Quatsch.«

»Ist es nicht.«

»Dann zeig sie mir.«

Das letzte Mal, als er jemandem etwas gezeigt hatte, war derjenige über die Reling gestoßen worden. Keine Chance, dass er das noch einmal riskierte. »Sie sind sicher verwahrt.«

Langsam drehte Sylvie den Stift hin und her. Sie sah aus dem Fenster, und ihr war nicht anzusehen, was sie dachte.

Nicholas musste sich sehr anstrengen, ruhig sitzen zu bleiben.

Mit etwas Pech würde ihm die Bombe, die er gerade gezündet hatte, volles Rohr ins Gesicht fliegen.

Je länger Sylvie schwieg, desto größer wurde seine Unruhe. Wie hatte er auf diese hirnverbrannte Idee kommen können? Sylvie! Ausgerechnet Sylvie!

»Pass einfach verdammt gut auf dich auf, und mach nicht nochmal so einen Quatsch.« Sie stand auf. »Und hol dir bei Karry Eis für das Auge.«

Er holte kein Eis für sein Auge. Es würde ohnehin blau werden. Nachdem Sylvie gegangen war, schloss er die Tür ab und schob wieder einmal den schweren Schreibtisch davor.

Der James-Bond-Abend schien Ewigkeiten her zu sein. Wie hatte er jemals glauben können, dass es so einfach wäre? Wie naiv war er eigentlich gewesen?

Ivan sprach wieder in seinem Kopf. *Bist du total durchgeknallt?* War er das? War es Wahnsinn, was er getan hatte, oder war es das einzig Richtige? Wie sollte er diese elenden Datenträger zu Clayton kriegen? Falls Clayton seine Informationen noch wollte und nicht längst zurück war in New York.

Ruhelos wälzte er sich hin und her. Sein Auge puckerte, und der Bauch tat weh. Er sah auf die Uhr. Kurz vor elf. Die anderen würden noch wach sein. Wahrscheinlich saßen sie noch genauso im Gemeinschaftsraum zusammen, wie er sie verlassen hatte.

Nicholas stand auf. Er würde kurz Luft schnappen und sich dann einen Computer holen und sich die einzigen drei sinnlosen Sitcoms in Dauerschleife anschauen, die der Firmenrechner zu bieten hatte, bis er einschlief.

Ein Tag noch.

Er würde das durchstehen.

Ein paar Minuten später stand er auf dem Oberdeck. Der Himmel war von Sternen übersät, das Meer lag ruhig da. Als gäbe es nichts als Ruhe und Frieden auf der Welt. Er trat an die Reling. Leise schwappte das schwarze Wasser weit unter ihm gegen den Schiffsrumpf. Als dunkle Silhouette hob sich ein letzter, einsamer Salzwassersprayer vor dem Nachtblau des Ozeans ab.

Irgendwo da draußen war Ivan gestorben.

In Nicholas' Mund sammelte sich Spucke, und sein Magen krampfte sich zusammen. Er presste die Finger auf die Augen. Er würde jetzt nicht losheulen.

Hinter ihm ertönten Schritte.

»Schöne Aussicht heute Abend, was?«, fragte Sven.

Nicholas fuhr herum. Reflexartig trat er von der Reling zurück und spannte die Muskeln an, bereit zu reagieren, bereit zu rennen oder bereit zuzuschlagen.

»Schlechte Laune?« Sven kam einen Schritt auf ihn zu.

Nicholas schluckte. »Hm?«

Der Bärtige schüttelte den Kopf. »Du bist echt nicht auf der Höhe, oder, Kleiner?«

Nicholas' eigener Herzschlag dröhnte ihm in den Ohren. Er war schon unter normalen Umständen eine Niete im Smalltalk. Das hier überforderte ihn definitiv. Worüber sollte er mit Sven sprechen? Möglichst unauffällig bewegte er sich noch ein Stück in die Mitte des Decks.

Sven näherte sich gelassen wie ein Raubtier, das weiß, dass seine Beute keine Chance hat zu entkommen. »Was ist los mit dir? Hast du was genommen?«

Antworten. Irgendwas sagen. Sein Kopf war wie leer gefegt.

Sven kam noch einen Schritt auf ihn zu. Nicholas starrte ihm entgegen, nicht in der Lage, auch nur einen Finger zu rühren.

Leichte Schritte auf den Holzplanken näherten sich. Sylvie. Er schüttelte die Erstarrung ab. Sylvie kam zu ihm herüber.

Sven entfernte sich, und Nicholas kehrte zurück zu seinem Platz an der Reling. Er hielt sich mit beiden Händen fest, um wieder zur Ruhe zu kommen.

Sylvie stellte sich neben ihn.

Eine Weile schwiegen sie. Über ihnen zog die Milchstraße ihr helles Band über den Himmel. Unter ihnen breitete sich der Ozean aus.

Dann seufzte Sylvie und legte ihm eine Hand auf die Schulter. »Ich hab doch gesagt, dass du auf dich aufpassen sollst.«

Ein scharfer Schmerz in seiner Schulter.

Was zum … ?

Er wollte sich zu Sylvie umdrehen, aber sein Körper gehorchte nur langsam. Das Meer verschwamm vor seinen Augen, seine Knie wurden weich. »Sylvie? Was …« Seine Zunge war bloß ein willenloser Klumpen in seinem Mund.

Aus weiter Ferne hörte er Sylvie sagen: »Tut mir wirklich leid, Nick.« Ihre Stimme hallte in seinem Kopf.

Er versuchte sich an der Reling festzuhalten, doch sie rutschte durch seine Hand, und er sackte auf dem Deck zusammen. Unter ihm rauschte das Meer. Sein Kopf schlug hart auf den Planken auf.

Das Letzte, was er merkte, war, dass ihn starke Hände an Armen und Beinen hochhoben.

ELIN

»Hast du schon mal Anemonen angefasst?« Vincent hopste vor Elin her über die großen Felsblöcke, die weit ins Meer hinaus ragten und eine Bucht von der nächsten trennten, und sie konnte kaum glauben, dass er vorgestern noch im Krankenhaus gelegen hatte. »Gibt es in Deutschland Anemonen? Da vorn sind immer ganz viele!«

Elin bemühte sich, zu ihm aufzuschließen. Es roch nach Tang und Salzwasser. Die Sonne brannte unerträglich heiß, und der Wind schien sich in den letzten Tagen so ausgetobt zu haben, dass er heute eine Pause brauchte. Genau wie sie selbst.

Oberflächlich genoss sie gerade ein leichtes Leben. Sie fuhr mit Paul aufs Meer oder bediente den Laden. In ihrer Freizeit unternahm sie mit ihren neuen Freunden ziemlich coole Sachen. Und jetzt gerade war sie mit Zachary, Tammy, Jennifer und Vincent am Strand. Es gab nichts auszusetzen, bis auf die nagende Unruhe, wenn sie an Nick dachte. Jeden Tag schnürte sie ihr mehr das Herz zusammen. Warum ließ Nick erst so gar nichts von sich hören, rief dann an und legte wieder auf, bevor Zac mit ihm sprechen konnte? Warum schickte er keine Mails mehr? Sie hatte versucht sich einzureden, dass es bloß am schlechten Empfang auf dem offenen

Meer lag, aber auch wenn diese Theorie etwas Beruhigendes hatte, gelang es ihn nicht, daran zu glauben.

»Lass uns zurückgehen, Vincent.«

Er hörte sie nicht mal. Begeistert hüpfte er weit vorn von Stein zu Stein. Sein Gips leuchtete in der Sonne.

Elin seufzte.

Sie lief hinter ihm her, so schnell sie konnte, ohne sich dabei die Beine zu brechen. »Vincent! Lass uns zurückgehen, deine Mutter möchte, dass wir vorsichtig sind.«

Endlich. Er blieb stehen.

Er rief ihr etwas zu, das sie nicht verstand, und gestikulierte wild mit dem gesunden Arm.

Sie arbeitete sich weiter zu ihm vor.

Vincent beugte sich nach unten und verschwand hinter einem Felsblock.

Außer Atem kam Elin bei ihm an. Über diese Steine zu klettern war anstrengender, als sie gedacht hatte.

Er blickte zu ihr auf, und sein kleines Gesicht leuchtete förmlich. »Hier. Guck mal.« Er fasste in einen kristallklaren Tümpel zwischen den Felsen und piekte in ein rundes Gebilde. Blitzschnell zog es sich zusammen. Vincent lachte. »Kannst du auch mal versuchen. Es macht Spaß.«

Elin hockte sich neben ihn und berührte ein anderes der runden, muschelschalenbedeckten Dinger. Es war klebrig. Sie kicherte, als es sich unter ihrem Zeigefinger zusammenzog. »Du hast recht«, sagte sie. Es machte wirklich Spaß.«

Zusammen mit Vincent stupste sie noch einige weitere Anemonen an. Ein Teil ihrer unterschwelligen Anspannung löste sich.

Schließlich stand sie auf und schaute sich nach Jennifer um, von der nicht zu sehen war. »Lass uns zurück gehen, ich will nicht, dass sich deine Mutter Sorgen macht.«

Vincent sah nicht begeistert aus, aber er kam mit.

Sie waren vielleicht einhundert Meter weit über die Steine geklettert, als Elin die Frau auffiel. Den kleinen Hund hatte sie nicht dabei, und ihre Haare waren zum Zopf gebunden, dennoch war sich Elin sicher, dass es dieselbe Frau war, die sie auf dem Schiff ausgefragt hatte und die immer wieder in ihrer Nähe auftauchte. Mühsam stakste sie in Elins Richtung - und sie hatte einen Fotoapparat auf sie gerichtet.

»Zeigst du mir den schnellsten Weg über die Steine?«

Vincent nickte und lief so leichtfüßig los, als würde er einen glatten Feldweg entlang joggen, statt mit Gipsarm große Sätze über einen unebenen Untergrund aus verschiedenartigen Felsen machen. Elin versuchte sich zu merken, wo er hintrat und folgte ihm, so schnell sie konnte. Die Frau begriff offensichtlich, dass Elin auf dem Weg zu ihr war. Sie wandte sich um und stolperte zum sandigen Teil des Strandes davon.

Die Steine wurden jetzt kleiner und flacher, und Elin konnte schneller rennen, auch wenn ihr der Schweiß bereits in die Augen lief. Sie würde diese Frau einholen und zur Rede stellen, und wenn sie sich dabei sämtliche Knochen brach.

Vincent und sie waren jetzt gleich auf. »He, nicht überholen, das ist unfair!«, rief Vincent.

Sie hatte keine Kraft mehr zum Antworten. »Gleich«,

keuchte sie und hetzte weiter durch den weichen Sand. Der Abstand zu der Frau vergrößerte sich.

Zur Wasserkante, dachte sie, da ist der Boden fest.

Direkt vor ihrem Gesicht sauste eine Frisbee vorbei. »Sorry!« Ein Mann sprang ihr in den Weg, um seine Scheibe wieder einzufangen.

Elin schlug einen Haken um ihn, sprang über eine Sandburg, wich einem kleinen Kind aus.

Als sie wieder nach vorn blickte, war die Frau verschwunden. Sie lief weiter, kniff dabei die Augen zusammen und suchte den Strand ab. Nichts.

Zac und Tammy sahen sie kommen, und Elin rief ihnen entgegen: »Frau mit Hund!«, woraufhin sich Zac sofort ebenfalls in Bewegung setzte. Sie überprüften alle Gruppen in der Nähe, alle Strandaufgänge, ohne Ergebnis.

Die Frau war ihr wieder entwischt.

NICHOLAS

Der Raum waberte um ihn herum. Nicholas rieb sich die Augen. Ihm war speiübel. Der Untergrund schwankte. Wo war er? Und warum war ihm so elend?

Er versuchte den Kopf zu heben, um sich umzusehen, ließ ihn aber gleich wieder sinken. Es würgte ihn.

»Oh, du bist wach.« Er kannte die Stimme, vage. Ein schlurfendes Geräusch. Eine alte Frau trat in sein Blickfeld. Karry. Ihr Name war Karry. Sie tupfte ihm mit einem feuchten Tuch die Stirn ab. »Was machst du denn für Sachen, Junge?«

Er begriff nicht. Was war passiert? Warum lag er hier? Er wollte Karry fragen, aber es kam nur ein Krächzen heraus.

»Warte.« Sie wuselte durch den Raum, holte ein dickes Kissen und half ihm sich aufzusetzen. Dann drückte sie ihm ein Glas Wasser in die Hand. »Einfach umgefallen bist du, hat Sylvie gesagt. Na, kein Wunder. Ivans Unfall ist uns allen nahegegangen, und du bist noch so jung.«

Ivan? Unfall? Umgefallen? Er schüttelte den Kopf, um den Nebel darin zu vertreiben. Irgendwas stimmte nicht. Wenn er sich doch nur erinnern könnte.

»Trink«, plauderte Karry weiter. »Kein Wunder ist das. Den ganzen Tag warst du schon so blass und gegessen hast du bestimmt auch wieder zu wenig. Ich hätte besser auf dich aufpassen sollen.«

Er hustete. »Schon … okay.«

Mit großer Anstrengung setzte er die Puzzleteile zusammen, auf die sein Gehirn zugreifen konnte. Der Hubschrauber. Ivan, über Bord. Die Drohbriefe. Die Speicherkarte mit Joes russischem Gespräch, der USB-Stick. Er musste nachsehen, ob sie noch in ihrem Versteck waren. Was um alles in der Welt hatte ihn so außer Gefecht gesetzt?

»Welcher Tag ist heute?«, fragte er mühsam.

Karry tätschelte ihm den Arm und strahlte ihn an. »Heute kommen wir nach Hause! In vier Stunden ist unsere Fahrt zu Ende.«

»Vier Stunden?« Nicholas schoss hoch. Sofort wurde ihm schwarz vor Augen, und er musste sich an der Wand festhalten, um nicht gleich wieder umzukippen.

Mist, verfluchter. Vier Stunden. Und ihm war immer noch keine Lösung für die Speicherkarte eingefallen. Falls sie die nicht längst gefunden und entsorgt hatten. Vermutlich hatten sie. Und er hatte weder etwas dagegen tun, noch sich eine Lösung überlegen können. Wie auch, er hatte ja besinnungslos hier herumgelegen. Wieder versuchte er sich zu erinnern, was passiert war.

Er hatte gestern – oder vorgestern? – Abend beschlossen, auf dem Oberdeck Luft schnappen zu gehen. Sie waren noch auf dem Wasser, und er war dehydriert, aber funktionsfähig. Es musste gestern gewesen sein.

Was war dann geschehen?

Karry bestand darauf, dass er herumlief, um seinen Kreislauf in Gang zu bringen – und am besten gleich mit ihr zum Frühstück ging. Nicholas wusste, dass er nichts runterbringen würde. Trotzdem folgte er ihr, wenn auch nur, um etwas anderes zu tun als in seiner Kabine zu liegen und an die Wand zu starren.

Vier Stunden.

Dreidreiviertel Stunden.

Ihm war danach, die verwünschte Speicherkarte samt USB-Stick einfach aus dem Fenster zu werfen. Aber irgendwie war das unfair Ivan gegenüber. Und Vincent. Sie hatten sich an dem Kleinen vergriffen, und dafür würden sie bezahlen – wer auch immer »sie« genau waren.

Als er an Karrys Seite den Frühstücksraum betrat, wandten sich alle Blicke ihm zu. Sylvies Augen weiteten sich für den Bruchteil einer Sekunde, dann lächelte sie und kam auf ihn zu. »Hey, du bist wieder auf den Beinen!«

Was hatte ihr Gesichtsausdruck eben bedeutet? Und warum versteifte sich sein Körper, als wäre Sylvie eine Bedrohung?

»Ja«, sagte er vorsichtig. »Bin ich.«

»Das freut mich.« Erneut lächelte sie.

»Weißt du, was gestern Abend passiert ist? Ich kann mich nicht erinnern.«

»Wir waren auf dem Deck«, antwortete sie, wie aus der Pistole geschossen. »Dir war ein bisschen flau, sagtest du. Und dann bist du einfach von einem Augenblick zum anderen ohnmächtig geworden. Ich hab mich vielleicht erschreckt!« Es kam zu glatt, zu schnell.

Karry hatte gesagt, er müsse etwas essen und trinken. Lustlos holte sich Nicholas eine Tasse Tee und eine Schüssel mit trockenen Cornflakes. Er setzte sich abseits von den anderen im Schneidersitz auf einen Sitzsack. Sehnsüchtig blickte er durch die großen Fensterscheiben hinaus aufs Meer, während er die Cornflakes mit den Fingern in den Mund schob. Das Verlangen, einfach ins Wasser zu springen, anstatt sich auf einem Schiff durchschütteln zu lassen, wurde fast übermächtig. Nicht mehr darüber nachdenken, wie es sein konnte, dass er plötzlich ohnmächtig wurde, wo er in seinem Leben noch nie ernsthaft krank gewesen war. Nicht darüber nachdenken, wie er seine Datensammlung zu Clayton bekommen konnte. Am besten überhaupt nicht nachdenken, sondern einfach nur die Wellen spüren, wie sie über ihm zusammenschlugen, wenn er mit dem Surfbrett durch sie hindurchpaddelte oder am Strand entlang laufen und dabei immer wieder die Füße umspülen lassen.

Drei Stunden noch.

Als er die leere Teetasse und die Schüssel zurückbrachte, rempelte Matthew ihn an.

»Hey!«, knurrte Nicholas. Er verstand ja, dass Matt wütend auf ihn war wegen Ivan. Aber auch Matt musste doch klar sein, dass Nicholas bestimmt nicht gewollt hatte, dass Ivan – auf welche Weise auch immer – nachts im Pazifik landete.

Matthew entschuldigte sich nicht einmal bei ihm, sondern ging weiter, als wäre nichts geschehen.

Nicholas zeigte ihm hinter seinem Rücken den Stinkefinger.

»Na, na, na«, sagte Jim Sonderberg neben ihm. »Gehört sich das?«

Nicholas fuhr herum. »Leute anrempeln gehört sich auch nicht.«

Der alte Mann wiegte den Kopf. »Wir sind alle etwas durcheinander wegen Ivan, oder?«

›Etwas durcheinander‹ war stark untertrieben. Niemand von ihnen war wirklich auf der Höhe. Alle sahen blass, getrieben und verängstigt aus, auch wenn wohl keiner von ihnen die letzte Nacht ausgeschaltet gewesen war. Wie konnte das passieren? Frustriert knirschte Nicholas mit den Zähnen. Er fragte sich, wer außer Matthew und ihm – und jetzt auch Sylvie? – vermutete, dass Ivans Verschwinden kein Unfall gewesen war. Und wer dafür gesorgt hatte, dass Ivan ins Wasser fiel. Joe selbst?

Nicholas konnte das nicht glauben. Etwas an Joes Verhalten seit Ivans Unfall sagte ihm, dass er davon ebenso schockiert war wie der Rest der Mannschaft.

Wer dann?

»Hast du viel zu tun, oder magst du mir zur Hand gehen?«, riss Jim ihn aus seinen Gedanken. »Ich würde das Schiff gern im gleichen perfekten Zustand zurückgeben, wie ich es übernommen habe.«

»Ich hab gar nichts zu tun.« Nicholas hatte noch keine einzige Stelle entdeckt, an der die *White Cloud One* nicht perfekt gewesen wäre. Er nickte dennoch. Es würde ihn ablenken, mit Jim Dinge zu reparieren, zu polieren oder was immer der alte Mann vorhatte. Er folgte ihm in den kleinen Raum, in dem Jim die Werkzeuge lagerte.

»Schau mal hier, der Stuhl wackelt. Magst du den eben wieder festschrauben?«

»Kein Problem.« Obwohl er nur mit viel Mühe ein Wackeln erkannte, sah Nicholas sich nach einem passenden Schraubendreher um. Wie alles im Schiff waren auch die Werkzeuge teuer und ausgewählt. Wozu man an einem Ort, an dem alles neu war, Profiwerkzeuge aller Art benötigte, war ihm schleierhaft. Aber vermutlich ging es dabei ums Prinzip. Schicker, besser, teurer. Akkuschrauber, Stichsäge, Maulschlüssel … Irgendwo musste doch ein ganz einfacher Schraubendreher zu finden sein!

»Hast du mein Multitool gesehen?«, fragte Jim.

Ein überdrehtes Lachen stieg in Nicholas auf. »Ja«, sagte er. »Ich hab es mir neulich ausgeliehen, um in Joes Büro einzubrechen.«

Jim lachte. »Wenn's nur das ist.«

Nicholas zog das kleine Werkzeug aus der Hosentasche und reichte es Jim.

Sein Blick blieb an einem Gegenstand hängen. Sein Gehirn machte einen Sprung, und ein triumphierendes Lächeln schlich sich auf sein Gesicht.

Zwei Stunden noch.

CLAYTON

Clayton Williams hatte sich die Texte auf dem Hoteldrucker ausgedruckt und saß jetzt in der feudalen Lobby. Satz für Satz las er sein Geschriebenes durch. Er durfte sich nicht den geringsten Fehler leisten. Jeder Fehler würde ihn noch angreifbarer machen, als er sowieso schon war. Alles, was er behauptete, musste durch handfeste Beweise belegbar sein. Immer wieder strich er Wörter an, an denen er noch feilen musste, oder malte Fragezeichen an den Rand, wenn er sich einer Sache nicht hundertprozentig sicher war.

Nach den Texten nahm er sich das Videomaterial vor, das er bisher zusammengestellt hatte. Von der Dramaturgie her war das alles nicht schlecht, aber auch hier – ganz besonders hier – fehlte ihm das Futter: die kleinen Versatzstücke, die alles belegten und aus seinen verwegenen Theorien einen Enthüllungsskandal machten. In seinem derzeitigen Zustand würde sein Video noch nicht für Aufruhr sorgen, und Aufruhr war es, was er erreichen wollte. Weltweiter, sehr gründlicher Aufruhr.

Nach einigen Stunden hatte er Texte und Video so weit überarbeitet und gestrafft, wie er konnte. Er zog sich in sein Zimmer zurück, um zu telefonieren.

Nicholas würde heute zurückkehren. Nicholas hatte gesagt, er würde nicht für ihn arbeiten. Und Nicholas hatte seit Tagen nichts von sich hören lassen.

Es war dennoch besser, sie hielten sich alle bereit.

NICHOLAS

Eineinhalb Stunden.

Vielleicht sollte er allmählich ans Packen denken.

Als Nicholas seine Jeans auszog, um sie gegen die Shorts zu tauschen, fiel ein kleiner Gegenstand auf den Boden. »Was …?« Er hob das Ding auf und starrte es an.

Bilder rasten ihm durch den Kopf. Gretchen, die ihm einen baugleichen USB-Stick zuschob, mit vielen Grüßen von Matthew. *Antworten auf deine Fragen, Teil I.*

Matthew, der ihn anrempelte, ohne sich zu entschuldigen …

Dabei musste er ihm den zweiten Stick hinten in die Tasche geschoben haben. Antworten, Teil II.

»Wow, Matt.« Nicholas pfiff leise durch die Zähne.

Jetzt hatte er eine Speicherkarte und zwei USB-Sticks, die er von Bord bringen musste. Alles auf eine Karte zu überspielen, traute er sich nicht. Dazu brauchte er den Rechner, und er hatte nicht vor, in letzter Minute noch aufzufliegen, weil die Rechner beobachtet wurden.

Er konnte natürlich … Er konnte das alles einfach von Sylvies Rechner aus als E-Mail zu Clayton schicken. Klar würde es ziemlich schnell auffallen, aber was sollten sie denn tun? Zurückholen ließ sich eine Mail nicht, wenn sie einmal versendet und ausgeliefert war. Nicholas grinste in sich hinein. Das war keine schlechte Vorstellung. Bis er zu dem Teil kam, wie jemand ihm den USB-Stick entriss, bevor er ihn in den Rechner schieben konnte, und ihm eine Spritze in den Arm jagte.

Moment! Wo hatte sein Unterbewusstes diese Idee denn eingesammelt? Darüber würde er später nachdenken. Erstmal waren andere Dinge dringender. Sylvies Rechner. Wenn er das wirklich tun wollte, brauchte er mindestens fünf Minuten an Sylvies Schreibtisch. Ungestört. Besser zehn, er hatte keine Ahnung, wie umfangreich die Dateien waren und wie schnell er sie hochladen konnte.

Das alles, während ringsherum Leute hin- und herliefen und sich für die Ankunft fertigmachten. Wie realistisch war das?

Im Kopf ging er die einzelnen Schritte durch. Sylvie ablenken. Irgendwie. Vielleicht konnte Gretchen ihm dabei helfen, oder Matt. Zu Sylvies Schreibtisch gehen, als wäre es das Selbstverständlichste von der Welt. Würde er hinkriegen. Sylvies Rechner starten … Sylvies Rechner starten. Mist, verfluchter. Keine Chance, innerhalb von drei Minuten Sylvies Passwort zu knacken. Nicht mal Zac hätte das geschafft.

Also zurück zu seiner ersten Idee.

Er schlenderte in den Gemeinschaftsraum, entspannt, selbstverständlich. Ein letzter Blick vor dem Heimkommen, nichts Ungewöhnliches. Der Raum war leer, bis auf Rosa, die den Boden wischte.

»Hast du schon fertig gepackt?«, rief Nicholas hinüber. Er konnte laut sein, er hatte ja nichts zu verbergen.

»Ich habe nicht viele Sachen dabei. Geht schnell, packen.«

Souverän hinter Sylvies Tresen schreiten, als gehörte er dahin. »Freust du dich auf zu Hause?« Er ließ sich lässig in den Schreibtischstuhl fallen.

»Sí, claro. Du auch?«

Er lächelte. »Und wie.« Von dort, wo sie stand, sah sie seine Hand nicht, die nach der untersten Schublade griff. Sie war verschlossen. Der verfluchte Schreibtisch war abgeschlossen!

Er verbot sich selbst einen panischen Blick über die Schulter, und griff stattdessen nach den Büroklammern. Zielgerichtet, ohne jedes Zögern. Zurechtbiegen … kein Problem, selbst mit zitternden Fingern. Das Schloss war lächerlich einfach zu öffnen.

Er zog die Papierschublade auf.

Klackernde Schritte näherten sich aus Richtung des Arboretums.

Datenträger an sich nehmen, Schublade zu. Die Schritte kamen näher. Sylvies Gang. Nur noch abschließen. Die Büroklammer hakte im Schloss. Selbstverständlich wirken. An Sylvies Tresen zu sitzen war ja erstmal nicht verboten. »Und, was ist das erste, das du zu Hause machst?«, rief er fröhlich zu Rosa hinüber, während er die Büroklammer freizubekommen versuchte.

»Camping in den Bergen, drei Tage. Mit meinem Mann«, antwortete Rosa im selben Moment, in dem Sylvie den Raum betrat und die Büroklammer sich endlich aus dem Schloss löste.

»Hey, Sylvie.« Nicholas strahlte sie an, bevor sie fragen konnte, was er an ihrem Tisch zu suchen hatte. »Sag mal, hast du ein Stück Papier für mich?«

Sie legte den Kopf schief.

»Bitte?« Lächeln, Nick, lächeln. »Ich will noch eben ein paar Notizen machen, damit ich die Fotos dann richtig zuordnen kann.« Er faselte. Hoffentlich merkte sie es nicht.

Immer noch sah sie ihn prüfend an. Dann hob sie eine Schulter. »Was soll's? Klar.«

Nicholas rollte seine kostbaren Datenträger in ein Stück Papier ein und klebte Panzertape darum, damit sie in seiner Tasche weder klapperten noch raschelten. Er sandte einen stillen Dankesgruß an Jim und seinen Werkzeugschrank. Dann schob er das kleine Paket in die Tasche seiner Shorts und ging hinaus.

Das Land kam immer näher.

Noch eine Stunde.

NICHOLAS

Geschafft!

Überlebt!

Zu Hause!

Das Meer lag glatt, der Himmel war wolkenlos blau. Nur noch ein leichter Wind wehte. South Orange County zeigte sich von seiner besten Seite. Immer näher kamen die vertrauten braunen Hügelketten seiner Heimat. Es war vorbei. Als ein Schwarm Möwen kreischend über das Schiff flatterte, breitete sich in Nicholas eine so wilde Vorfreude aus, dass er hätte schreien mögen. Er hatte es hinter sich. Sie alle hatten es hinter sich. Ein paar Stunden noch, dann konnte er die Füße ins Wasser halten. Vielleicht hatte Elin Lust, mit ihm surfen zu gehen.

Er ließ sich den Wind um die Nase wehen und sah von der Reling des Oberdecks aus zu, wie das Festland immer näher kam.

Sylvie hatte sich zu ihm gesellt. »Schau mal, da drüben!«

Wieder spannte sich sein Körper bei ihrem Anblick so merkwürdig an, doch seine Erleichterung, wieder zu Hause zu sein, überdeckte alles andere. Er folgte ihrem Fingerzeig, und merkte, wie sich ein Lächeln auf seinem Gesicht ausbreitete.

»Kannst du erkennen, was das ist?«

»Delfine«, sagte er abgelenkt.

»Aber die schwimmen so gemächlich.«

Er drehte sich zu ihr um. »Du meinst, sie machen keine Kunststückchen wie bei *SeaWorld*?« Es klang schärfer, als er beabsichtigt hatte.

»Nein, ich meine, sie schwimmen gemächlicher, als ich mir das vorgestellt hatte.«

Er zuckte mit den Schultern. »Mein Gott, wie lange lebst du schon hier? Das hängt mit der Art zusammen. Manche springen lieber als andere.«

Nachher würde er zu Hause sein.

Wenn das Schiff in den Hafen einlief, sollten alle auf dem Oberdeck stehen und salutieren, hatte Joe angewiesen. Winken sei unangemessen, nachdem sie einen Mann verloren hatten, aber feierlich in den Heimathafen zurückkehren sollte das Schiff dennoch. Doch zuvor rief er die Mannschaft im Gemeinschaftsraum zusammen. Nicholas hielt sich in der Nähe von Jim und Karry. Er linste zu Matt hinüber. Matt zwinkerte ihm zu und schaute dann wieder Joe an, als wäre nichts gewesen. Nicholas lächelte.

Joes Worte rauschten an ihm vorbei. » … erfolgreiche Mission … gute Crew … tragisches Ereignis … große Leistung …«

Es gab eine Schweigeminute. Als die anderen danach verhalten klatschten, klatschte er mit.

Es war geschafft. Fast.

»Bevor ich das vergesse«, sagte Joe. »Nachdem ihr alle durch die Kontrollen und von Bord gegangen seid, versammeln wir uns noch kurz für die Presse am Pier. Ich danke euch allen für eure gute Arbeit.«

Die *White Cloud One* wurde von einer Flotte großer und kleiner Boote empfangen. Seekajaks, Segelschiffe, Stand-Up-Paddler, Motorboote: bestimmt dreißig Wasserfahrzeuge begrüßten das prächtige Schiff und gaben ihm Geleit, während aus den Decklautsprechern getragene Musik drang. Auf der Mole stand eine Gruppe Jugendlicher mit einem Plakat. »Willkommen zurück, Klimahelden!«

Nicholas betrachtete seine Mitreisenden, während das Land näher kam. Jim stand stramm mit der Hand an der Stirn. Karry salutierte nicht, sondern warf tatsächlich Kusshände. Matt, Sylvie und Gretchen standen stumm wie er.

»Lasst uns reingehen, Leute«, sagte er dann.

»Wieso das?«, fragte Matt.

»Du bist nicht von hier, oder?«

»Ich bin aus Philadelphia. Wieso?«

»Hast du schon mal Pelikandung gerochen?«

Ihre Nasen waren durch die lange Zeit auf dem Meer und die gereinigte Luft im Inneren der *White Cloud One* nichts Böses mehr gewöhnt. Nicholas wusste, wie unappetitlich es roch, wenn man nach nur zwei Stunden auf dem Meer in den Hafen zurückkam. Die Pelikane auf der Mole waren nicht zimperlich damit, wo sie ihre Ausscheidungen fallen ließen, und da es hier nie regnete, wurden sie nie abgewaschen. Entsprechend stank es.

»So schlimm kann es nicht sein«, sagte Matt.

Es war noch schlimmer.

Trotzdem dachte Nicholas, als ihm der Gestank in die Nase stieg, nur eins: zu Hause.

Er war dankbar, als Joe das Signal gab, dass alle hineingehen konnten, wo ihr Gepäck bereits über die Rollbänder der Sicherheitskontrollen lief und Sven und Adrian mit den Scannern warteten.

JOE

Joe verengte die Augen. Nicholas hatte Sylvie gegenüber zugegeben, spioniert zu haben, also musste er diese Daten in irgendeiner Form bei sich haben, wenn er das Schiff verließ. Die unschuldige Gleichgültigkeit, die er zur Schau stellte, als Sven ihn abtastete, passte so gar nicht dazu. Wie glaubte er, damit durchzukommen? Der Kleine mochte unglaublich dreist sein, aber er war nicht blöd. Jetzt schenkte er Sven sogar ein halbherziges Lächeln, als dieser einen seiner Sprüche machte.

Joe stellte sich neben die beiden. »Den da besonders gründlich, Sven.«

»Darauf kannst du dich verlassen, Boss.«

Nicholas stand wie eine Statue, die Arme zu den Seiten ausgestreckt, und tat, als wäre er an all dem vollkommen unbeteiligt. Er zog ohne Widerstand Schuhe und Pullover aus und muckte nicht einmal, als Sven ihn zur Leibesvisitation in den Sicherheitsraum brachte.

Kurz darauf kehrten die beiden zurück.

»Sauber«, sagte Sven.

Das konnte nicht sein. Sie hatten Nicholas' Gepäck auseinandergenommen, Stück für Stück, seine Kamera – alles.

Irgendwo mussten die Datenträger sein, von denen er Sylvie erzählt hatte. »Nichts?«

Sven zuckte fast hilflos mit den Schultern. »Nichts in der Kleidung, nichts im Gepäck, nichts an den Körper geklebt.«

Joe sah Nicholas an. Ein selbstgefälliges, kleines Grinsen erschien auf dessen Gesicht. Es war dieses Grinsen, das ihn wirklich wütend werden ließ. Mit einer Kopfbewegung bedeutete er Nicholas, ihm zu einem der entfernteren Besprechungstische zu folgen. Ebenso wortlos ließ er ihn Platz nehmen. Joe selbst lehnte sich an die Tischkante. Mit verschränkten Armen sah er auf Nicholas hinunter und wartete.

Der Kleine starrte ihn finster an und kippelte leicht auf dem Stuhl hin und her.

Joe schwieg. Längeres Schweigen verunsicherte die meisten Menschen. Es verfehlte seine Wirkung auch in diesem Fall nicht.

Nicholas wurde unruhig. Der spöttisch hochgezogene Mundwinkel täuschte nicht darüber hinweg. Trotzig fragte er: »Was?«

»Es waren zwei Speicherkarten.«

Die Augenbrauen wanderten in die Höhe. »Seit wann?«

»Das weißt du. Du hast mir nur eine gegeben.«

Nicholas verschränkte seinerseits die Arme und ließ den Stuhl nach hinten kippen. Er hielt Joes Blick stand. »Ich habe eine bekommen, ich habe eine zurückgegeben.«

Joe beugte sich nach vorn und stützte die Hände auf die Oberschenkel, so dass sein Gesicht auf gleicher Höhe wie

Nicholas' war. Sehr langsam und deutlich fragte er: »Wo ist Speicherkarte Nummer zwei?«

Der Junge ließ den Stuhl zurück auf alle vier Beine fallen. Er neigte sich ebenfalls nach vorn. Joe konnte jede einzelne der langen Wimpern sehen, die die grauen Augen umrahmten. »Es. Gibt. Sie. Nicht.« Er betonte jedes Wort, als wolle er sicherstellen, dass sein Gegenüber ihn auch bestimmt verstand.

»Lass den Mist«, knurrte Joe. »Ich will wissen, wo sie ist.«

Selten zuvor hatte Joe Richardson den Wunsch verspürt, einen Mitmenschen zu schlagen. Körperliche Gewalt war kein Mittel, das er gern einsetzte. Es beunruhigte ihn, dass er bei Cathys Rotzlöffel hier in den letzten Tagen schon öfter kurz davor gewesen war. Aber nicht einmal oben auf der Plattform im Arboretum hatte es ihn so in den Fingern gejuckt wie jetzt. Normalerweise sorgte seine lange antrainierte Präsenz in Kombination mit der hochgewachsenen, breitschultrigen Gestalt dafür, dass sich die Welt seinen Wünschen beugte. Und Nicholas würde das letztlich auch tun müssen. Nur einen kurzen Augenblick gestattete er sich die wunderbare Vision, wie sein Verlobungsring Nicholas' Wangenknochen traf, wie die Haut darüber aufplatzte und ihm Blut über Mund und Kinn lief. Gott, wie sehr wollte er dem Jungen dieses arrogante Grinsen aus dem Gesicht fegen. Einzig die Tatsache, dass noch andere Menschen im Raum waren, hinderte ihn daran.

Betont ruhig sagte er: »Ich habe dir sehr viel Geld bezahlt.«

»Und du hast echt geile Bilder dafür gekriegt, oder?«

Hör auf, dachte Joe. Hör auf mich so anzusehen, oder ich tu es. Er lehnte sich zurück und sah aus dem Fenster. Er musste sich dringend wieder in den Griff bekommen.

»Du begreifst gar nichts«, brachte er schließlich hervor. »Du bist ein naiver kleiner Junge, der versucht, den Helden zu spielen in einem Spiel, das meilenweit zu groß ist für dich – und das du nicht mal im Ansatz verstehst.« Ein Spucketropfen traf Nicholas ins Auge. Er versuchte, ihn wegzuwischen, doch Joe griff blitzschnell nach seinem Handgelenk und hielt es wie in einem Schraubstock. »Gib mir die Speicherkarte, Nicholas. Diese Daten in den falschen Händen können einen Weltkrieg auslösen. Du weißt überhaupt nicht, womit du es zu tun hast.«

»Keine Ahnung, wovon du sprichst.«

Von wegen. Der Junge wusste es genauer, als gesund für ihn war. Cathy würde nicht begeistert sein, wenn ihrem Spross etwas zustieß. Joe versuchte einen überheblichen Oberlehrertonfall in seine Stimme zu legen. »Vielleicht denkst du mal nicht nur an dein Ego, sondern auch an die Menschen, die durch deine Sturheit zu Schaden kommen.«

»Ich denke den ganzen Tag an nichts anderes, das kannst du mir glauben.« Etwas in Nicholas' verschlossenem Gesicht sagte Joe, dass er so nicht weiterkommen würde. Es ging nur auf die harte Tour. Und das lag nicht mehr in seiner Hand.

Widerstrebend ließ er den Arm des Jungen los. Er rang sich ein mühsames Lächeln ab, auch wenn er Nicholas lieber an den Schultern gepackt und durchgeschüttelt hätte. »Ich will nicht, dass dir etwas passiert, weißt du. Du bist ja jetzt sowas wie mein Stiefsohn, wenn ich das richtig verstanden habe.« Er lachte freudlos. »Wenn du mir diese Karte, und was immer du sonst noch hast, nicht gibst, kann ich dich nicht schützen.«

Ein dünnes Lächeln verzog Nicholas' Lippen. »Sehr rührend. Weiß meine Mutter, dass du dir solche Sorgen um mich machst?«

»Wir werden dich beobachten, Nicholas.«

»Wir sehen uns, Joe.« Beim Aufstehen wischte Nicholas sich die schwitzigen Hände an der Jeans ab. Doch nicht so hart, wie er vorgab, der Junge.

Joe unternahm einen letzten Versuch: »Du kannst mir die Speicherkarte geben. Ich bekomme sie am Ende sowieso. Und wenn Sven deine Sachen noch fünfmal durchsucht.«

Der Junge hob nur gleichgültig die Schultern. »Versuch's doch mal mit einer Darmspiegelung.« Ohne sich umzudrehen, verließ er den Tisch.

NICHOLAS

Irgendwie brachte Nicholas den Pressetermin hinter sich. Er lächelte und winkte und lächelte weiter. Joe redete, erwähnte Ivans Heldentod für die große Sache, lobte die tapfere Mannschaft. Kameras waren auf sie gerichtet, Mikrofone schoben sich Joe entgegen. Wie betäubt schob Nicholas sich danach durch die Menschenmenge am Hafen.

Sobald er außer Sichtweite der *White Cloud One* war, lehnte er sich erschöpft an eine Hauswand. Das Spiel war noch nicht zu Ende. Seine Knie wollten ihm den Dienst versagen, die Hände waren immer noch feucht. Die Konfrontation mit Joe hatte ihm alles an Willenskraft abverlangt, das er noch aufbieten konnte. Svens Scanner und selbst die Leibesvisitation waren dagegen fast unbemerkt an ihm vorbeigerauscht. Er hatte ja nichts zu befürchten gehabt.

Mit gemischten Gefühlen holte er sein Telefon aus der Hosentasche. Einerseits war er glücklich, es endlich zurückzuhaben, andererseits ging er stark davon aus, dass nicht mehr alles daran genauso war wie vorher. Er seufzte. Zeit für ein neues Telefon. Geld dafür hatte er ja jetzt.

Er schrieb seinem Vater eine Textnachricht, dass er wieder an Land war, und rief dann Zachary an.

Er drückte auf den grünen Wählbutton. Es tutete. Einmal, zweimal, dreimal.

Zacharys Stimme klang leise aus dem Gerät. »Nick?«

»Hi, ich …«

Ein ohrenbetäubender Knall ertönte am anderen Ende des Parkplatzes, eine Rauchsäule stieg in die Luft, gleich darauf Flammen. Menschen schrien.

»Nick?«

Die Flammen an dem Auto loderten hoch.

»Nicholas?«

Ach ja. Zachary. »Ich … da …«

»Was ist los?«

Er klappte den Mund auf. Es kam nichts raus.

»Nicholas! Rede mit mir!« Zacharys Stimme drang wie aus weiter Ferne an sein Ohr.

»Da … da … ist gerade ein Auto in die Luft geflogen.« Seine Zähne klapperten.

»Nick? Wo bist du?«

»Am Hafen. Zac, hier …«

»Rühr dich nicht vom Fleck. Ich komme.«

Wieder betrachtete er fassungslos sein Telefon. Es hatte in dem Augenblick geknallt, als er Zac angerufen hatte. Konnte man Telefone in Fernzünder für Autobomben umbauen? Er hatte gerade einen Menschen getötet.

Die Welt blieb stehen.

Als beträfe es ihn selbst nicht, beobachtete er, wie sein Körper in einen eigenartigen Schwebezustand fiel. Kalter Schweiß brach ihm aus. Alles um sich herum nahm er wie durch Watte wahr. Die Knie sackten ihm weg.

Wortfetzen. Jemand schrie.

Joe rannte zu dem brennenden Auto.

»Scheiße, das war Matts Auto«, sagte jemand neben ihm. »Matthew Nguyen. Ich habe ihn einsteigen sehen.«

Erst Ivan und jetzt Matt.

Erst Ivan und jetzt Matt.

Erst Ivan und jetzt …

Ivan. Es war kein Unfall gewesen.

Er musste hier weg.

Wie in Trance rappelte er sich hoch und schleppte seinen Rucksack über den Parkplatz, vorbei an den Polizei- und Feuerwehrautos, die auf den Platz rollten.

Ivan und Matt.

Kein Unfall.

Er hatte mit Ivan gesprochen, und Ivan war vom Schiff geworfen worden.

Er hatte von Matt diese USB-Sticks bekommen, und Matts Auto war hochgegangen.

Ein Wagen hielt neben ihm. Zachary. Er nahm ihm den Rucksack ab und verfrachtete ihn auf den Beifahrersitz. Willenlos ließ er es geschehen. »Zieh das an.« Zac gab ihm eine Winterjacke.

»Es sind 30 Grad.« Seine Zähne schlugen aufeinander.

»Zieh sie an.«

»Matt … er …« Sein Oberkörper krampfte sich immer wieder zusammen. »Matt wollte … er wollte doch nach Berkeley.«

Zacharys Stimme, ganz ruhig. »Nicholas. Zieh die Jacke an. Jetzt.«

Er ließ zu, dass Zac ihm die Jacke um die Schultern legte und zog sie vor dem Oberkörper zusammen.

Erstaunt stellte er fest, dass die Wärme seine Lebensgeister ein bisschen zurückbrachte. »Das war Matts Auto«, sagte er leise. »Einer von den Wissenschaftlern an Bord.«

Zac schwieg.

»Ich hab ihn umgebracht.«

»Wie kommst du auf die Idee?«

»Ich hab ihn umgebracht«, wiederholte Nicholas stur. Seine Zähne klapperten wieder.

»Okay.« Zac hatte wieder diese ruhige Stimme. »Okay. Erzähl es mir.«

»Mein Telefon … ich … ich hab dich angerufen. Und dann … dann ist Matts Auto hochgegangen.«

War das Mitleid in Zacharys Blick? »Nick, das ist Blödsinn.«

»Die haben da einen Fernzünder eingebaut oder so. Ganz sicher.«

Zac schüttelte den Kopf. Er zündete den Motor und drehte die Heizung voll auf. »Wird gleich besser.«

Warum wollte Zachary nicht verstehen, was er ihm zu sagen versuchte? »Zac, echt, ich bin schuld. Ich hab ihn umgebracht.«

Zachary ließ das Auto im Leerlauf vor sich hin brummen. »Nick, kannst du verstehen, was ich sage?« Er hatte immer noch diese Arztstimme.

»Hör doch mal zu! Ich hab …« Wenn das Zähneklappern doch wenigstens aufhören könnte.

»Scheiße«, sagte Zac. »Was mach ich denn jetzt?«

»Wir gehen zur Polizei. Wir müssen was tun.«

Zachary atmete tief durch. »Gib mir dein Telefon.«

»Dann fliegt noch irgendwas in die Luft!«

»Gib mir dein Telefon.«

»Nein!«

»Nick. Bitte.«

Widerstrebend reichte Nicholas es hinüber.

»Guck mal«, sagte Zac. »Kann man nicht mal aufmachen. Kein Zünder.« Es fiel Nicholas schwer, zuzusehen, wie sein Freund jetzt auf dem Display herumwischte. Er wählte eine Nummer. Dann der grüne Button. Nicholas kniff die Augen zu. Er wollte nicht sehen, wenn das nächste Auto hochging. War es sehr albern, sich noch die Ohren zuzuhalten?

»Nein, ich bin's«, hörte er Zac sagen. »Ja, aber der ist völlig fertig. Kannst du den Kamin anschmeißen?«

Kamin, bei dem Wetter?

»Ich weiß«, sagte Zac ins Telefon. »Trotzdem. Ja. Bis gleich.«

Es ist erstaunlich, dachte Nicholas später, wie der menschliche Geist funktioniert. Jennifer hatte ihn in eine Decke gehüllt und mit heißem Kakao versorgt, bis er aufgehört hatte, zähneklappernd vor sich auf den Boden zu starren. Zachary saß auf der einen Seite neben ihm, Elin auf der anderen. Keiner sagte etwas. Sie waren einfach nur da. Immer wieder flog das Auto vor seinen Augen in die Luft.

Ivan war tot. Matt war tot. Er war hier. Er war schuld. Aber er lebte.

Er streckte sich.

Er lebte.

Er konnte etwas tun.

Es war, als würde sein Bewusstsein mit dieser Erkenntnis all das Schreckliche, das geschehen war, abkapseln und verstecken, irgendwo ganz weit hinten in seinem Kopf. Das Gefühl kehrte in seinen Körper zurück.

Der Nachmittag war dann beinahe, als wäre die Welt noch wie damals, bevor er je den Namen *White Cloud Enterprises* gehört hatte. Als hätte er nie etwas über Geoengineering oder SORAYA erfahren. Als hätte er Joe nie diese elenden Daten geklaut. Als wäre nicht Ivan über Bord gegangen und gerade Matthews Auto ein paar Meter neben ihm explodiert. Die Welt drehte sich einfach weiter, und es fühlte sich erschreckend normal an, nachdem der Schock abgeklungen war.

Nicholas holte sich etwas zu trinken aus der Küche.

Jennifer und Paul kicherten auf der Terrasse herum. Zac saß auf dem Sofa und tippte, wie immer. Elin lümmelte daneben und las. Vincent guckte Disneychannel. Er selbst ließ sich auf den flauschigen weichen Teppich sinken, die Hände hinter dem Kopf verschränkt, und guckte den Staubteilchen zu, die im Sonnenlicht tanzten. Er holte sein Telefon aus der Hosentasche und drehte es in den Händen. Zachary schaute von seinem Laptop auf. Nicholas grinste schief. Vermutlich war kein wie auch immer manipuliertes Telefon in der Lage, willkürlich Autos in die Luft fliegen zu lassen. Sie waren hier nicht bei James Bond.

Er nickte Zachary zu.

Es war vorbei. Er hatte überlebt.

Das einzige, was zu tun blieb, war, dafür zu sorgen, dass Clayton die Speicherkarte mit den Fotos sowie die beiden USB-Sticks bekam. Ivan und Matt sollten nicht umsonst gestorben sein, und jetzt blieb auch kein Zweifel mehr daran, ob es richtig war, Joe zu verraten. Joe war womöglich Waffenhändler, vielleicht auch Erpresser, in jedem Fall aber ein verdammter Killer. Spätestens übermorgen, das hatte Clayton versprochen, würde er mit einigen Kollegen landesweit in den großen Zeitungen und Nachrichtensendern über das berichten, was auf der *White Cloud One* geschehen war. Clay hatte auch einen Dokumentarfilm vorbereitet, den er zeitgleich mit den anderen Veröffentlichungen auf alle Videoplattformen hochladen wollte. »Unsere Lebensversicherung, mein Freund«, hatte er augenzwinkernd gesagt, als wäre er da schon sicher gewesen, dass Nicholas am Ende doch mitmachen würde.

Sie hatten gewonnen.

Er wartete auf irgendeine Art von Triumphgefühl oder zumindest Erleichterung, aber er war einfach nur unendlich erschöpft. Jede Zelle in ihm schrie nach Ruhe und danach, diese eine letzte Anstrengung nicht mehr zu unternehmen. Alles einfach zu vergessen. Die Sonne bewegte sich auf den Horizont zu. Er musste bald in die Gänge kommen. Wenn ihm nur die Glieder nicht so schwer wären!

Die *White Cloud One* lag wieder an dem abgezäunten Pier, und mit ihr sein verbotenes Datenpaket. Ohne etwas Schwimmendes kam er nicht an sie heran. Kurz hatte er überlegt, nach Hause zu fahren und sein Surfbrett zu holen, aber dann würde er mit Papa reden müssen. Papa würde sofort auffallen, dass etwas nicht stimmte. Kein Mensch ging nachts surfen. Blieben Pauls Stand-up-Paddleboards.

»Paul?«

Paul steckte den Kopf zur Terrassentür rein. »Was ist?«

»Kann ich den Schlüssel zu deinem Schuppen haben? Ich will nochmal kurz aufs Wasser.«

»Er hängt am Brett vorn, kannst du dir nehmen.« Paul verschwand wieder nach draußen. Niemand außer ihm hatte mehr Verständnis dafür, dass sich Stress nirgendwo besser reduzierte als auf dem Meer.

Zachary musterte Nicholas aufmerksam und schüttelte dann den Kopf. »Oh nein, das wirst du nicht tun. Was immer du vorhast.«

Nicholas seufzte. »Halt mich auf.«

»Bitte, Nick. Hör auf, gegen mich zu kämpfen.«

Irgendwie war es wichtig, dass Zachary ihn verstand. »Ich muss das zu Ende bringen, Zac. Ich will auch lieber hierbleiben, aber manchmal muss man bestimmte Sachen tun, wenn man noch in den Spiegel gucken will.«

»Vor einer Stunde habe ich gedacht, ich muss dich ins Krankenhaus bringen. Oder in die Klapse.«

»Es geht nicht anders. Die wissen eh, dass ich was weiß. Wenn ich das jetzt nicht zu Ende bringe, muss ich mein Leben lang fürchten, dass sie kommen und mich zum Schweigen bringen.«

Zachary musste verstanden haben, wie ernst es ihm war, denn er nickte langsam. »Aber nimm ein sauberes Telefon mit, ja? Du kannst meins haben.«

Er würde sowieso nie wieder ein Telefon anfassen. Doch bevor er reagieren konnte, klappte Elin ihr Buch zu und streckte sich. »Er nimmt was Besseres mit. Ich fahre mit. Und passe auf und rufe zur Not an.«

Nein. Bitte, nein. Er konnte nicht auch noch auf sie aufpassen. Keiner, weder Zac noch Elin, wusste im Detail, was bisher alles passiert war. Keiner wusste alles von den Drohbriefen. Keiner wusste von Ivan. Aus ihrer Sicht war Elins Vorschlag absolut vernünftig. Einer telefoniert, während der andere verhauen wird. Nicholas hatte keine Zeit, ihnen zu erklären, dass diese Leute es nicht beim Verhauen beließen. Er musste los. Wer weiß, wie lange das Schiff noch blieb, wo es war. Er sah Elin an. »Das geht nicht.«

»Tja«, Zac lächelte böse. »Dann muss ich wohl mit Dad sprechen, dass du den Schlüssel zum Schuppen lieber nicht haben solltest. Ich finde Elins Idee gut.«

Nicholas knirschte mit den Zähnen. »Es. Geht. Nicht.«

»Mit welchem Auto wolltest du noch gleich fahren?«

»Zac. Bitte.«

»Deine Entscheidung.«

Elin neben ihm im Auto redete, als würde sie dafür bezahlt, während Nicholas versuchte, ein frustriertes Heulen zu unterdrücken. »Was hast du vor?«

Konnte sie nicht einfach den Mund halten? Er musste nachdenken, wie er sie am besten in Sicherheit brachte.

Abwesend antwortete er: »Ich fahr mit dem Paddleboard in den Hafen.« Und ich sage dir bestimmt nicht, was ich da tue.

»Ist es schwierig, darauf stehen zu bleiben?«

Er schüttelte den Kopf. »Nicht, wenn das Wasser glatt ist wie im Hafen. Auf dem offenen Meer braucht man ein bisschen Übung.«

»Meinst du, ich krieg das hin?«

»Kannst du ja demnächst mal ausprobieren.« Unbewusst drückte er das Gaspedal ein bisschen weiter nach unten. Heute würde sie garantiert auf kein SUP steigen. Dafür würde er sorgen.

»Ich meine heute.«

Er fasste das Lenkrad fester. Das Auto jagte über eine Kreuzung, deren Ampel gerade auf Rot sprang. »Du wirst heute nicht paddeln gehen.«

Ihr Schweigen füllte das Auto, bis er es nicht mehr ertragen konnte. Hatte sie verstanden, was er gesagt hatte? »Das heißt, du bleibst im Auto, mit runtergedrückten Knöpfen und eingezogenem Kopf, während ich kurz zur *White Cloud One* rausfahre und da was erledige.«

Sie sah aus, als hätte er sie geschlagen, das konnte er sogar aus dem Augenwinkel erkennen. »Oh, der einsame Held.« Leise setzte sie hinzu: »Ich hab mich drauf gefreut, dass du wiederkommst.«

»Es tut mir leid, okay?«, zischte er. »Du wolltest unbedingt mit, es war nicht meine Idee. Jetzt tu bitte das, was am sichersten ist.«

»Es ist ein doofes Gefühl, so bevormundet zu werden. Findest du das gut?«

»Nein! Ich fühle mich total scheiße dabei. Aber das spielt keine Rolle. Wir machen es so.«

»Ich komme mit. Das war der Deal. Ich könnte auch ein Kajak nehmen, damit kann ich umgehen.«

Das war zu viel. »Hör zu«, schnarrte er, »wir können morgen und übermorgen und überübermorgen meinetwegen den ganzen Tag paddeln gehen. Im Sitzen oder im Stehen, das ist mir total egal. Aber nicht jetzt.«

Sie schwieg, während er Zacs Prius zu schnell auf die schmale Hafenstraße lenkte. Fast hätte er in der Kurve den Kantstein gerammt.

»Ich geh allein raus und fertig.« Hoffentlich war das ätzend genug gewesen, um sie endlich abzuschrecken. Die Rauchsäule von Matts Auto stieg vor seinem inneren Auge auf. Er schluckte. Die Hände immer noch am Lenkrad, sah er sie an. »Ich weiß nicht, ob es dir entgangen ist, aber es ist nicht besonders gesund, in meiner Nähe zu sein.« Immerhin, er hatte nicht gebrüllt. Nicht sehr.

»Zachary erwähnte sowas, ja.« Grinste sie tatsächlich?

Der alte Zorn flammte in ihm auf. »Prima«, schnappte er. »Er hat recht, weißt du? Ich bin kein guter Umgang! Ich bin sogar verdammt schlechter Umgang!« Er versuchte nicht einmal mehr, seine Stimme zu dämpfen. Irgendwo musste er hin mit der ohnmächtigen Wut, die immer verzweifelter in ihm kochte. Konnte sie nicht einfach Vernunft annehmen und ihn tun lassen, was er tun musste? Um ihn herum starben Menschen. Sie sollte nicht dazu gehören. Es reichte, wenn er sich selbst in Gefahr brachte.

»Ich hab den Schlüssel.«

Er war kurz davor, vor Wut loszuheulen. In diesem Augenblick hasste er nicht nur sich, sondern auch sie aus ganzem Herzen. Und gleichzeitig fand er sie begehrenswert wie nie zuvor, wie sie da saß und ihn anfunkelte. Ungefragt erschien ein Bild vor seinem inneren Auge, das mal auf Instagram rumgegangen war. Tammy hatte es ihm nach dem Meaghan-Fiasko ins Gesicht gehalten. Eine Frau in Ritterrüstung war darauf abgebildet, und der Text lautete: *Such nicht nach einer hübschen Prinzessin, die du retten musst. Such nach einer Königin, die mit dir auszieht, Drachen zu töten.*

Elins Blick sagte mehr als deutlich, dass sie bereit war, es mit jedem Drachen der Welt aufzunehmen.

Seine Wut verpuffte.

Er war besiegt.

»Es geht nicht«, flüsterte er. »Matt ist tot. Ivan ist tot. Um mich herum sterben Menschen. Ich … will nicht, dass du …« Die Worte blieben ihm im Hals stecken.

»Hey. Nick.« Sie zeigte nach draußen. Ein paar Abendspaziergänger schlenderten die Hafenpromenade entlang, sonst war der Platz leer. Nicht mal an der Stelle, wo Matts Auto hochgegangen war, konnte man irgendwas Ungewöhnliches erkennen. Etwas leiser und mit einem verlegenen Grinsen fügte sie hinzu: »Ich will dich gerade nicht aus den Augen lassen, weißt du? Und hier ist niemand außer uns. Es ist okay.«

Es war nicht okay. Er seufzte. »Bist du schon mal SUP gefahren?«

»Nö. Aber so schwer kann das nicht sein, oder? Und, wie gesagt, ich kann auch ein Kajak nehmen.«

Er ließ den Kopf auf das Lenkrad sinken.

Sie würde ihn verlangsamen, und jede Minute, jede Sekunde, die sie länger unterwegs waren als nötig, erhöhte die Gefahr. Natürlich wäre es schöner, mit ihr zusammen zur *White Cloud One* zu fahren, um die Datenpäckchen zu holen, die er von außen an den Rumpf geklebt hatte. Aber es ging einfach nicht, es war das Risiko nicht wert.

»Nick?« Sie sagte das sehr vorsichtig. »Du hast recht. Ich bleibe am Ufer, Telefon im Anschlag, und passe auf, okay?«

»Danke.«

Das einzige Geräusch, das er verursachte, war das leise Platschen der Boards auf dem Wasser und das Einstechen des Paddels, während er zügig durch den nächtlichen Hafen glitt. Bei den Yachten feierte jemand eine Party, gedämpfte Stimmen schallten herüber, vom Ufer das Geräusch eines nahenden Autos, Partygäste. Dann wieder Stille, bis auf sein Plätschern. Er kam schnell voran, hielt stetig auf die *White Cloud One* zu, die vor ihm aufragte. Das dort war Joes Kabine, daneben seine. Er ließ den Blick über die schimmernde Hülle gleiten. Irgendwo hier musste das Panzertape-Packchen sein.

Es hing zu hoch.

Verflucht, konnte nicht mal irgendwas nach Plan gehen? Er lenkte das Board längsseits zum Schiff und streckte sich, so hoch er konnte. Das Board kippelte bedrohlich. Zwei Zentimeter noch, er berührte mit den Fingerspitzen schon das Tape. Zwei verdammte Zentimeter. Er brauchte irgendwas zum Draufstellen.

Das Paddel!

Auf Zehenspitzen auf der Paddelröhre schwankend, riss er das Päckchen vom Schiffsrumpf, als eine Welle das Board erneut zum Schwanken brachte. Die Faust schließen und rasch hinhocken war eins. Er stützte sich mit beiden Händen auf dem Board ab. Yes! Die Höhe musste erst noch erfunden werden, die Nick Hansen in die Knie zwang. Er lachte leise. Genaugenommen hatte sie das gerade getan.

Er stand wieder auf und paddelte, so schnell er konnte, zum Ufer zurück. Zu Elin. Zu Zac. Zu Papa. Ein Schritt näher an der Normalität.

Er zog das Board auf den Sand.

Das triumphierende Hochgefühl, das sich in ihm breit gemacht hatte, zerplatzte auf der Stelle, als eine leise, höfliche Stimme neben ihm sagte: »Guten Abend, Mister Hansen.« Der Mann war wie aus dem Boden gewachsen. Nicholas hatte ihn nie zuvor gesehen. Mit seinem eleganten Anzug und der sanften Stimme wirkte er eher wie ein Opernbesucher als wie jemand, der anderen nachts am Hafen auflauerte.

»Kennen wir uns?«

Der Mann lächelte leise. »Noch nicht. Ich hoffe, dass sich das bald ändert. Kommen Sie bitte mit.«

»Ich denke, ich werde lieber nach Hause fahren.«

»Das denke ich nicht.«

Wenn der wüsste, wie viel Übung Nicholas inzwischen darin hatte, mächtigen Männern die Stirn zu bieten! Er grinste, obwohl es fast wehtat, und seine Stimme zitterte kein bisschen. »Mein Papa hat immer gesagt: Geh nicht mit Fremden mit.«

Das Lächeln des Mannes wurde deutlicher. »Mein Name ist Malcolm Moreman. Ich bin im Vorstand von *White Cloud Enterprises*.«

»Angenehm. Ich bin der Fotograf.«

»Steig jetzt bitte ins Auto.«

Nicholas verzog abfällig das Gesicht. »Und wie wollen Sie mich daran hindern, einfach nach Hause zu fahren, Mister Moreman?«

Die Stimme des Mannes blieb leise. »Sagen wir es so: Ich habe entscheidende Argumente auf meiner Seite.«

Auf eine Handbewegung hin traten zwei uniformierte Männer aus dem Schatten, die Elin zwischen sich führten. Ihre Augen waren groß vor Angst.

Scheiße. »Lassen Sie sie gehen.«

»Ich glaube nicht.«

»Bitte.« Er konnte nicht verhindern, dass seine Stimme schrill wurde. »Ich komme mit, aber lassen Sie sie in Ruhe. Sie hat nichts damit zu tun.«

Der Mann bewegte nur ganz leicht den Kopf. Die beiden Uniformierten führten Elin zu einem dunklen SUV.

»Lassen Sie sie!«, schrie Nicholas.

Bevor er hinter Elin und ihrem Entführer herlaufen konnte, hielt ihn der Anzugmann am Arm fest. »Ruhig. Niemandem passiert etwas, wenn du einfach mitkommst.«

Er nahm die Hände hoch und ließ sich zum Auto führen. Der Mann schob ihn neben Elin auf die Rückbank und schlug die Tür zu. Auf Elins anderer Seite saß einer der Entführer. Angesichts Elins offensichtlicher Angst stellte Nicholas fest, dass die letzten Tage ihn abgehärtet haben mussten. Wahrscheinlich konnte ein einziges Bewusstsein einfach nur ein bestimmtes Maß an Furchtbarem ertragen, bevor es nichts mehr davon wirklich an sich heran ließ. Er dachte daran zurück, wie ihn der erste Verdacht über Joes dunkle Geschäfte hatte zittern lassen. Es musste hundert Jahre her sein. Jetzt war es Elin, die zitterte. Er zog sie an sich. »Es ist in Ordnung«, flüsterte er in ihr Haar. »Alles wird wieder gut. Ich verspreche es.«

»Versprich nichts, was du nicht halten kannst.«

Der SUV fuhr vom Parkplatz. Aus den Augenwinkeln sah Nicholas ganz kurz, wie sich eine dunkle Gestalt aus einem Häuserschatten löste und auf die Paddle-Boards zueilte, die noch am Strand lagen. Trotz ihrer vertrackten Situation musste er lächeln.

Ihre Entführer sprachen weder mit ihnen noch unterhielten sie sich untereinander. Auch Nicholas und Elin schwiegen. Er hatte den Arm um ihre Schulter gelegt, und sie lehnte den Kopf an seinen Brustkorb. Auf eine seltsame, schreckliche Weise genoss er die Fahrt.

Die Straße führte jetzt steil bergan. Elin blinzelte aus dem Fenster. »Hier waren wir schon mal, oder?«, fragte sie auf Deutsch.

Er nickte.

»Ruhe da hinten!«, schnauzte der Fahrer.

Sie schwiegen wieder. Dann brachte Elin ihren Mund nahe an Nicholas' Ohr und wisperte: »Wir müssen die irgendwie dazu kriegen, anzuhalten.«

»Und dann?«

»Dann könnten wir zu deiner Klippe laufen.«

Er nickte langsam, auch wenn er am liebsten laut gejubelt hätte. Das war der Ausweg! Allerdings nur für ihn. Jemand, der noch nie dort hinunter gesprungen war, würde sich nachts garantiert alle Knochen brechen. Mindestens. Er brauchte auch eine Lösung für sie. Und zwar schnell. Vielleicht … Claytons Hotel lag nur eine halbe Meile weiter südlich. Ebenfalls auf Deutsch fragte er: »Findest du den Weg zu unserem Freund mit den Rastalocken von hier aus?«

Sie zögerte. »Ich glaube schon.«

Der Anzugmann auf dem Beifahrersitz drehte sich um. »Ruhe. Bitte. Es wäre sehr schade, wenn jemand verletzt würde.«

Bevor sie eine Chance hatten, sich zu überlegen, wie sie die Typen zum Anhalten bringen konnten, bog das Auto ab und kam auf einem Schotterparkplatz zum Stehen. An drei Seiten befanden sich verwitterte, verwinkelte Schuppen, an der vierten die Einfahrt zu der Straße, auf der sie gekommen waren. Wenn Nicholas den Weg richtig in Erinnerung hatte, wand sich die Straße in Serpentinen direkt hinter dem Gebäude, neben dem sie sich befanden, den steilen Hang hinab.

Sie wurden erwartet. Joe und zwei andere Männer in dunklen Kampf-Uniformen kamen auf das Auto zu. Aus dem Augenwinkel erkannte Nicholas, dass sie dasselbe Raubvogellogo trugen wie Sven und Adrian.

»Nicholas. Bitte. Ich glaube, du hast etwas, das mir gehört.« Joes Gesichtsausdruck war merkwürdig. Das war nicht der selbstsichere Joe, der stets Herr der Lage war.

Was wurde hier gespielt?

Im Bruchteil einer Sekunde erfasste Nicholas die Umgebung. Der Schuppen, der zwischen ihm und der Straße stand, war nicht hoch. Wenn er schnell genug war, konnte er auf dem Dach und auf der anderen Seite wieder hinunter sein, bevor die Männer reagierten. Und Elin-Klettermädchen konnte die Ablenkung nutzen, und irgendwo in den Bergen hinter den anderen Schuppen verschwinden. Einmal im Canyon, würde sie ohne Spürhunde niemand mehr finden können.

Angenommen, er kam die Straße schnell genug hinunter, würde er danach die Ebene erreichen, die zu seiner Klippe führte. Dort gab es nur wenig Deckung, aber im Dunkeln müsste Elins Plan funktionieren. Nur wie sollte er durch die Wand der Männer um ihn herum zu dem Schuppen kommen? Joe stand vor ihm, neben Joe der Anzugmann, Malcolm Moreman. Einer der Uniformierten schräg hinter Joe, die beiden anderen zu seiner, Nicholas', Linken und Rechten. Es bereitete ihm Genugtuung, zu sehen, dass sie Elin anscheinend nicht ernst nahmen. Sie wartete in der Nähe des Autos auf ihre Chance.

Jedem der Uniformierten schienen die Muskeln fast aus dem Hemd zu platzen, und jeder war vollkommen auf ihn konzentriert. Er brauchte sich nicht einzubilden, gegen sie im Kampf bestehen zu können. Er war kein Kämpfer. Als er acht war, hatte er mal einen Judokurs gemacht, ohne viel Erfolg. Seine einzige Chance war seine Wendigkeit. »Du bist schneller als irgendjemand sonst«, hatte Darriell gesagt. Es wurde Zeit, das unter Beweis zu stellen.

»Nicholas«, sagte Joe noch einmal. »Denk an das, was ich gesagt habe. Bitte.« Seine Augen flackerten.

Sehr langsam griff Nicholas in die rechte Hosentasche und holte die Faust heraus. Wie ein Magier öffnete er die Handfläche und zeigte Joe lächelnd die Speicherkarte. Doch als Joe danach greifen wollte, ließ er die Hand blitzschnell zuschnappen. Er glitt zu Boden, rollte zwischen den Beinen der Männer durch, hechtete zum Schuppen und lief an der Wand nach oben. Blitzschnell zog er sich auf das flache Dach und verschmolz dort mit der Dunkelheit. Hinter ihm ertönten wütende Schreie. Würden sie um den Schuppen herumlaufen, um ihn zu verfolgen? Er warf einen schnellen Blick zurück und sah gerade noch, wie Elin in den Schatten des gegenüberliegenden Gebäudes verschwand.

Dann ließ er sich auf der Hangseite vom Dach fallen, setzte im Hocksprung über einen niedrigen Zaun und rutschte den felsigen Abhang hinunter. Ein Motor heulte auf. Schotter um sich verspritzend kam der Wagen, der ihn und Elin hergebracht hatte, die Straße heruntergebraust. Nicholas schlitterte auf die Straße, huschte durch den Lichtkegel des Scheinwerfers und jagte auf der anderen Straßenseite weiter. Steine knirschten. Der Wagen kam quietschend zum Stehen.

Verwundert stellte er fest, dass er Spaß an der Sache hatte. Sollten sie ihn doch jagen. Ein wahnwitziges Hochgefühl durchflutete ihn. Sein Körper jubilierte. Endlich wieder laufen, endlich wieder springen.

Die massigen Muskeln seiner Verfolger und ihre schweren Schuhe nützten ihnen hier wenig. Wie ein Hase schlug er Haken, sprang über Steine hinweg und duckte sich hinter Büschen in Deckung vor dem Taschenlampenkegel. Er brachte sie weg von Elin, und gleich, nachdem er sich noch einmal kurz gezeigt hatte, würde er direkt vor ihnen verschwinden!

Nicholas Hansen würde vor ihrer aller Augen sterben.

Seine Euphorie verschwand schlagartig, als ein Schuss die Nacht zerriss und gleich darauf ein zweiter folgte.

An die Waffen hatte er nicht gedacht, dafür war alles zu schnell gegangen.

Von einer Sekunde auf die andere hetzte er nur noch vorwärts, ein Tier auf der Flucht vor seinen Jägern. War diese Ebene immer schon so verflucht groß gewesen?

ELIN

Als Nick auf das Dach sprang, hechtete Elin zur anderen Seite und rannte, so schnell und leise, wie sie konnte, hinter einen der Schuppen auf der anderen Seite. Die Männer waren nur für ein paar Sekunden abgelenkt, doch die reichten ihr, um außer Sichtweite zu gelangen.

»Verdammt, wo ist das Mädchen?«

»Sie war eben noch hier!«

Sie hörte die Männer auf dem Parkplatz fluchen und schreien, dann heulte ein Motor auf. Waren die Kerle jetzt alle auf der Suche nach Nick, oder hatte sie auch Verfolger? Zitternd hockte sie sich hinter einen hohen Stein und wartete.

Knirschen zwischen den Schuppen. Leise Schritte näherten sich auf dem Schotter. Elin drückte sich tiefer in die Schatten und wagte nicht zu atmen.

»Komm raus, Mädchen! Ich tu dir nichts.«

Wer's glaubt, dachte sie. Der Mann musste ihr Herz hören, so laut schlug es gegen ihre Rippen.

Und sie musste Luft holen. Vorsichtig öffnete sie den Mund. Nicht genug Luft. Nicht genug. Atmen war zu laut.

Die Schritte des Mannes kamen näher. »Hey, Mädchen,

wir wollen dir nichts Böses! Dein Freund hat uns nur etwas gestohlen, das wir wiederhaben wollen. Komm raus!«

Ein Taschenlampenstrahl glitt über den Felsen neben ihr. Oh Gott, hoffentlich schaute keins ihrer Körperteile hinter dem Felsen hervor. Sie machte sich so klein wie möglich. Reglos verharrte sie unendliche Sekunden lang.

Der Mann suchte mit der Lampe das Gestrüpp hinter dem Schuppen ab, ließ den Lichtkegel noch einmal über ihren Felsen gleiten und wandte sich dann in die andere Richtung.

Elin schnappte nach Luft.

Sie wartete, bis der Mann wieder zurück auf den Parkplatz gegangen war, und schob sich dann vorsichtig durch das Gestrüpp in die Richtung, in der sie den Strand vermutete.

Sie würde durch die Schlucht klettern müssen, die vor ihr abfiel. Kakteen wuchsen dort ebenso wie niedrige Bäume. Alles war sehr trocken.

Sie bemühte sich, beim Gehen auf den raschelnden Blättern so wenige Geräusche wie möglich zu machen. Doch dabei schien sie die Einzige zu sein. Rings um sie herum in der Dunkelheit raschelte und knackte es. Das hier war nicht wie der kleine Wald hinter ihrem Haus in Deutschland. Das hier war Wildnis.

Von einem Ausflug mit Paul und Jennifer wusste sie, dass es hier Luchse und Pumas gab. Wölfe auch? Bären? Sie drängte die Angst mit aller Entschiedenheit zurück und kletterte weiter. Claytons Hotel lag direkt am Strand. Nach unten konnte erstmal nicht falsch sein.

Im Dunklen den Weg zu finden war schwieriger, als Elin gedacht hatte. Es gab keinen Pfad, sie musste irgendwie zwischen Steinen und Büschen die Richtung finden. Der holprige, unebene Untergrund machte das Laufen schwierig. Immer wieder rutschte sie aus oder stieß irgendwo an.

»Autsch!« Ein stechender Schmerz zischte durch ihren rechten Knöchel. Sie war auf einem Stein umgeknickt und rutschte unkontrolliert abwärts, bis sie von einem Busch aufgehalten wurde. Die Zähne zusammengebissen, hinkte sie weiter. Wenn es nur nicht so dunkel wäre!

Staub und Geröll trafen ihre Beine, kurz darauf hörte sie unterdrücktes Fluchen. Mindestens einer der Kerle war hinter ihr her.

Der breite Lichtkegel einer starken Taschenlampe strich über die Sträucher und Kakteen vor ihr.

Wie ein verwundetes kleines Tier kauerte Elin sich hinter einen Busch. Während der Mann sich den Hang herab mühte, tastete sie hastig den Boden um sich herum ab. Sie konnte nicht vor ihm wegrennen, und sie konnte nicht riskieren, dass er sie hier fand. Sie brauchte eine Waffe.

»Hey, Mädchen!« Es war derselbe Mann wie vorher. »Du kannst nicht ewig wegrennen. Ich verspreche, wir tun dir nichts.«

Elins schloss beide Hände um den einzigen Stock, den sie hatte ertasten können.

Der Mann war jetzt fast auf ihrer Höhe. Vielleicht sollte sie ihn erst vorbeigehen lassen, damit die Schwerkraft mit ihr arbeitete. Sie warf einen kleinen Stein drei Meter den Pfad hinunter.

Der Mann fiel auf den ältesten Trick der Welt herein und eilte an ihrem Versteck vorbei, dorthin, wo das Steinchen aufgeschlagen war. Sie fasste den Stock noch einmal fester. Jetzt.

Sie sprang hinter dem Busch hervor und stieß einen Schrei aus. Er wandte sich zu ihr um, und im selben Augenblick stieß sie ihm mit voller Wucht den Stock wie ein Schwert in den Magen.

Japsend beugte sich der Mann vornüber, Augen und Mund erschrocken aufgerissen. Die Taschenlampe polterte zu Boden und rollte den Hang hinunter. Elins Körper reagierte, ohne dass sie sich bewusst dazu entschied. Sie schwang den Ast wie einen Baseballschläger und ließ ihn dorthin sausen, wo zumindest eben noch der Kopf ihres Verfolgers gewesen war. Es war ein widerliches Gefühl, als der Stock auf etwas Hartes traf. Neben ihr hörte sie, wie der Mann ächzend zu Boden ging und ein Stück den Hang hinabrutschte. Auch Elin verlor fast das Gleichgewicht. Panik durchflutete sie. Er durfte nicht in ihre Nähe kommen. Im direkten Kampf wäre sie ihm hoffnungslos unterlegen. Gerade noch konnte sie sich auffangen, bevor sie fiel. In der Dunkelheit konnte sie jetzt ungefähr erkennen, wo der Mann lag. Er rührte sich nicht.

»Immer die Knie brechen«, hatte die Lehrerin in dem Selbstverteidigungskurs gesagt, den sie in einem anderen Leben mit Jasmin zusammen besucht hatte. »Immer die Knie brechen, auch wenn es so scheint, als wäre der andere ausgeschaltet. Mit gebrochenen Knien kann er euch nicht folgen.«

Elin zitterte. Das eben, mit dem Stock, das war sowas wie Notwehr gewesen. Aber einem hilflos am Boden liegenden Mann die Knie zu brechen? Sie konnte das nicht. Andererseits würde er mit ihr vermutlich nicht zimperlich umspringen, wenn er sie zu fassen bekäme - und sie konnte mit dem schmerzenden Knöchel nicht besonders schnell laufen. Okay. Von der Seite gegen die Kniescheibe treten … oder einen großen Stein draufkrachen lassen. Sie strengte ihre Augen an, um in der Dunkelheit einen Stein zu finden, der groß genug war. Entschlossen hob sie ihn an, um ihn auf das Knie das Mannes krachen zu lassen, stieß dann einen verzweifelten Schrei aus und sah dem Stein nach, wie er den Hang hinabrollte. Sie konnte das nicht. Und sie würde es nicht tun.

Der Mann lag immer noch reglos.

Als zweitbeste Lösung hatte sie gelernt: Abstand zwischen sich und den Angreifer bringen. Möglichst viel Abstand und möglichst schnell. Ohne sich noch einmal umzudrehen, hetzte sie weiter.

NICHOLAS

Nicholas raste auf den Zaun zu, sprang darüber hinweg und krabbelte an der Klippe entlang bis zu seiner Absprungstelle. Alles in ihm schrie danach, einfach zu springen, sich im Wasser in Sicherheit zu bringen. Doch sie mussten sehen, wie er über die Klippe stürzte, als würde er in seiner wilden Flucht ungeschickt fallen. Also würde er warten, bis sie kamen.

Die Sekunden dehnten sich zur Ewigkeit, und in ihm wuchs die Entschlossenheit.

Das war's jetzt also.

In weniger als einer Minute würde er tot sein.

Seine Finger krampften sich eiskalt um den Vorsprung in der Klippe.

Unter ihm donnerte die Brandung an die Felsen. Sein Herz hämmerte, dass es ihm in den Ohren dröhnte. Tief unten der Rhythmus der Wellen. Krachen, spritzende Gischt, dann das saugende Gurgeln, wenn die Wellen sich zurückzogen, um Anlauf zu nehmen für den nächsten Schlag. Das Meer ging hier nicht gnädig um mit denen, die es herausforderten. Es zerschmetterte sie gleich am Fels oder zog sie runter zum Meeresboden, wo man so leicht zwischen den

Steinen eingeklemmt wurde und niemals wieder auftauchte. Erst letzte Woche war wieder ein Junge ein paar Meilen weiter südlich ertrunken. Siebzehn war er gewesen, nur einige Wochen älter als Nicholas selbst. Von den Wellen zwischen zwei Felsen unter Wasser eingeklemmt, viel zu jung.

Nicholas hatte nicht vor zu sterben, aber wenn sie nicht bald auftauchten, würde genau das geschehen, dann würde er unkontrolliert abrutschen. Er brauchte einen besseren Absprungplatz, und er musste verdammt nochmal sehen, wie die Wellen kamen, sonst wurde das hier wirklich zum Selbstmordkommando. Er ignorierte das Brennen der Muskeln in seinen schmerzenden Oberarmen, als er sich Millimeter um Millimeter nach oben zog, während seine Füße nach Halt tasteten; ignorierte, dass die raue Felsoberfläche in seine Finger schnitt.

Er atmete aus. Er atmete ein. Nochmal. Aus. Ein. Und aus. Ging doch. Angst nützte niemandem. Nicht ihm, nicht Elin. Gleich war es vorbei. Hoffentlich hatte er Elin die entscheidenden Minuten verschaffen können.

Durch das Getöse der Brandung hörte er endlich, endlich ein anderes Geräusch. Stimmen. Sie kamen. Gut. Wenn sie ihn nur alle jagten. Lieber ihn als Elin. Jetzt war Lichtschein oben auf der Klippe, der wackelte und näher kam, immer näher, als würde jemand rennen und dabei eine Lampe auf den Boden richten.

Die Stimmen waren ganz nah. Licht blendete ihn mitten ins Gesicht.

Es war soweit.

»Da! Da, am Felsen! Das ist er!«

Dann Joe, ängstlich: »Halt, Nicholas! Wir können über alles reden!«

Nicholas kniff die Augen zusammen. Durch die zusammengebissenen Zähne sog er zitternd Luft ein. Jetzt. Er tat, als würde er versuchen, weiterzuklettern und dabei abrutschen, schrie verzweifelt auf und stürzte in die Tiefe.

ELIN

Schluchzend humpelte Elin durch den nächtlichen Canyon. Sie hatte einen Mann verletzt und vielleicht getötet. Egal, ob er sie verfolgt und seine Pistole auf sie gerichtet hatte – wieder und wieder hörte sie das dumpfe Knirschen des Stockes an seinem Kopf, durchlebte sie den Moment, als sie fast den Stein auf sein Knie gedonnert hätte.

Seine Taschenlampe, die sie gefunden hatte, traute sie sich nicht anzuknipsen für den Fall, dass noch weitere Männer hinter ihr her waren. Aber ihr Gewicht war dennoch tröstlich. Immer weiter stolperte sie, einfach weiter, nach unten. Irgendwann würde die Straße kommen. Licht. Menschen.

Sie zuckte zusammen. Neben ihr kicherte jemand. Wie versteinert blieb Elin stehen. Sie war sich sicher, aus jeder Pore nach verängstigtem Opfer zu riechen. Wieder kicherte es. Nicht nochmal, bitte. Sie regte sich nicht, strengte nur ihre Augen an, und versuchte in der nächtlichen Schlucht zu erkennen, wo das Geräusch herkam. Ein Verfolger, der unentdeckt bleiben will, würde nicht kichern, flüsterte ihr logischer Verstand.

Neben ihr am Boden erklang ein Rascheln.

Sie schaltete die Taschenlampe an.

Ein Tier zockelte direkt vor ihren Füßen entlang. Ein Dachs!

»Hast du mich erschreckt!«

Ihr Knöchel erinnerte sie bei jedem Schritt daran, dass dies kein geeigneter Wanderweg war. Sie kam nur langsam voran.

Bergab, immer weiter bergab. Ihre Hände und Beine waren zerschrammt und schmerzten.

Als sie endlich Straßenlaternen vor sich erkannte, hätte sie vor Erleichterung fast wieder geweint.

NICHOLAS

Den Bruchteil einer Sekunde nach seinem Absprung knallte ein Schuss durch die Nacht. Dort, wo eben noch seine rechte Hand gewesen war, platzte ein Stück Felsen ab.

Sein Körper verkrampfte sich. Das hier war nicht wie sonst, das war kein Spiel. Noch während er flog, merkte er, dass er zum falschen Zeitpunkt abgesprungen war.

Er würde genau die auflaufende Welle erwischen und gegen den Felsen geknallt werden. Na, großartig. Als er sich damals umbringen wollte, hatte er überlebt. Sein weicher Jungenkörper hatte instinktiv getan, was nötig war, um am Leben zu bleiben. Jetzt, wo er leben wollte, wo er Joe und seine Helfershelfer zur Strecke bringen wollte, wo er Elin näherkommen wollte – jetzt würde es in ein paar Sekunden tatsächlich vorbei sein mit ihm.

Über ihm erklang ein zweiter Schuss, gerade als er auf der Welle aufschlug. Schräg und unkontrolliert tauchte er unter. Das Wasser stach eisig auf seinen erhitzten Körper ein und trieb ihm die letzte Luft aus der Lunge. Die Welle riss ihn mit, auf den Felsen zu, eine zweite herandonnernde Welle krachte ihm in den Rücken und zog ihn in die Tiefe. Er wusste nicht mehr, wo oben und unten war. Die Welt war nur noch ein einziges Dröhnen und Wirbeln. Seine Lunge schrie nach Luft. Sein Unterschenkel schrammte an etwas Hartem entlang. Felsen. Da war unten. Die wirbelnden Wassermassen warfen ihn herum. Er knallte gegen irgendetwas. Der schartige Untergrund riss ihm den Rücken auf. Er drehte die Füße dorthin, wo er unten vermutete, und versuchte sich abzustoßen. Der Stein kratzte hart gegen seinen Fuß. Er schoss zur Oberfläche und holte japsend Luft. Wasser lief ihm in den Mund, als die nächste Welle herankam.

Er hustete und wurde wieder hinabgerissen.

Aber er hatte die Orientierung wieder. Er war wieder handlungsfähig. Er tauchte, wie er es tausendmal geübt hatte, unter den brechenden Wellenkämmen hindurch und schwamm in Richtung Ozean, weg von dem tödlichen Felsen, der so bedrohlich nah neben ihm war.

Etwas Schweres schlug gegen seinen Oberkörper und wurde wieder weggetragen. Ein Mensch! Einer von den Irren war ihm hinterhergesprungen! Das durfte doch nicht wahr sein. Panisch versuchte er, sich zu orientieren, weg vom Felsen, weg von diesem Verfolger. Zum zweiten Mal berührte ihn jemand, aber niemand hielt ihn fest. Mit Grausen erkannte er den leblosen Leib, der von den Wellen umhergeschleudert wurde. Joe. Sie hatten Joe erledigt.

Er wusste später nicht mehr, wie er es geschafft hatte, nicht nur sich selbst, sondern auch Joe auf den Strand zu zerren.

Joes Hemd war blutgetränkt und sein Atem ging rasselnd. Er hustete, spuckte einen Schwall Salzwasser auf Nicholas‘ Beine. Sein Gesicht war im Mondschein fast ebenso weiß wie die Muschelschalen neben ihm.

Nicholas' Körper zitterte unkontrolliert. Seine Zähne hackten derart aufeinander, dass seine Wangen schmerzten, aber er konnte sie nicht daran hindern. Er hielt Joes Kopf auf seinem Schoß. Immer wieder krampfte sich sein zitternder Oberkörper zusammen. Joe atmete sehr schnell und flach. Das Blut aus der Schusswunde in seiner Brust durchtränkte Nicholas' nasse Hose und lief in den Sand. Wasser rann ihm aus den Haaren in die Stirn, mischte sich mit Tränen und tropfte auf Joes Gesicht.

»Komm, Joe, bleib bei mir … ich bin hier … Ich bring dich nach oben. Alles wird wieder gut. Alles wird gut. Atme, Joe, bleib bei mir.« Immer wieder wiederholte er es, eine Zauberformel, die ihre Macht verloren hatte, weil sie zu oft gesprochen wurde.

Joe öffnete die Augen und sah ihn an. Seine Stimme war nur ein heiserer Hauch, kaum hörbar über dem Brüllen des Meeres. »Lauf weg, Nicholas. Lass … nicht zu, dass sie … dich kriegen …«

»Ich lass dich nicht allein, Joe. Alles wird gut. Ich bin bei dir. Ich bleibe hier.« Er plapperte durch die aufeinanderschlagenden Zähne. Sie hatten Joe auch nur benutzt, und als sie ihn nicht mehr brauchten, hatten sie ihn entsorgt. Verflucht, Joe durfte jetzt nicht sterben! »Rede mit mir, Joe. Nicht einschlafen! Ich hole Hilfe.«

»Geh!« Joes Blick flackerte. »Lauf … weg …« Seine Augen kippten nach hinten.

Nicholas saß im kalten Sand und wiegte den mächtigen Körper seines toten Gegners im Arm.

Krampfartiges Schluchzen schüttelte ihn.

Vor ihm toste das dunkle Meer. Irgendwo kreischte ein Vogel durch die Nacht. »Geh«, hatte Joe gesagt. Aber er konnte ihn doch hier nicht allein lassen. Am ganzen Körper bebend, fasste Nicholas Joe unter den Achseln und zog ihn ein Stück den Strand hoch. Die Flut sollte ihn nicht bekommen. Dann schwankte er zur Wasserkante und übergab sich. Immer wieder krampfte sich sein Magen heiß zusammen, Tränen liefen ihm übers Gesicht. Er machte sich nicht die Mühe sie abzuwischen.

Erst, als er vollkommen leer geweint und gebrochen war, wandte er sich um und schleppte sich den kleinen Strand entlang zur Treppe.

Er war fast bei der Holztreppe angelangt, als er sie über sich kommen hörte. Schwere Stiefel auf dem Holz. Stimmen.

Er konnte nicht mehr. Er konnte nicht mehr rennen, nicht mehr kämpfen, sich nicht mehr verstecken. Seine Kraft war zu Ende. Sie würden ihn finden und vermutlich einfach neben Joe erschießen und ins Meer werfen. Es war ihm egal. Hauptsache Ruhe. Wer waren diese Typen? Jemand, den Joe erzürnt hatte? Die amerikanische Regierung? Die Russen? Jemand ganz anderes?

Sein Gehirn konnte keinen Gedanken zu Ende verfolgen. Es spielte keine Rolle mehr. Es war vorbei.

Sie kamen näher, waren jetzt nur noch ein paar Meter über ihm. Er hörte sie mit gedämpften Stimmen reden und sah den Lichtschein ihrer Taschenlampen. Keine Chance, an ihnen vorüber nach oben zu kommen.

Es tut mir leid, Papa, dachte er. Es tut mir so leid.

ELIN

Bei jedem herannahenden Auto suchte Elin Zuflucht in Einfahrten oder hinter Bäumen, dennoch war sie jetzt viel schneller als vorher. Wenn ihre Füße und der verletzte Knöchel auch beinahe unerträglich schmerzten, wurde ihr allmählich leichter ums Herz zumute.

Der Mann an der Rezeption blieb unbeeindruckt, als Elin erschöpft und verschrammt an seinen Tresen trat und nach dem Zimmer von Clayton Williams fragte.

Umso besorgter kam Clayton auf sie zu. Er streckte die Hände aus. »Gott sei Dank, Elin! Ich habe mir furchtbare Sorgen gemacht.«

»Wir sind geflohen. Sie haben uns am Hafen aufgelauert.«

»Ich weiß. Ich hab's gesehen.«

Sie sah ihn fassungslos an. »Warum hast du nicht eingegriffen? Die Polizei gerufen?«

Er seufzte. »Das habe ich, aber ihr wart längst weg, als die gekommen sind. Dem Himmel sei Dank, dass ihr euch befreien konntet. Komm erstmal rein. Wo ist Nicholas?«

Sie humpelte ins Zimmer. »Wir wurden getrennt, bevor er ... bevor ich ...«

Er tat ihr leid, als sie sah, mit welcher Anstrengung er sich die Sorge aus dem Gesicht bügelte und eine hoffnungsvolle Miene aufsetzte.

»Er ist in eine andere Richtung geflohen als ich. Und dann ... haben sie hinter mir geschossen.«

»Verdammt.« Claytons Kiefer mahlten, doch er sagte nichts weiter. Er schaute sich ihren Knöchel an. Dann holte er Verbandszeug von der Rezeption, während sie seine Dusche benutzte. Es war unangenehm, danach wieder in ihre staubigen Kleider zu steigen, als hinge der Schreck der Verfolgungsjagd in ihnen fest. Doch das war nicht zu ändern. Elin schlug den Staub, so gut es ging, ab. Clayton warf ihr einen Pullover zu. »Dürfte dir zu groß sein, ist aber besser, als im dünnen T-Shirt hier zu sitzen.«

Er wickelte ihr einen Stützverband um den Knöchel, während sie berichtete, was ihnen zugestoßen war. Als sie zu dem Teil kam, wo sie ihrem Verfolger den Stock gegen den Kopf geknallt hatte, stiegen ihr die Tränen in die Augen, und er pfiff durch die Zähne. »Nicht schlecht. Ich möchte dir nicht in die Quere kommen.«

Sie lachte durch den Tränenschleier. »Der wohl auch nicht mehr.«

Clayton überredete sie, Zachary von seinem Telefon aus eine beruhigende Textnachricht zu schreiben, damit die Vanderlohs sich nicht auch noch aufregten. Die Polizei sei alarmiert, sagte er, Nicholas wisse, wo er sie finde, und es reichte, wenn sie beide vor Sorgen graue Haare bekämen.

»Und wenn wir zu dieser Klippe fahren und sehen, ob wir ihn da finden?«

Clayton schüttelte den Kopf. »Ich hatte in den letzten Tagen ziemlich viel Gelegenheit, mir die Gegend hier anzusehen. Ich glaube, ich weiß, von welcher Klippe du sprichst. Von da gibt es bestimmt zehn verschiedene Wege hierher, und ich möchte nicht gerade dann im Auto sitzen, wenn er hier an die Tür klopft.«

»Und wenn sie ihn erwischt haben?«

»Wir warten noch ein bisschen.«

»Aber ... «

»Nur ein bisschen«, sagte er sanft.

Wieder stiegen Elin die Tränen in die Augen. Nick war irgendwo da draußen in der Nacht. Männer mit Pistolen waren hinter ihm her und hatten ihn vielleicht sogar angeschossen. Wenn nichts Schlimmeres.

Und sie konnte nichts, aber auch gar nichts tun.

NICHOLAS

Während die Männer die Treppe herunterkamen, stand Nicholas wie betäubt am Wasser. Neben ihm rollte eine Welle auf den Strand und leckte an seinen Füßen. Das Meer wird dir immer helfen. Es ist immer da.

Er schauderte. Er konnte nicht mehr rennen, nein. Und das Wasser war dunkel. Und Joe hatte blutend darin getrieben, eine direkte Einladung für die Haie. Aber das hier war immer noch sein Ozean. Sein Zuhause.

Er konnte schwimmen. Das Meer würde ihn nicht im Stich lassen.

Als der erste der Männer den Strand betrat, glitt Nicholas zurück in den nachtschwarzen Pazifik und tauchte unter der heranrollenden Welle weg.

Sich im Wasser zu verstecken war einfach, so einfach. Er brauchte bloß in dem Moment abzutauchen, wo der Taschenlampenstrahl auf ihn zuzuckte. Und bald war er weit genug draußen, dass der ihn nicht mehr erreichen konnte.

Er schwamm.

Er musste nur um die Felsnase herum, wie er es hundert Mal mit dem Surfbrett getan hatte. Von dort zu Claytons Hotel waren es keine zwei Meilen, er konnte einfach am Strand entlanglaufen.

Sein ausgelaugter Körper kühlte schnell aus. So kraftsparend wie möglich schwamm er weiter. Ein Schwimmzug nach dem anderen. Atmen. Schwimmen. Weiter. In Bewegung bleiben. Es war so kalt. Und das Ufer so weit weg. Weiterschwimmen. Weiter. Immer weiter.

Die Kälte wurde unerträglich.

Seine Bewegungen wurden langsamer. Er schluckte Wasser. Weiter, redete er sich zu. Ein Zug noch. Noch einer. Nur noch um die Felsnase herum. Seine nasse Kleidung zog ihn nach unten, aber er hatte keine Kraft sie abzustreifen. Welcher Hohn, dass er bis hierher überlebt hatte, um jetzt an der Kälte zu scheitern. Weiter. So kalt … Kann nicht mehr weiter. Einfach einschlafen … einfach die Augen schließen …

Es wurde dunkel um ihn.

ELIN

Clayton hatte sein Bestes getan, um sie zu beruhigen, doch auch er wurde von Minute zu Minute nervöser, das sah Elin ihm an. Nick hätte vor Ewigkeiten hier sein sollen.

Sie saß in eine Decke gehüllt in einem Sessel in Claytons Zimmer und trank heißen Tee, während der Reporter immer unruhiger auf und ab lief.

An der Wand gegenüber von ihrem Sessel hing eine altmodische Uhr. Sie tickte erbarmungslos. Wie symbolträchtig, dachte Elin bitter. Fast schon kitschig.

Sie verfolgte mit leerem Blick, wie der Sekundenzeiger Runde um Runde zog. Nie war ihr eine Minute so lang vorgekommen.

»Was ist, wenn er nicht kommt?«, fragte sie leise.

»Er kommt.« Clayton nahm die dünne Goldrandbrille ab und putzte sie an seinem Hemdzipfel. »Geht ja nicht anders.«

Wieder schwiegen sie, jeder in seine Gedanken versunken. Die Schrammen an Elins Händen brannten.

»Hat er die Zimmernummer? Weiß er, wo er hin muss? Hat er auch deine Telefonnummer, für den Fall, dass er nur anrufen kann?«

»Ja.«

Es wurde unerträglich. Clayton versuchte sie zum Essen zu überreden – »Iss, Chips beruhigen« – aber Elin brachte nichts runter.

Clayton rettete sich in Arbeit.

Elin war verblüfft gewesen, als er ihr gestand, dass er eine Speicherkarte und zwei USB-Sticks voller Daten besaß, die Nicholas auf der *White Cloud One* heimlich aufgenommen hatte. Gerade war er dabei, diese Daten per Internet an Reporterfreunde in aller Welt zu versenden. Diese Datenträger waren es gewesen, die Nicholas in der Nacht vom Schiff geholt hatte. Daten, die Joe Richardson und die anderen überführen und hinter Gitter bringen würden.

Elins erschöpfter Verstand brauchte eine Weile, um zu begreifen, was Clayton gesagt hatte. »Warte mal. Deswegen haben die uns doch überhaupt entführt. Die Speicherkarte hatte Nick doch noch in der Hand.«

Clayton lächelte. »Er ist schlau, dein Freund. Die Datenträger waren mit Klebeband an einem der Paddleboards befestigt. Ich hätte es fast übersehen, aber ich hatte damit gerechnet, dass er mir irgendwie eine Nachricht hinterlässt. Was auch immer er noch in der Hand hatte, war vermutlich völlig wertlos. Weißt du, was das bedeutet? Wir haben alle Antworten, was Nick für diese Leute in diesem Augenblick ebenfalls vollkommen wertlos macht. Sie wissen es bloß wahrscheinlich noch nicht. Zum Glück.«

Trotz ihrer Angst um Nick wurde Elin allmählich müde, während die Stunden dahinschlichen. Sie zog die Decke enger um die Schultern.

Mühsam hielt sie die Augen offen. Sie durfte jetzt nicht schlappmachen. »Wann fahren wir ihn suchen?«, fragte sie. »Wissen die Polizisten, wo sie gucken müssen? Ich ertrage es nicht mehr lange, hier rumzusitzen und nichts zu tun.«

Clayton seufzte. »Mir geht es nicht anders. Sagen wir: In einer halben Stunde fahren wir zumindest mal den Highway ab, ja?«

Sie nickte. Eine halbe Stunde war eine Ewigkeit. Dreißig Mal musste der Sekundenzeiger dafür das Zifferblatt umrunden.

»Ich verabscheue den Gedanken, dich schon wieder in Gefahr zu bringen«, grummelte Clayton.

NICHOLAS

Die Welt war pastellfarben.

Kühl. Angenehm.

Nicholas schwebte. Träge schoben sich einzelne Gedanken durch sein Bewusstsein, nahmen Form an, vergingen wieder. Wie Wolken. Wenn das Sterben ist, dachte er, dann ist es schön. So schön.

Er ließ sich in das unendliche, leuchtende Pastell fallen, gab die Gedanken auf, gab alles auf …

Zirpen.

Klicken.

Warme, glatte Körper schubsten ihn zur Oberfläche. Plötzlich war da wieder Bewusstsein. Nicht zurück, dachte dieses Bewusstsein. Hierbleiben. Nicht mehr aufwachen. Schlafen …

Sie schoben ihn weiter.

Klicklaute an seinem Ohr. Wind in seinem Gesicht. Nicht … Sie sollten ihn da drüben lassen. Wo Ruhe war und Vergessen.

Wellen griffen nach ihm, schleuderten ihn herum.

Luft. Atmen. Er hatte einen Körper. Einen Körper, der schmerzte, der sich verkrampfte in dem Versuch, sich mit lebensnotwendiger Luft zu füllen.

Klicken. Zirpen. Schubsen. Ein Schlag. Nasser, harter Sand unter ihm.

Nicholas röchelte, hustete, erbrach Salzwasser. Seine Arme und Beine wollten ihn nicht tragen.

Mit äußerster Anstrengung krabbelte er an den Strand und blieb liegen. Über ihm breitete sich der Himmel aus mit seinen Abermillionen Sternen.

ELIN

Dreimal waren sie den Pacific Coast Highway bereits hin- und hergefahren bis zu der Stelle, an der die Straße zur Klippe abging. Jede Fahrt war schlimmer als die davor. Was, wenn Nick es nicht geschafft hatte? In ihrer Verzweiflung hatte Elin Clayton schließlich doch von den Schüssen erzählt, und sein Gesicht war ganz grau geworden.

Daraufhin suchten sie noch verbissener. Oft hielt Clayton an, wo es möglich war, zum Strand zu blicken oder sogar dort hinzulaufen.

Die Tränen liefen Elin jetzt unkontrolliert über die Wangen, während Clayton und sie durch den weichen Sand stapften und wieder und wieder gegen das Rauschen der Brandung anschrien: »Nick! Nicholas!«

Doch es antworteten nur ein paar Möwen, die sich in ihrer Nachtruhe gestört fühlten.

Am Ende sah selbst Elin ein, dass sie so nicht weiterkamen. Im Hotelzimmer setzte sie sich wieder in den Sessel gegenüber der Uhr, zog die Beine an, rollte sich in die Decke ein und wartete.

Sie musste weggedämmert sein, denn ein leises Geräusch weckte sie.

Da!

Nochmal.

Ein Geräusch an der Tür, mehr ein Kratzen als ein Klopfen.

Clayton öffnete einen Spalt, blinzelte hinaus – und ließ Nicholas ein. Elins Herz tat einen Sprung. Und noch einen. Er lebte! Tränen der Erleichterung stiegen ihr in die Augen, und sie unternahm keinen Versuch sie aufzuhalten.

»Geschafft«, flüsterte Nick. Ein raues, kleines Lachen löste sich aus seiner Kehle. »Geschafft.«

Die Haare hingen ihm struppig und feucht ins Gesicht, die Augen hatten einen gejagten Ausdruck, die Wange war blutverschmiert. Sobald sich die Tür hinter ihm geschlossen hatte, knickten ihm die Knie weg. Vornübergebeugt kniete er auf dem Hotelteppich. An Rücken und Unterschenkel prangten tiefe Kratzer, aus der Unterschenkelwunde war Blut den Knöchel hinuntergelaufen und hatte den Turnschuh rot gefärbt.

Elin konnte nichts tun. Sie war aufgesprungen, um zu ihm zu laufen, doch jetzt stand sie nur da und sah ihn an, als wäre er ein wildes Tier, das zufällig in ihren Garten gekommen war und von dem sie nicht wusste, was sie mit ihm tun sollte. Es war Nick. Und doch war er so anders.

»Ich koche Tee«, brachte sie schließlich hervor, dankbar, weggehen zu können, etwas zu haben, mit dem sie sich beschäftigen konnte.

Clayton sorgte dafür, dass Nick die nasse Hose auszog, und stellte ihn unter die heiße Dusche. Er holte Schokolade aus der Hotelbar. Er gab ihm eine weiche Jogginghose, ein

T-Shirt und einen warmen Kapuzenpullover und half ihm beim Anziehen.

Die ganze Zeit über sagte Nick keinen Ton, ließ einfach nur alles mit sich geschehen. Dann saß er mit dem Tee, den Elin gekocht hatte, in der Hand auf Claytons Bett und starrte ins Nichts, noch weniger ansprechbar als am Nachmittag auf Jennifers Sofa.

Elin suchte Claytons Blick. Der Reporter zuckte nur die Achseln. »Abwarten«, hieß das wohl.

Schließlich brachte Nick mit kratzender Stimme heraus: »Ist unsere Lebensversicherung raus?«

»Ja. Alles erledigt. Die Schurken haben jetzt andere Probleme als dich.«

»Gut.« Er schwieg wieder.

Elin wartete.

Clayton wartete.

»Ich hab's echt geschafft, oder?«

»Das hast du.«

Nick blickte auf. »Kannst du uns zum Hafen runterfahren? Zacs Auto steht da noch.«

»Was, bitte?« Clayton sah geschockt aus. »Du kannst doch in dem Zustand nicht …«

Sie sollten bei ihm im Hotel bleiben, schlug Clayton vor. Er würde sich darum kümmern, dass die Eltern sich keine Sorgen machen müssten. Er würde alles erklären, und Nick könnte in Ruhe erzählen, was passiert war. Und schlafen. Und warm werden. Clayton würde sich auch um ein zweites Zimmer kümmern, damit sie alle vernünftige Betten hatten.

Doch Nick schüttelte nur den Kopf. »Bitte, Clay. Ich will nur nach Hause.«

Der Reporter seufzte tief. »Dann fahre ich euch nach Hause.«

»Ich schaff das.«

Clayton schnaubte. »Klar.«

NICHOLAS

Das letzte Mal, dass sie nebeneinander auf einer Rückbank gesessen hatten, schien ein ganzes Leben her zu sein und nicht nur ein paar Stunden. Es war ein Leben, in dem Joe Richardsons massiger Brustkorb sich noch in dröhnendem Lachen gehoben und gesenkt hatte, in dem Nicholas Pläne geschmiedet hatte, ihn auszutricksen, in dem Joe unberechenbarer Feind und charmanter Chef gewesen war.

Jetzt war Joe tot.

Trotz Clays sauberer Kleidung fühlte Nicholas sich schmutzig, verwundet und eiskalt. Als wäre ein Teil von ihm dort unten mit Joe gestorben.

Elin neben ihm schwieg.

Er war ihr dankbar dafür. Clayton hatte die Polizei alarmiert, und die Männer, die sie verfolgt hatten, wurden festgenommen, er brauchte keine Angst mehr zu haben. Gleich würden sie in Zacharys Siedlung einbiegen und Elin absetzen. Dort war sie sicher. An den Pförtnern kam niemand vorbei, der nicht dahingehörte. Ohne Nicholas hätte auch Clayton keine Chance, hineinzukommen. Und in ein paar Tagen flog Elin nach Deutschland zurück, in ihr sicheres, sauberes Deutschland, in dem keine Männer von Klippen geschossen wurden.

Plötzlich konnte er den Gedanken nicht ertragen, sie gehen zu lassen. »Würdest du … kannst du dir vorstellen, heute bei mir zu übernachten?« Seine Stimme klang heiser, als wäre auch seit ihrer letzten Benutzung ein ganzes Leben vergangen. Bevor Elin antworten konnte, fügte er schnell hinzu: »Du … du musst nicht mit mir in einem Zimmer schlafen oder so. Du könntest mein Zimmer haben. Ich schlafe im Wohnzimmer oder am Strand … Es ist nur …« Er biss sich auf die Unterlippe, die schon wieder verdächtig zitterte. »Da ist gerade ein Mann in meinem Arm gestorben, und ich wär auch fast drauf gegangen … Ich wär gern mit jemandem zusammen, der das weiß.«

Er spürte ihren forschenden Blick auf sich. »Du schläfst am Strand?«

»Hm.«

»Ist da Platz für zwei?«

ELIN

Elin hörte ein schnelles, klatschendes Geräusch. Klatsch-klatsch-klatsch-klatsch. Sie fröstelte und zog den Schlafsack enger um sich. Die Sonne warf die ersten schüchternen Strahlen über die Küstenhügel auf das orangerote Meer, doch der Strand lag noch im Schatten. Von der Feuerstelle zog kalter Rauchgeruch herüber.

Der Schlafsack neben ihr war leer.

Nick stand bis zum Brustkorb im Wasser. Quer über seinen Rücken zog sich immer noch der rote Kratzer. Die Meeresoberfläche um ihn herum war spiegelglatt, nur um seine Hände zeichneten sich Kreise im Wasser ab.

Er war es, der das Klatschgeräusch erzeugte. Immer wieder schlug er rhythmisch auf das Wasser und neigte dann den Kopf, als würde er lauschen.

Klatsch-klatsch-klatsch-klatsch.

Klatsch-klatsch-klatsch-klatsch.

Fasziniert beobachtete Elin ihn. Eine unglaubliche Ernsthaftigkeit und Konzentration ging von ihm aus, und gleichzeitig eine Leichtigkeit, die sie selten an ihm gesehen hatte. Was tat er da?

Klatsch-klatsch-klatsch-klatsch.

Dann hörte sie es. Das Zirpen und Quieken, das sie auf ihrer ersten Delfinfahrt so bezaubert hatte.

Klatsch-klatsch-klatsch-klatsch.

Rings um Nick schien das Wasser auf einmal zu kochen. Eine Delfinflosse, zwei, drei. Sie schwammen und sprangen um ihn herum. Sie spielten mit ihm!

Ein vierter Delfin sprang über seinen Kopf hinweg.

Ein fünfter näherte sich.

Elin saß wie verzaubert da. Gern wäre sie zu Nicholas und den Delfinen ins Wasser gegangen, aber sie traute sich nicht, das Spiel zu unterbrechen.

Nach ein paar Minuten schoss einer der Delfine, der mit dem Riss in der Rückenflosse, in einem beeindruckenden Sprung in die Höhe und schwamm dann aufs offene Meer hinaus. Die anderen folgten ihm.

Nick ließ sich mit ausgebreiteten Armen nach hinten ins Wasser fallen und auf den Strand zutreiben.

Elin rollte sich wieder in ihrem Schlafsack zusammen und stellte sich schlafend.

NICHOLAS

Nicholas hatte den Kopf auf dem Ellenbogen abgestützt und betrachtete Elin. Sie hatten am Strand gefrühstückt. Papa hatte es serviert. Sie hatten gebadet. Nun lag Elin mit geschlossenen Augen im warmen Sand und atmete tief und regelmäßig. Kein Wunder. Die letzte Nacht war reichlich kurz gewesen. Auf ihrem Bauch glitzerte ein letzter Wassertropfen, den die Sonne noch nicht weggetrocknet hatte.

Behutsam strich er ihn mit dem Zeigefinger glatt.

Ein Lächeln breitete sich auf ihrem Gesicht aus, doch ihre Augen blieben geschlossen.

»Ich …« Er wusste nicht, wie er es sagen sollte.

Ihr Lächeln wurde breiter.

Neuer Versuch. »Du …«

Sie öffnete ein Auge einen Spaltbreit und sah ihn aus dem Augenwinkel heraus an. »Was?«

»Hier gibt es keine Klapperschlangen«, flüsterte er.

»Nein«, sagte sie. »Das stimmt wohl.« Sie hatte die Augen wieder geschlossen. »Da, wo ich herkomme, lernt man Leute erstmal kennen, bevor man über Klapperschlangen nachdenkt.«

Eins zu null.

Er legte sich auf den Bauch und stützte das Kinn in beide Hände. »Wie sieht das aus, dieses Kennenlernen?«

Jetzt rollte auch sie sich auf den Bauch. »Keine Idee?«

Ohne sein Zutun hob sich seine Hand und schob ihr die Lockenmähne aus der Stirn. »Ich könnte mir vorstellen, man unternimmt Sachen zusammen.«

»Kein schlechter Anfang. Es darf natürlich nichts Langweiliges sein wie Eisessen oder so. Und es dürfen auch keine Exfreundinnen auftauchen.«

»Okay. Kein Eis.«

»Und keine Exfreundinnen.«

»Das wird schwierig.«

»Tja.« Ihre Augenbrauen hoben sich. »Dann wird das wohl nichts werden mit dem Kennenlernen, so leid mir das tut.«

»Gilt es, nachts im Hafen paddeln zu gehen?«

»Oder dir dabei zuzuschauen. Findest du das besonders romantisch?«

Er lachte und stellte erstaunt fest, dass er es noch konnte. »Langweilig war's nicht, oder?«

Ihre Augen blitzten. »Ich weiß nicht. Nein, ich glaube, du musst mir schon etwas mehr bieten.«

»Wie wäre es mit einer ordentlichen Verbrecherjagd?«

»Nette Idee, aber wo willst du hier einen Verbrecher hernehmen? Schau dich um, es ist alles ganz ruhig.«

»Stimmt, das könnte ein Problem sein.« Ob sie merkte, dass er die ganze Zeit auf ihre Lippen starrte? »Darf ich dich küssen?«

»Nein.«

Ein Käfer mühte sich durch den Sand vor ihm. Immer wieder rutschten die Körner unter ihm weg. Nicholas schob ihm einen Finger hin, um ihm zu helfen, aber der Käfer purzelte darüber und rollte auf den Rücken.

Elin kicherte. Sie streckte die Hand aus und berührte mit dem Zeigefinger seine Lippen. Sie kam auf die Knie, beugte sich zu ihm herüber.

Und dann spürte er ihre Lippen auf seinen, federleicht, fast scheu. Vorsichtiges Forschen lag in diesem Kuss, Fragen. Ebenso behutsam antwortete er. Als sie sich voneinander lösten, lachte er befreit auf und zog sie mit sich nach hinten in den warmen Sand.

NICHOLAS

»Hey.«

»Hey.«

Er hatte Sylvie nicht kommen hören. Sie lehnte sich neben ihm mit den Unterarmen auf das Holzgeländer. Nicholas saß auf der Kante und hatte die Beine auf den Mittelholm gestellt. Schweigend sahen sie auf das Meer hinaus, das sich weit unter ihnen bis zum Horizont erstreckte.

»Woher wusstest du, dass ich hier bin?«

»Dein Vater sagte, ich soll hier mal gucken.«

Eins von Pauls Whale Watching Booten lief aus dem Hafen aus.

»Schreibt er tatsächlich mit diesem Clayton zusammen einen Film über die *White Cloud* Mission?«

Nicholas wusste, dass er ihr wehtun würde, aber vielleicht war es sowieso an der Zeit, das eine oder andere zu besprechen. »Ja«, sagte er. »Bietet sich an, oder?« Er lachte auf. »Schon schräg. Letzten Monat wussten wir nicht, wo das Essen herkommen soll und diesen Monat ist er plötzlich wieder ein gefragter Drehbuchautor.«

Sylvies Augen waren rot und verquollen, als hätte sie die letzte Woche ununterbrochen geweint. Was vermutlich, dachte Nicholas, so ziemlich der Wahrheit entsprach. Doch ihr Blick brannte. »Sie haben ja gutes Filmmaterial von dir, das sie einbauen können, nicht wahr?«

Nicholas antwortete nicht. Er schwang die Füße über den Zaun und sprang neben sie.

Pauls Boot fuhr gemächlich an der Fahrwassertonne mit den Seelöwen vorbei. Die Touristen würden ihre Freude an ihnen haben.

»Tut mir leid«, sagte Sylvie. »Das war gemein.«

»Schon gut.«

»Nick?« Sie zögerte. Etwas schien ihr schwer zu schaffen zu machen. »An dem Tag, als du ohnmächtig warst …«

Er wandte sich ihr zu.

»… das war ich. Ich hab dich betäubt.«

Ohne dass er hätte sagen können, aus welchem versteckten Winkel seines Gehirn die Worte kamen, sagte er: »Ich weiß.« Plötzlich war es wieder da. Der Moment, als sie an der Reling gestanden hatten, ihre Hand auf seiner Schulter, der stechende Schmerz, die bodenlose Schwärze. »Warum?«, fragte er, sein Mund auf einmal staubtrocken.

Sie schniefte und zog zornig die Nase hoch. »Du warst dabei, alles kaputtzumachen. Ist dir ja dann auch gut gelungen.« Sie schluchzte auf.

Befremdet schaute er sie an. »Du weißt schon, was da gelaufen ist, oder?«

»Weißt du es?«

Bevor er antworten konnte, begann sie mit tonloser Stimme zu sprechen. »*White Cloud Enterprises* war früher ein echt cooles Unternehmen. Sehr innovativ und richtig,

richtig grün. Du hast das Schiff gesehen, die Filteranlagen, die Photovoltaikanlage, alles. So war die ganze Firma. Wir haben tolle Projekte gemacht, kleinere, aber sie hatten auch ihre Wirkung. Eine gute Wirkung.«

Sie holte Luft. »Und dann hatten Dad und sein Kumpel diese Idee mit den Sprayern, das hab ich dir ja erzählt. Davon haben natürlich alle möglichen Leute Wind bekommen, und eines Tages tauchte jemand auf und hat Dad angeboten, ihn zu unterstützen. Der General, du hast ihn gesehen. Er hat behauptet, er würde mit Aktien handeln, und Dad hat nicht weiter nachgefragt, denn er wollte das Projekt so dringend. Der General hat dann den Schiffbauer angeheuert, Moreman. De facto haben die beiden Typen die Firma einfach übernommen, und Dad hatte von einem auf den anderen Tag nichts mehr zu sagen. Es galt nur noch Moremans Wort, und auf einmal war auch das Militär dabei. Und dann hat Dad mitbekommen, dass sie seine Technik als Waffe einsetzen wollen. Das hatte er zuvor kategorisch ausgeschlossen und sich rechtlich dagegen abgesichert. Aber wenn es um so viel Geld und um so viel Macht geht, kann man sich dagegen vermutlich nicht schützen. Da verschwinden Verträge oder Notare behaupten, nie mit dir gearbeitet zu haben …«

Nicholas knetete seine Hände. Ihm war danach, sehr weit wegzulaufen. Oder die Ohren zu verstopfen, um nicht zu hören, was sie als nächstes sagen würde.

»Da hatte ich die Idee, den Spieß umzudrehen«, sagte Sylvie. Das erste Mal während ihrer Erzählung klang sie beinahe froh. »Wir würden die mit ihren eigenen Mitteln erpressen und unsere Firma zurückholen. Eigentlich war das ein ziemlich guter Plan.«

Das passte ungefähr zu dem, was er sich zusammengereimt hatte, nachdem die Hintermänner selbst Joe ausgeschaltet hatten. »Und dann bin ich gekommen.«

»Ja, dann bist du gekommen und hast überall rumgeschnüffelt und die richtigen Schlüsse gezogen. Dass die Dürre nicht normal war, sondern mit unseren Versuchen zusammenhing. Wir wollten das als Druckmittel einsetzen. Wenn sie uns endlich in Ruhe gelassen hätten, wollten wir eine Stelle suchen, wo wir SORAYA einsetzen können, ohne dass es jemandem schadet. Wir hätten damit wirklich was Gutes erreichen können, wenn es geklappt hätte, weißt du? Aber nach deinen Veröffentlichungen denken alle nur noch, dass das Ganze ein groß angelegtes Verbrechen war.«

Nicholas war übel. Er wusste nicht, wo er hinsehen oder was er sagen sollte. Mit dem Daumennagel kratzte er Flechten vom Geländer und blickte ihnen nach, wie sie in die Tiefe fielen.

»Ich hätte das Unternehmen gern weitergeführt, in Dads Sinne, so wie es am Anfang gedacht war. Das kann ich vergessen.«

Dann hättet ihr euch gar nicht erst auf diese schmutzigen Geschäfte einlassen dürfen, dachte Nicholas, aber ein Blick in Sylvies verzweifeltes Gesicht ließ ihn nur sagen: »Tut mir leid.«

»Und als du mir dann erzählt hast, dass du Beweise hättest, musste ich wenigstens versuchen, dich davon abzuhalten, das öffentlich zu machen. Ich musste deine

Beweise finden, aber dafür musste ich sicher sein, dass du ausgeschaltet bist.«

Sylvie schwieg ebenfalls, schnüffelte nur ab und zu oder schnaubte in ihr Taschentuch.

»Sie haben ihn da unten weggeholt.« Seine Stimme brach. »Deinen Dad.« Er hatte, außer mit Elin, mit niemandem über Joe gesprochen. »Ich war am nächsten Tag dort. Er … er war nicht mehr da. Die … Ich meine, die … die können doch nicht einfach einen Menschen verschwinden lassen.«

»Doch.« Die Tränen liefen ihr jetzt lautlos über das Gesicht.

»Fair ist es nicht.«

»Nein.«

»Es tut mir unendlich leid.«

»Mir auch.« Sie wischte sich die Tränen ab und sah zu ihm auf. Zögernd legte sie ihre Hand auf seine. »Ganz ehrlich? Vielleicht musste es auch so enden. Ja, wir hatten unseren Plan, die Firma ohne einen Schaden daran zurückzuholen, aber ob das jemals funktioniert hätte? Moreman und der General hätten Dad wahrscheinlich nie rausgelassen. Ich hätte es wissen müssen. Spätestens, nachdem Ivan verschwand und Matt … Wir waren naiv. Dafür, dass du da nur zufällig reingeraten bist, hast du einen ziemlich guten Kampf geliefert.«

»Lange hätte ich nicht mehr durchgehalten«, gab er zu.

»Wo hattest du die Beweise jetzt eigentlich versteckt?«

Er lächelte schief. »Da, wo du sie niemals gesucht hättest. In deinem Schreibtisch. Ganz unten, hinter dem Papier.«

»Du bist unglaublich.«

Froh, dass das Gespräch wieder lockerer verlief, sagte er: »Das nehme ich als Kompliment. Weißt du eigentlich, dass sie Ivan gefunden haben? Clay hat es erzählt.«

»Dein Reporter?«

»Ja. Ivan war wohl vollkommen dehydriert und verbrannt, als sie ihn auf einem der Salzwassersprayer entdeckt haben. Claytons Quelle behauptet, sie hätten ihn vor die Wahl gestellt, dort zu sterben oder für sie zu arbeiten. Ich will ihn anrufen, sobald es ihm etwas besser geht.«

»Das Leben ist nicht immer schwarz und weiß«, sagte Sylvie langsam.

»Nein.«

Wieder breitete sich Schweigen zwischen ihnen aus. Sylvie hörte auf zu weinen, und der Klumpen in Nicholas' Hals löste sich nach und nach auf. Captain Pauls Boot hatte schon fast den Horizont erreicht.

»Wer ist eigentlich die blonde Frau?«, fragte er.

»Welche blonde Frau?«

»Elin sagte, sie wäre von einer blonden Frau mit einem Hund beobachtet worden.«

»Ach die.« Sylvie winkte ab. »Privatdetektivin aus Laguna. Ich habe sie beauftragt, von ihr hatte ich auch die Bilder von deinen Freunden. Aber sie weiß nicht viel. Sie hat nicht mehr mit der Sache zu tun als …«, jetzt grinste sie ein bisschen, »als du. Apropos Laguna: Hast du gehört, dass ich mit deiner Mom zusammenziehe?«

Nicholas verschluckte sich vor Überraschung. Dass Sylvie die Briefe geschrieben hatte, verlor gegenüber dieser

Neuigkeit an Bedeutung. Vermutlich hatte sie ihm damit das Leben gerettet – durch seine Vorsicht war er nicht weiter in den Fokus der Mörder geraten. »Du tust was?!«, keuchte er, während Sylvie ihm den Rücken klopfte.

»Zu deiner Oma, nach Laguna Beach. Sie will ein Café aufmachen, und deine Oma und ich können uns dann mit Babysitten abwechseln.«

»Wie romantisch.«

»Du nicht?«

»Was? Ich nicht?«

»Willst du nicht auch mal babysitten? Das Baby wird doch genauso dein Geschwisterchen wie meins.«

Auf keinen Fall! »Keine Ahnung. Eher nicht.« Es war nett, dass seine Mom das Haus jetzt doch nicht verkaufen wollte, aber deswegen würde Nicholas nicht so tun, als wäre nichts gewesen. Er war noch nicht bereit, seiner Mutter öfter als unbedingt nötig zu begegnen. Außerdem hatte er andere Pläne. Auf die Schule würde er sich in absehbarer Zeit eh nicht konzentrieren können, und er hatte schließlich nicht nur eine Großmutter.

»Ich geh nach New York. Aber erstmal werde ich meine Oma in Deutschland besuchen.«

»Deine Oma.«

Nicholas grinste.

Vielleicht nicht nur seine Oma.

Über den Himmel zogen Pelikane.

Es würde schon alles gut werden.

ENDE

FAKT & FIKTION

»Science-Fiction ist im Kommen, oder? Genauso wie Near Future Romane.«

Ich gucke irritiert, bevor ich verstehe. *Wolkendämmerung* wirkt möglicherweise wie ein Blick in die Zukunft. Aber eine Geschichte wie diese könnte sich tatsächlich jeden Tag so ähnlich abspielen.

Kalifornien leidet seit Jahren unter zunehmender Dürre, und Themen wie Wassersparen sowie Wasserrecycling dominieren den Alltag. Der Silverado Canyon ist »hochschwanger« mit einem großen Erdbeben, von dem einige Wissenschaftler sagen, dass es umso schlimmer ausfallen könnte, weil der Boden so ausgetrocknet und leicht ist.

Auch die Technik im Buch habe ich mir nicht ausgedacht. Die *White Cloud One* zum Beispiel ist durch die futuristische Projektstudie *Physalia* des französischen Architekten Vincent Callebaut inspiriert. Niemals gebaut, aber auf Papier wunderschön.

Immer mehr Forscher sind der Meinung, dass sich der Klimawandel nur noch durch »Geoengineering« oder »Climate Engineering« – gezielte Eingriffe in das Klimasystem der Erde – in den Griff bekommen lässt. Nicht, weil wir den CO_2-Ausstoß nicht mindern könnten, sondern weil niemand ernsthafte Anstrengungen dazu unternimmt. Doch die Nebenwirkungen von Climate Engineering sind nicht vorhersehbar sind und betreffen unter Umständen die gesamte Menschheit. Joes SORAYA-Projekt ist angelehnt an die »Albedo Yachts« des Ingenieurs Stephen Salter von der University of Edinburgh. Ich habe nicht herausfinden können, ob man sie tatsächlich getestet hat, aber ihr Einsatz war vor der kalifornischen Küste angedacht. Das Klima ist ein unglaublich komplexes System – höchstwahrscheinlich hätten diese Sprayer nicht Kalifornien, sondern das Amazonasbecken ausgetrocknet, wären sie in großem Stil zum Einsatz gekommen. Aber genau weiß man das nicht.

Was andere Klimareparaturtechniken angeht: Brillante Wissenschaftler aus aller Welt zerbrechen sich seit Jahren darüber die Köpfe. Dabei gibt es zwei verschiedene Ansätze: Klimaschädliche Gase wie CO_2 in der Atmosphäre zu reduzieren (Carbon Dioxide Removal) oder die Sonneneinstrahlung zu beeinflussen (Solar Radiation Management), also das, was im Buch versucht wird. Beinahe alles, was »meine« Wissenschaftler Matthew und Gretchen dazu sagen, ist durch echte Interviews mit echten Wissenschaftlern inspiriert. Wer mehr wissen möchte, dem seien die Bücher *How To Cool The Planet* von Jeff Goodell und *Hack The Planet* von Eli Kintisch empfohlen, und bei Wikipedia gibt es unter dem Stichwort »Geoengineering« eine überaus lesenswerte Zusammenfassung der unterschiedlichen Ideen und der Probleme, die sich daraus ergeben können. Offenbar sind wir längst im Zeitalter der Science-Fiction angekommen.

DANKE!

Was wäre ein Buch ohne Leser?

Mein erster Dank gilt deswegen euch, den Lesern. Ich hoffe, Nicholas und seine Freunde sind euch ein wenig ans Herz gewachsen.

Und dann natürlich: Lieblingsfamilie – besten Dank fürs Ertragen meines Schriftstellerhirns mit all seinen Konsequenzen. Es bedeutet mir viel, dass ihr immer wisst, ob mein Schlüssel im Kühlschrank oder auf der Waschmaschine liegt.

Zwei Freundinnen nah und fern waren während der Entstehung dieses Buch besonders unterstützend: Maike, der ich viele, viele Deichspaziergänge lang von Nicholas erzählen durfte; und Nicole, die Nicholas vom ersten Moment an mochte und die bestimmt am Ende unserer Plot-Telefonate regelmäßig ein blutiges Ohr hatte (und sogar eine feine Idee für eine eventuelle Fortsetzung).

Ohne Lukas‘ gnadenlose Ehrlichkeit wäre dieses Buch bestimmt ein bisschen kitschig geworden. Danke!

Markus Quantes Vorlesung über Climate Engineering hat mir die Idee zu diesem Buch gegeben, und er war auch hinterher willens, mir durch geduldige Beratungen über

Wolken, Klima und entsprechende Literatur zur Seite zu stehen. Ich weiß das sehr zu schätzen.

Captain Dave und seinem Team verdanken wir die unglaublichste Delfintour unseres Lebens und sie haben mir gleichbleibend freundlich alle Fragen zu Walen und Delfinen beantwortet, die ich vielleicht auch durch die eine oder andere Internetsuche hätte herausfinden können.

Janus, fetter Dank für den Fotoshoot fürs Cover an und vor allem in der märzkalten Ostsee! (Und Max, ebensolchen fürs Hundebespaßen währenddessen und das Rumschleppen der Kameras.) Ich hoffe, die Pizza im *Café Wichtig* hat das einigermaßen würdig beglichen.

Tatjana Wortfinesse Weichel hat nicht nur zuverlässig und gründlich wie immer das Korrektorat übernommen, sondern dieses Mal wirklich gezaubert. Ich muss unbedingt erfahren, wie man Zeit so manipuliert. Herzlichen Dank.

Jürgen Eglseer vom Amrûn-Verlag ist immer noch der vermutlich lässigste Verleger, den sich eine Autorin nur wünschen kann.

Und natürlich ginge nichts, gar nichts ohne meine INK-REBELS-Kolleginnen Jennifer Benkau (allerallerweltbeste Lektorin! Nicholas und ich schulden dir ewigen Dank für das wunderbare Gemetzel!), Kira Minttu (thank you for the Fahnenkontrolle in letzter Minute!), Franziska Fischer (langsam lerne ich Zeichensetzung) und Daniela Ohms (was täte ich ohne deine choreographischen Anmerkungen?).

Ihr wisst, dass ich niemals wieder ein Buch ohne euch schreiben will, oder?

WOLKENDÄMMERUNG entstand mit der Unterstützung des Autorenlabels INK REBELS.

Den Inkrebel, all unsere Autorinnen sowie ihre Bücher findest du unter:

www.ink-rebels.de

Wir freuen uns auf deinen Besuch!

Hat dir dieses Buch gefallen?
Dann lass das doch auch andere Leser wissen, schreib eine Rezension oder empfehle es weiter.

WENN ICH DICH NICHT ERFUNDEN HÄTTE

Julia Dibbern

350 Seiten
Klappbroschur

€ 12,90
ISBN 978-3-95869-279-4

Auch als E-Book

Alles davor ließ sich irgendwie noch logisch erklären – aber das hier?! Konnte man wirklich einen Menschen … erschaffen? Einfach dadurch, dass man sich ihn ausdachte? Und der lief dann quicklebendig durch die Gegend?

Wenn man sich jahrelang Geschichten über jemanden ausdenkt, und der steht dann plötzlich vor einem, dann ist das doch der Mann fürs Leben, oder? Oder?
Und wenn er dann noch abenteuerlustig ist und küsst wie ein junger Gott ...
Für die 18-jährige Leo ist klar: Loris und sie sind füreinander bestimmt. Doch dann entdeckt sie eins seiner dreckigen Geheimnisse nach dem anderen.